गुनहगार

D1880628

गुनहगार

इस्मत चुग़ताई

वाणी प्रकाशन

वाणी प्रकाशन
4695, 21-ए, दरियागंज, नयी दिल्ली 110 002

शाखा

अशोक राजपथ, पटना 800 004

फ़ोन : +91 11 23273167 फ़ैक्स : +91 11 23275710

www.vaniprakashan.in
vaniprakashan@gmail.com
sales@vaniprakashan.in

GUNAHGAAR
by Ismat Chughtai

ISBN : 978-81-8143-740-2
Novel

© लेखकाधीन
संस्करण 2008
आवृत्ति 2017

आवरण : वाणी चित्रांकन

मूल्य : ₹225

इस पुस्तक के किसी भी अंश को किसी भी माध्यम में प्रयोग करने के लिए प्रकाशक से लिखित अनुमति लेना अनिवार्य है।

एशियन प्रिंटर्स, दिल्ली-110 093 में मुद्रित

वाणी प्रकाशन का लोगो मक़बूल फ़िदा हुसेन की कूची से

लिहाफ के इर्द गिर्द

शाम के चार बजे होंगे या शायद साढ़े चार कि बड़े जोर से घंटी बजी, नौकर ने दरवाजा खोला और आतंकित होकर पीछे हट गया।

"कौन है?"

"पुलिस!" मुहल्ले में कहीं चोरी हो, नौकर ही टटोले जाते हैं।

"पुलिस?" शाहिद हड़बड़ाकर उठ बैठे।

"जी हां" नौकर थर-थर कांप रहा था। मगर साब मैंने कुछ नहीं किया, कसम से साब"

"क्या किस्सा है?" शाहिद ने दरवाजे के पास जाकर पूछा,

"सम्मन है"

"सम्मन? मगर...खैर लाइए,"

"सॉरी, आप को नहीं दे सकते।"

"मगर... किसका सम्मन... और कैसा सम्मन?"

"इस्मत चुग़ताई के नाम! उन्हें बुलाइए।" नौकर की जान में जान आई।

"मगर यह तो बताइए...."

"आप उन्हीं को बुलाइए, लाहौर से सम्मन आया है।"

"मैं सीमा (अपनी दो महीनें की बच्ची) के लिए दूध बनाकर बोतल ठंडा कर रही थी।" "लाहौर से सम्मन?" मैने बोतल ठंडे पानी में हिलाते हुए पूछा।

"हां भई, लाहौर से आया है," शाहिद झुंझला गए।

मैं हाथ में बोतल लिए नंगे पैर बाहर निकल आई।

"अरे भई कैसा सम्मन है?" और सम्मन का शीर्षक पढ़कर मेरी हंसी छूट गई, लिखा था... 'इस्मत चुग़ताई' वी एस 'द क्राउन'

"अरे यह बादशाह सलामत को मुझ से क्या शिकायत हो गई, जो मुक़द्दमा ठोंक दिया।

"मजाक़ न कीजिए" इंस्पेक्टर साहब सख्ती से बोले बढ़कर दस्तखत़ कर

दीजिए। मैंने सम्मन आगे पढ़ा। बड़ी मुश्किल से समझ में आया, मेरी कहानी "लिहाफ़" पर अश्लीलता के आरोप में सरकार ने मुक़द्दमा चला दिया है और मुझे जनवरी में लाहौर हाईकोर्ट में हाज़िर होना है, दूसरी हालत यानी मेरी गैर हाज़िरी पर सख्त कार्रवाई की जाएगी।

"भई, मैं नहीं लेती सम्मन" मैंने काग़ज़ वापस करते हुए कहा और दूध की बोतल हिलाने लगी, "मेहरबानी करके वापस ले जाइए।"

"आप को लेना पड़ेगा।"

"क्यों?" मैं आदतन बहस करने लगी।

"अरे भई क्या किस्सा है?" मोहसिन अब्दुल्लाह ने जल्दी-जल्दी सीढ़ियां चढ़ते हुए पूछा। वह धूल में अंटे हुए न जाने कहां से खाक छानकर आ रहे थे।

"देखो ये लोग मुझे जबरदस्ती सम्मन दे रहे हैं, मैं क्यों लूं?" मोहसिन ने वकालत पढ़ी थी और अब्बल दर्जे से पास हुए थे।

"हूं" उन्होंने सम्मन पढ़कर कहा। "कौन-सी कहानी है?"

"भई। है एक कमबख्त कहानी, जान की मुसीबत हो गई है"

"सम्मन तुम्हें लेना पड़ेगा"

"क्यों?"

"फिर वही जिद" शाहिद भड़क उठे।

"मैं हरगिज़ नहीं लूंगी।"

"नहीं लोगी तो तुम्हें गिरफ्तार कर लिया जाएगा।" मोहसिन गुर्राय

"कर लेनें दो गिरफ़्तार, मगर मैं सम्मन नहीं लूंगी।"

"जेल में बंद कर दी जाओगी।"

"जेल में? अरे मुझे जेल देखने का बहुत शौक है। कितनी बार यूसुफ से कह चुकी हूं, मुझे जेल ले चलो, मगर हसता है कमबख्त और टाल जाता है। इंस्पेक्टर साहब मुझे जेल ले चलिए, आप हथकड़ियां लाए हैं? मैंने बड़े प्यार से पूछा। इंस्पेक्टर साहब का पारा चढ़ गया, गुस्सा दबाकर बोले..." मजाक मत कीजिए, दस्तख़त कर दीजिए। शाहिद और मोहसिन फट पड़े। मैं बिल्कुल मज़ाक के मूड में हंस-हंस कर बके जा रही थी। अब्बा मियां जब सूरत में जज थे तो कचहरी बिल्कुल घर के मर्दानखाने (पुरुषों की बैठक) में लगती थी। हम लोग खिड़की से चोर-डाकुओं को हथकड़ियों-बेड़ियों में जकड़ा हुआ देखा करते थे। एक बार बड़े खतरनाक डाकू पकड़े गए। उनके साथ एक बहुत खूबसूरत नौजवान औरत भी थी। बाकायदा बिरजिस और कोर्ट पहने शकरे जैसी आँखें, चीते जैसी कमर और लंबे काले बाल, मेरे ऊपर इसका बड़ा रोब पड़ा।

शाहिद और मोहिसन ने बौखला दिया, मैंने बोतल इंस्पेक्टर साहब को पकड़ानी चाही ताकि दस्तखत् कर सकूं। मगर वह ऐसे बिदके जैसे मैंने उनकी तरफ पिस्तौल की नाल बढ़ा दी हो। जल्दी से मोहसिन ने बोतल मुझे छीन ली और मैंने दस्तख़त कर दिए।

"आप थाना चलकर जमानत दीजिए, पांच सौ रुपये की जमानत"

"मेरे पास तो इस वक्त पांच सौ नहीं हैं।"

"आप को नहीं, किसी और साहब को आप की जमानत देनी पड़ेगी"

"मैं किसी को फंसाना नहीं चाहती। अगर मैं नहीं गई तो जमानत जब्त हो जाएगी।" मैंने अपनी जानकारी की धौंस जमाई।

"आप मुझे गिरफ्तार कर लीजिए।"

इस बार इंस्पेक्टर साहब को गुस्सा नहीं आया। उन्होंने मुस्कुरा कर शाहिद की तरफ देखा, जो सोफे पर सिर पकड़े बैठे थे और मुझ से बड़ी नरमी से कहा।

"चलिए भी, जरा-सी देर की बात है।"

"मगर जमानत?" मैंने नरम होकर कहा, अपने मूर्खता पूर्णक मज़ाक पर शर्मिंदा हुई।

"मैं दूंगा" मोहसिन बोले।

"मगर मेरी बच्ची भूखी है, उसकी आया बिल्कुल नई है और एकदम छोटी है।

"आप बच्ची को दूध पिला दीजिए।" इंस्पेक्टर साहब बोले।

"तो आप अंदर बैठिए" मोहसिन ने पुलिसवालों को बैठाया। इंस्पेक्टर साहब शाहिद के फैन निकले। और ऐसी मीठी-मीठी बातें की कि उनका भी मूड ठीक होने लगा।

मैं शाहिद, और मोहसिन पुलिस स्टेशन माहिम गए।

खानापुरी करके मैंने पूछा।

"कैदी कहां हैं?

"देखेंगी?"

"ज़रूर!"

एक जंगले के पीछें छोटी-सी जगह में दस पंद्रह आदमी आड़े-तिरछे लेटे थे। "ये अभियुक्त हैं, कैदी नहीं, इन्हें कल कोर्ट में पेश किया जाएगा।" इंस्पेक्टर साहब बोले।

"इनका जुर्म?"

"दंगा, फसाद, पॉकेटमारी, दारू पीकर दंगा करना।"

"इन्हें क्या सजा मिलेगी?"

"जुर्माना या थोड़े दिनों की जेल।" मुझे बड़ा अफसोस हुआ कि इतने फुसफुस

से कैदी देखनें को मिलेंगे। दो-चार कातिल और डाकू होते तो एक बात थी।

"आप मुझे कहां रखते?"

"औरतों का इंतजाम यहां नहीं, उन्हें ग्रांड रोड या मटुंगा ले जाते हैं।"

वापस आकर शाहिद और मोहसिन मुझसे खूब लड़े, और शाहिद तो सारी रात लड़ते रहे। तलाक तक की नौबत आ गई। मोहसिन को तो मैंने यह कहकर चुप कर दिया कि अगर ज्यादा जान खाई तो अंडरग्राउंड हो जाऊंगी। पांच सौ का फटका बैठ जाएगा। मगर शाहिद किसी तरह मुकद्दमेबाजी की बेइज्जती और बदनामी बर्दाश्त नहीं कर सकते थे। उनके मां-बाप और बड़े भाई सुनेंगे तो क्या सोचेंगे। फिर अखबारों में खबर मिली तो मेरे ससुर साहब का बड़ा दर्दभरा खत आया... "दुल्हन को समझाओ, कुछ अल्लाह-रसूल की बातें लिखे कि आक़बत (परलोक) दुरूस्त हो, मुकद्दमा, वह भी अशलीलता पर! हमलोग बहुत परेशान हैं, अल्लाह रहम करे!"

मंटो से फोन पर मालूम हुआ, उन पर भी मुकद्दमा चला है, उसी कोर्ट में, उसी रोज उस की भी पेशी है। फिर सफिया और मंटो दौड़े आए। मंटो एकदम खुश-खुश जैसे किसी ने विक्टोरिया-क्रास दे दिया हो। मैं दिल में बहुत शर्मिंदा थी और ऊपर-ऊपर बहादुरी जता रही थी। मगर मंटो से मिलकर शाहिद की भी ढाढस बंध गई और मुझे भी बड़ी तसल्ली हुई। दिल में तो धड़धड़ी हो रही थी। मगर मंटो ने तो ऐसी हिम्मत बढ़ाई कि मेरा भी डर निकल गया।

"अरे एक ही तो मारके की चीज़ लिखी है आपने, अमां शाहिद, तुम भी यार क्या आदमी हो? यार, तुम भी चलना। तुमने जाड़ों का लाहौर नहीं देखा। खुदा की कसम हम तुम्हें अपना लाहौर दिखाऐंगे। क्या तीखी सरदी पड़ती है। तली हुई मछली, अहहह! व्हिसकी के साथ! आतिशदान में दहकती हुई आग, जैसे प्यार करने वालों के दिल जल रहे हों, और ब्लड रेड माल्टे, अहा, जैसे महबूबा का चुंबन!

"अरे चुप करो मंटो साहब" सफिया नरवस होने लगीं।

और फिर गाली-गलौज से भरे खतों का तांता लग गया। ऐसी अनोखी पेंचदार और भारी-भरकम गालियां कि मुर्दा के सामने बक दी जाएं तो उठकर भाग जाए। मुझे ही नहीं, मेरे पूरे खानदान को, शाहिद को और मेरी दो महीने की बच्ची को भी, क्योंकि उसके जन्म की खबर कहीं छप गई थी। मुझे फिसलन कीचड़, छिपकिली और गिरगिट से बड़ डर लगता है। बहुत से लोग बड़ी बहादुरी से बातें बना लेते हैं लेकिन मरी हुई चुहिया से डरते हैं। डाक से डर लगता था जैसे लिफाफों में सांप, बिच्छू और अजगर बंद हों, डरते-डरते खोलती। अगर सांप बिच्छू दिखाई पड़ते तो दो-चार शब्द पढ़कर जला देती। मगर शाहिद के हाथ पड़ जाता तो फिर तलाक की नौबत आ जाती। उन खतों के अलावा अखबारों में जो लेख छप रहे थे, गोष्ठियों में जो बहसें होतीं, उन्हें

मुझ जैसी सख्त जान ही झेल सकती थी। मैंने कभी किसी बात का जवाब नहीं दिया। कभी अपनी गलती मानने से इंकार नहीं किया। हां, मुझसे ग़लती हो गई थी, मुझे अपना अपराध स्वीकार था सिर्फ मंटो ऐसा था जो मेरे इस रवैये पर भड़क उठता था। मैं खुद अपने खिलाफ़ थी, और वह मेरा समर्थन करता था और शाहिद के जितने दोस्त थे इसे कोई अहमियत नहीं देते थे। ठीक-ठीक याद नहीं मगर शायद अब्बास (ख्वाजा-अहमद अब्बास) ने तो "लिहाफ़" का अंग्रेजी अनुवाद भी कहीं छपवा दिया था, प्रगतिशीलों ने न मुझे फटकारा, न मेरी तारीफ़ की और मुझे इस रवैये से संतुष्टि मिलती थी।

जब मैंने ये कहानी लिखी तो मैं अपने भाई के साथ रहती थी। रात को मैंने कहानी लिखी सुबह अपनी भावज को सुनाई। उन्होंने यह तो नहीं कहा कि यह कहानी गंदी है, लेकिन पहचान गई कि किस की कहानी है। फिर मैंने अपनी खालाज़ाद बहन (मौसेरी) को जो चौदह बरस की थी, कहानी पढ़कर सुनाई। वह कहने लगी, क्या लिखा है, हमारी तो कुछ समझ में नहीं आया। मैंने कहानी "अदब-लतीफ़" को भेजी, उन्होंने कुछ न कहा और फौरन छाप दी। शाहिद अहमद देहलवी मेरी कहानियों का संकलन छाप रहे थे, उन्होंने इसमें छाप दी।

यह कहानी सन् 42 में छपी थी। मेरी और शाहिद की दोस्ती शादी के इरादे तक पहुंच चुकी थी। शाहिद ने कहानी नापसंद की और हमारी चिखचिख भी हुई, मगर उस वक्त "लिहाफ़" पर जो व्यंग्य के तीर बरस रहे थे, वह बंबई तक नहीं पहुंचे थे। मेरे पास सिर्फ "साक़ी" और "अदब-लतीफ़" आते थे। शाहिद ज्यादा बदजुबान नहीं हुए थे और हमारी शादी हो गई थी।

सन् 44 दिसंबर के महीने में सम्मन मिला कि हमें जनवरी में कोर्ट में हाज़िर होना है। सब कह रहे थे। जेल-वेल नहीं बस जुर्माना हो जाएगा। और हम बड़ी खुशी से लाहौर के लिए गर्म कपड़े बनवाने लगे। सीमा बहुत छोटी और कमजोर थी। और बड़ी ऊंची आवाज़ में रोती थी। चाइल्ड स्पेशलिस्ट को दिखाया तो उस ने कहा बिल्कुल तंदुरूस्त हैं, यूं ही शोर मचाती है, उसे लाहौर की सर्दी में ले जाना ठीक नहीं। एकदम से इतनी सर्दी झेल न सकेगी, तो हम ने बच्ची को अलीगढ़ सुल्ताना जाफरी की अम्मा के पास छोड़ा और लाहौर रवाना हो गए। वहीं से शाहिद अहमद देहलवी और वह कातिब (हस्त सुलेख लिखने वाला) जिन्होंने किताबत की थी, साथ हो गए थे क्योंकि बादशाह सलामत ने उन्हें भी मुजरिम करार दे दिया था। यह मुकद्दमा "अदब-लतीफ" पर नहीं बल्कि उस किताब पर चला था जो शाहिद अहमद देहलवी ने छापी थी।

हमें सुल्ताना लेने आ गई वह उन दिनों लाहौर रेडियो स्टेशन पर काम करती थीं। लुकमान साहब के यहां रहती थीं। उनकी बड़ी शानदार कोठी थी बीवी बच्चे मायके

गये हुए थे इसलिए बस अपना ही राज था। मंटो भी पहुंच गये थे और पहुंचते ही हमारी खूब दावतें हुईं। ज्यादातर मंटो के दोस्त थे मगर मुझे भी अजूबा जानवर समझकर देखने आ जाते थे, हमारी एक दिन पेशी हुई, कुछ भी न हुआ। बस जज ने नाम पूछा और ये कि मैंने यह कहानी लिखी है या नहीं। मैंने अपराध स्वीकार किया कि लिखी है, बस! बड़ी निराशा हुई। सारे वक्त कुछ हमारे वकील साहब बोलते रहे, हम चूंकि आपस में खुसर-फुसर कर रहे थे, कुछ पल्ले नहीं पड़ा। इसके बाद दूसरी पेशी पड़ी और हम आजाद होकर गुलछर्रें उड़ाने लगे। मैं, मंटो, शाहिद, तांगे में बैठकर खूब शॉपिंग करते फिरे। कश्मीरी शॉल और जूते खरीदे। जूतों की दुकान पर मंटो के नाज़ुक सफेद पैर देखकर मुझे इतनी इर्ष्या हुई और अपने भद्दे पैरों को देखकर मोर की तरह शोक मनाने को जी चाहा।

"मुझे अपने पैरों से घिन आती है।" मंटो ने कहा।

"क्यों इतने खूबसूरत हैं" मैंने बहस की।

"मेरे पैर बिल्कुल जनाने हैं।"

"मगर जनानियां (औरतों) से तो इतनी दिलचस्पी है आप की।"

"आप तो उल्टी बहस करती हैं, मैं औरत को मर्द की हैसियत से प्यार करता हूं। इसका मतलब ये तो नहीं कि खुद औरत बन जाऊं।

"हटाइए भी जनाने और 'मर्द्राने की बहस' को इंसानों की बात कीजिए पता है नाज़ुक पैरों वाले मर्द बड़े भावुक और तेज़ दिमाग़ होते हैं, मेरे भाई अजीमबेग चुगताई के पैर भी बड़े खूबसूरत हुआ करते थे। मगर...? और मुझे अपने भाई के मरने से पहले सूजन से घिनावने हो जाने वाले पैर याद आ गए।

सेब और आलूबुखारे से भरा दुल्हन की तरह सजा लाहौर-जोधपुर का वह चटियल रेतीला कब्रिस्तान बन गया जहां मेरा भाई मनों मिट्टी के नीचे सो रहा है जिसकी ताजा कब्र पर कांटे लगा दिये गये थे ताकि जानवर न खोद डाले। वह कांटे मेरी रगों में तैर गये और मैंने तोस की नर्म शाल काउंटर पर डाल दिया।

लाहौर कितना खूबसूरत था, आज भी वैसा ही हराभरा, क़हक़हे लगाता हुआ, बाहें फैलाकर आने वालों को समेट लेने वाला, टूटकर चाहने वाले बेतकल्लुफ जिंदादिलों का शहर... पंजाब का दिल! शहर भर में खूब घूमे जेबों में चिलग़ोज़े भरे सड़कों पर खाते बातों में डूबे चले जा रहे हैं। गली में खड़े तली हुई मछली पर हाथ साफ कर रहे हैं। भूख इतनी लगती, खाते जाओ, चलते जाओ सब हज़्म। एक होटल में घुस गये। हमबर्गर और हॉट-डॉग देखकर मुंह में पानी भर आया।" हैमबर्गर में हैम यानी सूअर का गोश्त होता है, हॉट-डॉग खा सकते हैं, शाहिद ने राय दी। और हमने शरीफ मुसलमानों की तरह मज़हब का पूरा ध्यान रखते हुए डट कर हॉट-डॉग खाये।

और कंधारी अनार का रस पिया। बाद में मालूम हुआ। ये गोरी जाति बड़ी चालबाज हैं। हैमबर्गर में मीट होता है और हॉट-डॉग में सूअर की सॉसेज! हालांकि हॉट-डॉग खाये दो दिन बीत चुके थे मगर शाहिद का जी मतलाने लगा। फिर एक मौलवी साहब ने फतवा दिया कि भूल-चूक में खा जाओ तो माफी है तब कहीं जाकर शाहिद की मतली रूकी।

मगर शाम को जब मंटो और शाहिद खूब खा-पी चूके तो फिर दोनों की यह राय हुई कि हैमबर्गर एकदम मज़हब को दकियानुसी हदतक सलामत रखता है इसलिए हॉट-डॉग खाकर ही हम जैसों की खैरियत रह सकती है। बहस खतरनाक शक्ल लेने लगी तो फैसला हुआ कि बतौर एहितयात उन दोनों से परहेज़ किया जाए कि उन की जन्मपत्री का कोई भरोसा नहीं, कौन हराम है कौन हलाल! इसलिए चिकेन-तोस खाये जायें। अनारकली में चक्कर लगाए, शालीमार में घूमे, नूरजहां का मक़बरा देखा और फिर दावतें, मुशायरे और गुलगपाड़े, तब मेरे दिल से अपने आप शहंशाहे बरतानिया (ब्रिटेन सरकार) के हक़ में दुआएं निकलने लगीं, कि उन्होंने हम पर मुकद्दमा चलाकर लाहौर में ऐश करने का सुनहरा मौका दिया।

हम दूसरी पेशी की बड़ी बेकरारी से इंतजार करने लगे चाहे फांसी भी हो तो कोई परवाह नहीं, अगर लाहौर में हुई तो शहादत का गौरव मिलेगा। और लाहौर वाले बड़ी धूम से हमारी अर्थियां उठाएंगे। दूसरे पेशी नवंबर के गुलाबी मौसम में पड़ी। यानी सन् 46 में। शाहिद अपनी फिल्म में उलझे हुए थे। सीमा की आया बहुत होशियार थी, और अब सीमा भी खूब मोटी-ताजी हो गई थी। इसलिए मैंने उसे बंबई में छोड़ा और खुद हवाई जहाज़ से दिल्ली और वहां से शाहिद देहलवी और उन के कातिब के साथ रेल में गई। कातिब साहब से बड़ी शर्मिंदगी होती थी। वह बेचारे मुफ़्त में घसीट लिए गये। बड़े चुप-चुप से, तरस आ जाने वाली सूरत बनाए रहते, हमेशा आंखें झुकी, चेहरे पर उकताहट, उन्हें देखकर अपराध-बोध एकदम उभर आता था। मेरी किताब की किताबत में फंस गये। मैंने उनसे पूछा... "आप की क्या राय है, क्या हम मुकद्दमा हार जाएंगे?"

"मैं कुछ कह नहीं सकता, मैंने कहानी नहीं पढ़ी।"

"मगर कातिब साहब आप ने किताबत की है।"

"मैं शब्दों को अलग-अलग देखता हूं और लिख देता हूं। इनके अर्थों पर ध्यान नहीं देता।"

"कमाल है! छपने के बाद भी नहीं पढ़ते।"

"पढ़ता हूं, कहीं ग़लती तो नहीं रह गई।"

"अलग-अलग शब्द!"

"जी हां, उन्होंने पछतावे में सिर झुका लिया। थोड़ी देर बाद बोले,

"एक बात कहूं, बुरा तो नहीं मानेंगी।"

"नहीं"

"आप कियां (के यहां) इमला (वर्तनी) की बहुत गलतियां होती हैं।"

"हां, वह तो होती है। असल में सीन, से, और साद में गड़बड़ा जाती हूं। जो, ज़ाद, ज़े, ज़ाल में भी बहुत कन्फ़्यूजन होता है। यही हाल (छोटी) हे, (बड़ी) हे, (दो चश्मी) हे का है।"

"आप ने तख्यितां नहीं लिखीं?"

"बहुत लिखीं, और लगातार उन्हीं ग़लतियों पर बहुत मार खाई है मगर..."

"दरअसल जैसे मैं शब्दों पर ध्यान देता हूं, अर्थ की तरफ ध्यान नहीं देता, इसी तरह आप अपनी बात कहने में ऐसी उतावली होती हैं कि वर्ण पर ध्यान नहीं देतीं।"

"ऊंह! अल्लाह कातिबों को जीता रखे, वह मेरी आबरू रख लेंगे।" मैंने सोचा और टाल दिया।

शाहिद साहब के साथ मैं भी एम. असलम साहब के यहां ठहर गई। सलाम व दुआ भी ठीक से नहीं हुई थी कि उन्होंने झाड़ना शुरू कर दिया। मेरे अश्लील लेखन पर बरसने लगे। मुझपर भी भूत सवार हो गया। शाहिद साहब ने बहुत रोका, मगर मैं उलझ पड़ी।

"और आप ने जो "गुनाह की रातों" में इतनी गंदी-गंदी पंक्तियां लिखी हैं। सेक्स एक्ट का वर्णन किया है, सिर्फ चटखारे के लिए।"

"मेरी और बात है, मैं मर्द हूं।"

"तो इसमें मेरा क्या कुसूर है।"

"क्या मतलब?" वह गुस्से से लाल हो गये।

"मतलब ये कि आप को खुदा ने मर्द बनाया है इसमें मेरा कोई दखल नहीं और मुझे औरत बनाया है इसमें आप का कोई दखल नहीं। मुझ से आप जो चाहते हैं, वह सब लिखने का हक आपसे नहीं मांगा, न मैं आजादी से लिखने का हक आपसे मांगने की जरूरत समझती हूं।"

"आप एक शरीफ मुसलमान ख़ानदान की पढ़ी-लिखी लड़की हैं।" और आप भी पढ़े-लिखे और शरीफ खानदान से हैं।

"आप मर्दों की बराबरी करना चाहती हैं?"

"हरगिज़ नहीं, क्लास में ज्यादा से ज्यादा नंबर पाने की कोशिश करती थी और अक्सर लड़कों से ज्यादा नंबर ले जाती थी।" मैं जानती थी मैं कठदलीली की अपनी खानदानी आदत पर उतारू हूं मगर असलम साहब का चेहरा तमतमा उठा और मुझे डर हुआ कि या तो वह मुझे थप्पड़ मार देंगे या उनके दिमाग़ीनस फट जाएगी।

साहिद साहब की रूह फना (एक उर्दू मुहावरा है, तंग तंग आना अर्थ में) बस वह रोने ही वाले थे। मैंने बड़ी नर्म आवाज़ में हौले से कहा..." "असल में असलम साहब मुझे कभी किसी ने नहीं बताया कि "लिहाफ" वाले सब्जेक्ट पर लिखना गुनाह है, न मैंने किसी किताब में पढ़ा कि इस... बीमारी... या... लत... के बारे में नहीं लिखना चाहिए, शायद मेरा दिमाग़ अब्दुर्रहमान चुग़ताई का ब्रश नहीं, एक सस्ता कैमरा है जो कुछ देखता है, खट से बटन दब जाता है। मेरी कलम मेरे हाथ में बेबस होती है, मेरा दिमाग उसे बहका देता है। दिमाग और कलम के किस्से में हस्तक्षेप नहीं हो पाया। "आप को मज़हबी तालीम नहीं मिली।"

"अरे असलम साहब! मैने "बहीश्ती जेवर" पढ़ा। उसमें ऐसी खुली-खुली बातें हैं" मैंने बहुत मासूम सूरत बना कर कहा! असलम साहब कुछ परेशान-से हो गए। मैंने कहा... जब बचपन में मैंने वो बातें पढ़ी तो मेरे दिल को धक्का-सा लगा। वो बातें गंदी लगीं फिर मैंने बी.एस के बाद पढ़ा तो मालूम हुआ कि वो बातें गंदी नहीं हैं, बड़ी समझ-बूझ की बातें हैं जो हर आदमी को मालूम होनी चाहिए। वैसे लोग चाहें तो मनोविज्ञान और मेडिकल की किताबें हैं, उन्हें भी गंदी कह दें। दनादन खत्म होकर बातें नर्म लहजें में होने लगीं। असलम साहब काफी ठंडे हो गये। इतने में नाश्ता आ गया। और हम चार आदमियों के लिये इतना लंबा-चौड़ा दस्तरख्वान सजा कि जिस पर पन्द्रह आदमी आसानी से खा सकते थे। तीन-चार तरह के अंडे, सादे तले हुए, खागीना, उबले हुए, शामी कबाब और क़ीमा, पराठे भी और पूरियां भी, तोस (टोस्ट), सफेद और पीला मक्खन, दही और दूध, शहद और सूखे-ताजे मेवे, अंडे का हलवा, गाजर का हलवा और हलवा सोहन।

"या अल्लाह क्या क़त्ल करने का इरादा है।" मैंने बहुत जलाया था। इसलिए उनके लेखन की तारीफ शुरू कर दी। मैंने उनकी "नरगिस" और "गुनाह की रातें" पढ़ी थीं। बस उन को ही खूब आसमान पर चढ़ाया। आखिर में वह कुछ कायल से हुए कि कभी-कभी नंगापन साफगोई का काम करती है और अच्छी तालीम देती हैं। फिर उन्होंने खुद अपनी एक-एक किताब की खूबियां गिनानी शुरू की और मूड बहुत खुशगवार हो गया। बड़ी नरमी से बाले।

"तुम जज से माफी मांग लो।"

"क्यों? हमारे वकील तो कहते हैं, हम मुकद्मा जीत जाएंगे।"

"नहीं, वह साला बक्ता है, तुम और मंटो माफी मांग लो तो वह मुकद्दमा खत्म हो सकता है। पांच मिनट की बात है।"

"यहां के इज्जतदार लोगों ने सरकार पर जोर डालकर हम पर यह मुकद्दमा चलवाया है।"

"बकवास" असलम साहब बोले, मगर आंख नहीं उठा सके।

"तो फिर क्या सरकार ने या शायद बरतानिया के बादशाह ने यह कहानियां पढ़ी जो उन्हें मुकद्दमा चलाने की सूझी।

"असलम साहब ये तो सच है कि कुछ साहित्यकारों, आलोचकों, और भद्रजनों ने सरकार का ध्यान इस तरफ खींचा कि यह किताबें अनैतिकता फैलाने वाली है, उन्हें जब्त कर लिया जाए।" शाहिद साहब धीरे-से बोले।

"अगर अश्लील लेखन पर प्रतिबंध न लगाया गया तो क्या इनको सिर पर रखा जाए। असलम साहब फट पड़े।" शाहिद साहब कुछ अचकचा गए।

"तब तो हम सजा के ही हक़दार हैं।" मैंने कहा।

"फिर वही कठबहसी!"

"नहीं असलम साहब। यह भी कोई बात हुई कि जुर्म किया, शरीफ इंसान गुमराह हुए और माफी मांग के साफ निकल गए। मैंने अगर जुर्म किया है और वह साबित हो जाता है तो सिर्फ सजा ही मेरे ज़मीर (अन्तरात्मा) को शांति दे सकता है।" मैने व्यंग्य से नहीं, सच्चे दिल से कहा।

"हठधर्मी न करो, माफी मांग लो।"

"सजा हुई तो क्या होगा, जुर्माना"

"साथ में बदनामी होगी।"

"अरे बदनामी तो हो चुकी। अब क्या कसर बाकी है। यह मुकद्दमा तो कुछ भी नहीं। जुर्माना कितना होगा?" मैंने पूछा।

"अरे यही कोई दो-तीन सौ!" शाहिद साहब बोले।

"पांच सौ भी हो सकता" असलम साहब ने डराया।

"ब... स?"

"बहुत रूपया आ गया है?" असलम साहब चिढ़ गए।

"आप की दुआ है और अगर न भी होता तो क्या आप मुझे जेल जाने से बचाने के लिए पांच सौ न देंगे। आप की गिनती तो लाहौर के रईसों में होती है।"

"जुबान बहुत चलती है।"

"मेरी अम्मा को भी यही शिकायत थी। कहती थीं... बस जेब चलैयूयु, रोटी खैयूयु, बात हंसी में टल गई। मगर थोड़ी देर बाद फिर वही बात कि माफी मांग लो।" जी चाहा अपना और उनका सिर फोड़ लूं। मगर दम घोटे बैठी रही।

"फिर एकदम बात बदलकर बोले।"

"तुमने "दोज़खी" क्यों लिखा।

मेरे दिमाग में एक धमका-सा हुआ।

"तुम कैसी बहन हो कि तुमने अपने सगे भाई को दोज़खी (नारकीय दंड भोगने वाला) लिखा।"

"वह दोज़खी थे या जन्नती (स्वर्ग में जाने वाला), मेरा जो जी चाहा, मैंने लिखा। आप कौन होते हैं।"

"वह मेरा दोस्त था।"

"वह मेरा भाई था।"

"लानत है ऐसी बहन पर!"

मैंने आज तक नहीं बताया कि मैंने "दोज़खी" लिखा था तो मेरे ऊपर क्या बीती थी। मैं खुद किस दोज़ख के शोलों से गुजरी थी। मेरा क्या कुछ नहीं जलकर राख हुआ था। रात के दो बजे थे जब मैंने यह लेख खत्म किया था। कैसी डरावनी रात थी। समुन्दर घर की सीढ़ीयों तक चढ़ आया था। जब तक अहाते की दीवार नहीं बनी थी। मुझपर अजीब पागलपन-सा छाया रहा था। जो कुछ मैंने लिखा था, वह चारों तरफ सीनेमा की रील की तरह चल रहा था। मैंने लैंप बुझाया तो दम घुटने लगा। जल्दी से फिर जला दिया। अंधेरे से डर लग रहा था। मुझे वह कब्र याद आ रही थी। जिसे देखकर आने के बाद मैं महीनों अकेले कमरे में नहीं सो पाती थी। अकेले पलंग पर मुझे डर लगता था। मैं अपने साथ अपनी छोटी-सी खालाज़ाद (मौसेरी) बहन को सुलाने लगी थी। जोधपुर से मुझे डर लगने लगा था। इसलिए मैं बंबई भाग आई। दस मीनारों में से एक ढह गया था। इस शॅून्य को कौन नाप सकता था।

मैंने कोई जबाव नहीं दिया। कमरे में जाकर अपना बक्स बंद किया और सुल्ताना को फ़ोन कि फौरन आ जाओ और मुझे जबरदस्ती ले जाओ। अगर असलम साहब रोकें तो बुरा मानकर खूब बिगड़ना। सुल्ताना ने पूछा", क्या बात है, मैं पांच बजे छुट्टी होते ही पहुंचूगी।"

"तब तक एकाध खून हो जाएगा। तुम फौरन आओ।"

सुल्ताना आ गई। मगर असलम साहब ने कह दिया कि मैं नहीं जा सकती। सुल्ताना जिद्ध करती जाती थी। और मैं इस ड्रामे पर हँस-हँसकर बेहाल हुई जा रही थी। मैं सुल्ताना के साथ भागी।

पेशी के दिन हम कोर्ट में हाज़िर हुए। और वो गवाह पेश हुए जिन्हें ये साबित करना था कि मंटो की कहानी "बू" और मेरी कहानी "लिहाफ" अश्लील हैं। मेरे वकील ने मुझे समझा दिया था कि जब तक मुझसे सीधे न सवाल किये जाएं मैं मुंह न खोलूं। वकील जो मुनासिब समझेगा, कहेगा, पहले बू का नंबर आया।

"यह कहानी अश्लील है?" मंटो के वकील ने पूछा।

"जी हां।" गवाह बोला।

"किस शब्द से आप को मालूम हुआ कि अश्लील हैं?"

गवाह : शब्द "छाती"!

वकील : माई लार्ड, शब्द "छाती" अश्लील नहीं है।

जज : दुरूस्त!

वकील : शब्द "छाती" अश्लील नहीं।

गवाह : नहीं, मगर यहां लेखक ने औरत के सीने को छाती कहा है।

मंटो एकदम से खड़ा हो गया, और बोला "औरत के सीने को छाती न कहूं तो मूंगफली कहूं।" कोर्ट में क़हक़हा लगा और मंटो हंसने लगा। "अगर अभियुक्त ने फिर इस तरह का छिछोरा मजाक किया तो कन्टेम्पट ऑफ कोर्ट के जुर्म में बाहर निकाल दिया जाएगा। या फिर सज़ा दी जाएगी। मंटो को उसके वकील ने चुपके-चुपके समझाया और वह समझ गया। बहस चलती रही और घूम-फिरकर गवाओं को बस एक "छाती" मिलता था जो अश्लील साबित नहीं हो पाता था।

"शब्द "छाती" अश्लील है, घुटना या केहुनी क्यों अश्लील नहीं हैं? मैंने मंटो से पूछा।"

"बकवास" मंटो फिर भड़क उठा।

बहस चलती रही। हमलोग उठकर बरामदे में डगर-मगर करती बेंचो पर जा बैठे। अहमद नदीम कासमी एक टोकरा माल्टे लाए थे। उन्होंने माल्टे खाने की अद्भूत तरकीब बताई। माल्टे को आम की तरह पुलपुला कर छोटा-सा सुराख कर लो और मजे से चूसो। टोकरा भर माल्टे हम बैठे-बैठे चूस गए। माल्टों से पेट भरने के बजाए और तेज भूख जाग उठी। लंच ब्रेक में किसी होटल पर धावा बोल दिया। सीमा की पैदाइश के सिलसिले में मैं बहुत बीमार रही थी। सारी चर्बी छंट गई थी। इसलिए रोग़न वाले खाने से परहेज नहीं रहा। मुर्गी इतनी हृष्ट-पुष्ट थी कि बिल्कुल गिद्ध या चील के टुकड़े लग रहे थे। मोटी-मोटी कालीमिर्च छिड़क कर गर्म-गर्म कुचलों के साथ और पानी की जगह कन्धारी अनार का रस। बे अख्तियारी से मुकद्दमा चलाने वालों के लिए दुआएं निकल रही थीं। शाम को लुकमान ने कुछ साहित्यकारों और कवियों को दावत दी थी। वहां पहली बार मेरी मुलाकात मिसेज हिजाब इम्तेयाज अली से हुई। खूब मेकअप, आंखों में ढेरों काजल।

"फ्रॉड है" मंटो ने बड़ी-बड़ी आंखें और फैलाकर मेरे कान में कहा।" नहीं वह इस फिज़ा में खोई हुई है जो उस की कलम से सपनीलें धुएं की तरह निकली है और उसके चारों तरफ एक सतरंगा खोल बना रही है। "हिजाब इम्तेयाज अली शॅून्य में धूरती रही और मैं इम्तेयाज अली को ढूढंकर उन से बातें करने लगी। कितना फर्क था मियां-बीबी के मिजाज में। इम्तेयाज साहब एकदम बातूनी, क़हक़हेबाज़ और खुले

दिल के मालिक थे। महफिल गुलज़ार होती थी। ऐसा लगा, बरसों की मुलाकात है। उन की बातें, उन के लेखन से भी ज्यादा खुशियों से झुमा देने वाली थी। हाल ही में जब पाकिस्तान गई तो लाहौर में हिजाब इम्तेयाजअली से फिर मिलता हुआ। हल्का-सा मेकअप। पहले से बहुत कमसिन और खिली हुई। बहुत बेतकल्लुफ और बातूनी। जैसे दूसरा ही जन्म ले लिया हो।

मुझे आरग़नों देखने का बड़ा शोक था जिसका हिजाब की कहानियों में बेहद जिक्र होता है। मैंने कभी आरग़नों नहीं देखा था। हिजाब के यहां गई तो उन से पूछा "क्या आपके पास वाकई आरग़नों हैं।"

"हां देखेंगी?"

"जरूर, वह शब्द जिसे आप की कहानियां में पढ़कर नशा छाने लगता था। आंखों में, बे-बात आंसू छलक उठते थे। मैंने उन्हें यह भी बताया कि किसी जमाने में आपकी नकल में मैंने भी गद्य-कविता लिखी थी। जो बाद में जला दी। आरग़नों देखकर मेरे सारे जोश और रूमानियत पर ओस पड़ गई।" अरे ये तो वही बचकाना-सा पियानों का चूज़ा है जो फिल्मी गानों की रिकार्डिंग में डिमैलो बजाया करता है। और रिकार्डिस्ट उसे अक्सर डांटा करता है कभी इधर खिसकवाता है कभी उधर... और बैकग्राउंड म्युजिक में... जब हीरोईन बहुत बेचैन होती है तो इसी के सुर उसके दिमागी भूचाल को गीत की शक्ल में पेश करते हैं। आरगन कितना भोंडा नाम है और ग़ैन (उर्दू अक्षर) के मिला देने से कितना नाजुक, कितना गुनगुनाता हुआ, आसावरी का सुर बन जाता है। कोर्ट में बड़ी भीड़ थी। कई लोग हमें राय दे चुके थे कि हम माफी मांग लें। वह जुर्माना हमारी तरफ से अदा करने को तैयार थे। मुकद्दमा कुछ ठंडा पड़ता जा रहा था। "लिहाफ" को अश्लील साबित करने वाले गवाह हमारे वकील की जिरह से कुछ बौखला... से रहे थे। कहानी में कोई शब्द पकड़ के लायक नहीं मिल रहा था। बड़े सोच-विचार के बाद एक साहब ने बताया कि यह वाक्या "आशिक जमा कर रही थीं" अश्लील है।

"कौन-सा शब्द अश्लील है... जमा या आशिक?" वकील ने पूछा। शब्द "आशिक" गवाह ने कुछ हिचकते हुए कहा।

"माई लार्ड, शब्द आशिक, बड़े-बड़े शायरों ने प्रयोग किया है और नातों (मुहम्मद साहब की तारीफ में लिखी कविता) में भी यह शब्द प्रयुक्त हुआ है। इस शब्द को अल्लाह वालों ने बड़ा पवित्र स्थान दिया है।"

"मगर लड़कियों का आशिक जमा करना बड़ी घटिया बात है" गवाह बोला।

"क्यों?"

"इसलिए... क्योंकि... यह शरीफ लड़कियों के लिए शर्मनाक है।

"जो लड़कियां शरीफ नहीं, उनके लिए शर्मनाक नहीं।"

"... नहीं"

"मेरी मुवक्किल ने उन लड़कियों का ज़िक्र किया है जो शरीफ नहीं होंगी, क्यों साहिबा, आपके ख्याल से ग़ैर शरीफ लड़कियां "आशिक" जमा करती हैं?"

"जी हां"

उनका ज़िक्र करना अश्लीलता नहीं, मगर एक शरीफ खानदान की पढ़ी-लिखी औरत का उनके बारे में लिखना शर्मनाक है।" गवाह साहब जोर से गरजे।

"तो शोक से शर्मसारी दिखाइए, मगर यह कानून की पकड़ के काबिल नहीं" मामला बिल्कुल फुसफुसा हो गया।

"अगर आप लोग माफी मांग लें तो हम आप का सारा खर्चा भी देगें और..." एक साहब, न जाने कौन थे, चुपके से मेरे पास आकर बोले।

"क्यों मंटो साहब माफी मांग लें, जो रूपये मिलेंगे मजे से चीजें खरीदेंगे।" मैंने मंटो से पूछा। "बकवास" मंटो ने अपनी मोरपंखी आंखें फैलाकर लिखा।

"मुझे अफसोस है, यह सिरफिरा मंटो राज़ी नहीं।"

"मगर आप, अगर आप ही..."

"नहीं, आप नहीं जानते, यह आदमी बड़ा बदमाश है। बंबई में मेरा रहना दूभर कर देगा। इसके गुस्से से वह सज़ा हर हाल में बेहतर होगी जो मुझे मिलने वाली है। वह साहब उदास हो गए क्योंकि हमें सज़ा नहीं मिली। जज साहब ने मुझे कोर्ट पीछे के एक कमरे में बुलाया और बड़े तपाक से बोले, "मैंने आपकी अक्सर कहानियां पढ़ी हैं, वह अश्लील नहीं और न ही लिहाफ ही अश्लील है। मगर मंटो के लेखन में बड़ी गंदगी भरी है।

"दुनिया में भी गंदगी भरी है" मैं कुनमुनी आवाज़ में बोली।

"तो क्या ज़रूरी है कि उसे उछाला जाए।"

"उछालने से वह नजर आती है और सफाई की तरफ ध्यान जा सकता है" जज साहब हंस दिए।

न मुक़द्दमा चलने से परेशानी हुई थी, न जीतने की खुशी हुई बल्कि ग़म ही हुआ कि अब फिर लाहौर की सैर खुदा जानेकब नसीब होगी।

लाहौर कितना सलोना शब्द है... लाहौरी नमक– जैसे नगीनें, गुलाबी और सफेद! जी चाहता है कि तराशकर चंदनहार में जड़ लूं और किसी मुटियार की हंस जैसी गर्दन में डाल दूं।

"नम्मी-नम्मी तारियां दी लब" सुरिंदर कौर के गले में लाहौरी नमक के नगीने पिघलकर सुर बन गए हैं। साथ में उसके मियां सोढ़ी की आवाज़ में रेशमी कपड़ों की

सरसराहट अजीब रस घोल देती है। लाहौर को देखकर सुरेन्द्र और सोढ़ी के सुर दिल में जाकर एक मूक-सी हलचल मचा देते हैं। आप ही आप जी भर आता है। अंजाने, अदृश्य प्रेमी की याद हूक बनकर उठती है। लाहौर की हवा में नूर घुला हुआ है, खामोश घुंघरू जैसे बजते हैं और श्रीमती हिजाब इम्तेयाज़ अली की कहानियों की नारंगी कलियां महकने लगती हैं और उम्र का वो जमाना याद आ जाता है जब उनके रस में डूबे क्षितिज के स्वाप्निल दृश्यों में खो जाते थे फिर जाने क्या हुआ?

चार्ल्स डिकेन्स को पढ़ा, डेविड कॉपरफील्ड, ओलिवर ट्रविस्ट, टोनू बंगे! और गोर्की की "मां" ने आसमान से उठाकर धरती पर पटक दिया। चेखोव, एमली ज़ोला, गोगोल, टॉल्सटॉय, दोस्तोयेव्सकी, मोपासां, ख्वाबों के सारे क़िले अड़-ड ड़ा ड धम्म। और मैं फिसलकर उस फूस के बंगले में आन गिरी, जहां हम अलीगढ़ में लालडंगी के किनारे रहते थे। यह बंगले कच्ची ईटों के थे और कील ठोंको तो भुरभुर करके कच्ची मिट्टी बहने लगती थी। छप्पर में कबूतरों के घोंसले से बीट टपका करती थी और चमगादड़ें लटकती थीं। और कमरों के फर्श कच्चे थे। आंधी चलती थी तो घर में बगूले नाचने लगते। न बिजली थी। न नल। मिश्ती सिर पर लाल झाड़न डालकर पानी भरने आता था। बान के पलंगों पर दरी और मैली खद्दर की चादरें और चीकट तकिए। अम्मा ने बारह गज का फर्शी पायजामा छोड़कर पांच गज की धोती पहननी शुरू कर दी थी। एक जमाना था जब घर में बीस नौकर थे। जो भी गरीब भूखा-नंगा आता, अम्मा उसे पनाह दे देतीं। फिर पेंशन के बाद अब्बा मियां ने किफायत की कैंची चलाई और सिर्फ अलीबख्श, उस की बीवी, शेखानी बुआ जो खाना पकाती थी और कोचवान और उसकी बीवी रह गए क्योंकि अब भी दो घोड़े और एक भैंस थी।

शायद मिसेज इम्तेयाज अली के शायराना माहोल से मुझे जलन पैदा हो गई। अपने खानदान में रूमानी माहोल वैसे भी फल-फूल नहीं सकता है और मैंने सोच-विचार के बाद अपनी पहली कहानी 'बचपन' लिखी। घर में सिर्फ "तहज़ीबे-निसवां आता था। मैंने वह कहानी भेज दी। कहानी वापस आ गई और साथ में इम्तेयाज अली ताज के पिता और "तहज़ीबे निसवां" के संपादक मुमताज़ अली साहब का डांट-फटकार भरा पत्र। उस कहानी में मैंने अपने और श्रीमती इस्तेयाज अली के बचपन की तुलना की थी। विरोध का बिन्दू यह था कि मुझे क़िरत में (लयबद्ध) कुरआन शरीफ पढ़ाने के लिए मोलवी साहब की मार पड़ी थी, कंठ से "ऐन" (उर्दू वर्ण) साफ नहीं निकलता था। ज्यादा कोशिश करने पर उल्टी हो जाती थी। उन्होंने लिखा कि मैंने क़िरत का मज़ाक़ उड़ाकर अपनी अधार्मिकता का सबूत दिया था।

यह लेख, बाद में मेरी कहानियां छपने लगीं, तब 'साफी' में छपा और पसंद किया गया। मुझे अज़ीम भाई की रोमांटिक छेड़-छाड़ से भरी कहानियों से भी चिढ़ लगने

लगी। वह झूठी थीं, उन में उनकी व्यक्तिगत जिंदगी की पीड़ा का अक्स भी न था। वह दूसरे भाइयों की शोखी, शरारत और जिंदादिली को अपना बना कर लिखते थे। मेरी ये हालत थी कि खिसयानी बिल्ली खंभा-खसोटे। सच बोलने पर हमेशा मेरी मिट्टी-पलीद की जाती थी। लेकिन जब बात अब्बा मियां तक जाती तो वह फैसला मेरे हक़ में करते, बड़ी आपा जो उन्नीस बरस की उम्र में विधवा हो गई थीं। अलीगढ़ के उच्च वर्ग में खास तौर पर ख्वाजा परिवार से बहुत प्रभावित थीं। और ख्वाजा परिवार की औरतों से मेरी पलभर भी न पटी। मैं सिरफिरी बड़बोली, मुंहफट, बदतमीज़ थी। मुझ पर पर्दा लागू हो चुका था। मगर जुबान नंगी तलवार, किसी के बस में नहीं।

मेरे इर्द-गिर्द धोखा रचा हुआ नजर आता था। देखने में शर्मिली और इज्जतदार बेटियां छुपकर गुसलखानों (नहानघर) और अंधेरे कोनों में रिश्तेदार नोजवानों से छीन-झपट और चूमा-चाटी करती थीं और बड़ी शरीफ़ कहलाती थी। मुझ जैसे बे-नथे बैल में कौन लड़का दिलचस्पी लेता। मैंने इतना कुछ पढ़ा था कि अगर बहस छिड़ जाती तो मैं इन नोजवानों को धोंसा लेती, जो किताब की सूरत से भी कांपते थे और सिर्फ मर्द होने के नाते खुद को ऊंचा आंकते थे।

फिर मैंने चोरी-छिपे "अंगारे" पढ़ी रशीद आपा (प्रख्यात प्रगतिशील लेखिका डा. रशीद जहां) ही मुझे एक ऐसा व्यक्तित्व नजर आया, जिन्होंने मुझ में आत्मविश्वास जगाया। मैंने उन्हें अपना गुरू मान लिया। अलीगढ़ की छोटी ज़हर घुली फ़िजा में वह बड़ी बदनाम थी। मेरी साफगोई को उन्होंने सराहा और फिर मैंने उनकी बताई हुई किताबें चाट डालीं। फिर मैंने लिखना शुरू किया और मेरा ड्रामा "फसादी" में छपा। उनके बाद और कहानियां लिखलीं और कोई कहानी रद्द नहीं हुई। एकदम मुझपर एतराज़ होने लगे। लेकिन पत्रिकाओं से मेरी कहानियों की मांग बढ़ने लगी। मैंने विरोध की कोई परवाह नहीं की मगर मैंने जब "लिहाफ" लिखा तो बम फूट पड़ा। साहित्यिक अखाड़े में मेरे पुर्जे उड़े। मेरे समर्थन में भी क़लम उठाई गई।

उस दिन से मुझे अश्लील लेखिका का नाम दे दिया गया। "लिहाफ" से पहले और "लिहाफ" के बाद मैंने जो कुछ लिखा किसी ने उस पर ध्यान नहीं दिया। मैं सेक्स पर लिखने वाली अश्लील लेखिका मान ली गई। ये तो अभी कुछ वर्षों से युवा पाठकों ने मुझे बताया कि मैंने अश्लील साहित्य नहीं, यथार्थ साहित्य दिया है। मैं खुश हूं कि जीते-जी मुझे समझने वाले पैदा हो गये। मंटो को तो पागल बना दिया गया। प्रगतिशीलों ने भी उस का साथ न दिया। मुझे प्रगतिशीलों ने ठुकराया नहीं और न ही सिर चढ़ाया। मंटो खाक में मिल गया क्योंकि पाकिस्तान में वह कंगाल था। मैं बहुत खुश और संतुष्ट थी, फिल्मों से हमारी बहुत अच्छी आमदनी थी और साहित्यिक मौत

या जिंदगी की परवाह नहीं थी। और वैसे में प्रगतिशीलों की चमची बनी हुई थी, बड़े जोर-शोर से क्रांति ला रही थी।

"लिहाफ" का लेबल अब भी मेरी हस्ती पर चिपका हुआ है जिसे लोग प्रसिद्धि कहते हैं, वह बदनामी के रूप में इस कहानी पर इतनी मिली कि उल्टी आने लगी। "लिहाफ" मेरी चिढ़ बन गया। जब मैंने 'टेढ़ी लकीर' लिखी और शाहिद अहमद देहलवी को भेजी, तो उन्होंने मुहम्मद हसन असकरी को पढ़ने को दी। उन्होंने मुझे राय दी कि मैं अपने उपन्यास की हीरोइन को "लिहाफ" ट्रेड का बना दूं मारे गुस्सा के मेरा खून खौल उठा। मैंने वह उपन्यास वापस मंगवा लिया। हालांकि किताबत शुरू हो गई थी। यह उपन्यास मैंने नजीर अहमद को दे दी। जब लाहौर हिन्दुस्तान का एक शहर था।

"लिहाफ" ने मुझे बहुत जूते खिलाये थे। इस कहानी पर मेरी और शाहिद की इतनी लड़ाईयां हुईं कि ज़िंदगी युद्धभूमि बन गई। मगर मुझे लिहाफ की बड़ी कीमत मिली। सारी कोफ़्त मिट गई। बहुत दिन बाद अलीगढ़ गई, वह बेगम जिन पर मैंने कहानी लिखी थी, उनके ख्याल से मेरे रोंगटे खड़े होने लगे। लोगों ने उन्हें बता दिया था कि "लिहाफ" उन पर लिखी गई है। एक दावत में उन से सामना हो गया। मेरे पैरों तले से ज़मीन खिसक गई, उन्होंने अपनी बड़ी-बड़ी आंखों से मेरी तरफ देखा और फूल की तरह खिल उठी। भीड़ चीरती हुई लपकीं और मुझे गले लगाया। मुझे एक तरफ ले गई। और बोलीं... "पता है, मैंने तलाक लेकर दूसरी शादी कर ली है। माशाअल्लाह मेरा चांद-सा बेटा है। "और मेरा जी चाहा किसी से लिपट कर जोर-जोर से रोऊं। आंसू रोके न रूके, मगर वे कहकहे लगा रही थी। उन्होंने मेरी शानदार दावत की। मैं मालामाल हो गई। उन का फूल-सा बच्चा देखकर मुझे ऐसा लगा, वह मेरा भी कोई है, मेरे दिमाग़ का टुकड़ा, मेरे मस्तिष्क की जीती जागती संतान, मेरी कलम का बच्चा! और मैंने जान लिया कि चट्टान में भी फूल खिल सकते हैं। दिल के खून से सींचने की शर्त है, चलते-चलते बस एक बात और, एक साहब से मैंने पूछा।

"लिहाफ अनैतिकता फैलाने वाला है?"

"एकदम!" वह साहब बोले।

"वह क्या?" मैंने पूछा।

"इस कहानी को पढ़कर काम-भावना पैदा होती है"

"अय हय, क्या लिहाफ ओढ़ने को जी चाहता है?"

"नहीं, असल में बेगम बहुत सेक्सी हैं जालिम बला की सुन्दर है, खूशबू में डूबी हुई, सांचे में ढला बदन, गर्म-गर्म होंठ, नशीली आंखें, बस दहकता शोला, छलकता जाम है।"

"तो फिर?"

"शैतान उकसाता है"

"क्या कहता है शैतान?"

"कि... कि उसके साथ..."

"शैतान बड़ा अक्लमंद है। यही तो मैं चाहती थी कि कोई माई का लाल उसे रब्बू चुड़ैल के जंगल़ से आज़ाद करके अपने धड़कते हुए सीने से लगाकर, उस बदनसीब हसीना के जन्म-जन्म की प्यास बुझा दे। प्यासी चिड़िया को पानी पिलाना बहुत बड़ा शवाब है।

"बेगम का पता क्या है?" वह साहब मुस्कुराए।

"आप बड़ी देर से पैदा हुए। वह तो अब अल्लाह की मेंहरबानी से दादी बन गई हैं। बरसों हुए एक शहजादा उन्हें काले देव के जादुई महल से आजाद करके जिंदगी की बहारों से भरी फुलवारी में ले उड़ा।

दूर किसी फ्लैट में नैयरा नूर "फैज" की नज़्म गा रह थी...

उन ब्याहताओं के नाम
जिन के बदन
बे-मुहब्बत, रियाकार (फरेबी) सेजों पर सब-सजकर
उक्ता गए हैं।

और मैं सोचने लगी। कहां है भारत की वह महान नारी, वह पवित्रता की देवी सीता, जिस के कमल जैसे नाजुक पैरों ने आग के शोलों को ठंडा कर दिया और मीराबाई जिस ने बढ़कर भगवान के गले में बाहें डाल दीं, वह सती-सावित्री जो यमदूत से अपने सत्यवान की जीवन-ज्योत छीन लीई, रज़िया सुल्ताना जिस ने बड़े-बड़े शहंशाहों को ठुकराकर एक हब्शी गुलाम को अपने मन-मंदिर का देवता बनाया, वह आज लिहाफ में दुबकी पड़ी है या फोर्स रोड पर धूल और खून की होली खेल रही थी।

□□□

नन्हें की शादी

जैसे ही नन्हें भाई ने हामी भरी, अम्मा ने खुदकुशी का इरादा छोड़ दिया। और उठकर बैठ गई। नन्हें भई ने एक शर्त लगा दी कि शादी में बिल्कुल पैसा खर्च नहीं किया जाएगा। नन्हें भाई अम्मा के साथ जाएंगे और दुल्हन ब्याह लाएंगे। न दहेज लिया जाएगा, न चढ़ावा चढ़ेगा। खामोशी से निकाह होगा और बस। अब्बा ने उन का साथ दिया। पेंशन के बाद मुन्ने भाई की शादी में अम्मा ने इतना रूपया पानी की तरह बहाया था कि अब्बा का जी खट्टा हो गया था। अम्मा ने फौरन वादा कर लिया। अम्मा झूठे वादे करने की आदी थीं। अब्बा ज़रा भी पैसा देने में कोताही करते तो वह चुपके से कर्ज ले लेतीं और अल्ले-तल्ले से खर्च करतीं अगर बाद में अब्बा चूं-चरा करते तो मुंह-फुला कर भूख हड़ताल कर देतीं। अब्बा पस्त होकर हार जाते। वह जानते थे। मगर खर्च कम करने की धमकियां फिजूल हैं। अम्मा जो चाहेंगी करेंगी, मगर इस बार नन्हें भाई उनके साथ थे इसलिए अब्बा को यक़ीन था कि अम्मा जरूरत से ज्यादा मनमानी नहीं कर सकेंगी।

अम्मा कहां तो दुनिया से मुंह मोड़ रही थीं, कहां एकदम हुक्म दिया कि इसी वक्त रूक्का (निमंत्रण पत्र के अर्थ में) भेजा जाए। अब्बा ने अपने लिखने का संदूकचा मंगवाया और आलेख तैयार करने लगे। बड़े अब्बा फौरन बुलाए गये। कि यह मंगलकार्य उनके बिना कैसे पूरा हो सकता था। रूक्का लिखा जाने लगा। "रूक्का फारसी में लिखा जाएगा।" बड़े अब्बा ने अल्टीमेटम दिया। क्योंकि हम चुग़ताईयों की मातृभाषा फारसी थी। मगर अम्मा फैल पड़ी... "ऐ खाक डालो मुई फारसी पर, भला-सा रूक्का लिख दो, ज़फ़र हुसैन (दुल्हन के बाप) किस से फारसी पढ़वाते फिरेंगे। बड़ी हुज्जत के बाद तय हुआ कि रूक्का उर्दू में लिखा जाएगा। गुलाबी काग़ज के न होने का अम्मा को अफसोस था। लेकिन वह काग़ज मंगवाने का इंतजार कहां कर सकती थी। रूक्का लिखा गया और तय हुआ कि शुभ-शगुन के लिए हल्दी के छीटें डाले जाएं शेखानी बुआ ने फौरन हल्दी पीसी। सब बच्चे छीटें देने पर जुट गए

और कई लिफाफे बर्बाद हुए। तब अम्मा ने जूती संभाली। और खुदा-खुदा कर के लिफाफा संवारा गया और भेजा गया।

अम्मा ने झटपट बज़ाज़ और सोनार बुलवाये और अब्बा को कानों-कान खबर भी न हुई। और जोड़े तैयार होने लगे। हम लोग दुख में डूबे थे कि बारात में नहीं जाएंगे। मगर अम्मा ने कहा... "ऐ बस चुपके बैठे रहो, तुम सब जाओगे। "अब्बा और नन्हें भाई से छुपाकर सबके लिए खूब जोड़े बने और तैयारियां होने लगी। "कोई नहीं जाएगा" वाले वादे को भूलकर अम्मा ने सारी बिरादरी को कार्ड भिजवाए। मामूं का जवाब आ गया तो तारीख भी तय हो गई। आपा भी आ गई और बाजी भी रामपुर से आन धमकीं। नन्हें भाई एकदम आग-बगूला हो गए कि अम्मा वादे पर अमल नहीं कर रहीं हैं। उन्होंने मासूम सूरत बनाकर कह दिया—

"वह सब अपना-अपना खर्च करके शादी में जाएंगे फिर तुम रोकने वाले कौने होते हो।" इसका जवाब किसी के पास नहीं था। मगर अब्बा को मालूम था, सब उन्हें देना होगा, अम्मा को वह अच्छी तरह जानते थे, मगर उनसे टक्कर लेना फिजूल था। वह जानते थे उनकी एक न चलेगी, अम्मा जो तय कर चुकी हैं, वह करेंगी। मुन्ने भाई ने दुल्हामियां को खूब भड़काया..." मुझे मालूम हुआ कि सारे खानदान को आगरा बुलावे गये हैं। और सब बारात में जोधपुर चलेंगे।"

"मैं शादी नहीं करूंगा।" नन्हें भाई ने धमकी दी।

"शादी तो अब करनी पड़ेगी। रिश्ता मंजूर हो गया। अम्मा सब को क़त्ल कर देंगी। अपने भाई की इतनी खतरनाक बेइज्जती नहीं सह सकतीं।"

"मगर सारी बिरादरी तो बड़ी लंबी-चौड़ी हैं। बहुत खर्च होगा। मैं नहीं कमाता, सरकार (खान बहादुर मिर्जा नसीम बेग चुग़ताई, मेरे अब्बा जिन्हें कुछ भाई-बहन सरकार के नाम से पुकारते थे) की पेंशन हो चुकी है। इतने बड़े खानदान की पाल-पोस का बोझ है उन पर, शादी का बोझ नहीं डालने दूंगा। मैं गायब हो जाऊंगा।"

"अब रिश्ता मंजूर कर लिया गया है। ज़फ़र हुसैन ने कार्ड भी छपवा लिए हैं। अब क्या होगा?" अब्बा ने सुना तो कहा।

"मैं शादी नहीं करूंगा। मैं नवाब फैयाज़ के साथ शिकार पर नेपाल चला जाऊंगा।

"हम तुम्हें जेल में सड़वा देंगे" अब्बा बोले।

"वह कैसे?"

"चोरी का इल्ज़ाम लगाकर।"

"आप झूठ बोलेंगे?"

"नहीं झूठ तुम्हारी अम्मा बोलेंगी। हम उनकी रिपोर्ट पुलिस तक पहुंचा देंगे। उनकी बात रखने के लिए हम अपनी सारी कोशिश-पैरवी लगा देंगे।

"ये जानते हुए भी कि अम्मा झूठ बोलेंगी।"

"इल्ज़ाम क्या लगाएंगे?"

"ज़ेवर चोरी करके भागे हो।"

"सरकार आप ज्यादती कर रहे हैं" नन्हें भाई हंस दिये।

"हम भी बेटियों के बाप हैं। हम ज़फ़र का अपमान नहीं सह सकते।

"मगर इतने बड़े खानदान को बारात में ले जाना कहां की अक्लमंदी है?"

"कौन-सा खानदान? अब्बा चौंके।

"आप को पता नहीं अम्मा ने आगरे के पूरे खानदान को बारात में चलने की दावत दी है। बच्चों से ख़त लिखवाये गये हैं।

"उनको मना कर दिया जाए।"

"नहीं बुलावा देकर हम ऐसा नहीं कर सकते, लोग नाराज़ हो जाएंगे।

"सरकार ये तो अंधेर है।"

"हम तुम्हारी अम्मा के अंधेर सहने के आदी हो चुके हैं। "अब्बा मुस्कुराए। हमें अम्मा की उन बचकानी ग़ैर-ज़िम्मेदारियों पर प्यार भी आता था और गुस्सा भी। मगर प्यार हमेशा गुस्से को ढक देता।

"हमने जानबूझकर उन्हें कभी दुख नहीं पहुंचाया।" दोनों भाई मुस्कुराने लगे। अम्मा बड़ी प्यारी थीं। उन्हें जो चाहता मूर्ख बना लेता, वह जैसे जानबूझकर ठगी जाती। ठगने वाले से घड़ी भर को नाराज़ न होती। उन के इस भोलेपन पर सब को प्यार आ जाता और बात भुला दी जाती।

दुल्हन के लिए बिल्कुल चुपचाप छिपाकर एकदम भारी-भरकम जोड़ा बना, और जितना जेवर दुल्हन भाभी यानी अज़ीम भाई की दुल्हन के लिए बना था, उतना ही उनका बना, अम्बा ने अपने मुंह बोले चाचाजी गिरजा दयाल से कर्ज लेकर खूब कपड़े-लत्ते बनाए। अब्बा को कानोकान खबर भी न हुई, आखिर में वह खुद ही जोर डालने लगे कि हल्का-सा जोड़ा तो जरूर बनवाओ और दो-चार जेवर, मगर अम्मा यही कहती रहीं... ज़फर मेरी लाज रख लेंगे। मैं उनसे चढ़ावा लूंगी। आखिर वह नन्हें के मामू हैं। मुत्तरों (छोटे मामू फरहत हुसैन उस्मानी) भी भात देगा। मुझे हाथों में दस-बारह तोले के कड़े देगा। वहीं मैं चढ़ा दूंगी।

चाचाजी के क़र्ज का तो हमें या किसी को पता नहीं था। हम अपने कपड़ों की चर्चा अब्बा के सामने हरगिज़ नहीं करते थे। अम्मा ने समझा दिया था कि अब्बा को पता चल गया तो सारे कपड़े-लत्ते चूल्हें में झोंक देंगे और किसी को शादी में नहीं ले

जाएंगे। इधर नन्हें भाई और मुन्ने भाई ने गुपचुप अम्मा के प्लान की काट शुरू कर दी। हम लोगों ने आगरा से आने वालों की लिस्ट ली कि उनके टिकटों का इंतजाम करेंगे और डिब्बा रिजर्व करवा लेंगे तो कुछ बचत होगी। अम्मा खुश हो गई। और उन दोनों ने सब मेहमानों को पोस्टकार्ड डाल दिये कि दुल्हे को टायफायड हो गया है, इसलिए फिलहाल शादी की तारीख बढ़ा दी गयी है। नई तारीख पक्की होते ही खबर की जाएगी। शमीम, चुन्नू, मेरे ममेरे भाई यानी दुल्हन के सगे भाई, जमीम भाई को शादी में नहीं जाने दिया गया। क्योंकि उनके इम्तेहान नजदीक थे। अब्बा भी नहीं गए क्योंकि घर में किसी को तो बच्चों पर निगाह रखनी थी। बाकी हम सब रवाना हो गए। जब भी हम लोग कहीं आते-जाते तीसरे दर्जे के दो डिब्बे रिजर्व हो जाते उनमें कचरधान भर के जाता और अब्बा फर्स्ट-क्लास में जाते थे। अम्मा चाहती थीं कि अलीगढ़ से ही दोनों डिब्बे रिजर्व कर लिए जाएं ताकि आगरे के मेहमानों को तकलीफ न उठानी पड़े। कर्ताधर्ता यानी नन्हें-मुन्ने ने अम्मा से रूपये ले लिए, मगर एक ही डिब्बा रिजर्व करवाया खुद मर्दाना डिब्बे में ठुंस-ठुंसा कर काम चला लिया। आगरा आया, अम्मा परेशान!

"हाय, हाय कोई नहीं आया?

" हां अम्मा कोई नहीं आया। कई बार प्लेटफार्म के चक्कर लगाए, कोई नहीं दिखाई दिया।"

"मगर क्यों? खतों के जवाब आ गए थे कि सब आ रहे हैं।" बड़ी मासूमियत से अम्मा ने पूछा कि इतने में मुन्ने भाई ने कुछ नन्हें भाई के कान में कहा और दोनों सरपट भागे और डब्बों में गुम हो गये। भैंस वाले बड़े अब्बा पार वाले प्लेटफार्म पर खड़े चारों तरफ नज़रें दौड़ा रहे थे उन के साथ कोई सामान न था। वह शादी टलने के पोस्टकार्ड से संतुष्ट नहीं हुए थे। कुछ दिल में खटका था कि उनसे चाल चली गई। बारात को देखकर वह जल्दी से वापस लौट गए। अम्मा ने उन्हें नहीं देखा और पूरे वक्त खानदान के उन जलील लोगों को कोसती रहीं जो शायद लेने-देने से जान बचाने के लिए-दम्मी साध गए थे।

"शायद तबीयत खराब हो गई होगी। इसलिए न आ सके।" मुन्ने भाई भोली सूरत बनाकर अम्मा को तसल्ली देने लगे।

"ऐ हय! सारे कुनबे को हैजा हो गया। प्लेग समेट ले गया। अम्मा रो पड़ी।" मैंने कितना लिया-दिया और आज मेरे अपने मुझे दगा दे गये। ऐसी बेमुख्वती की मुझे अपनों से उम्मीद न थी। क़सम खुदा की अब किसी की सूरत भी देखूं तो सूअर खाऊं।

हम लोग एकदम बेफिक्र नहीं थे क्योंकि कुछ खूसट बुढ्ढे-बुढ्ढियां शादी में

बुलाई गई थीं जो बात-बात पर ताने देने दुपट्टे से सिर ढंकने को कहती थीं... "ऐ हय! शरीफ बेटियां यूं अकड़कर मर्दों की तरह नहीं बैठती।" "उफ! आग लग जाती थी उन की जली-कटीं बातें सुनकर, बड़ी बहनें तो हका जातीं। चुपके-चुपके बड़बड़ाती, लेकिन मैं कमबख्त बड़ी मुंहजोर थी। मैं तड़तड़ जवाब देने लगती। अम्मा मारने की धमकियां देती, जूती बगेरह भी फेंककर मारतीं। मगर मैं हमेशा अम्मा से दूर ही बैठती थी और वार खाली कर जाती जूती किसी बेखबर मासूम की चंदूल पर पड़ती। अम्मा का निशाना बेहद ख़राब था। अम्मा इन बुढ़ियों-बुढों को पूजा करती थीं और हम लोगों की इस बदतमीजी की बदौलत उन्हें बड़ी शर्मिंदगी उठानी पड़ती। अब्बा से शिकायत करतीं, वह हमें ऐसे डांटते कि अम्मा भी समझ जातीं कि दरअसल वो हमें शह दे रहे हैं।

"हां, हां मैं खूब समझती हूं तुम्हीं ने इन नामुरादों को बिना नकेल की ऊंटनी बनाया है।"

"तुम कहो तो हम इन की मरम्मत कर दें" अब्बा धमकी देते और अम्मा सहम जातीं और खुद ही हमारी सफाई पेश करने पर तुल जातीं। क्योंकि वह जानती थीं। अब्बा ने पहलवानी सीखी थी। हल्के से भी हाथ-लगा देते तो कचूमर निकल जाता। और जब वह किसी बात पर गुस्सा होकर किसी को मारना शुरु करते थे तो उफ! मैं बयान नहीं कर सकती थी कि कितनी बेरहमी से मारते थे। लड़कियों पर उन्होंने कभी हाथ नहीं उठाया। सिर्फ एक बार इस गरीब की पतली बेंत से धुनाई की थी। मगर मुन्ने भाई ने पहली ही बेंत के बाद दौड़ कर मुझे अपने बदन की आड़ में ले लिया था। वह बुखार में जल रहे थे। और दो-चार बेंत ही में बेहोश होकर गिर पड़े। मैं डेढ़ बेंत खाकर सरपट भागी और अब्बा अज़ीम भाई की हालत देखकर डर गये, मुझे भूल गये। इसलिए जब कोई भयानक शरारत किसी से हो जाती तो अम्मा छिपा जाती। या अगर सामने होते तो इस से पहले कि अब्बा को तैश आए वह खुद मारने लगती। अब्बा की मार के आगे अम्मा की मार फूलों की फुहार लगती थी।

इस सफर में सब से बड़ा हादसा मेरी जान पर बीत रहा था। मुझे पहली बार बुरक़ा ओढ़ना पड़ा था और बता नहीं सकती कि अपमान की भावना ने कई बार मुझे रेल की पटरी पर कट जाने की सलाह दी। मैं सख्त कुढ़न में पड़ी थी। अज़ीम भाई उन दिनों "कुरआन व पर्दा" "हदीस व पर्दा" लिखकर काफी हंगामे खड़े कर चुके थे। पर्दे के विरोध और पक्ष में जोरो-शोर की बहसें चल रही थीं। बेगम अतिया फैजी, जोहरा फैजी, बेगम हुमायूं मिर्जा और कुछ मनचली औरतों ने बंबई कान्फ्रेस में जहां औरतों का जाना एकदम मना था। हल्ला बोल कर एक तूफान खड़ा कर दिया था। हालांकि वह बुर्के पहने हुए थीं मगर फिर भी मुसलमानों ने हतक महसूस की थी।

अगर वो औरतें ऊंचे घराने की पढ़ी लिखी और दौलतमं द औरतें न होती तो उन की मिट्टी पलीद कर दी गयी होती। इन औरतों ने न जाने कितने कच्चे दिमागों से पर्दे की कल्पना जलाकर राख कर दिया होगा। अज़ीम भाई पर्दे के सख्त खिलाफ थे। अपनी पत्नी को बुर्का ओढ़ने से मना करते थे। मगर सारा घर उनके ख़िलाफ हो जाता और वह चुप हो जाते। एक दिन उन्होंने अपने दोस्त ख्वाजा महमूद इसहाक को अपने कमरे में लाकर पत्नी के सामने खड़ा कर दिया। "भाभी जान आदाब" इसहाक भाई ने नीची नजरों से शर्माते हुए कहा। दुल्हन भाभी चीख मारकर सरपट भागीं। और अम्मा से लिपटकर धारोंधार रोने लगी। एक हंगामा खड़ा हो गया। अज़ीम भाई की तलबी अब्बा के दरबार में हुई। क्योंकि अम्मा अड़ गईं कि अगर इस नामुराद आवारा की खबर न ली गई तो वह भूख हड़ताल कर देंगी।

"क्यों भाई क्या क़िस्सा है?" अब्बा ने अज़ीम भाई की तरफ नजर डाले बिना पूछा।

"कुछ भी नहीं सरकार!" अज़ीम खांसते हुए बोले। गई रात उन्हें दम्मा का दौड़ा पड़ चुका था।

"तुमने फिर स्वेटर नहीं पहना बेवकूफ!"

"सरकार! अभी उतारा है, बहुत मैला हो गया था।"

"देख लो। लाडले को, फिर सिर चढ़ा रहे हैं।"

"कुछ भी नहीं के बच्चे।"

"अम्मा मैं कुछ भी नहीं का बच्चा नहीं, आप दोनों का..."

"देख रहे हो" अम्मा रूआंसी हो गई। इससे पूछो दुल्हन को इसहाक के सामने क्यों किया।"

"अम्मा, आप भी तो इसहाक के सामने आती हैं।"

"ऐ लो और सुनो, ऐ! वह मेरे सामने का बच्चा है, मगर दुल्हन..."

"मेरे भाई की तरह है, आपकी दुल्हन का देवर है।"

"बस बक-बक न कर, मैं कहती हूं कुछ कहते क्यों नहीं?" अम्मा फिर भड़क उठी।"

"क्यों भई तुमने पर्दा क्यों तुड़वाया?"

"किस का?"

"दुल्हन का?"

"दुल्हन मेरी बीवी है और मुझे हक है चाहे पर्दा रखवाऊं या तुड़वाऊं।"

"हमारे घर में यह नहीं होगा, समझे?" अम्मा एकदम से कमान संभालकर मैदान में आ गईं। अब्बा ने इत्मिनान की सांस ली। तो मैं कल ही अपने एक दोस्त के यहां

चला जाऊंगा। एक कमरा खाली है उनके पास हम मियां-बीवी और दोनों बच्चे।"

"नुज़हत नहीं जाएगी। अम्मा ने अपनी पोती नुज़हत को जरा-सी थी, तब से पाला था और वह दादी के साथ सोती थी। और कभी भूले से भी मां-बाप की तरफ नहीं जाती थी। वह दादी को अम्मा, मां को दादी की नकल में दुल्हन और बाप को भाई साहब कहती थी। उसे मालूम भी नहीं था, वह दादी की नहीं दुल्हन की बेटी है। कुछ बीमार, बेचारी-सी, हरदम अम्मा और अब्बा से लिपटी रहती थी।

"मैं जाऊंगी तो बच्चे भी जाएंगे।"

"अरे जा, मरले, बड़ा आया बच्चों का सगा। पाला हमने और हक जताने बैठ गया, सब जानते थे दुल्हन फूहड़िया से बच्चे नहीं संभले।"

छोटी बेटी मदहत को मंझली भाभी अपने साथ ले जाने का प्रोग्राम बना रहीं थी। शादी में शामिल होकर लड़की गोद ले लेंगी। दुल्हन भाभी पूरे दिनों से थी। और साथ में तालों के कारखाने में पैतालिस रुपये महीने पर कलर्की भी करते थे, और फिर उनकी बीमारी! अम्मा रोने लगी अब्बा बेचैन हो गए।

"नहीं दुल्हन का पर्दा नहीं टूटेगा, हम उसे मना कर देंगे कि वह तुम्हारे साथ न रहे। उसे अलग कमरा दे दिया जाएगा।"

"अगर वह मेरा हुक्म न मानेगी तो मैं उसे तलाक दे दूंगा।"

"क्या बक रहे हो गधे।" अब्बा गुर्राये।

"तो मैं कल बच्चों को लेकर..."

"तू निकल जा यहां से दुल्हन और बच्चे नहीं जाएंगे।" अम्मा ने फैसला किया। बस कोई नहीं जाएगा। कल ही अम्मा को दौरा पड़ा और कमीज़ पहने घूम रहा है।

अम्मा अपने हार पर भन्नाती एकदम उठकर दनदनाती चल दीं। इसके बाद दुल्हन के मायके भी उड़ती-उड़ती खबर पहुंची। दुल्हन भाभी, बाजी के जेठ की बेटी थी। और वही उन्हें भावज बना कर लाई थी। उन्होंने फौरन इस खबर को झुठला दिया कि कोई पर्दा नहीं टूटा है। सब लोगों की उड़ाई बातें हैं। क्योंकि दुल्हन भाभी के भाइयों ने कहा था, अगर हमारी बहन बेपर्दा की गई और उसे बाजार में नचाया गया तो वह बहन और बहनाई की गर्दन उड़ा देंगे अज़ीम भाई इस हंगामे से कुछ दब गये।

मुझे थर्ड क्लास डिब्बे में गुस्से और लाचारी से बेहाल देखकर समझ गये कि सब बुर्के की वजह से हुआ है। क्योंकि जब मैंने बुर्का ओढ़ा तो मेरे बदजात भाईयों ने खूब ठहाके लगाए। और मैं उनसे भिड़ गई तो अम्मा ने उन्हें कुछ न कहा उल्टे मुझे ही धोल जड़ दी। बड़ी हथछुट थीं मेरी अम्मा। उन्होंने मेरी खिड़की के पास आकर चुपके-चुपके मुझे समझाना शुरू किया और मैं समझ गई। जोधपुर का स्टेशन आने

लगा तो नौकरों को बुलाकर बिस्तर बंधवाये जाने लगे। सब बिस्तर एक हाथीनुमा पुलिंदे में जमा करके ऊपर से रस्सी का जाल बांध दिया गया। इस तरह बहुत आराम हो जाता है। दस बिस्तरों के दो बना दिये गये जाड़ों का मौसम था। लिहाफ-तोशक भी थे। अलग-अलग बिस्तर होते तो कुलियों में बहुत पैसा भरना पड़ता।

अब स्टेशन आया और सब बुर्के पहनने लगीं तो मेरे बुर्के की कैप गायब! नीचे का कोट रह गया था, जो मैंने बड़ी आज्ञाकारी बालिकाओं-सा पहन लिया था और जल्दी-जल्दी ऊपर का हिस्सा ढूंढ़ रही थी। जब न मिला तो और सब लोग भी मदद करने लगे।

“शायद बड़े बिस्तर में भूल से बंध गया हो मैंने दबी जुबान में कहा।”

“कमीनी, कमबख्त!” चारों तरफ से धमोके पड़ने लगे” तूने जान-बूझकर ठूंसा होगा। मैंने वह घूसे लड्डुओं की तरह निगल लिए। मुझे मालूम था, आधे घंटे में रस्सी के जाल से बंधा हुआ बिस्तर खोलने का सवाल ही नहीं था। मुझे एक चादर ओढ़ा दी गयी और मैं एक बहादुर और विजयी सैनिक की तरह प्लेटफार्म पर उतर गई। अज़ीम भाई से आखें मिलीं। वह इतनी जोर से हंसे कि खांसी का दौरा पड़ गया। मैंने भी अपनी हंसी, बनावटी खांसी में घोंट दी। चादर बार-बार फिसली जाती। और मेरे ऊपर घूंसों और चुटकियों की बौछार होने लगती।

लेकिन फतह का नशा जिस ने चखा है, वही वह क्षण जी सकता है जो मैं उस दिन प्लेटफार्म पर खुले मुंह जी रही थी। जल्द ही लोगों को ये महसूस होने लगा कि हठधर्मी की चिंगारी को अज़ीम भाई ने हवा दी है बल्कि उन्होंने ही माचिस लगाई थी। क्योंकि वह संदेश जो बेतार मेरी-उन की निगाहों के बीच चल रहा था। जल्दी ही सामने आ गया। स्टेशन पर मामू, दोस्तों और रिश्तेदारों के साथ हमारे स्वागत के लिए मौजूद थे। हमारे ताया इब्राहिम बेग चुग़ताई, उफ! भूल हुई, मिर्जा लगाना भूल गई। अक्सर बड़े अब्बा हमें मिर्जा और चुग़ताई इन दो शब्दों को प्रतिष्ठा और शान पर भाषण दे चके थे कि हमें किसी हालत में नहीं भूलना चाहिए कि हम चंगेज महान की संतति हैं और चुग़ताई खान चंगेज़ का बेटा था। और ‘मिर्जा’ यहां दो बिंदू बहुत महत्व रखते हैं। सिर्फ मिर्ज़ा से बात नहीं बनती। यह शब्द ‘मीरज़ादा’ वह खिताब था जो मेरे पूर्वजों ने लाशों के अंबार लगाकर और खून की नदियां बहाकर हासिल किया था। गाय-बकरियां नहीं यहां इंसानों की खोपड़ियों की मीनारों का लेखा-जोखा है, जो आदिम-रक्त में डूबे थे। यकीन करो, यह मेरे ननिहाल के शेखों (मुस्लिम उपजाति) का फीका-पतला पानी-सा खून है जो गर्व से खोल उठने के बजाया कम हिम्मत और डरपोक चूहे की लेंड़ियों की तरह, मेरी आंखों में झलक जाता है।

मेरी बड़ी मुसीबत थी, ननिहाल की तरफ से मेरा नाता हज़रत उस्मान से जा

मिलता था और दादीहाल से इंसानी खोपड़ियों की मीनारों और खून की नदियों से। यह क्या घपला कर दिया था मेरे अब्बा ने, शेखों में शादी करके। हां तो हमारे बड़े अब्बा, और हमारी अम्मा के मामू ज़हूर नाना पहले से ही जोधपुर पहुंच गए थे। वह मामू के बुलावे पर गये थे। इसलिए यहां से भेजे पोस्टकार्ड के फदें में नहीं फंसे थे। उन दोनों को देखकर अज़ीम भाई और नसीम भाई पर ओस पड़ गई थी। ये बुजुर्ग खानदान के, बस क्या बताएं क्या माने जाते थे। अब्बा और अम्मा उन से बहुत प्रभावित थे। और वह रोब जो परंपरा से हमें मिला था, जमाने पर अमादा थे। इन दो बुजुर्गों के रौशन चेहरे और कपड़ों से उन की खानदानी शान झलकती थी। ज़हूर नाना एकदम सफेद कपड़े और सफेद पाक दाढ़ी के कारण कोई पीर साहब लगते थे। मैंने उन्हें कभी मलिगजे सलवटों से चूर कपड़ों में नहीं देखा। सफेद टखनों से ऊंचा (इस्लामी मान्यता के हिसाब से) पायजामा, सफेद गमछा और हकीमों जैसी टोपी। दूर से ही उनमें से भीनी-भीनी कपूर-सी खुश्बू उठती थी। उन्हें देखकर न जाने क्यों हम कमबख्तों को क़ब्रितान याद आ जाता था, कि क़ब्रिस्तान ही आखरी मंज़िल है। इंसान के शान, हरे-भरे पेड़ों की छांव में बसे खामोश क़ब्रिस्तान!

बड़े अब्बा अक्सर कुछ अंजानी किस्म की बीमारियों में पड़े रहते थे। इसलिए बहुत कम, अक्सर हफ्तों नहीं नहा पाते थे। जिस दिन उनके नहाने को हज्जाम आता था, उस दिन गर्मी हो या सर्दी, हर मौसम में बड़े पतीले में पानी गर्म होता था तो वह बड़े फिक्रमंद बल्कि आतंकित हो जाते थे। बार-बार सबको याद दिलाते "आज मुझे नहाना है" जैसे मोर्चे पर जाना हो। नहाने के बाद वह इतने खूबसूरत और गोरे लगते थे कि हमें हैरत होती थी कि बड़े अब्बा तो बिल्कुल अंग्रेज हैं। और फिर कुछ हफ्तों बाद वह फिर भूरे पड़ जाते थे। मुगलों के बारे में उन के विचार बहुत कुछ हिटलर के श्रेष्ठता वाले सिद्धांत से मिलते थे। मुगलों से श्रेष्ठ, बहादुर, इंसाफ पसंद, दरियादिल, दयालु बगैरह-बगैरह और कोई जाति दुनिया के पर्दे पर नहीं और बड़े अब्बा मुकम्मल और खरे मुगल थे। क्योंकि बादशाह तैमूर की तरह उन के पैरों में भी पैदाइशी लंग (टेढ़ापन) था। बड़े अब्बा जिसदिन नहाकर काली-चोकोर टोपी और नसवारी रंग का चोगा पहनते थे तो बिल्कुल बहादुरशाह लगते थे। सुनते हैं जवानी में वह इतने खूबसूरत थे कि लोग उन्हें गुजरता देखकर ठक्... जहां के तहां खड़े रह जाते थे।

चार मन 'बरी' जानी थी। पच्चीस-तीस टोकरे, खूबसूरत खानपोशों से ढके मामू ने दरबारी तोशाखाने से निकलवाकर भेजवा दिए थे। अम्मा ने पांच मन मेवा, मिसरी उन थालों में सजदाई, बादामों-पिस्तों, किशमिशों और समूचे नारियल के थाल एक बरी का जोड़ा, एक सुहाग का जोड़ा, जेवर अम्मा ने आपा की हिफ़ाज़त में दे दिया

था। बरी बाजे-गाजे के साथ गई, हम लोग भी पहुंचे। अम्मा दुल्हन की इकलौती सगी फूफी भी तो थीं। इसलिए मामूओं ने उन्हें भात दिया। बहनों को दुपट्टे, बहनोइयों को साफे जो बहनों ने फाड़कर आखिर में दुपट्टे बना डाले। अब्बा-अम्मा के जोड़े और अम्मा को सोने की चूड़ियां। "और बरी में भी तो मेरा हिस्सा है" अम्मा ने कहा। एक थाली में दस-बारह बादाम छुहारे, एक नारियल और थोड़े पिस्ते और किशमिश ममानी जान ने लाकर रख दीं।

"... बस? मैं इकलौती फूफी और यह मुआ मंगता मेरा हिस्सा! मैं तो पूरी थाल लूंगी।" अम्मा अड़ गई।

ममानी जान मामू की दूसरी बीवी थीं। पहली शौकत आपा थीं दुल्हन मां तो उन्हें जरा-सा छोड़कर मर गई थीं।

"आपा दो-दो दाने शगुन के सब ही को बांटने होंगे।"

"माशाअल्लाह पांच मन बरी लाई हूं। दो-दो दाने की भी अच्छी कही।

"पांच मन?"

"हां, हां तुम्हारे मज्जू मियां ही लाये और मैंने अपने हाथों से थाल भरे।"

"एक मन शक्कर, एक मन लड्डू और तीन मन मेवा, मजूदरिनियों की गर्दनें टूटी जा रही थी।"

"आपा कमरे में चलकर बरी देख लो।"

कमरे में थालों पर से खानपोश उठाया तो दस-बारह नारियल हिल रहे थे, दो-चार सेर सूखा मेवा और बीस-पचीस लड्डू।"

"हाय-हाय लोगो, ये क्या अंधेर है। पूरी पांच मन बरी लाई और..." खूब कांय-कांय हुई। अम्मा ने जान लिया कि ममानी जान ने सारी बरी मायके गुलाबसागर पार कर दी। बहुत कड़वाहट पैदा हो गई। ममानी जान बेहद नमाज की पाबंद, सुबह के वक्त कुरआन की तिलावत (पाठ) करती थीं। आठ वक्त की नमाज (यूं तो पांच वक्त नमाज पढ़ना फर्ज है। तीन वक्त की नफिल, औवाबीन, इशराक और चाश्त की नमाजें अदा करने से भी पुण्य होता है) पढ़ती थी। नाजुक बदन खूबसूरत काले-लंबे बाल, चेहरा हजरत मरियम से मिलता-जुलता कौने में बैठी आंसू बहा रही थी। अम्मा ने सारे समधियाने को खूब सुनाई। न जाने इतनी सीधी-सादी अम्मा अपने से ज्यादा भोली औरत को देखती तो उनकी रगें फड़क उठती। और वो एकदम गुस्से में आ जातीं, मामू उन्हें बेहद चाहते थे। जान छिड़कते थे। उन्हें पता चला कि बेगम ने बरी मायके पार कर दी तो तलवारें खींच ली। जब समिधनें विदा हुईं तब उन्होंने ने उनकी

खबर ली। उनकी मायके वालियां पहले ही सटक गई थीं। उन्होंने पत्नी और ससुरल की धज्जियां उड़ा दीं। ममानी चुपचाप लालटेन जलाए, कुरआन की तलावत करती रहीं। मामू जहर उगलते रहे और वो गटागट पीती रहीं। चोर-डायन न जानें क्या-क्या कह डाला, उफ न की, "ढिढाई की हद है ये। नमाजों और कुरआन की तिलावतों से गुनाहों की स्याही कम न होगी। तुमने मेरी बहन का दिल दुखाया है मैं कभी तुम्हें माफ़ नहीं करूंगा।" और वह नीचे जाकर सिर पकड़कर बैठ गये।

अब दूसरे दिन बारात चढ़ी। मामू ने अपनी पहुंच का पूरी तरह उपयोग किया। महाराज के खास हाथी और कोतल घोड़े, चांदी-सोने से झमझमाते सफेद और एक क़द के अरबी घोड़े और दस सेर सोने का झूमर और बीस सेर की पाज़ेबें पहने, जरी के काम से भरे झोल पहने हाथी। तख्त पर एक हसीन अप्सरा की तरह नृत्यांगना नाचती हुई। कदम-कदम पर बारात रूक जाती। तख्त जमीन पर रख दिया जाता और नृत्यांगना अपनी कला का प्रदर्शन करती। दुल्हे के घोड़े का तो जवाब ही नहीं था। बस सोने का डोला, दोनों तरफ दो मोरछल और छत्रवाले। मगर दुल्हा दुलत्तियां झाड़ रहा था। कोई कमख्वाब की अचकन फिट न बैठी। जैसी ही छाती फुलाते, कंधे झटकते कि अचकन चर्र से पीठ पर से फट जाती। इत्तेफाक़ से कई अचकन भिजवा दी थी मामू ने। कोई फिट न बैठी। आख़िर में यूनिवर्सिटी के यूनिफार्म की अपनी काली अचकन पहन कर दुल्हा बने। बनारसी कपड़े का साफा बंधता ही नहीं, बार-बार फिसल कर गर्दन में पहुंच जाता। एक सूती गुलाबी साफा बांध लिया। सेहरे पर तो बुरी तरह बिदके और हार की तरह गले में डाल लिया। इधर अज़ीम भाई की बड़ी मुसीबत। दुल्हा की अचकन तंग और उनकी इतनी ढीली कि दो आदमी समा जायें। खैर उन्होंने दो स्वेटर पहन कर एक जगमगाती हुई अचकन अंड़स ली। और बड़ी कोशिशों से दुल्हे का रद्द किया हुआ वासला पन्नों से चिपका कर पहन लिया। आईने में अपनी सूरत देखकर दूसरों की हंसी का रहस्य समझ कर खुद भी हंसे। बारात को सारे शहर में घुमाकर दुल्हन के दरवाजे पहुंचना था। नसीम भाई बहुत अनुभवी थे। चार कदम चले थे कि घोड़ा बिदकने लगा। जुलूसों का आदी बेचारा घोड़ा गुर्राता हुआ शेर बनकर शर्मिंदा हो गया और कभी आगे बढ़ता, कभी दुलत्तियां झाड़ता। साथ में सात किस्म के बैंड थे। वो बारी-बारी अपनी कला दिखा रहे थे। मगर घोड़ा बारात का कबाड़ा किये दे रहा था। समधिनों या हम लोगों के घोड़े के बिगड़ने की खबर मिल रही थी। हम सब से पीछे मोटरों में थे।

"ये नन्हें बदमाशी कर रहा है।" बड़ी आपा बड़बड़ाई।" ऐ नहीं, ऐसा भी क्या

कोई दीवाना है। जो बारात को लूट देगा। "अम्मा ने कहा।" अरे ये सब मुन्ने फसाद की जड़ है। उसने सिखा दिया होगा। देखो सब परेशान हैं लेकिन मुन्ने खांस रहा है यानी हंसने के साथ उन्हें हमेशा खांसी आती थी। और फिर अंधेर हो गई। दुल्हा गिरते-गिरते संभला और घोड़ा तीर की तरह बारात छोड़कर भागा। मोरछल वाले हक्का-बक्का, छत्रपाल हैरत में। खैर बिना दूल्हा के बारात अपनी चींटी की चाल चलती रही। दूर से ज्यादा पता भी नहीं चल रहा था, कि मोरछल और छत्र शून्य में टंगे हुए हैं... दुल्हा नहीं हैं। इधर मामू शहर के रईसों और छुटभैयों यानी छोटे-मोटे राजाओं के साथ जगमगाते गेट पर हार-फूल लिए इंतजार करते खड़े रहे कि दुल्हा हैरान-परेशान एकाएक घोड़े पर सवार ठीक दरवाजे के सामने चुप खड़ा हो गया। दुल्हा कूदकर उतरा और हांफता-कांपता लड़खड़ाते कदमों से सीढ़ियों पर चढ़ने लगा।

मामू, मामू बस अल्लाह ने बचा लिया। वर्ना ये शैतान का बच्चा, आज मेरा कचूमर निकाल देता, पूछिए रास्ते भर क्या नाकों चने चबवाएं हैं।"

"बारात?" स्वागत करने वालों ने पूछा।"

"आ रही है पीछे" दुल्हा ने सीढ़ियों का सहारा लेकर बनावटी पसीना पोछा, मामू ऐसे नासमझ न थे। वह नन्हें भाई की सवारी के करतब बार-बार देख चुके थे। एकदम अच्छी-खासी चाल चलते-चलते वह ऐसा घोड़े को उछालते-कुदाते कि चिक में से देखते हुए अम्मा चीख मारने लगती थी।

"अरे बेगम नन्हें करतब दिखा रहा हैं, वह घोड़े पर सवार है, उस पर घोड़ा सवार नहीं।"

मगर अम्मा कहतीं "खुदा के लिए रोको, मेरा दम निकला जाता है।" "पांच रुपये" नन्हें भाई के घोड़ा रूकने की कीमत लगाते।

"चल सूअर एक रूपये से ज्यादा नहीं दूंगी।"

और कभी दो, कभी तीन पर सौदा हो जाता। और नन्हें भाई चिक के पास आते।" लाओ अम्मा। "पहले नीचे उतर सूअर।"

"नहीं, पहले रूपये दो, नहीं तो अंदर चढ़ा लाऊंगा घोड़ा।"

"ऐ है, कमीने, कुत्ते, सूअर" अम्मा गलियां देतीं और चिक से रूपये बाहर फेंक देती। और नन्हें भाई एक बार घोड़े को उछालते, ऐसे उतरते जैसे घोड़े ने पटकै दिया। अम्मा चीख मारतीं, वह लपक कर रूपये छीन कर भाग जाते।

"हां, हां, वह मुझे दहलाये, डराए, तुम बनों, उस की पीठ ठोंकों।" अम्मा अब्बा को मुस्कुराता देखकर कहतीं और अब्बा चोर-से रह जाते। निकाह के वक्त, जहूर

नाना और बड़े अब्बा खंखार कर काजी साहब (जो निकाह पढ़ाते हैं) के पास खिसक आए। नन्हें भाई ने दोनों को बड़े प्यार से देखा।

"अरे आप क्यों तकलीफ करते हैं। हदीस (मुहम्मद साहब ने जो आचारसंहिता बनाई) में लिखा है कि दाढ़ी वाले निकाह में गवाह या वकील नहीं बन सकते। दोनों बुजुर्ग सकते में आ गए। अभी कुछ मिनट पहले बड़ी विद्वतापूर्ण बहसें हो रही थीं कि आजकल के क्लीनशेव नौजवानों की नमाज जायज होती होगी या मकरूह (भ्रष्ट) फैसला हुआ कि जरूर भ्रष्ट होती होगी।

"इस पर दुल्हा अड़ गया कि गवाह दाढ़ी के साथ तो नहीं बन सकता अगर..." न पूछिए क्या हालत हुई। निकाह तो होना ही था। छोटे मामू और अज़ीम भाई गवाह और वकील बने। खैर से निकाह हुआ। अम्मा बेबसी से रोती-बिलखती दुल्हन को लेकर आ गई। अलीगढ़ पहुँचे तो बम फटा। नसीम और अज़ीम ने कुछ पेटियां अब्बा के सामने रख दीं।

"इन में क्या है, हम दहेज देखना नहीं चाहते, यह अनपढ़ों की रस्म है। मां-बाप ने जो कुछ बेटी-दामाद को दिया, उससे हमें क्या वास्ता?"

"यह दहेज नहीं है सरकार"

"फिर क्या है?"

"माल-ए-गनीमत।" यह कहकर पेटियां खोलीं, जो पिस्ता, बादामों, मिसरी की डलियों और शक्कर की थैलियां से भरी हुए थीं।

"ये पांच मन की बरी अम्मा ने चढ़ाई थी। जब मजदूरिनियां नीचे लेकर उतरीं, तब हमें पता चला हमने सब निकालकर थोड़ा-थोड़ा मिलाकर आधा माल छोड़ दिया।" अम्मा उस वक्त वावर्चीखाने में थी। उन्होंने अब्बा की आंखों में जगमगाते जुगनूं नहीं देखे।

"बेगम ने देख़ लिया तो?"

"नहीं हम उसे आपके पिछले कमरे में छिपाकर ताला डाल देंगे। संदूक बंद कर दिए गये।

"हूं, तुम्हारे वलीमे (बहूभात) में काम आ जाएगा यह मेवा और शक्कर।"

"मगर गाजर का... हलवा बने पहले थोड़ा।"

और जब नन्हें भाई ने कहा "अम्मा ये मेवा और शक्कर मेरे दोस्त फैयाज खान ने भेजवाया है कि गाजर का हलवा जैसा आप बनाती हैं, वैसा कोई भी नहीं बनाता!" हलवा बना नवाब साहब को भी भेजा गया। दोस्तों ने उड़ाया। काफी दिन बाद अम्मा

को हकीकत मालूम हुई तो सिर पीट लिया।

"हाय, मेरे परवरदिगार, मैंने अपनी फरिश्ता जैसी भाभी पर इल्ज़ाम लगाया, या खुदा मेरा कुसूर बख्श दे। अरे लोगों! मैं क्या करूं? इससे तो अच्छा मैं कलमुंही बांझ होती, ऐसी औलाद से तो..."

नन्हें भाई ने हाथ जोड़कर सिर उन की गोद में रख दिया।

"लो अम्मा जी भर के मार लो।" मगर अम्मा ने रूखाई से अपने पैर समेट लिए। और मुंह मोड़ लिया। नन्हें भाई का मुंह उतर गया।

"मुन्ने, अम्मा सचमुच नाराज हो गई। अम्मा मार लेती तो बोझ उतर जाता।"

मुन्ने भी फ़िक्रमंद हुए। नन्हें भाई ने इस शर्त में शादी की थी कि एल.एल.बी. तक पढ़ाई का सारा बोझ सरकार की तरफ से और रोटी-कपड़े के अलावा तीस रूपये मियां-बीवी को जेब खर्च।

बस अब छह महीने जेब खर्च नहीं मिलेगा नन्हें "क्या?"

"बदतमीजी की सजा में" "ऐ होश में। पढ़ने वाला लड़का... और फिर नई दुल्हन। मेरे जीते जी ऐसी नाइंसाफी नहीं होगी।" मां भी अजीब गोरखधंधा होती है "अब्बा सोचने लगे" गुस्से का भरोसा न प्यार का।"

□□□

बादशाही खानम उर्फ बच्छू फूफी-I

थर्ड क्लास के डिब्बे में जितना मुश्किल चढ़ना है, उससे ज्यादा मुश्किल उतरना है, आगरा स्टेशन पर तिल धरने को जगह न थी। ऊपर से सौदेवाले अपने-अपने हाथ आंखों के सामने नचा रहे थे। झांझ बजाती गुड़िया, डगर-डगर तार, गर्दन के छल्लों पर हिलता बुढ्ढा, गुजरिया पापड़, तिल के लड्डू, ताजमहल के बने, अनाप-शनाप, फिर पीछे से बाहर निकलने वाले ढकेलते हैं। सामने से बड़े-बड़े गठ्ठर गन्नों के बंडल, क्या कहा जाए। बहुत से टेढ़े-मेढ़े पत्तों के साथ रस्सी से बांधकर डिब्बे या लोगों के चढ़ने से पहले ठूंसते हैं, खुद दिखाई नहीं देते, एक लंबे-से बांस में या शायद दो बांसों में सुरहियों की टकटकी। फिर महकती डोर में पगड़ी बांधे मर्द और चूते हुए बच्चे... या अल्लाह!

ऊपर से शौकत आपा को पूरे दिन, बच्चा पैदाइशी के इरादे से आगरा बाजी के यहां जा रही थी। मेरी भी दुर्गत लिखी थी। बी.ए. के बाद सोचा जरा चार दिन के लिए आगरा घूम आऊं। शौकत आपा बड़ी भोली सूरत लिए जिद्द कर रही थीं। अब मुझे पता चला, इतना आग्रह क्यों था। नईम, उन का ढाई बरस का मोटा-ताजा, डीलडौल में ददिहाल पर गया था। उसे उठाना बस जैसे तड़पते लातें-चलाते बम के गोले को उठाना था। फर्क इतना था कि वह फटने वाला न था। मगर उठाने वाला जरूर धमाके से डर जाता। उन हजरत की आदत थी कि अपने वजन की जांच-पड़ताल से कुछ वास्ता नहीं। सोते हुए आदमी पर अचानक धम! से कूदने के बेहद शौकीन इसके अलावा घूंसे चलाने और दांत काटने से भी दिलचस्पी रखते थे।

खैर मुझे काटने की आदत उन्हें छोड़नी पड़ी क्योंकि मैंने बदन के अलग-अलग हिस्सों पर नील के बहाने उन के मुंह में कुनैन की एक चुटकी झोंक दी। और उसके बाद उन्होंने आज तक मुझे काटने की फिर कभी कोशिश नहीं की। खैर साहब सही-सलामत उतर ही लिए। मेरे पास तो बस एक अटैची थी। मगर शौकत आपा तो कई माह का प्रोग्राम बनाकर आई थी।

"मुझे माई थान उतार देना" तांगा खिसका तो वो बोली,"

"उतार देना क्या मतलब?" मैंने पूछा

"बस उतार देना मतलब उतार देना।"

"और मैं कहां उतरूंगी?"

"मैं क्या जानूं?"

"पंजा शाही नहीं चलोगी।"

"ऐ मैं कोई दीवानी हूं जो इस वक्त आऊंगी। सुबह जाके साफ करना होगा कबाड़ भरा हुआ है कमरों में। और मनों धूल अंटी पड़ी है। मैं तो दो-तीन दिन बाद जाऊंगी।

"तो मैं जाऊं उस कबाड़ खाने में?"

"न जाओ।"

"तो फिर"

"फिर क्या।"

"शौकत आपा में भी कल ही पंजाशाही जाऊंगी या दो-तीन दिन बाद।"

"आज कहां रहोगी?"

"तुम्हारे साथ।"

"दीवानी हुई हो?"

"क्यों?"

"मैं तो अम्मा के यहां जा रही हूं।" अम्मा वह अपनी नानी को कहती थीं। जो बदकिस्मती से मेरी इकलौती फूफी बादशाही खानम उर्फ बच्छू फूफी थीं जिन्हें बजाए बच्छू के लोग ज़ेर लगाकर बिच्छू पुकारते थे (उनकी पीठ पीछे) उन्हें मैंने अक्सर रहमान भाई के कोठ की खिड़की से जो, हमारे सहन में खुलती थी। बेहद ऊंची आवाज़ में मेरे पूरे खानदान को कोसते-गालियां देते देखा है। उनकी मेरे अब्बा से मेरे जन्म के पहले से ठनी है। रोज़ नियम से फूफी अम्मा रहमान भाई के यहां खिड़की में बैठ जाती और गोलाबारी शुरू हो जाती। अब्बा और अम्मा समझदार फौजी की तरह खंदकों में यानी बरामदे की आड़ में छुप जाते। हम कुछ छोटे बच्चे खिड़की के नीचे मुंह उठाए, हैरत से उन्हें देखा करते। न वह कभी हमारे यहां आतीं और न कभी हम वहां गए। सिर्फ अब्बा मियां ईद-बकरीद में पांबदी से माईथान बहन से ईद मिलने जाते थे। सिर्फ जवान लड़कों को ले जाते। जो ईद की नमाज़ पढ़ने साथ जाते थे। ये अजीब लड़ाई थी। जैसे युद्धों में क्रिस्मस पर युद्ध बंदी लागू हो जाती है। इसी तरह ईद के दिन भी सुलह का एलान हो जाता। और अब्बा जरूर जाते थे। फूफी अम्मा अंदर पर्दे में हो जातीं। अब्बा बरामदे में बैठ जाते। और दोनों तरफ से चले कड़वे बैनों ओर तानों का आदान-प्रदान होने लगता। पंद्रह-बीस मिनट तक धुआंधार गोलीबारी

होती रहती। फूफी अम्मा कोसती और रोती। अब्बा मियां चुटकियां भरते और ठहाके लगाते।

बचपन में उनके सारांश सुनकर जरा भी आश्चर्य नहीं होता था कि फिर अब्बा जाते क्यों हैं? क्योंकि अम्मा कहती थीं कि फूफी अम्मा की गालियां, कोसने हमारे खानदान को बेहद रास आते हैं। उन के कोसने की ही बरकत थी कि अल्लाह का दिया सब कुछ था। एक बच्चा तक न मरा। इधर फूफी के तेरह-चौदह कच्चे-पक्के बच्चों में बस हशमत खानम जिन्हें सब खानम साहब कहते थे। जिंदा थीं, उनकी बड़ी बहन मुसर्रत खानम यानी मेरे बड़े मामू जफर हुसैन की पत्नी की मृत्यु उसी वक्त हो गई जब शौकत आपा साल दो साल की होगी। "है नामुराद मय्यतपीटा जफर हुसैन, मेरी बच्ची को खा गया।" फूफी अम्मा रहमान भाई की खिड़की में बैठकर दुहराना कभी नहीं भूलती थी। "जफर मामू मुसर्रत ममानी को क्यों खा गए?" मैंने बारी-बारी सब बुजुर्गों से पूछा। मगर हमारे यहां बुजुर्ग बच्चों का जवाब कब देते थे।

"ऐ बस ग़ारत हो, जी न खाओ।" साथ में अगर हाथ लग गए तो एकाध धमोका। और मैं जो अजीब और भयानक सपने देखकर रातों की चीखने चिल्लाने की बीमारी में बचपन से जकड़ी थी। बुरी तरह सहम जाती थी। बड़े मामू बेहद सजे-धजे, गोरे-चिट्टे और हठ्ठे-कट्ठें थे। सोने के रंग के बहुत घने और घुंघराले बाल, बड़ी-बड़ी शरबती आंखें, सजीले मोतियों जैसे दांत हम सबके लिए मिठाइयां और खिलौनो लाते थे। बेहद लाड करते थे। वह खुद जोधपुर में रहते थे। उनके साथ उनके बड़े बेटे अज़हर हुसैन रहते थे। उनसे छोटे अजहर हुसैन, जो शौकत आपा से दो ढाई साल बड़े होंगे हमारे यहां बचपन में रहते थे और शौकत आपा भी छोटी थीं तो हमारे यहां ही रहती थीं। साल में एक-दो बार मामू और मज़हर भाई आया करते थे। अम्मा उन्हें बेहद चाहती थी। छोटे मामू फरहत हुसैन से भी ज्यादा।

ठीक ही कहते होंगे सब कि मैं दीवानी-सी थी। जब मामू ठहाका मारकर हंसते और उनके सफेद दांत चमक उठते तो मेरी कल्पना मुझे ले उड़ती। मेरा छोटा भाई चुन्नु भी मेरे ही ख्याल का था। हम दोनों अकेले में मामू के मजबूत दांतों पर टिप्पणी करते। कैसे ममानी को खाया होगा। पहले उंगलियां चबाई होंगी, हड्डियां थूकते गए होंगे। क्या इंसान की हड्डियों में गूदा होता है? चुन्नु बड़ा अत्याचारी था। काफी छोटा था तभी से दोपहर को डलिया की फटकी लगाकर चिड़िया पकड़ता, उसकी गर्दन पकड़ कर तोड़ते वक्त अल्लाहो अकबर कह लेना चाहिए ताकि हिरन जबह करने से पहले दम तोड़ दे तब भी हलाल रहे। अल्लाहोअकबर की बरकत जैसी छुरी में, वैसी गोली में शिकार को तो मारने से मतलब। चिड़िया को नारंगी की तरह छीलकर कच्चा ही चबा जाता था। मैं एकदम फुसफुस थी। मुझे उबकाइयां आने लगती।

चुन्नु विस्तार से मामू के दांतों की कारवाईयों पर टिप्पणियां करता। मुझे मतली आने लगती। न जाने कब मुझे मालूम हुआ कि वह तपेदिक की बीमारी से मरी थी। मामू ने खाया नहीं था उन्हें। फूफी ने कवितात्मक बिंबरूप में प्रयोग किया था। रास्ते भर मैं और शौकत आपा लड़ते रहे। वह कहती थी, अगर मैंने फूफी अम्मा के घर कदम भी रखा तो कयामत आ जाएगी। मैं मुगलबच्ची कयामत देखेने से भला क्या बाज आ सकती थी। "और जो उन्होंने निकाल दिया।"

"कैसी निकालेंगी, धक्के देकर?" मैं तुम्हारी तरह शेखानी नहीं बेगम, मैं भी मुगलानी हूं।"

"तुम अम्मा पर हाथ उठाओगी?" शौकत आपा रो पड़ीं। मुझे तरस आ गया।

"नहीं, नहीं तुम डरो नहीं। मैंने कभी फूफी अम्मा को पास से नहीं देखा। दूर से तो अब्बा मियां जैसी लगती हैं। और अब तो उन्हें देखते सोलह बरस हो गये। कुछ धुंधली-सी यादें हैं। अगर वह मुझे धक्के भी देंगी तो सूरत तो देख लूंगी। बस फिर मैं वापस स्टेशन चली जाऊंगी। और पहली गाड़ी से अलीगढ़।

"तुम जानो, भई अम्मा से मुझे बहुत डर लगता है। कहीं गुस्सा होकर निकाल दिया तो?"

"तो तुम भी वापस चली चलना।"

शौकत आपा के प्रसव में कुछ फंदा पड़ रहा था। डर था कि गर्भ नष्ट न हो जाए। इसलिए तो वह अम्मा के पास आई थी। अगर उन्होंने निकाल दिया तो क्या होगा? उन्हें मैंने समझाया कि फिर हम हकीमों वाली गली में मुशर्रफ खाला (मौसी) के यहां चले जाएंगे।

"हैं, हैं, फिर तो अम्मा सारी उम्र मेरी सूरत नहीं देखेंगी। शौकत आपा की आंखें कुछ ज्यादा ही बड़ी हैं। इसलिए आंसुओं की धार बहती रहती हैं। इतने में घर आ गया। शौकत आपा मेरी खुशामद करती रहीं। मगर मैं तांगा से उतरकर अंदर दाखिल हो गई। वह सामने बरामदे में खड़ी शायद तोते को अमरूद की फांक सलाखों में से दे रही थीं। आहट सुनकर उन्होंने पलटकर देखा।

"कौन शौकत? आ गई बच्ची?" उन्होंने उदासीनता से कहा।

"शौकत आपा तांगे में बैठी रो रही हैं, मैं...मैं" उन्होंने मुझे गौर से देखा। अमरूद की फांक हाथ से छूट गई। शेर और बकरी एक दूसरे को नजरों में तौल रहे थे। शेर कौन और बकरी कौन? ये उस वक्त फैसला करना मुश्किल था। उनकी बड़ी-बड़ी आंखों में एक कौंधा-सा लपका। मैं आंखों में आंखे डाले बढ़ती गई। अम्मा तो कहती हैं, मैं सूखा रोती हूं, जब बचपन में पिट जाती थी तो सिर्फ गला फाड़ती थी। आंसू का नामोनिशान नहीं होता था। चिल्ली-गुहार से अकसर आक्रमणकारी बौखला जाता

और मार कम पड़ती, चोट पड़ने से पहले ही चिल्लाने लगी तो दो-चार थप्पड़ मारने पर ही मारने वाला समझता है, बहुत मार लिया और आंसू बर्बाद करने की नौबत नहीं आती। मेरी आंखों में धुंध छा गई। और जब शौकत आपा ने डरते-डरते ड्योढ़ी में झांक कर देखा तो डाक्टर की भविष्यवाणी सच होते-होते बची। दो मूर्ख औरतें एक-दूसरे के गले से लगी भूं-भूं करके रो रही थी। खानम साहब बौखलाई हुई कमरे से निकली और मुझे देखकर ठिठक गई। मैंने अपने गाल पर से फूफी अम्मा के आंसू और राल पोछकर उन्हें सलाम किया। "जीती रहो" उन्होंने बाहें फैला दीं। शौकत आपा कुछ चोर-सी खड़ी थी। नईम आते ही मुर्गियों के पीछे बेतहाशा दौड़ रहा था। "बिल्कुल बाप पर गई हैं। अल्लाह का शुक्र है ननिहाल पर न गई मोटे हब्शी-मे बद्दुओं का मेल है तुम्हारी ननिहाल में।" उन्होंने डंक मारने शुरू कर दिये।

"तौबा है अम्मा, बस शुरू हो गईं।" खानम साहब तुनक कर बोली।

"तो क्या मैं झूठ कह रही हूं। बद्दुओं का मेल न होता, चौड़े मुंह चपटी नाकें और घुंघराले बाल कहां से आते। मेरा भाई तो मुग़ल है"

"अरे हां, कभी ध्यान ही न दिया।" मैं बोली "सच तो है हमारे गांव के बुजुर्गों में से जरूर किसी न किसी बद्दू लड़की से शादी की होगी। फूफी अम्मा की आंखों में शोले भड़ने लगे। मगर मुझे हंसता देखकर बोली" मगर ढिठाई ननिहाल से पाई है।"

"तौबा कीजिए फूफी अम्मा, वह मुए पतली दाल के खाने वाले उस्मानी हम चंगेज़िओं की क्या बराबरी करेंगे कितने सौ साल राज किया है हमने इस मुल्क पर। हमारी ढिठाई के तो झंडे गड़े हैं सारे देश में।"

"हां भई किसी शेख चिल्ली से न हो सका राज पाट।" फूफी अम्मा वार पर वार करने की आदी थीं। ताकि दम भी न ले पाए दुश्मन।"

"बस मुजाविर (मजार की देखभाल करने वाला) ही रह गए। इसे जरा ठीक से समझने की बात है। न जाने किधर से हमारी ननिहाल का कुछ हजरत सलीम चिश्ती से जा मिलता था। जरूर कुछ घपला होगा। या शायद फूफी अम्मा ने यह रिश्ता ताना मारने के लिए गढ़ा था। वह कहती थी। हजरत सलीम चिश्ती जिन का हमारी नानी से सिलसिला मिलता था।

"मुजाविर थे, मगर बड़े जोरदार मुजाविर थे। अकबर ने बेटे की खातिर उन कदमों पर सिर झुकाया।" और फूफी अम्मा तिलमिला गई।

"अजगर खाक में मिल गया। संपोलिए मेरी जान को छोड़ दिया। अरे तेरी अम्मा ने यह जहर घोला है मेरे खिलाफ। शौकत निकल इसी वक्त।

"क्यों अम्मा?" शौकत आपा रो पड़ी।

"क्यों लाई इस कलमुंही को।"

"मैंने बहुत मना किया।"

"हां फूफी अम्मा, इन बेचारी ने बहुत मना किया, मगर मैं जबरदस्ती आ गई।"

"क्यों?" फूफी अम्मा गुराई

"अम्मा!" खानम साहब बोली

"तू चुप रह, हां बोल क्यों आई?"

"आप को देखने, खिड़की में से साफ नहीं देखा था। फिर बहुत साल हो गये थे। पास से तो कभी देखा ही नहीं था।"

"तो पास से देखने आई है।"

"हां" मैंने मरी आवाज़ में कहा।

"क्यों क्या मेरे लिए कोई बुड्ढा ढूढ़ा है, मेरा ब्याह रचाएगी?"

मुझे एकदम हंसी का दौरा पड़ गया। फूफी अम्मा कुछ झेंप गईं, मैं हंसी से बेकाबू होकर पास वाले पलंग पर गिर गई।

"अरे-अरे क्या करती हो, यह अम्मा का पलंग है। इस पर तो नईम को भी नहीं चढ़ने देतीं। मैं जल्दी से खड़ी हो गई।

"बैठ!" फूफी अम्मा ने डांटा। मैं जल्दी से वापस बैठ गई। वह शौकत आपा की तरफ मुड़ी।

"हूं तो ये यहां नहीं बैठेगी। तेरे बाब का है ये पलंग?"

"ऐ अम्मा अल्लाह का वास्ता" खानम साहब बोली।

"तुम चुप रहो हशमत खानम, हां तो बोल यह यहां क्यों नहीं बैठेगी?"

"तुम्हारा है यह पलंग, तुम किसी को नहीं बैठने देती, इसलिए मुझे भी तो मना करती हो।"

"तू मेरे पलंग पर बैठने के काबिल हैं?

"मैंने कब कहा?" शौकत आपा मुंह फुलाकर चौकी पर ढह गई। फूफी अम्मा मेरे पास बैठ गई। मेरे कंधे पर हाथ रख कर बोलीं।

"अरे नाशुक्री। फूफी-भतीजी एक जात और नानी तीन पानी। यह मेरे भाई की औलाद है समझी और तू?" शौकत आपा रोने लगीं।

फूफी अम्मा ने नईम को पास बुलाकर गोद में बैठा लिया। और कहा? यह मेरे भाई का पोता है। शेर था मेरा भैया शेर। एक बार क्या हुआ कि किसी ने छोटे को मारा (छोटे चचा मुस्तकीम बेग चुगताई) वह आया रोता, भाई ने दो झापड़ लगाए। रोते हैं मर्द? और बस उसी दिन से दोनों मिलकर अखाड़े में उतरने लगे। पूरे तीन महीने कस-कस के डंड बैठक लगाई। भर-भर कटोरे घी पिए थे दोनों ने। मैं अपने हाथ से मक्खन लाया करती थी। ऐ चौथे महीने निकले दोनों गली में। नादू पहलवान

के पास से गुजरे तो मार दिया कंधा। वह लगा अकड़ने कि अंधे देखकर नहीं चलता। बस जी, वहीं निगोड़े का पलेटन कर दिया। हम मुगल हैं लड़की ये न भूल जाना कि हमने बड़े-बड़ों के छक्के छुड़ा दिये।

मैंने अपनी हंसी जम्हाई में छिपा ली। जी चाहा कर दूं और वह जो बद्दुओं का मेल है मुझ में और तुम तो कहती हो मेरी मां न कोचवानों ओर ग्रासकटों से संबंध बनाकर काले-पीले संपोलिए जने हैं। तुम्हारा शेर भाई तो नामर्द था। पिछली बार रहमान भाई की खिड़की में बैठकर तुमने खुद मेरे पुश्तों का हिसाब गिनाया था। मगर इस वक्त मुझे फूफी अम्मा पर बहुत प्यार आ रहा था। वह अपनी सुराही, अपना कटोरा अपनी रकाबी (प्लेट) पलंग, चादर, लिहाफ, तकिया, किसी को छूने नहीं देती थीं। खानम साहब को कभी मना नहीं किया। मगर जब शौकत आपा को मना किया तो उनके आंसू पोंछने के लिए उन्होंने भी हाथ लगाना छोड़ दिया।

खानम साहब को मैंने सब से पहले घनकोट के स्कूल में देखा था। आगरा का सब से सड़ियल स्कूल था। वहां मैं टाट पर मिली गंदी बच्चियों के साथ दिन भर कुश्तम पछाड़ करती थीं। हम नौ-दस लड़कियां एक बड़ी-सी डोली में भर के जाया करती थीं, डोली इतनी भर जाती थी कि गुब्बारा बन जाती थी। बस डंडा पकड़कर पट्टी पर पैर जमाकर लटक जाते थे। तीन इधर-तीन उधर और तीन कभी चार बीच में। बीच वालियों की मौत हो जाती थी। कभी किसी की बाली खिंचकर खून बहने लगता। कभी नथुनी खिंच जाती थी। भाईयों से लड़ाई के दौरान बालियां तो मैंने उतार के खो दी थीं। तिनके डाल लिए थे। और चोटी में अपने कुरते के अंदर पीठ पर डाल लेती थी। दुपट्टे से भी फांसी लग जाने का डर रहता था। सो उतार कर बस्ते में खोंस लेती थीं।

पता नहीं वह वहां क्यों आती थीं? मैंने जिंदगी में इतनी खूबसूरत औरत नहीं देखी। वह तब चौबीस-पच्चीस बरस की होंगी। पांच फुट छह इंच का क़द, इस पर ऊंची एड़ी की चप्पल, नाजुक कमर, लंबे बाल, नीला रेशम का घेरदार गरारा, सफेद लंबी बांहों की शमीज और सफेद बेल लगा मुलायम कपड़े का दुपट्टा। मैं उन्हें देखती रह गई। मैं सस्ती छींट का उटंगा-सा पायजामा और डोरिए का मैला कुरता और मोटी मलमल का गंदा-सा दुपट्टा पहने टाट पर बैठी तख्ती पर अलिफ-बे लिख रही थी। तो यह हैं हमारी ममेरी बहन। उन्होंने आसमान से नीचे जैसे नाली की तरफ देखते हुए कहा और मेरा जी चाहा, मैं चींटी बनकर टाट के नीचे दुबक जाऊं।

वह चली गई थीं और मेरी तख्ती पर आंसू और नाक टपकने से अलिफ-बे फैलकर पंजाशाही का नक्शा बन गया था। जिस पर उस्तानी ने इतने जोर से चपत मारी थी कि मेरा तख्ती से सिर जा टकराया। और मैं अपनी जान से ज्यादा प्यारी

सहेली बुक्कू को खसोट डाला था। क्योंकि वह मुझे चुमकार रही थी। खानम साहब पंद्रह-सोलह बरस बाद भी सुन्दर थीं। मगर बदन जरा भारी हो गया था। चेहरा कुछ सूजा हुआ-सा लग रहा था। हाथी दांत जैसी सफेद चमड़ी, भूरी और कजलाई-सी हो गई थी। फिर भी वह बहुत खूबसूरत थी। महारानी-सी लगने लगी थीं। मुस्कुराहट अब भी कयामत थी।

रात को तख्त पर दस्तरखान लगा। याद नहीं क्या खाया। मुझ पर कुछ नशा-सा छाया था। फूफी अम्मा ने मुझे हाथ से निवाले बनाकर खिलाए। अपनी रकाबी में साथ खिलाया। अपने कटौरों से पानी पिलाया और बिना खंगोले खुद भी पिया। शोकत आपा सन्नाटे में बैठी देख रही थीं। और थोड़ी क्या काफी जल रही थीं। मगर फूफी अम्मा बड़ी जबरदस्त पॉलिटिशीयन थीं। वह मार के बाद चुमकारने की आदी थीं। उन्होंने एक संदूक भर सामान शौकत आपा को दिया उनके और नईम के कपड़े। पाउडर और साबुन के डिब्बे। शौकत आपा खुश हो गई। वह अपने बेटे के साथ अपने कमरे में जाकर सो गईं। यह तय हुआ कि फूफी अम्मा खानम साहब और मैं अन्दर चौकी पर सोएंगे। चार तख्त मिलाकर उस पर मोटा तोशक और चांदनी बिछी थी। लिहाफ दो ही थे। फूफी अम्मा का लिहाफ बहुत बड़ा था। उन्होंने मुझे अपने साथ सुला लिया। सर्दी जोरों की पड़ रही थीं। दो अंगीठियां सुलग रही थीं। फूफी अम्मा। मैंने होश संभाला तो आप की और अब्बा की लड़ाई के बारे में सवाल उभरे पूछा तो कोई कुछ नहीं बोला, बस कहते... आप घमंडी हैं।

"साफ कहो... खर दिमाग हूं। बददिमाग हूं। कुतिया हूं। मुझे लगी-बुझी नहीं भाती।

"मगर फूफी अम्मा, जरा सोचिए। मैं आप से क्यों चिढ़ूंगी।"

"तुम्हारे अम्मा-बावा का भरा हुआ सच बताओ तुमने मेरे और मेरी बेटी के बारे में अपने खानदान भर से कोई अच्छा बोल सुना है।

"नहीं, मगर क्यों?"

"तुम्हारी अम्मा अपने मायके वालों को पालती हैं।"

"मेरी अम्मा के मायके वाले और ससुराल वाले अलग नहीं, उन्होंने बड़े अब्बा और उनके बच्चों को पाला। अपनी ननद के तीन बच्चे पाले। और तो और नौकरों के बच्चे भी पाले। चचा मियां की कितनी खातिर करती हैं सारा कुनबा उनकी तारीफ करता है। सिवा आपके और किसी से उनके खिलाफ एक शब्द नहीं सुना। अब्बा की और इनकी जैसी निभी। उसकी मिसाल मिलना मुश्किल है। यहां तक कि उन्होंने अपनी मुंह बोली बहन के साथ भी वह किया जो मुश्किल से कोई करेगा।"

अम्मा के बचपन की एक सहेली थी। उनसे बड़ी और समझदार अम्मा ने जिंदगी

के सच उनके ही जरिए सुने और जाने। वह बहुत गरीब थीं। उनके मियां चपरासी थे। जब मैंने उन्हें देखा तो काफी बूढ़े हो चुके थे। पत्नी से उम्र में काफी बड़े थे और नौकरी खत्म होने के बाद मस्जिद में पड़े रहते थे। वहीं किसी के घर से खाना मिल जाता, कोई अल्लाह का बंदा कपड़े बनवा देता। बड़ी बेटी रूकैया आपा सहारनपुर में एक बहुत बड़े जमींदार से ब्याही गयी थी। वह खूबसूरत और कम उम्र थी। उनकी पहली बीवी से लड़का नहीं था। किसी अच्छे खानदान की लड़की से ब्याह करना चाहते थे। थोड़े से "मेहर" (निकाह की अनुबंध राशि जिसे धर्मानुसार सुहागरात को ही दूल्हे द्वारा दुल्हन को अदा कर देना चाहिए) पर उनसे निकाह कर लिया था। मगर उनसे भी एक बेटी ही हुई। मुझसे कुछ बड़ी थी। और मेरी दोस्त थीं। छोटी बी प्यार में कहते थे। याद नहीं क्या नाम था। अच्छी खूबसूरत और अक्लमंद! अचानक बाप की सांस रूक गई। दादा ने जब छोटी बी पांच बरस की थीं, उसकी शादी अपने दूसरे बेटे के लड़के से कर दी, जो दो साल का था ताकि संपत्ति बाहर न जाए। रूकैया आपा लड़की को लेकर मायके चली आई। और कोशिश करने लगी कि तलाक हो जाए ताकि छोटी बी के बाप की संपत्ति का हिस्सा वह ले सके। दो बीवियों में बंटने के बाद भी काफी हिस्सा मिला था।

"खोला" जो इस्लाम में उचित है और कोई भी औरत न्यायोचित कारण से ले सकती है। मगर छोटी बी 'खोला' न ले सकी। क्योंकि लड़के का तीन साल छोटा होना न्यायोचित कारण नहीं था। बड़े मुकदमे चले। मगर कामयाबी न मिली। और छोटी बी को आखिर जिस लड़के से निकाह हुआ था, उसी के साथ जाना पड़ा।

दूसरी लड़की बहुत खूबसूरत थी, अहमदी बेगम। उसकी एक छोटे से जमींदार से शादी हो गई और चौथे बच्चे जनने में मर गई। तीसरी लड़की की शादी एक बूढ़े आदमी से हुई, जो छतारी के नवाब साहब के यहां मैनेजर थे। एक लड़की पैदा हुई और वह लुढ़क गए। नवाब साहब ने उन्हें काफी रूपया दिया। और वह भी बेटी को लेकर घर आ गई। आते ही उन्होंने दोनों हाथों से रूपया खूब उड़ाया। खूब दावतें कीं सारे खानदान की और कंगाल हो गईं। इधर-उधर रहती फिरती थीं। चौथी लड़की की भी एक अमीर बूढ़े से शादी हुई। जिसके लड़के उससे बहुत बड़े-बड़े थे। बूढ़े को एक नर्स की जरूरत थी। बेहद बीमार था। दो-चार साल बाद मर गया और कुछ छोड़ भी नहीं गया। लड़कों ने इसी शर्त पर शादी करने दी थी कि संपत्ति पहले बांट दो। मरने के बाद बड़ी बी को बिना तनख्वाह के नौकर की तरह रखते थे।

पांचवें नंबर पर बेटा था, बिल्कुल बाप की तरह निकम्मा। कुछ पढ़ाया-लिखाया नहीं, न ही उसे इतनी अक्ल। लाडला बेटा था। स्कूल में लड़के सताते थे। तो अम्मा ने घर बिठा लिया। हमारी अम्मा को जो घर था उसमें दो भाईयों का हिस्सा था।

किराया कुछ नहीं था। अम्मा ने भाईयों से कहा यह घर मुझ दे दो। वह घर उन्होंने अपनी सहेली को दे दिया। वह लड़का शादी के बाद भी कुछ न कर पाया और तीन-चार बच्चे पैदा करवा कर पलंग पर लेट गया। अम्मा ने सारी उम्र अपनी सहेली को निभाया। वह साल में दो बार आती थीं, एक बार जड़ावल बुनवाने और एक बार गर्मी के जोड़े बनवाने। बेटियों की शादी में पूरे-पूरे दहेज बनवाये।

यह सब मुझे फूफी अम्मा ने बताया। अम्मा कहती थीं। सब झूठ! अब्बा को भी पता नहीं था और जब पता चला तो अम्मा साफ मुकर गईं।

"मगर फूफी अम्मा। यह बातें सुनकर तो मेरे दिल में अपनी मां की और इज्जत बढ़ गई। वह बड़ी दिल वाली थीं।

"हां, हां तू तो मइया की पिच करेगी।" वह भिन्नाई और लिहाफ समेट कर अलग लेट गई।

"फूफी अम्मा, अगर मैं मर गई तो कफन-दफन लिहाफ से ज्यादा महंगा पड़ेगा। एकदम लिहाफ मेरे ऊपर फेंक कर खुद पीठ मोड़ कर लेट गई। मैंने लिहाफा से ढांपना चाहा उन पर तो बिफर पड़ी खानम साहब ने बहुत मुश्किल से राजी किया मैं उनके लिहाफ में आ जाऊं तो एकदम मान गई। नींद आ रही है फूफी अम्मा। मैंने पूछा "मर गई फूफी अम्मा।"

खुदा के लिए बात कुछ हो रही थी। और आप खाला बी का रोना लेकर बैठ गई। बताइए आप की अब्बा मियां की लड़ाई किस बात पर हुई।

"बड़ा लंबा किस्सा है।"

"... बताइए तो!

"मैं बताऊं?" खानम साहब बोली। यह तीन भाईयों की लाडली बहन बड़ी तुनक मिज़ाज थीं। लड़कियां जब लड़कों के बराबर या उनसे बेहतर लाड प्यार से पाली जाएं तो वह अच्छी गृहस्थिन नहीं साबित होती।

"अब तुम्हें कैसे बताऊं।"

हशमत खानम हमारे खानदान की पहली लड़की थीं, जिन्होंने मिडिल पास किया और लखनऊ में उस्तानी की नौकरी की। यह उन दिनों की बात है जब मेरी बड़ी आपा की शादी हो गई थी। लेकिन मंझली और संझली अभी छोटी थी। और न जाने क्या सूझी कि अब्बा मियां ने उन दिनों को करामत हुसैन बोर्डिंग में दाखिल करा दिया। मैं चूंकि मंझली बहन से बहुत घुलीमिली थीं। मुझे भी भेजा गया। मुझे कुछ याद नहीं बस इतना याद है कि बाजी गायब हो जाती थी। मैं एक नौकरानी के पास गला फाड़-फाड़ कर बाजी-बाजी पुकारा करती थी। फिर न जाने क्या हुआ कि हमें वापस बुला लिया गया। मैंने बड़े होकर पूछा तो कोई संतुष्टि के लायक जवाब न

मिला। बस बड़ी बदनामी हो रही थी। सारा खानदान बायकाट पर तुल गया कि तुम लड़कियों को क्रिश्चियन बना रहो हो। उनकी शादियां न हो सकेंगी। सभी को सारी उम्र पालना अम्मा ने रो-रोकर बुरा हाल कर लिया। अब्बा ने हथियार डाल दिये। उनके तमाम मिलने वालों की यही राय थी कि लड़कियों को शिक्षा दिलाना, उन्हें देह व्यापार कराने से भी ज्यादा भ्रष्ट काम है।

मैं खुशकिस्मत थी कि देर से पैदा हुई। मुझे शिक्षा पाने का मौका मिला। वह भी क्या-क्या जतन करने के बाद। मेरी कलम बहक रही है और बार-बार पटरी से उतर जाती है। बात इस वक्त मेरे अब्बा मियां और फूफी अम्मा की लड़ाई की हो रही थी और मैं कहां पहुंच गई।

"बात दरअसल यह थी कि अम्मा कुछ पढ़ी-लिखी भी थीं यानी एक तो करैला, ऊपर से नीम चढ़ा।" हशमत जहां ने चुपके से कहा, "साफ बात क्यों नहीं बताती, मेरे ऊपर तुम भी दोषधर दे। साफ क्यों नहीं बताती "फूफी अम्मा गुराई।" मगर हशमत जहां ने सुनी-अनुसनी कर दी। अम्मा की कम उम्र में ही मां का स्वर्गवास हो गया। हमारे नाना और तुम्हारे दादा मिर्जा करीम बेग चुगताई की पहली पत्नी के स्वर्गवासी हो जाने के बाद उन्होंने हमारी नानी से शादी की।

मुझे मालूम है पहली पत्नी से सब से बड़े हमारे ताया मिर्जा नईम बेग और फूफी उमराव खानम थीं। मैंने उन्हें नहीं देखा सिर्फ उनके बारे में सुना है।" मैंने कहा।

"हां उनकी शादी रिश्ते में ही उम्दा खानम से हुई थी।

"उनके बेटे मिर्जा वल्लिउल्लाह बेग लंबे बांस की तरह वल्लू चचा, हम उन्हें चचा क्यों कहते थे। वह तो हमारे चचेरे भाई थे, खैर वह अफीम खाते थे और मीठे पर जान देते थे। नन्हें भाई उन्हें बहुत सताया करते थे। उनसे पूछते... शहद खाएंगे। वह कहते हां तो नन्हें भाई– कहते मुंह खोलिए। वह मुंह खोलते तो नन्हें भाई उनके मुंह में नींबू निचोड़ दिया करते थे। ओफूफो। कितना गुल गपाड़ा मचाते थे। चींख-चींखकर रोते रहते, हाय! सारा नशा काट डाला मरदूद ने "वल्लू चचा की शादी नहीं हुई थी। वह किसी काम के नहीं थे। बस इसके-उसके यहां पड़े रहते एकदम गंदे मैले, नौकर तक सताते थे।"

"और पता है ताया नईम बेग ग्वालियर के गवर्नर थे एक जमाने में।"

"मगर वह तो सुना है हमारे यहां रहा करते थे। पत्नी आगरे में रहती थी। लड़का कभी इधर, कभी उधर अरबी-फारसी का जमाना खत्म हो गया था। बड़े-बड़े ज्ञानी भूखों मर रहे थे, वल्लू चचा सुना है फारसी का दीवान लिए फिरते थे।

"हां बुद्धिमान थे, सुना है, मगर बाप के तबाह होने के बाद उन की भी मिट्टी खराब हो गई और जानती हो किस ने तबाह किया?"

"नहीं तो, उन का जिक्र कभी होता तो यही कि बस रहते थे।"

"तुम्हारे दादा ने"

"दादा यानी खुद बाप ने।"

"हां, वह रंगीन मिजाज के थे। बस शराब-कबाब और वेश्या। एक दिन जलसा जमा था। बारादरी में, रौशनियां से बाग जगमगा रहा था। और वेश्याओं के मुजरे महफिल को रंगीन बनाए हुए थे कि किसी ने नाना को जाकर खबर कर दी वह गरजते बरसते आए। पट्टे पकड़ कर चौकी से घसीटा और जूते बरसाने शुरू किए। नाना जान की लोगों पर बड़ी दहशत थी। भगदड़ मच गई। नानाजान का बड़ा दबदबा था। तुरंत ही मुअत्तल कर दिया कि यह निकम्मा, नकारा और अय्याश है, इस ओहदे के काबिल नहीं।

"कमाल है, यानी हद कर दी ओफ्फो!"

जमीन जायदाद कुछ जमा नहीं किया था। कुछ साल जेवर-बर्तन बेचकर गुजारा किया। जब भुखमरी की नौबत आई और मुहल्ले वालों के रहम-करम पर गुजर बसर होने लगी तो कुछ इंतजाम किया गया।"

"मगर दादाजान ने तो बहुत जायदाद छोड़ी थी।"

"उन्होंने आक (बेदखल) कर दिया था ना! उन्हें कौड़ी का भी हक नहीं था। बेचारे मुंह छिपा के पड़ गए।

"कोई और नौकरी क्यों न ढूढ़ी। किसी रियासत में चले जाते।"

"पहले तो इतनी बदनामी के बाद कहां दूसरी नौकरी मिलती, फिर नौकरी नानाजान की पैरवी से मिली थी। दूसरे अय्याशों और नशाबाजों ने उन्हें बिल्कुल पस्त कर दिया था"। "मगर दादाजान ने भी हद कर दी थी।"

"उस जमाने के लोग ऐसे ही घनचक्कर चलाया करते थे। मुग़ल थोड़े से पागल तो होते ही हैं फिर अंग्रेजों ने हीन भावना ऐसी पैदा की थी कि जो अंग्रेजी न जाने सो निकम्मा। हालांकि उन दिनों ज्यादातर कार्रवाई फारसी में होती थी। अरे हां पता है, मैंने हिन्दी भी पढ़नी शुरू कर दी।" हिन्दी? मैं चौंक पड़ी। हिन्दी का तो उस वक्त नामोनिशान नहीं था। जब किसी के यहां कथा होती थी तब हिन्दी की भूरे रंग की किताब लेकर पंडित जी आते थे और पाठ होता। चाची भी हिन्दी किताब से पाठ करती थी। मगर चाचा जी तो उर्दू और फारसी बहुत अच्छी जानते थे।

"अम्मा को पता चल गया तो बहुत बिगड़ीं।" क्यों?" "पता नहीं" मैंने कहा मैं देवमाला पढ़ना चाहती हूं बस फिर तो बिफर गईं।

"हां बस मैं खूब जानती हूं, तू हिन्दू होने वाली है।"

"तलाक लेने के लिए।" फूफी अम्मा सोने का बहाना किए थीं, सोई नहीं थी।

"क्या हिन्दू हो जाए तो तलाक मिल जाएगा।"

"या इसाई हो जाओ तो तलाक मिल जाएगा।"

"फट पड़े वह सोना जिस से टूटे कान हशमत जहां अगर ईमान न रहे तो लानत, फटकार" फूफी अम्मा और गरम हो गई।

"मगर जिंदगी का खून हो जाए तो कोई बात नहीं हिन्दू हो जाइए, दिल में मुसलमान रहिए, असल बात तो दिल की है।

"बस दीवानियों जैसी बातें न करो। है न बद्दुओं का खून मुए।"

"देखिए फूफी अम्मा बद्दुओं को कुछ न कहिएगा। मेरे दिल में काले इंसानों के लिए बहुत गहरी जगह है। आपने पाल रॉबिंस का "ओल्ड मैन रोज़ सुना है कभी।"

"कौन है अल्लाह मारा?" मैंने उनसे नहीं हशमत आपा से पूछा था, मगर वह टपक पड़ी।

"अमेरिका का महान संगीतज्ञ।"

"कोई अल्लाह वाला है।"

"बेहद अल्लाह वाला, तौबा कीजिए तौबा"

"अच्छा बाबा तौबा, अब सो जाओ।

आज तो मैं जागी हूं। इतनी बड़ी दुर्घटना कैसे हुई? हशमत जहां, जैसी बेहद खूबसूरत परियों जैसी इस लंगूर यानी लियाकत के पल्ले क्यों बांध दी गई। न पढ़ा न लिखा और दौलत भी तो नहीं कि दौलत के लालच में कर दी और कमबख्त सूरत शक्ल से ही चपरासी है। सिर्फ चपरासी होता तो भी कोई बात होती। मैं भी नौकरी करती हूं। छोटा बड़ा क्या। तनख्वाह का फर्क है। मगर आदमी तो होता।

"फिर तो, आप लोगों को क्या हो गया था।" मैं उठकर बैठ गई।

अरे मेरे हाथ बंध गए थे। फूफी कराहीं।

"किसने बांधे हाथ और आप तैयार हो गईं?"

"मैं उस वक्त पूरे सोलह बरस की भी नहीं थी। बस कुरआन खत्म किया था। थोड़ी फारसी, हां उर्दू अच्छी आती थी।"

"तो फूफी अम्मा ..."

"देख तूने मुझे और जलाया तो दीवार से सिर फोड़ लूंगी।" फूफी अम्मा बड़बड़ाई ... "अरी बन्नों मत पूछ कलेजे के खरंड उखड़ जाएंगे।" फूफी अम्मा रोने लगी।

"ना अम्मा, खानम साहब ने मां को बच्चे की तरह थपकना शुरू किया। मैं बीच में लेटी थी। खानम साहब का हाथ मेरे ऊपर से गुजरकर मां को छू रहा था। उनकी बंद आंखों से गंगा जमुना छलक रही थी। रात के तीन बज रहे थे। एकदम नींद हम पर टूट पड़ी। जैसे किसी ने बेहोशी की दवा छिड़क दी और हम सो गए। भावनाओं के आवेग ने हम तीनों को शिथिल कर दिया।

❑❑❑

बादशाही खानम उर्फ बच्छू फूफी-II

धुनी हुई सेमल की रूई दैत्याकार गाले मेरे नथुनी में घुस रहे थे, धुंध के बवंडर उमड़ रहे थे। एक मैली-सी आकृति कुहरे की चादर में लिपटी कोई सफेद-सफेद चीज़ सिल पर पीस रही थी। शायद खीर के चावल। दूर कहीं औरतों के बैन करने (शोकगीत) की आवाज़ गूंज रही थी। मेरा दम निकल रहा था। अब सांस वापस सीने में नहीं आएगी। मैं मर रही हूं। बचपन से मुझे डरावने सपने सताया करते हैं। मैं जीने पर तुली हूं। मैं सांस को वापस फेफड़ों में खींचने का फैसला कर चुकी हूं। और आज तक उस पर अड़ी हूं। मेरे सीने पर घरा पहाड़ बढ़ता जाता है। रूई मेरे फेफड़े में घुसकर फूल रही है। मैं जाग चुकी हूं, मगर सांस अभी तक नहीं आई। मैं भाग रही हूं, दूर बुलंदियों की तरफ ताजा हवा को दोनों मुट्ठियों में दबोचने के लिए। हवा को मेरे जंगल में आना ही होगा।...

... और मैं मर जाऊंगी और मैं नहीं मरती। एकदम मैं नारकीय दंड के शिकंजे से छूट जाती हूं। हवा को मेरे फेफड़े ने दबोच लिया कराहती हुई मैं लिहाफ फेंक कर खुद को ढीला छोड़ देती हूं। मैं कहां हूं। मुझे कौन उठा लाया, यह अजनबी कमरा। मैंने जिंदगी में पहले कभी नहीं देखा।

"खुदा की मार, नासपीटी धूल उड़ाए जा रही है।" फूफी बादशाही गरज रही हैं ओह, मैं माईथान अपनी फूफी के यहां हूं। मेहतरानी बांस के तिनकों के झाडू से बेरी और अमरूद के झड़े हुए पत्तों को समेट रही है। मेरी कड़वी-कसैली फूफी पुकार रही हैं। सर्र-सर्र झाडू में मासूम-सा गीत है, जैसे मेनकाएं संतूर के तारों को आसमानी उंगलियों से छेड़ रही हैं। जब मुझे यह डरावना ख्वाब नज़र आता है, ऐसा महसूस होता है, मैं मरकर जिंदा हुई हूं। कौन जाने कुछ पलों की मौत हो भी जाती हो। मगर मौत की घड़ी बीत जाने के बाद मैं खुद को पहले से ज्यादा चुस्त-दुरूस्त पाती हूं। मेरा दिमाग दूर-दूर कुलांचे भरने लगता है। अंग-अंग में जिंदगी की तिलिस्मी लहर छोड़ जाती है। उम्र के कुछ साल घट-से जाते हैं। उस तूफान से मैं नई-शक्ति खींच लाई हूं बेबात हंसी आने लगती है। दिल में लड्डू फूटने लगते हैं। नथुनों मे गीली मिट्टी

की सोंधी-सोंधी महक भर जाती है। मैं बाहर निकली तो फूफी अम्मा चौकी पर बैठी एक पेटी-खोले उलट-पुलट करने में व्यस्त थी। बरामदे में धूप उतर आई थी। मैंने सलाम किया तो चौंक कर अजनबियों की तरह खूंखार आंखों से घूरने लगी। जैसे पूछती हो... यह बला कहां से आन टपकी। मैं उनकी गोला बरसाती आंखों से जरा भी आतंरिकत नहीं होती। मैं जान गई हूं, वह कागजी शेर है। डीलाडॉल की सख्ती के बावजूद नन्हीं-सी बिच्छू हैं जिन्हें मेरे आतताई अब्बा खून के आंसू रूलाते हैं।

"जीती रहो।" वह जबरन बड़बड़ती हैं!" शौकत, ऐ शौकत..."

"जी अम्मा।"

"ले, बस बहुत हुआ। कूड़ा-कर्कट समेटो और दफ़ा हो।"

"अम्मा!" शौकत आपा रूआंसी हो जाती हैं।

"हां शौकत आपा, तुम जाकर घर-वर साफ करो, मैं कल शाम तक आऊंगी। दीवानी हुई हो, शौकत आपा बिगड़ीं।

"हां, तुम जाओ, कूड़ा-कर्कट घूरे पर छोड़ जाओ।"

"फूफी अम्मा की आंखों में फन होते तो मैं कब की नीली लाश बन चुकी होती। सिर्फ ढिठाई से मैंने बड़े-बड़े मैदान मारे हैं मैंने बड़े-बड़े जहरीले नाग धुलाएं हैं। सिर्फ सुनी-अनसुनी करके फुफकारती-बिलबिलाती फूफी मुझे भोली-सी गुड़िया लग रही थीं और उन की समझ में नहीं आ रहा था कौन-सा हथियार इस्तेमाल करें।

"नहीं, बस गारत हो मेरी नजरों के सामने से। मेरे घर में संपोलिए की गुंजाइश नहीं।"

रात को कितने प्यार से मुझे छाती से लगाने वाली नर्म-गर्म फूफी बिच्छू का डंक बनी हुई थीं। मगर मुझे उनपर टूट कर प्यार आ रहा था।

"आप के घर में नहीं, मैं तो हशमत आपा की मेहमान हूं। और मैं नल की तरफ चल दी, जहां खानम साहब हौदी के मुंडेरे पर उकडू बैठी कोयले से दांत मांज रही थी। उन्होंने एक कोयले का टुकड़ा दिया और मैं चबाने लगी।

"तुम तो टुथपेस्ट इस्तेमाल करती होगी, मेमसाहब जो ठहरी।"

"हां मगर काले मंजन से भी मांजती हूं। दांत बहुत साफ हो जाते हैं, अब्बा मियां अक्सर बच्चों को पकड़ कर उनके दांत ऐसे देखते थे जैसे घोड़ा खरीदते वक्त देखते हैं। जरा भी हिलता दांत हो फौरन घुटनों में दाबकर तोड़ देते थे। तभी खुद भी मंजन का डिब्बा लेकर सारे बच्चों के दांत मांजने लगते थे। बड़े भाईयों तक को माफ नहीं करते थे। दांत मांजने के बाद काली उंगली से मूछें बनाया करते थे। खुद उन्होंने पायरिया के कारण सारे दांत तीस-बत्तीस बरस की उम्र में एक दिन में उखड़वा दिए थे। अम्मा को भी पायरिया था। मगर वह बहुत ज्यादा पान खाती थी। और अच्छे दांत तोड़वाने पर एकदम तैयार नहीं हुई।

"अम्मा की बात का बुरा मत मानना।" खानम साहब बोली।

"बुरा मानना? उफ! आप को मालूम नहीं मैं कितनी कठोर हूं। कई बरस से डांट-फटकार नहीं सुनी, छुट्टियों में जाती हूं तो अम्मा खातिरें करती हैं। ऐसा लगता है, बुढ़ापा आ रहा है, कोई टांग नहीं खींचता, अरे अब तो आपा भी मुहब्बत से बात करती हैं। बड़े होकर पढ़-लिख जाने के बाद यही तो मुसीबत है। सब ख्याल रखने लगते हैं। और मार खाए तो बरसों हो गए।

"पीठ खुजलाती है?"

"अक्सर, आप को कभी मार पड़ी?"

"तौबा करो, कभी फूल की भी छड़ी न छुआई किसी ने।"

"मगर..."

"मगर?"

"क्या करोगी सुनकर?"

"चिराग से चिराग जलते हैं।"

"इस चिराग में न तेल है न बाती।"

"मगर लौ मुझ तक पहुंच गई। आपने रास्ते के पत्थरों को ठोकरों से तोड़ दिया। सांप-बिच्छुओं के जंगल पार किये। आग का दरिया आंसुओं से सींचा, आप से यह पहली मुलाकात है, वह बचपन में जो झलक देखी थी, उतने ही साफ नक्श हैं, जब से होश संभाला, आगरा आना ही नहीं हुआ। सच पूछिए तो अपनी दौड़भाग में आप याद ही नहीं आईं। किस्मत में मिलना था, सो मिल लिये। "तुम्हें पढ़ने का मौका कैसे मिला, मैने मिडिल के बाद ट्रेनिंग और नौकरी की तो सारे खानदान ने मेरा हुक्का-पानी बंद कर दिया। घर में आग लगाने तक की धमकियां मिली। अब्बा तो बरसों से, ज्यादा वक्त बाहर गुजारते हैं। कभी रातों को भी गायब रहते हैं। हम दो मां-बेटियां इस वीरान मकान में कैसी जीती हैं, ये सब कुछ हम ही जानती हैं। और फिर मैं तो ज्यादातर ही रहती थी, अम्मा पर जो गुज़री है, कौन जाने।"

"खानदान? किस का खानदान? तुम्हारी अम्मा ने सबको हमारी तरफ से बदगुमान कर दिया है।"

"अरे मेरी इतनी मासूम-सी अम्मा, अपना नाम तक तो लिख नहीं पातीं, हां मैगजिन पढ़ लेती हैं।"

"अम्मा के लिए कड़वे बोल सुनने की ताब नहीं?"

"कसम खुदा की यह बात नहीं।"

"मैंने अपनी अम्मा से विद्रोह क्या, अब्बा तो होश की बात सुनकर कायल हो जाते थे। मगर अम्मा ने तो मुझे चौदह-पंद्रह बरस की उम्र तक मारा है। क्या आप समझती है। मेरे मां-बाप ने शौक से पढ़ाया है?"

"शौकत बताती हैं कि तुम बड़ी बदज़ुबान और सिरफिरी हो।"

वह सच कहती हैं, कभी मौका मिला तो बताऊंगी कि मैने कैसे-कैसे दंगल लड़े हैं, और आज मैंने जब बी.ए. कर लिया तो खानदान में मेरी मिसालें दी जाती हैं, जैसे मैंने बड़ा तीर मारा है। अब तो अम्मा को भी मुझपर शर्म नहीं आती। बस दुख यही होता है कि मेरे बजाय शमीम, मेरे बड़े भाई ने बी.ए. किया होता तो मामू उन्हें जोधपुर में बड़ी अच्छी नौकरी दिलवा देते। चार बार मैट्रिक में फेल होने के बाद वह बोर हो गए। किताबें फेंक दीं और म्युनिस्पैलिटी में क्लर्क हो गए। मुझे अम्मा से कोई शिकायत नहीं, मेरी जीत हुई। हारे हुए पर गुस्सा नहीं प्यार आता है। उन्होंने अपनी अक्ल और अनुभव के मुताबिक मेरी जिंदगी संवारने के हज़ार जतन किए, मगर मैं अड़ियल साबित हुई। जो कभी मेरे विरुद्ध थे, अब शर्मिंदा हैं। मगर ये कहना बड़ा जुल्म है कि अम्मा ने सारे खानदान को भड़का कर अपनी पार्टी में शार्मिल कर लिया।

"बुरा मानो तो मेरी बला से!" खानम साहब ने तौलिया से मुंह पौंछ कर कहा," तुम्हारी अम्मा अनपढ़ होगी ले बेवकूफ नहीं थी। बुद्धिमान कहो, होशियार कहो, कूटनीतिज्ञ कहो, उन्होंने रुपये के बल पर सारे खानदान को समेट लिया, ससुराल-मैका था भी एक और फिर तुम्हारी नानी थीं चलता-पुर्जी, तुम्हारी मां का हाथ खुला था, तन का कपड़ा किसी को भा जाए तो उतार कर दे दें। सारे कुनबे को माहवार बंधा हुआ था। जब आगरा आईं तो वह अल्ले-तल्ले से ख़र्च करतीं, खानदान में ज्यादातर बेमाल और गरीब थे, सब मक्खियों की तरह चिमट गये।"

"फूफी अम्मा ने उन्हें तोड़ लिया होता"

"अम्मा को ये गुर नहीं आते, उनसे मियां तो संभले ही नहीं, बीवी तुम नहीं जानतीं, अम्मा कितनी अधूरी औरत हैं।

बचपन में मां मर गई, तीन भाईयों की इकलौती बहन, बड़े लाड होते थे। सौतेली मां का डर के मारे दम निकलता था। सौतेली बेटी से कांपती थीं, लड़की को मां ही रख-रखाव सिखाती है। मियां को मुठ्ठी में रखना, ससुराल वालों का पत्ता होशियारी से काटना कि दोष उन्हीं के सिर जाए। अपने भाईयों की कदम-कदम पर पर्दापोशी करना, सुना है अगर तुम्हारे मामू खाली हाथ आ जाएं तो तुम्हारी मां चुपके से मिठाई मंगवाकर कह देती मेरा भाई लाया है। बहनोई के लिए तोहफ़े, बहन के लिए जोड़ा, सब खुद बनवा कर दुनिया से कहतीं देखो मेरे भाई कितने दरियादिल हैं। और मुझे याद आया मामू आते तो रूपये भी बांटा करते थे। बच्चों से अम्मा सब छीन लेती थीं। भई वाह मेरी अम्मा इतनी बड़ी पॉलिटिशन हैं, मुझे बड़ा गर्व हुआ। "और फिर मीठी ज़ुबान, इधर हमारी अम्मा की ज़ुबान में डंक। मैं अकेली औलाद हूं, कभी मेरी जान को आ पड़ती है तो जी चाहता है जाके यमुना में छलांग लगा दूं। ताजमहल के बुर्ज

से कई बार कूदने का फैसला किया। मगर अधूरी मां की पाली बेटी कुछ कम अधूरी नहीं।

"लोग कहते हैं, आप लोग घमंडी हैं।"

"बुजदिल और डरपोक आदमी अहंकार की टाट की आड़ लेते हैं। अम्मा मैके में धौंस जमाने की आदी सुसराल में भी सब पर छा गई। मियां भी फुसफुसे निकले।

"उनसे सब डरते हैं, और उस पर वह बड़प्पन महसूस करती हैं।"

"नहीं वह छुप-छुप कर रोती हैं। ऐसे कि मैंने भी आजतक उनके आंसू नहीं देखे। वह अपने जख्म छुपाती हैं और जली-कटी सुनाकर जी की भड़ास निकालती हैं।"

"पता नहीं फूफा मियां से कभी मुहब्बत की थी कि नहीं।"

"दस बारह साल तो सुना है मियां दीवाने थे। इसी अर्से में चौदह कच्चे-पक्के बच्चे पैदा हुए। बस हम दो बहनें अल्लाह से बचे, तो उनका यूं नसीब फूटा मियां आम मर्दों की तरह इधर-उधर मुंह मारने लगे। अम्मा आम औरत होतीं तो हाय तोबा करतीं, आंसू बहाती, भाईयों को पुकारतीं, मगर अम्मा को किसी ने औरतों के हथियारों से तो लैस किया नहीं था। अपनी प्रकृति के अनुसार दुख का गुस्से में प्रदर्शन किया, जब मेहतरानी से क़िस्सा चला और उन्हें मालूम हुआ तो चूड़ियां तोड़ी और उस दिन से सफेद दुपट्टा ओढ़ने लगी।

"और फूफा मियां को मरने वाला कहने लगी। बेचारे बड़े सीधे हैं।"

"मालूम होता है अभी ऊँट पहाड़ तले नहीं आया।"

"यह ऊंट कतराकर निकल जाने में यकीन रखता है।"

"किसी पर दिल नहीं आया।"

"दर्जनों पर, मगर रो पीटकर सब्र आ गया।"

"बुरा न मानना तुम कैसे अधूरी रह गई, तुम्हारी सब बहनें तो बड़ी आदर्श औरतें हैं, मगर मुझे डर है कि तुम आदर्श औरत बहुत मुश्किल से बन सकोगी। अल्लाह रहम करे, उस बेचारे पर, कैसे झेलेगा तुम्हारी जैसी बे-पटरी के दनदनाने वाली रेल को।"

"मैं बड़ी सख्त जान हूं। बहराइच में मलेरिया फैला, सारा घर रोज जूड़ी भोगता था। मुझे एक दिन भी बुखार नहीं आया। शायद जहरीले मच्छर मेरे जहर से मर गये। बचपन में मुझे बीमार पड़ने का बड़ा शौक था। उस जमाने में हर रोमांटिक कहानी का हीरो डाक्टर हुआ करता था। बस मैं भी सोचा करती थी। अल्लाह कोई बीमारी दे। अपनी रहमत का सदका लेकर डाक्टर आए और मुझपर आशिक हो जाए। फिर चाहे मैं मर भी जाऊं, सिर्फ इस उम्मीद में कि शायद वह डाक्टर भी मेरे दुख में रेगिस्तान की खाक छानता फिरेगा और फिर एक दिन मेरी समाधि पर पछाड़ खाकर गिरे और दम तोड़ दे। फिर मेरी कब्र खुले और जन्नत के कपड़े पहने अपने सुनहरे

बाल लहराती, नीली आंखों से आंसू छलकाती आऊं और फिर हम दोनों स्वर्ग में टहलते फिरेंगे। दूध और शहद तो मेरे लिए नुकसानदेह है, क्योंकि मोटा करता है। हां भुनी चिड़िया और ताजा फल सेहत के लिए जरूरी हैं, डायटिंग में भी।"

अच्छा बस, बकवास बंद, अम्मा बार-बार करवट बदल रही हैं किसी भी पल ज्वालामुखी फटेगा और लावा छलकने लगेगा।"

मैंने फूफी अम्मा के पास जाकर कहा..." बड़ी भूख लगी है।

"तो मुझे खा लो।" "अरे यह तो पता नहीं था कि आप को भी खाया जा सकता है, खूब!"

"अम् अम्... डेलीशियस, बिल्कुल आइसक्रिमी, आप भी चखिए।" मैंने खानम साहब को बुलाया।

"अरे तेरी अम्मा डकार गई मेरे पूरे खानदान को, अब यह हड्डियां रह गईं हैं। सो तू चिंचोड़ ले। फूफी अम्मा जब जली-कटी पर उतर आतीं थी तो अजीब लय में बोलने लगती थीं जैसे मजलिसों में नौहारव्वानी (ऐसी धार्मिक गोष्ठ जिसमें हजरत हसन और हुसैन की वीरगति की गाथा बखान की जाती है) से पहले लहराती आवाज़ में बयान पढ़ा जाता है, मैंने बिल्कुल उनके ही अंदाज की नक़ल करते हुए उसी लय से कहा "अरे रहीमबेग की इक्लौती बेटी और तीन जुगादरी भाईयों की लड़ाकू बहन और मुझ मासूम भतीजी की अकेली फूफी चाय-नाश्ता नहीं, तो ग़म नहीं, मुझे हमेशा डायटिंग की जरूरत रहती है। पानी तो पीने देंगी या कि फुरात पर भी शिम्र के फौज की नाकेबंदी है।" मैंने शौकत आपा की सुराही से उनके बेटे के गिलास में पानी उंडेला।

"यह पानी तो मेरे भाई का है। इस पर तो किसी को एतराज न होगा।"

"खबरदार तूने निहार मुंह पानी पिया। फूफी अम्मा गरजीं, मेरे हाथ से गिलास छूटते-छूटते बचा। शौकत आपा बता रही थी कि एक दिन गर्म पानी की पतीली नहानघर में ले जा रहे थे। फूंफी अम्मा इतनी जोर से दहाड़ी कि हाथ से पतीली उछलकर फूफी अम्मा पर गिरी। पूरी पिंडली उबल गई। मगर वह कहतीं हैं कि मरने वाले ने जानबूझकर मेरे ऊपर खौलता पानी डाला। अगर इस वक्त कड़कड़ाते जाड़े में भी बदहवास होकर उन पर ठंडा पानी डाल देती मजा आ जाता। फूफी अम्मा ने ढेर सारा नाश्ता मंगाया जो तैयार रखा था..." लो निगलो, जरा भी शर्म नहीं, मैंने तो इसलिए दे दिया कि खानम साहब भी मुंह फुलाकर बैठ जाएगी।"

मैं नाश्ता करने लगी।

"अरी तूझे जरा भी शर्म नहीं, कुछ तो ना-नुकर किया होता।"

"हम मुगल औपचारिकता के आदी होते तो हिन्दुस्तान जीत के राज न कर पाते

लुटेरे औपचारिकता नहीं करते और फिर मुझ में दूर से दो-चार बूंद हजरत सलीम चिश्ती के पाक खून का भी पाया जाता है। इसलिए खाये ले रही हूं कि बरकत से आप के गुनाहों का बोझ हल्का हो जाए।"

फूफी अम्मा भौंचक-सी मुझे तकने लगी हशमत आपा ने जोर का ठहाका लगाया। "अम्मा तो भिगी बिल्ली बनी रहती है, यह कतरनी-सी जुबान कहां से मिली।"

"हमारा कोचवान बड़ा बातूनी था।" फूफी कहा करती थी, अरे नुसरत खानम बदचलन है मेरा भाई तो नामर्द है, यह काले-पीले बच्चे कोचवान और ग्रासकटों के हैं। फूफी फौरन समझ गयी।

"जाने किस अल्लाह के बंदे का नसीबा फोड़ेगी।"

"काश, आपका कोई बेटा होता, साफ उड़ा ले जाती।"

"अरे तुझे जरा भी शर्म नहीं।"

"जिसने की शर्म, उसके फूटे करम।"

"ऐ गाज गिरे..."

"आप की बद्दुआओं का नतीजा है कि मैं अपनी मां की कोख से जन्मी, आप अम्मा को बहुत कोसती थीं, चलिए आपका एक कोसना लगा और फिर कोचवान..."

"खबरदार, जूती से मुंह मसल दूंगी। नुसरत खानम मेरी दुश्मन सही, मगर मेरे सगे फुफेरे भाई की बेटी है और मेरा भाई शेर था शेर, बड़े-बड़े सूरमाओं की उसके सामने फूंक सरकती थी। अरे एक दिन फत्तो पहलवान ने मुस्तकीम को बीच बाजार में धौल जमा दी। बस मेरे शेर ने...

"अम्मा यह किस्सा तो सुना चुकी हो..." खानम साहब ने टोका।

"अरे बस तू चुप रह। बड़ी मुग़लानी बनती है, तौलिये भर का खसम तो संभलता नहीं।" एकदम खानम साहब का चेहरा सफेद, फिर हल्का नीला पड़ गया। जैसे दिमाग का सारा जहर उझल कर चेहरे पर फैल गया। मैं लड़ पड़ी "अरे तूने अपने इतने हसीन नौजवान नौकरीपेशा चारों खूंटसमेत मियां की कौन-सी मिट्टी पलीद कम की कि इंसान से बजरबट्टू बना दिया। सुनते हैं, पुलिस में उनके कारनामों का धूम थी।" मैंने बात में कली फुंदने लगाने शुरू किये। आपने उन्हें मरघला चूहा बना दिया। उन्हें धमकाती हैं।" जब फूफा मियां से लड़ाई होती तो वह हमेशा कहतीं, "अरे उठाई गिरे। कात में रह। कोई निगोड़ी नाठी नहीं, तीन भाईयों की आंखों का तारा लाडली बहन हूं। उन्हें भनक भी पड़ गयी। तू बस दीन-दुनिया से जाएगा। बड़ा अल्लाह वाला है तेरे परलोक को धूल चटाएगा। चौबीस घंटे इबादत करता है। चाहे तो अर्श (आकाश)

के कंगूरे हिला दे और मंझला यानी मेरे अब्बा मजिस्ट्रेट हैं, सारी उम्र चक्की पिसवा देगा और तीसरा छंटा हुआ दस नंबरी बदमाश तीन खून कर चुका है। आव देखा न ताव आतें निकाल कर हथेली पर धर देगा।

"क्या नाम वह" फूफा का तकिया कलाम था। वह फूफी अम्मा की गोलावारी से बहुत नर्वस होते थे। उन्होंने इस किस्म की मारते खान औरत सपने में भी नहीं देखी थी। सारी उम्र सभ्य महिलाओं से वास्ता रहा था।

"क्या नाम वह... घर में जो हैं, वह सहन हैं" वह उन्हें पागल समझ कर बहुत डरते थे। फूफी अम्मा के बहुत से बच्चे मरे। उनका जरूर ग़म से दिमाग उल्टा हो गया होगा।

"मगर वैसे तो होशाहवास में हैं। लोग उनसे कहते।

"क्या नाम वह, दीवाना भी अपने काम पर होशियार होता है" वह धीमे से फैसला करते। उनसे लोग ज्यादा खुश नहीं थे। जोरू के गुलाम किस्म के लोग चाहे वह सेल्फ डिफेंस में हों, मर्दानगी के नाम पर काला धब्बा हैं और बड़े अब्बा से तो उनकी बिल्कुल कहा सुनी हो चुकी थी। मुस्तफा कमालपाशा के चाहने वालों में से थे। किसी जमाने में जब उन्होंने तुर्की में क्रांति का बिगुल फूंका था। उन्हें पूजने लगे थे और हर सांस में खुदा के बाद उन्हीं का नाम लेते थे। कुछ अतातुर्क के बारे में फूफा मियां को अचरच भरी बातें सुना रहे थे।

"क्या नाम वह कौन मुस्तफा कमाल पाशा?" उन्होंने सहमकर पूछा।

"तुम अतातुर्क को नहीं जानते।" बड़े अब्बा खिन्न हो गये।

"क्या नाम नहीं तो..."

"तो मैं तुम्हें नहीं जानता। बड़े अब्बा मुंह फेरकर चल दिए और फिर उनकी सूरत नहीं देखी। फूफा मियां भौंचक रह गए। शायद बच्चों की मौत से फूफी अम्मा नाजुक बन गई होंगी। मगर इसके जीवाणु पूरे खानदान में जन्मजात ही पटे होंगे। वैसे असली मुगल की पहचान यही है कि धुरी से दिमाग थोड़ा बहुत खिसका हो।

"फूफी अम्मा, रात को आपने टाल दिया, बताइये खानम साहब की शादी एक चपरासी से क्यों कर दी जबकि उनके कदमों में बड़े-बड़े रिश्ते पड़े होंगे। फूफी अम्मा ने लंबी सांस भरी।

"क्यों गड़े मुर्दे उखाड़ती हो, लहू बहने लगेगा। तुझे मालूम होगा कि मुसर्रत जहां की शादी मेरी मर्जी के खिलाफ हुई। लाख मना किया मगर वह तो दीवानी हो गयी थी। उम्र भी क्या थी मुश्किल से सोलहवां लगा होगा। अरे खानम साहब तो उसके सामने चमारी है। जब पैदा हुई थी तो मैं तका करूं थी। जी ही नहीं भरता था। अल्लाह ने करिश्मा मेरे आंचल में डाल दिया था। क्या बस ककड़ी-खीरे की तरह

बढ़ी। हशमत से बारह-तेरह साल बड़ी थी। बीच में तीन जाते रहे। इमामी खानम हमारी फूफी की, अब-तब हो रही थी सारा खानदान जमा था। तुम्हारी अम्मा और मामू भी, दोनों आन धमके फिर खुदा जाने क्या हुआ। बुढ़िया एक दिन उठकर बैठ गयी और बोली-काजी जी को बुलवाओ। है, है बुढ़िया का चित्या पिघल गया। अब थम से दो बोल का वक्त आ रहा है। और यह काजी बुलवा रही हैं। पता चला कि रात को जफर हुसैन, खुदा करे उस की कब्र में कीड़े पड़ें, ढाई घड़ी को आए और मुसर्रत जहां बुढ़िया के सिरहाने बैठी थी कि हम सब थककर सो रहे थे। बुढ़िया किसी तरह मरने का नाम ही नहीं लेती थी। वह तो मामू की शादी के बीस साल बाद मरीं।

"और क्या, मगर गांठ रहीं थीं, मेरे बच्ची को फांसने के लिए जाल बिछाया गया था। बस निकाह हो गया। मैंने मुसर्रत जहां से कह दिया तेरे काले मुंह में आग लगे। तुम्हारी अम्मा घी के चिराग जलाने लगीं और भाई-भावज को लेकर चल दीं। मेरे कलेजे पर कोदो ढलने के लिए बड़ी धूम से वलीमा किया।

तो यहां से मेरे घर को नारकीय दंड मिलना शुरू हुआ। मैं सोच रही थी बड़े मामू कितने प्यारे हैं हम सब पर जान छिड़कते हैं। बारह बरस उन्होंने बीवी की मौत का ग़म किया। वह तीन बच्चे छोड़कर आपे में ज़हर फैल जाने से खत्म हो गयीं। मामूली बुखार तपेदिक में बदल गया और वह फूल की तरह मुरझा गयीं।

"उस वक्त मैं पंद्रह बरस की भी नहीं थीं।" खानम साहब बोली।

"हां मगर ज़फर की नजर में तो खोट था।"

"शायद आपा को शक हो गया था। ज़फर भाई मुझे हंसी में छेड़ा करते थे। वह उनकी बीमारी से बहुत डरते थे, और पास नहीं बैठते थे आपा का खून खौलता था।"

"हशमत जहां के बाप का खून जोश मार रहा है। मेरा दूध तो तूने जहर समझ कर उगल दिया। जफर बुरा था। उसके दिल में खोट था। तू दीवानी क्या जानती होगी।"

"खानम साहब चुप हो गयी।"

"मेरी बच्ची का कफन भी मैला न हुआ होगा कि ज़फर हुसैन ने हशमत जहां को मांग लिया। मेरी नामुराद बच्ची, उसने मुझसे हाथ जोड़कर वादा लिया था कि हशमत को ज़फर से ब्याहा गया तो वह कब्र फाड़कर निकल आएगी। मैंने उसके सिर पर हाथ रखकर क़सम खाई कि हशमत जहां को ज़हर दे दूंगी पर ज़फर को हरगिज न ब्याहूंगी।"

"तो आपने ज़हर दे दिया" मैं मुंह ही मुंह में बुदबुदाई।

"हां अपनी जान के टुकड़े को जिंदगी की आस को, अंधेरी रात की आखिरी किरण को मैंने पैरों तले मसल डाला। खाक में मिला दिया। फूल को अजगर के मुंह

में झोंक दिया। भस्म कर दिया और उस आंच में सुलगती रही हूं सारी उम्र! झुलसती रही हूं। एक अलाव है जो मरे दिलोदिमाग में भड़क रहा है। ज़हर है जो मेरी नस-नस में रच गया है।" फूफी अम्मा विलाप करते हुए कह रही थीं, आगे पीछे झूल रही थीं जैसे वजीफा (मंत्रजाप) पढ़ रही हों।

" कोई और न मिला?" मैंने बीच में टोककर कहा।

"जो चटमंगनी और पट ब्याह पर तैयार हो जाता। अरे मेरा कोई न था, तुम्हांरे फूफा रात गए आते और तड़के निकल पड़ते। मैंने झक मारकर उनकी आरजू मिन्नत की, मगर क्या नाम, क्या नाम करते रहे। और फिर यह तो तुम्हें मालूम ही होगा कि हशमत जहां नन्हें (नसीम बेग, मेरे बड़े भाई, जो उस वक्त शौकत से शादी कर चुके थे) की ठीकरे की मांग थी। जब जफर और मुसर्रत का किस्सा नहीं हुआ था, मेरे भाई और भावज मुझ पर जान छिड़कते थे। सारा कुन्बा एक था, क्या खुशियां मनाई गयी थीं। अल्लाह, याद करती हूं तो कलेजा मुंह को आता है।"

"फिर मंगनी तोड़ दी?"

"सुनती जाओ। जफर हुसैन ने कहा, हशमत की शादी होगी तो मुझसे वर्ना मैं दूल्हे को गोली मार दूंगा। बात छिपी थोड़े ही रहती है। जब मैंने बेहया बनकर भाई को लिखा कि अपनी अमानत संभाल लो, कि मेरी छाती का बोझ कम हो। आगरा और फिर वह मुहल्ला, माई थान, खुदा का कहर टूटे बिजली गिरे। ज़फर हुसैन की धमकी गली-गली मशूहर हो गयी। मैंने लिखा।"

"जाती हूं अम्मा ने क्या लिखा होगा— शाही हुक्म नामा नाजिल किया होगा"

"अरे मैं तो नसीबों जली बेटी की मां किस मुंह से कहती कि मेरी बेटी पर एक गुंडा दांत गड़ाए बैठा है जो तुम्हारा चहेता साला है।" पहले तो भाई ने कहा अभी लड़का पढ़ रहा है, सत्रह-अठारह बरस का बेकाबू लड़का, उसकी शादी करना गलती है। तुम अपनी बेटी को पाल नहीं डाल सकती, पढ़ाई से जान चुराता है। तुम बेटी की शादी जहां चाहो करो। मैंने कहा, तुम निकाह तो कर लो, मगर इतने में जफर को पता लग गया। उसने बहन को लिखा, कि नसीम मेरा प्यारा भांजा है, मगर मैं उसको गोली मारकर आत्महत्या कर लूंगा।"

"उफ! मामू तो पूरे... तौबा।" मैंने मुंह में आए शब्द चबा डाले।

"मेरे हवास गुम। मेरी नामुराद बच्ची हाय, सब कब्र में भी तड़पती रहेगी। उन दिनों मैं रात-रात भर जागकर टहला करती थीं। एक मैं और एक बेटी। जफर हुसैन ने धमकी दी थी कि हशमत जहां को उठवा लेगा। मैं रातभर जले पैर की बिल्ली की तरह घर में चक्कर लगाया करती। जरा-सा खटका होता तो दिल धांय-धांय करने लगता। नींद आती, मगर मुंह पर पानी डालकर टहलने लगती। या अल्लाह उन रातों

में मैंने कितने मील के चक्कर लगाए होंगे कभी इतने जोर की नींद आ जाती कि खड़े-खड़े आंखें बंद हो जातीं और मैं सो जाती। फिर जब होश आता, तब मैं वहीं ढेर हो जाती। कभी जी चाहता हशमत जहां का गला घोंट दूं और पलभर के लिए सो जाऊं। फिर उसके सोग में नींद से अपने-आप छुटकारा मिल जाएगा। ये न समझना कि मैंने कोशिश नहीं की। भाई की तरफ से टका-सा जवाब मिला... तो कई दिन हवास गुम रहे। तुम्हारी नानी जिंदा थीं और बेटी के साथ ही रहती थी। छोटा भाई फरहत हुसैन भी तुम्हारी मां के साथ ब्याह के दिन से ही रहता था। नानी विधवा होने के बाद से ही बेटी के पास ही रहती थी, उन्होंने तुम्हारी मां के दिल में भाईयों की मुहब्बत कूट-कूटकर भर दी थी। उन्हें दोनों भाई औलाद से ज्यादा प्यारे थे। फिर भी मैंने फरहत को बुलाया था, दो-एक बार वह आया था तो हशमत जहां पर जिस तरह से नजर डाली थी। उसी का सहारा लेकर मैंने चुपके से फरहत को बुलाया और बेशर्म बनकर कहा, हशमत से ब्याह कर लो। वह सिर से पांव तक कांपने लगा और धारोंधार रोने लगा। मैंने कहा क्या बात है मियां, कहने लगा, मेरी ऐसी तकदीर कहां? जो उन जैसी लड़की मिले। मैं मजबूर हूं, भाई साहब मनमौजी हैं, वह कहते हैं हशमत से जो शादी करेगा। उसे गोली मारकर खुद फांसी पर चढ़ जाएंगे। मेरी मां दोनों बेटों की मौत पर कैसे जिंदा रहेंगी। मैंने मां के लिए कभी कुछ नहीं किया, इतना बड़ा सदमा बुढ़ापे में कैसे दे सकता हूं। फरहत की, कुछ महीनों बाद तुम्हारी अम्मा ने शादी कर दी।

या खुदा बंदों को तूने जुल्म और अत्याचार क्यों सौंप दिया।

"मैंने फिर कोशिश की और इसहाक हुसैन को बड़ी तरकीबों से बुलाया। इसहाक सातवें-आठवें तक पढ़कर आवारागर्दी में फंस गए थे। मैंने लाज शर्म छोड़कर शादी के लिए प्रार्थना की, मगर इसहाक की सिट्टी-पिट्टी गुम हो गई वह मेरे भाई के टुकड़ों पर पला था। भाभी का हुक्म कैसे टाल सकता था। जफर की धमकियां जो बांध रही थी। मैं आधा पागल हो चुकी थी। गमी-घुटन में मैं हशमत जहां को अंधेरी काल कोठरी में बंदकरके बड़ा-सा ताला लगा देती। दरवाजे के सामने खाट बिछाकर सो जाती, हशमत मच्छरों वाली काल कोठरी में गर्मी में उबलती रात-रात भर रोकर बिताती। अल्लाह जफर हुसैन, खुदा तुम्हें समझे कुत्ते की मौत मरो।"

जफर हुसैन जो शौकत आपा के बाप और मेरे बड़े मामू थे। हमें उन से घिन आ रही थी। उन्होंने बारह बरस सोग मनाकर दूसरी शादी कर ली थी। नई ममानी बड़ी मासूम और अल्लाह वाली थीं, हर वक्त कुरआन की तिलावत (पाठ) और नफिल नमाजें (अतिरिक्त पुण्य के लिए स्वेच्छा से पढ़ी जाने वाली) पढ़ा करती थी। कितनी मुहब्बत करते थे मामू और मेरा तो खास तौर पर बहुत ही ख्याल रखते थे। बरसों

बीती हुई उनकी ज्यादती की कहानी चुटकुला बन गई थी। हमें कोई अंदाज ही नहीं था कि हमारी पैदाइश से पहले मामू ने क्या गुल खिलाए थे।

"अब मेरे लिए बस एक रास्ता रह गया था, लियाकत तुम्हारे फूफा का सगा भानजा कहीं चपरासी था नाम को, मगर खुदा जाने क्या धंधा करता था, लोग कहते हैं, ग्वालियर औरतों की दलाली करता था। बाप बचपन में मर गये। मां ने न जाने क्या-क्या दुख झेलकर बेटे को पढ़ाया था, हड्डी में खोट न थी, बस मैंने आव देखा न ताव उसे बुलाकर झट निकाह कर दिया।"

"और एक रात के बाद...

"मैंने उसे निकाल दिया। वह मुआ दरिंदा था। मेरी कच्ची कली के दिल में उसकी दहशत बैठ गयी। मैं पकड़ न लेती तो कलाई की नस काट डालती, तब तुम फैसला करो कि मैंने कहां भूल की थी।" मुझे पहली बार एहसास हुआ कि मेरी फूफी कितनी दुखी हैं। उन्हें किसी ने दुनियादारी नहीं सिखाई। घरेलू राजनीति के हथकंडे नहीं सिखाए।

मेरी मां एक भरपूर औरत थी।

और फूफी अम्मा अधूरी औरत थी।

रात को मैं और खानम साहब सिर जोड़कर बातें करते रहे।

"आप तलाक क्यों नहीं लेतीं।"

"हिन्दुस्तान के धर्मगुरुओं ने "खोला" (औरत के तलाक लेने को) को मुस्लिम लॉ में शामिल नहीं किया।"

"वह कैसे?"

"जब अंग्रेजी सरकार जम गई तो कानून बनाते वक्त हमारे प्रतिनिधियों की राय ली गई। हमारे धर्मगुरुओं ने 'खोला' लेने के अधिकार की कोई चर्चा नहीं की। उसके बाद भी तलाक के अधिकार का इकरारनामा अलग से लिखवा लेते थे। खुद मेरे भाई नसीम ठीक शादी के दिन तलाकनामा को मनहूस समझते हैं। बेटी वाले मजबूर हो गये। ख्वाजा अब्दुल मजीद जो ख्वाजा परिवार के प्रगतिशील बुजुर्ग थे। तलाक के अधिकार पर जोर देते थे। वह खुद निकाह नहीं पढ़ाते थे और अगर लड़का तलाकनामा बनाने पर तैयार न होता तो निकाह नहीं पढ़ाते थे। कम से कम अलीगढ़ में तो उन्होंने तलाकनामा के लिए बहुत संघर्ष किया और बहुत परिवारों में तलाकनामा के लिए बहसें छिड़ गयी और जिद्द होने लगी।

दूसरी रात रहने की जरूरत न पड़ी और नन्हें भाई आकर हमें पंजा ले गए। पहले तो मैंने उन से ही उलझने की कोशिश की कि वह वकील हैं। खानम साहब के लिए तलाक की कोशिश क्यों नहीं करते।

"ये बुरी लत है" वह अपनी आदत के मुताबिक ढाल गए। मैं बकती रही और वह बिल्कुल लापरवाह से घुटने हिलाते रहे। मुस्कुराते रहे।

"मैं घोड़ी वाला घर बेचना चाहती हूं। उसके कागजात आपके आप हैं।" मैंने तंग आकर बात पलटी।

"हां हैं, मगर क्यों बेचना चाहती हो।"

"टीचर ट्रेनिंग का कोर्स करने इंग्लैंड जाऊंगी।"

"क्या करोगी ट्रेनिंग करके?"

"नौकरी करूंगी।"

"क्यों?"

"अरे आप क्यों वकालत करते हैं?"

"गलती करते हैं हम तो"

"तो हम भी गलती करेंगे"

"जबरदस्ती है कुछ, हम नहीं करने देंगे तुम्हें गलती। तुम हमारी प्यारी बहन हो।"

नन्हें भाईजी जलाने में माहिर थे। उनसे बहस करना असंभव था। फिर मुस्कुराकर बोले।

"वह घर हमने तो बेच भी दिया।"

"कैसे? मेरे दस्तखत?

"हमने कर दिये।"

"ये तो बेईमानी हुई।"

"बिल्कुल बेईमानी हुई।"

"क्यों की आपने बेईमानी?"

"हमारी मर्जी!"

"आप पर मुकद्दमा चल सकता है"

"जरूर चल सकता है, मगर हमने तो सब पैसे भी खर्च कर लिए।"

"काहे में खर्च कर दिये।"

कुछ खा डाले, कुछ शौकत को दे दिए। यह बच्चा-वच्चा देने वाली हैं और सोने के कड़े बनवाए हैं। दिखाओ शौकत अपने कड़े, पता है, हमने खुद बनवाए हैं आठ तोले के कड़े।"

वह इस सादगी से बोले कि कोशिश के बावजूद मुझे गुस्सा न आ सका।

"आप मुकद्दमा हार जाएंगे तो?"

"तो क्या?"

"जेल जाएंगे।"

"और क्या।"

मेरी समझ में नहीं आया कि क्या कहूं? गुस्सा भी आ रहा था, हंसी भी आ रही थी। नन्हें भाई बड़ी मीठी-मीठी नजरों से मुझे देखकर शरारत से मुस्कुरा रहे थे। मुझे खामोश देखकर बोले।

"विलायत जाना चाहती हो?"

"हां"

"तो चली जाओ।"

"मकान तो आपने मार लिया, अब कैसी चली जाऊं।"

"तैरना आता है?"

"कुछ यूं ही सा अलीगढ़ में स्वीमिंगपूल में दो-चार दिन छप-छप किया था।

"ऐसा करो हमारे साथ रोज यमुना में तैरने चलो, एक हफ्ते में फर्राटे भरने लगोगी।"

"ऊंह, तैरना सीखने से और विलायत जाने से क्या लेना-देना?"

"अरे भई मजे से तैरती चली जाओ।"

"और सामान? नन्हें मियां आप भी क्या बातें करते हैं" शौकत आपा बोली।

"सामान की क्या जरूरत है?"

"लो भई सामान ही की जरूरत नहीं, आप तो बे समझे-बूझे बात कह देते हैं। शौकत आपा चिढ़ गईं। सर्दी में ठिठुर कर मरने जाएंगी। "अरे कुछ मुश्किल नहीं। "स्वेटर गर्म कोट कपड़े मोमजाने के थैले में सब ठूंस के एक रस्सी से कमर में बांध लेना।"

"अरे एक लंबा-सा बांस ले लो। पानी पर पटकते चलो, मछली पास नहीं फटकेगी।

"फ... फू... फू..." नईम, उनके साहबजादे हकलाये। "ह ह हम भी चलेगें विलायत।

"हां भई, तुम भी चले जाना मगर गधे पहले तैरना सीखो।"

"मुझे मालूम हो गया कि मेरी खिंचाई हो रही है। नन्हें भाई ने कभी मुझसे गंभीरता से बात नहीं की। मैंने जलकर टॉपिक बदल दिया और खानम साहब के साथ जो अत्याचार हुआ, उसका ज़िक्र छेड़ दिया।

"इतना बड़ा खानदान और एक लड़की पर क्या बीत गई किसी ने कान पर जूं तक न रेंगी।"

"अरे शौकत? नन्हें भाई एकदम चौंक पड़े" नईम बहुत सिर खुजला रहा है। देखो अगर एक भी जूं पड़ गयी तो हम उसका सिर मुंडवा देंगे।"

"होश में रहा करो, यूं ही मुड़वा देंगे।"

"तो उसके सिर में अभी कंघी करो।"

"अब इस वक्त कंघी न जाने कहां पड़ी होगी।"

"अभी ढूढ़ो वर्ना अभी मुड़वाते हैं।"

"बहन तुम ढूंढ़ो, मेरा तो सिर चकरा रहा है," जी चाहा कह दूं मैं खुद, नन्हें भाई ने जो चकफेरियां दी हैं, उनसे सिर चकरा रहा है। मगर नन्हें भाई से उलझना बेकार है। ऐसे छोटे-छोटे मासूम बेमानी जवाब देते। घुमाकर कहीं की बात कहीं ले जाने में माहिर घटो कठबहसी कर लीजिए, जली-कटी सुनाइए। कभी जो नोटिस लें। नन्हें भाई से कभी कोई बहस में जीत सकता है? वह किसी बात का जवाब गंभीरता से नहीं देते थे। अजीब मिट्टी के बने थे। मगर जोधपुर जाकर मैंने बड़ा हंगामा मचाने की कोशिश की और तो और, एक बार बड़े मामू से पूछ लिया।

"बड़े मामू आप हशमत आपा से शादी करना चाहते थे। "बड़े मामू ने मुझे गौर से देखा, जैसे मेरे सिर पर सींग निकल आई हो, अम्मा सन्नाटे में रह गयी।

"अरे भई, दिल आ गया होगा।" शमीम ने बड़े गंभीर होकर कहा। मामू ने जैसे सुना ही नहीं। उस घी के पीपे की चर्चा छेड़ दी जो वह सवाई माधोपुर से अम्मा के कहने पर मंगवाए थे।

"पैसे दूं?" अम्मा बोली।

जरा सोचिए, आप कोई शानदार सा भाषण तैयार करके सभा में जाइए और श्रोता कबड्डी खेलने लगें तो आप के दिल में क्या गुजरेगी।

"नहीं आपा बाद में ले लेंगे।"

"क्यों बड़े मामू दिल आ गया था ना?" शमीम ने बात बढ़ाने की कोशिश की। वह बात को हास्य रंग देने पर तुला था।

"खाना तो अच्छा होता है भाई थान का? मामू ने खुशमिजाजी से पूछा।

"हां।"

"और गाजर का हलवा नाश्ते पर खाया होगा।"

"मजेदार था।"

"यह तुम नहीं, गाजर का हलवा बोल रहा है। मामू ने निहायत खुशमिजाजी से कहा और अब्बा की खैरियत जानने के लिए बगीचे की तरफ मुड़ गए।

"यह भी कोई तरीका है बड़ों से बात करने का? अम्मा बड़बड़ाई।

"मगर खानम साहब की जिंदगी..."

"ऐ बस बड़बड़ न कर बी.ए. क्या पास कर लिया कि धौंस जमाने लगी।"

"लेकिन मैं..."

"ऐ दुल्हन हांडी जल के खाक हो गई।" अम्मा ने एकदम पटरी बदली।

"मगर आपने बड़े मामू का साथ दिया था।"

"क्यों? जबकि..."

"हमारी मर्जी, क्या तुम्हारी धौंस है? बेगम जब कमा के खिलाने लगो तब जूतियां मारना।

"औफ्फो मगर..."

"तो फिर हमारे मुचलके क्यों लेने बैठ गयी हवास में रही आगे से कभी जफर के मुंह लगीं तो अच्छा न होगा। ऐ दुल्हन गोश्त गल गया हो तो घिया डाल दो।

"लानत है भई, ये उल्लू की पट्ठी विया रोज पक जाती है।" शामीम रूआंसे हो गए।

"अरे वाह यार अरवी-गोश्त, उस पर गर्म मसाला छिड़का हुआ और नींबू क्या कहने हैं, पर गर्म रोटियां भी हों।" मुजीब बोले। बड़ी आपा के बड़े बेटे। हमारे भांजे जो चुन्नू मेरे छोटे भाई से कुछ महीने छोटे थे।

"यार तू निरा लिच्च्ड़ है, घिया खाकर और चपकू हो जाएगा। और जम्मू की जान को लागू हो जाएगा। जम्मू यानी जमीला छोटे मामू फरहत हुसैन की छोटी बेटी थी। उन्हें जमीला से काफी अर्से से लगाव था जो खतरनाक प्रेम की तरफ बढ़ रहा था। ममानी जान इस चक्कर के बिल्कुल खिलाफ थीं।

मेरा दिल अपने आप बैठा जा रहा है। कैसे संवेदना शून्य हैं हम लोग खानम साहब के लिए जो टीस मेरे दिल में उठ रही थीं, किसी को इससे दिलचस्पी नहीं थीं।

अजीम भाई का खत आया था कि जावरा आ जाओ वो जावरा में चीफ ज्युडिशियल मजिस्ट्रेट हो गये थे और जोरों से बुला रहे थे। मैं वैसे भी हमेशा छुट्टियां उनके साथ बिताया करती थी। मैंने अपना थोड़ा-सा सामान समेटा और जावरा पहुंच गयी। मैंने तार दे दिया था। दुल्हन भाभी पांचों बच्चों और जावरा में अम्मा के मैके के रिश्तेदार स्टेशन पर आये थे। मुझे बिना बुर्के के देख सिटपिटा गए। चचा सरफराज

तो मुड़कर एकदम भाग खड़े हुए। अजीम भाई खानदान से बिछड़कर बड़े अकेले हो गए थे। उन्होंने नन्हें भाई को बुलाने की अनथक कोशिश के बाद उन्हें रियासत के रेवेन्यू सेकेट्री के पद पर रखवा दिया। नवाब साहब उनको बहुत मानते थे और नन्हें भाई दो-चार दिन में आने ही वाले थे। मुन्ने भाई की सेहत बहुत अच्छी हो रही थी। रात में दो-चार बार ही खांसते थे। एक बड़ा-सा बंगला मिला हुआ था। काफी बड़ा लॉन था। दुल्हन भाभी बहुत खुश थीं। मेरी बहुत खातिरदारी करती थीं बच्चे भी हमेशा मुझसे चिपटने के आदी थे। उनके छह बच्चे थे। नम्बर दो मदहत, को उन्होंने बड़ी बहन को गोद दे दिया था। बाजी के जेठ की बेटी थी, वही उन्हें ब्याह कर लाई थी। बाजी की औलाद नहीं थी। उन्होंने अन्ना के चले जाने के बाद मुझे संभाला था। जावरा में मेरे आने की धूम मच गई। बी.ए., वह भी मुसलमान लड़की एकदम नई बात थी, वहां दो-चार ही ग्रेजुएट थे और उन में बहुतायत हिन्दुओं की थीं सिर्फ हेडमास्टर बी.ए.टी. थे नवाब साहब मेरे आने से बहुत खुश थे, और बड़ी तेजी से मुझे जावरा में खपाने के जतन होने लगे।

□□□

नन्हे-मुन्ने

नन्हे भाई ने हमेशा आजाद बछड़े की-सी जिन्दगी गुजारी थी। एकदम आवारा, मनमौजी और आरामतलब थे। मुन्ने भाई के सिवा सब को धमकाना, रोब जमाना और ठुकाई भी करना। मुन्ने भाई हमेशा से बीमार थे। वह उन्हें बिल्कुल अपाहिज और लाचार समझकर उन पर तरस भी खाते थे और बहुत प्यार भी करते थे। जबकि मुन्ने भाई को उनकी आजादी, अच्छी सेहत और उनपर सजते कपड़ों से डाह होती थी। मुन्ने भाई पर कोई कपड़ा न खिलता और नन्हे भाई का बदन इतना सुडौल, कद ऊंचा कि गंजी और जांघिए में ही बड़े बांके लगते थे और अपनी सूखी नसों से भरी टांगे खोलते मुन्ने भाई को डर लगता था।

इतना सब को मालूम था कि एक के पास अगर खूबसूरत जिस्म है तो दूसरे के पास बेहद तेज और जीवन्त दिमाग। मुन्ने भाई जब भी नन्हे भाई को घोड़े पर सरपट दौड़ते, बाड़े फलांगते देखते तो उनका मुंह जरा-सा हो जाता था और वह नन्हे भाई को नीचा दिखाने के लिए हर संभव कोशिश करते। मगर साथ-साथ उन्हें सब भाई-बहनों से ज्यादा चाहते भी थे। जब दम्मे का दौरा पड़ता या गुर्दे के दर्द से मछली की तरह तड़पते तो मां-बाप के बजाए हमेशा नन्हे को पुकारते। नन्हे भाई कभी उनकी हरक्तों का बुरा नहीं मानते। ऐसी अजीब नजरों से मुस्कुराकर देखते कि मुन्ने भाई पानी हो जाते, जैसे कह रहे हों—

"तुम अधूरे इंसान हो, रहम के काबिल!" प्यार और नफरत का अजीब खेल था।

नन्हे भाई तगड़े भी थे। खुशमिज़ाज भी। उनसे लोग डरते थे। मगर पंसद भी करते थे। एक ही मां के दो बेटे, कतई किसी बात से नहीं मिलते थे। सूरत, नाक-नक्शा, आदत सब अलग। मुन्ने भाई को दुख था कि लोग उन पर तरस खाते हैं, उनकी फिक्र करते हैं। और नन्हे भाई से प्रभावित हैं। जब उन्होंने बीमारी के बावजूद बड़ी आसानी से बी.ए. कर लिया तो एक दिन बिल्कुल उसी आसानी से सेकेण्ड डिवीजन में नन्हे भाई ने एफ.ए. फिर बी.ए. क्रर लिया और मजा यह कि उन्हें किसी ने पढ़ते नहीं देखा। ना जाने कहां जाकर पढ़ते थे। शौकत आपा से बचपन में

कोई पूछता किससे शादी करोगी तो फौरन कहतीं नन्हे भाई से और जब नौ-दस बरस की शौकत आपा ने एलान किया कि वह नन्हे भाई से शादी करेंगी तो मैंने उन्हें खूब खसोटा और नन्हे भाई से शिकायत कर दी। उन्होंने शौकत आपा की चुटिया पलंग के पाये से बांध दी और बोले...

"बता अब करेगी शादी?" शौकत आपा ने फौरन तौबा कर दी और जान छूटी, यह बात सबके दिमाग से उतर गई। और एक दिन उन्होंने खानदान के सबसे ज्यादा सजीले और हठ्ठे-कटठे नौजवान को पा ही लिया। कभी दिल में शक हो उठता है कि शौकत आपा को नन्हे भाई से नहीं, उनके व्यक्तित्व और उनके रोब से प्यार था, वह इस युवराज से शादी करके पूरे खानदान में एक इज्जत हासिल करना चाहती थीं, बड़े प्यारे-प्यारे ख्वाब देखा करती थीं। एक दिन कहने लगी..." नन्हे मियां वकालत करके लंदन जाएंगे। बड़ा पद मिलेगा, सर का खिताब मिलेगा। और हम लेडी नसीम कहलाएंगे।" गरीब का सारे घर ने इतना मजाक बनाया कि बस झड़ियां लग गई। नन्हे भाई ने खुद उन्हें बहुत चिढ़ाया और जब वह उन्हें लेडी नसीम कहकर पुकारते तो शौकत आपा धारों-धार रोतीं।

शौकत आपा ने बड़े मानसिक दुख झेले थे। मां के मरने के बाद वह बेसहारा हो गयी थीं। मामू जोधपुर में यार दोस्तों में जमघट में। दो बच्चों यानी जुगनू और शौकत आपा की देखभाल नहीं कर सकते थे। इसलिए वह अपनी फूफी यानी हमारी अम्मा के यहां रहती थीं। अम्मा को अपने ही बच्चों से लाड़ करने की फुरसत नहीं थी। सूरत से उकता चुकी थीं वह, किसी के बच्चे को खाक प्यार देती। जुगनू ने अजीब तबीयत पाई थी। छोटी-सी उम्र से ही एकदम गंभीर और चुप्पे! खुद कभी शरारत नहीं करते और न कभी किसी की शिकायत करते थे। घर पर वही एक थे जिनपर न कभी डांट पड़ी, न मार। मां की मौत ने बाप को हालात से छीन लिया तो वह उम्र से पहले ही बूढ़े हो गये। मुझ जैसी बदमाश को सभी भाई छेड़ते हैं, मारते, सताते। जुगनू ने कभी न मारा, न सताया, सारा घर उन्हें प्यार करता था। नौकर जो हम बच्चों की हरकतों से परेशान थे, जुगनू पर सब मेहरबान थे। कभी कोई बचपने की बात ही नहीं करते थे। शौकत आपा अपनी नानी यानी हमारी खानदानी दुश्मन बच्छू फूफी पर जान छिड़कती थीं, यह एक तरह की गद्दारी समझी जाती थी। जुगनू कभी उनका नाम भी न लेते थे, बुरा न अच्छा बस चुप कर लेते थे। मासूम शौकत आपा, खुदा जाने उनके नन्हे से दिमाग पर क्या बीत रही होगी। वह जिद्द करके नानी के पास जाती, अच्छे मूड में होती तो दुलार करतीं और एक दम याद आ जाता कि उसी बदमाश, बदकार जफर हुसैन की बेटी है जिसने उनकी लाडली मुसर्रत जहां को तकलीफ दे देकर मारा, तो उन पर गुस्सा सवार हो जाता और वह शौकत आपा को वापस फूफी के यहां

फेंकवा देती, तब उन्हें सब छेड़ते, ताने देते।

इंसान किन-किन तरीकों से दूसरे का खून बहाता है, बुजुर्गों के झगड़े में मासूम बच्चों पर क्या गुजर जाती है। नफरतों के बीच पलने वाला बच्चा अपने दिलोदिमाग पर कैसे-कैसे ज़ख्म सहता है। यह ज़ख्म हमेशा किसी न किसी ठेस पर रिसने लगते हैं। नफरत का एक तूफान समेटे शौकत आपा जवान हुई। अपने चेतन में उन्होंने महाबली की पनाह पा ली। और अपने साम्राज्य की नींव मजबूत करना शुरू की काश! अल्लाह ने थोड़ी-सी बड़े भाई जुगनू की सोच-समझ, विनम्रता और धैर्य भी उन्हें दिया होता। किसी रिश्तेदार के टुकड़ों पर पलना और जवाब में इज्जत और प्यार मांगना, धौंस जमाकर मांगना, किसी तरह भी संभव नहीं, जुगनू को नौकरों तक में बड़े अज़ीज़ थे। कभी किसी पर हुक्म नहीं चलाते और उन से बड़ेअदब से बातें करते थे। नौकर आगे आकर उनके काम करते। सब पैसों की जिद्द करते, जुगनू किसी कोने में बिल्कुल खामोश रहते। अम्मा देखतीं तो उनका जी भर आता "अरे तूने नहीं मांगे पैसे जुगनू?"

"अम्मा अभी हैं हमारे पास पैसे।" जुगनू फूफी को अम्मा कहते थे। और अम्मा उन्हें डांट कर पैसे देतीं। फल मिठाई कितना भी ललचाए कभी झपट्टा मार कर नहीं छीनी। इसलिए अम्मा सबसे पहले जुगनू का हिस्सा निकालती और शौकत आपा को अक्सर भूल जातीं। शौकत आपा की अड़ियल बच्छू फूफी थीं। जिन्हें खुद मैंने बहुत देर में पाया। उन्हें बेमां की बच्ची पर प्यार आता तो केलेजे से लगातीं। फिर पुराने घाव ताजा होने लगते तो दुत्कार देती।"

औरत हमेशा से नन्हे भाई की कमजोरी रही थी। बहुत ही कम उम्र से ही सेक्स जैसी चीजों से वाकिफ थे। फिर शौकत आपा नई-नई कली सोलह-सत्रह की उम्र, बिल्कुल लट्टू हो गए। सुबह उठते नाश्ता कमरे में मंगवा लेते, सीधे कॉलेज जाते। वहां से सीधे कमरे में किल्ली चढ़ जाती। रात का खाना भी कमरे में ही मंगवा लेते, फिर किल्ली चढ़ जाती। वह भाई जो हमारे साथ ज्यादा से ज्यादा समय गुजारते थे। बिल्कुल ही गायब हो गए। घर में आते ही हलचल मचा देते। इसे चिढ़ाना, उसे सताना बच्चों को उछालना गुदगुदाना। अब्बा से शिकार के बारे में बहस, फिर अम्मा की गोद में चिपक जाते। मगर शादी के बाद वह शौकत आपा के होकर रह गए, सारा घर नन्हे भाई और शौकत आपा से दिल ही दिल में खिंचने लगा, हालांकि मुंह से किसी ने कुछ न कहा। इधर मुन्ने भाई और दुल्हन भाभी पुराने ब्याहे तीन बच्चों के मां-बाप, उनकी किल्लियां नहीं चढ़ती थीं और नन्हे भाई को व्यस्त पाकर उन लोगों ने ज्यादा समय झुंड के साथ गुजारना शुरू किया। मुन्ने भाई ने बड़ी चालाकी और कुशलता से नन्हे भाई की गैरहाजिरी को भरने की कोशिश करते। दुल्हन भाभी भी ज्यादा वक्त अम्मा

के पास गुजारने लगीं। हम सबको आदत थी कि जैसे ही नन्हे भाई घर में दाखिल होते, सब उन्हें घेर लेते, कुछ न कुछ उनकी जेबों से निकल ही आता। खास तौर पर अगर कॉलेज में कोई पार्टी होती तो जेबें सूखे मेवे-टॉफियों से भरी होतीं, हम उनपर टूट पड़ते और लूट कर रख देते। अब शौकत आपा टॉफियों के कागज दिखाकर कह देतीं, सब खत्म हो गईं। वैसे भी दुल्हन भाभी पराई होते हुए भी बहुत अपनी लगती थीं। हम सबके साथ ताश खेलतीं, शौकत आपा को इन खेलों से दिलचस्पी नहीं थी। मजबूरन नन्हे भाई ने भी खेलना छोड़ दिया। आज समझ में आता है बहू से सास ननदें क्यों जलने लगती हैं। शुक्र खुदा का कि हमें न भाईयों की कमी थी, न भाभियों की। बस एकदम ऐसा रवैया अपना लिया जैसे नन्हे भाई और शौकत आपा घर में रहते ही नहीं।

एक और घटना हुई जिस से दिल में बड़ी कड़वाहट पैदा हो गई, कोई चिट्ठी मेरे नाम आई, वह नन्हे भाई ने खोल ली। क्योंकि मेरे नाम कोई चिट्ठी नहीं आती थी। उन्होंने शौकत आपा को दे दिया। शौकत आपा ने मुझे बुलाकर कड़वी-कसैली बातें कहीं कि मैं लड़के घेरती हूं। मुझपर खून सवार हो गया और उन्हें मारते-मारते छोड़ा। मुन्ने भाई मुझे रोज़ रात को पढ़ाते थे। उन्होंने मुझे भिन्नाया हुआ देखकर पूछा तो मैंने बता दिया।

"कौन है वह लड़का?" उन्होंने पूछा।

"मुझे क्या मालूम?"

"खैर तुम्हारी कोई गलती नहीं, तुम क्यों दुखी होती हो।

एक दिन हम चबूतरे पर बैठे थे कि नन्हे भाई कमरे से निकले "ऐ वसीम, अजीम, शमीम, चुन्नी, चून्नू, छब्बू, मज्जू, नय्यर गौर से सुनो... "देखो आज से तुम सब शौकत का नाम नहीं लोगे, भाभी जान कहोगे, क्यों शौकत अब तो खुश?" थोड़ी देर तक हम सब उन का मुंह तकते रहे। फिर एकदम पब्लिक ने विद्रोह की आवाज उठाई और चारों तरफ से बग़ावत का एलान होने लगा। अब्बा मियां खाने के चबूतरे के पास ही पलंग पर गावत किए के सहारे बैठे फल खा रहे थे। वह शाम को सिर्फ फल और सूखा मेवा हीं खाते थे। अम्मा उन्हें संतरे की फांकों के छिलके उतार कर देती जा रही थीं। चमकती हुई आंखों से वह ये घरेलू ड्रामा देख रहे थे। उनकी बड़ी-बड़ी सफेद कैसरकट मूछों में मुस्कुराहट आंख-मिचौनी खेल रही थी, शोर सुनकर मुन्ने भाई भी सब्जी और रोटी की प्लेट पकड़ आ धमके। दुल्हन भाभी कंधे से नज्जू को लगाए साथ थी। उनके पीछे उनका नौकर छोकरा सेनी में बाकी खाना लिए चला आ रहा था। जैसे तलवार की झंकार सुनकर कबीले के सूरमा रक्षा कवच संभालकर मैदान में कूद पड़ते हैं। पूरा मामला सुनकर मुन्ने भाई ने कहा" कायदे से तो हमें और

हमारी बेगम को भी, शौकत को भाभी जान कहना चाहिए।"

"हम हरगिज भाभी जान नहीं कहेंगे। जनता एक आवाज़ होकर चीखी।

"कभी जो कह जाएं?"

"तुम क्या कर लोगे हमारा?"

"बोलो शौकत हम क्या करें, इन पाजियों का? यह तो नहीं मानते" नन्हे भाई अपनी पुरानी मासूमियत से बोले।

"मगर नन्हें भाई, शौकत आपा की हालत खराब थी। पांव भारी थे। वह उल्टी करने लगीं।"

"मगर नन्हे भाई, शौकत के पति यानी असल रिश्ते के आधार पर उनकी अपेक्षा बिल्कुल सही है, क्यों सरकार?"

"दलील पेश की जाए।" अब्बा ने मजिस्ट्रेटी शान से कहा।

"माई लार्ड, श्रीमती शौकत, बड़े बेटे की ब्याहता हैं, भविष्य की पटरानी, युवराज की संगिनी, उन्हें समुचित आदर-सत्कार पाने का पूरा-पूरा हक है।

फिर वह हम से बोले... तुम सब हमारी बेगम को दुल्हन भाभी कहते हो, फिर बेचारी शौकत यानी भाभी जान के साथ यह नाइंसाफी क्यों?"

मुन्ने भाई हमेशा आग पर तेल छिड़ने की ताक में रहते थे। जब कोई बहस होती तो ऐसे-ऐसे वाक्य बनाते, खूब फब्तियां फूटतीं, वाक्युद्ध होता, बच्चों की जुबान पर धार रख जाती, और हम सब का चुल्लुओं खून बढ़ने लगता।

"नन्हे भाई अब क्या करोगे।"

"जब शौकत कै करके वापस आ जाएं तो राय देंगी कि क्या किया जाए।"

"हां, तू तो बड़ा जोरू का गुलाम है कि शौकत के इशारों पर नाचता है।"

"बेशक हम बेहद आज्ञाकारी जोरू के गुलाम हैं, सरकार खुद जोरू के गुलाम हैं।

"ऐ होश में,... कलमुहे!"

"अरे यकीन न आए तो बच्छू फूफी से पूछ लो।"

"हर अमन पसंद आदमी जोरू का गुलाम है।"

मुन्ने भाई ने कहा।

आए... हाए बड़े जोरू के गुलाम हैं, जरा-सा खाना बिगड़ जाए पूरी पतीली मोरी में लोट दें।"

दुल्हन भाभी बोली।

"बेचारे जोरू के गुलाम ही तो पतीली मोरी में लोटते हैं, जोरू को नहीं लोट पाते।

"अरे शौकत अब आ भी चुको, कितनी कै करोगी?"

"अच्छा नन्हे, बीवी का नाम क्यों लेते हैं?"

"फिर क्या कहें?" नन्हे भाई बोले।

"अब्बा या मुन्ने भाई की तरह बीवी या बेगम कहें।" जनता ने डिमांड की।

"हम तो उन्हें कभी खानम भी कहते हैं।" मुन्ने भाई बोले।

"यह झोल है, हम शौकत को बीवी या बेगम कह कर पुकारें और अम्मा आ जाएं या तुम्हारी बीवी दौड़ी चली आएं, तो कितनी खराब बात हो जाएगी।

"सख्त घपला है। श्रीमती शौकत उर्फ भाभीजान की अपेक्षा बिल्कुल जायज़ है और पब्लिक को मानना ही पड़ेगा।

"ऐसी की तैसी शौकत, हम कतई इस चुड़ैल को भाभीजान नहीं कहेंगे।"

शमीम भड़ उठे। उन्होंने बचपन में शौकत आपा को बहुत पीटा था।

"कह तो सकते हैं। मगर..." चुन्नू बोले।

"मगर..."

"पैसे दो।"

"पैसे?"

"कम से कम दो रुपया महीना।"

"दिमाग खराब हुआ है दो रूपया महीना मेरी जूती देती है।"

शौकत आपा बिगड़ उठीं।

"फी आदमी।" चुन्नु अड़ गए।

कुल तीस रूपये तो दोनों को जेब खर्च मिलते थे। इसमें से... उफ!

हिसाब लगाने के ख्याल से ही चक्कर आने लगे। "वाह...वाह मैं तो कौड़ी भी नहीं देने की। फी आदमी दो-दो रुपये, अंधेर है कि नहीं।"

"भाई दो रुपये दो तो हम खुद तुम्हें भाभी जान कहने को तैयार हैं।"

नन्हे भाई शर्मिंदगी से बोले।

"सब पैसे तुम दबा लेती हो।"

"क्या सरकार आप की क्या राय है?" मुन्ने भाई ने पूछा।

"हम इस मामले में दखल नहीं देना चाहते। लेकिन छोटे-छोटे बच्चे शौकत का नाम लें, यह बदतमीजी है, नन्हे भाई उनकी ठुकाई कर सकते हैं।" मुन्ने भाई चूरन में नौसादर मिलाने के कायल थे।

"हमें एकदम इनकार न होगा। हम ठुकाई के लिए तैयार हैं।" नन्हे भाई आस्तीन चढ़ाने लगे। जनता खून के घूंट पीकर रह गई।

"सरकार तो कुछ न कहेंगे?" मुन्ने भाई धीरे से बोले।"

"नहीं, हम बच्चों के बीच में बोलने के कतई कायल नहीं, बशर्ते कि मारने का कारण उचित हो।"

अब बड़ी मुसीबत आई। नन्हे भाई तगड़े थे। कोई बहाना बनाकर ठोक सकते थे। और इतने बदमाश बच्चों के लिए बहाना तलाश करने की जरूरत न थी। बहाने तो हर कदम पर तैयार थे।

तुरंत एक खुफिया मीटिंग कॉल की गई, जिस में जुगनू भी शामिल थे। वह शौकत के सगे भाई थे। मगर वह पार्टीबाजी में यकीन नहीं करते थे। और बड़े सोच विचार के बाद उन्होंने ही यह तरकीब बताई कि शौकत का बायकाट कर दो। वह इस तरह कि चाहे जान पर बनी हो, उन का नाम ही न लो।" जुगनू गांधी जी के आदर्श पर चलने वाले थे। वैसे भी सब उनसे कुछ दबते थे। चुन्नू, शमीम और मुजीब को होम वर्क में मदद करते थे, जसीम भाई से बेहद याराना था, मुझे भूगोल पढ़ाते थे। अगर वह शौकत आपा का समर्थन करते तो मुश्किल पड़ जाती। हम उनके ख़िलाफ हो जाते और शौकत आपा को वह बहुत चाहते थे। बस जनाब हो गया शुरू सत्याग्रह। इधर हम इतने उधर वह नन्हे भाई के कॉलेज जाने के बाद बिल्कुल अकेली रह जातीं। उन्होंने दुल्हन भाभी के साथ मिलकर मोर्चा बनाना चाहा। मगर वह कामयाब न हो सकीं। दुल्हन भाभी ताश की शौकीन और शौकत आपा को दुनिया के तमाम खेलों से नफरत।

शौकत आपा का दम घुटने लगा। हम उनसे एकदम बात नहीं करते। वह कुछ पूछतीं तो बिल्कुल ऐसे बने रहते जैसे सुना ही नहीं। आपस में खुसुर-फुसुर करके ठहाके लगाते, पहले नन्हे भाई कुछ नोटिस न लेते और फिर उन का भी बायकाट कर दिया। उन्हें आता देखकर सब एकदम जरूरी काम से तितर-बितर हो जाते और उनसे बहुत दूर जाकर बात-बेबात क़हक़हे लगाते। मुन्ने भाई हमारे मोर्चे में शरीक हो जाते और गिरोह बनाकर ताश खेलने लगते। नन्हे भाई को ताशों से कोई दिलचस्पी नहीं थी। जुगनू इतने पढ़ाकू थे कि शौकत आपा बुलातीं तो चले जाते। शिकायतों के सिवा उनके पास दूसरा कोई विषय था ही नहीं। वह निरपेक्ष, खामोश सुनते रहते, फिर पढ़ाई में लग जाते। इस विवाद से जान बचाने के लिए वह अपने दोस्त के यहां चले जाते।

मेरी अम्मा के बेटे कहलाने के असली हकदार जुगनू थे। फूफी-भतीजे के व्यक्तित्व में काफी साम्य था। उनके रिश्ते अपनी नानी हमारी बच्छू फूफी से भी बड़े अच्छे थे। वह हमारे भाईयों और अब्बा के साथ ईद-बकरीद वहां जाते, फूफी बादशाही उन्हें बड़ी कडवी बातें कहतीं, फूफी के टुकड़ों पर पलने के ताने देतीं। मगर वह दुखी होने के बजाय हौले-हौले मुस्कुराते। फूफी का खून खौल उठता जैसे मेरी अम्मा फूफी की गालियां सुनकर मुस्कुराती रहती थीं। लोग पूछते उन्हें बुरा नहीं लगता?" ऐ वाह!" मुझे काहे को बुरा लगे, वह फूफी बुर्जुग हैं। उन्हें हक है जो चाहे, कहें।" अम्मा भोली सूरत बनाकर कहतीं।

हमारे दोनों मामू अब्बा मियां की बेहद इज्जत करते। बहन से ज्यादा उनकी प्रतिष्ठा थी। अब्बा को उनसे कोई शिकायत न थी कि उन्होंने उनकी इकलौती लाडली बहन बादशाही खानम की बेटी के खून से हाथ रंगे। वह किसी मामले में टांग अड़ाने के कायल न थे। हालांकि फूफी अम्मा का ख्याल था, वह जोरू के गुलाम हैं और उन्हें उल्लू का गोश्त खिला दिया गया है। जुगनू हम सबको बहुत पसंद थे। मगर जब उनसे मेरी शादी का जिक्र चला और शौकत आपा की जुबानी मुझे बुजुर्गों की राय का पता चला तो मैं एकदम लगाम तुड़ाने लगी।

"जानती हो जुगनू से तुम्हारी शादी के मंसूबे बन रहे हैं। मगर हरगिज शादी नहीं होने दूंगी। खुदा न करे तो तुम जैसी घमंडी बदजुबान से मेरे भाई की किस्मत फूटे।"

"हूं उस गधे से मैं कब शादी करना चाहती हूं। लानत है। कबरबज्जू मुझे घिन आती है कमबख्त से।" मैंने अपने पक्ष में वह कुछ कह डाला जो मैं बिल्कुल नहीं सोचती थी, जुगनू मुझे बेहद पसंद थे। शादी का तो ख्याल भी नहीं आया था, मगर सिर्फ जुगनू से न मैंने कभी जुबान चलाई। न बदतमीजी की, बहुत रोब था हालांकि वह कुछ साल ही बड़े थे। मगर मुझे अच्छी तरह पढ़ाते थे। जब मुझे मालूम भी न था कि वह सगे भाई नहीं और जब मैं सोचती थी, सब लड़के भाई ही होते हैं। दूसरे किसी रिश्ते का पता ही मुझे नहीं था। जुगनू भूतों, प्रेतों की दिलचस्प कहानियां बड़े नाटकीय अंदाज में सुनाया करते थे। मुझे कभी नहीं छेडा, न कभी मेरी गुड़िया चीरी। अल्लाह मियां के बारे में उन्होंने पहली बार मुझे बताया। उन्होंने बड़ी तेजी से बस से पहले कुरआन शरीफ पढ़ ली थी। उन्हें वसीम भाई बड़े सताते और मारते थे। मगर मैंने उनसे कभी शिकायत नहीं सुनी, मजाक में उड़ा देते थे कि रास्ते में हर घड़ी धक्के देते चलते हैं।

मुझे जुगनू हमेशा बहुत प्यारे लगते थे। अगर उनसे मेरी शादी हो जाती तो मैं एकदम पतिव्रता बन जाती। मुझे ऊंचे कद के लोग पंसद थे और वह घर में सबसे ऊंचे निकलते थे। आज मैं अपनी कहानियां के हीरो को परखती हूं तो उन्हें बिल्कुल जुगनू पाती हूं। जुगनू के दिल का हाल मैं यकीन से नहीं बता सकती हूं। मगर मैंने हमेशा उन्हें इस लोक से इतर का प्रेमी माना। उफ! अगर जुगनू ने यह शब्द पढ़ लिए तो क्या प्रतिक्रिया होगी मगर अब मैं और वह दोनों प्रतिक्रियाओं के जाल से दूर हो चुके हैं वह एक कामयाब डाक्टर, अच्छे पति, अच्छे बाप और अब तो माशाअल्लाह अच्छे नाना-दादा भी बन गए हैं। अगर मेरी शादी उनसे हो जाती तो वह मुझे मिट्टी का माधव बना देते और सारी प्रतिभा और मेरे सारे आयाम खत्म हो जाते। मेरी समझबूझ पर एक भारी-सा ताला बनकर जम जाते। उस दिन से मेरे और जुगनू के बीच एक दीवार-सी खिंच गई।

खुदा-खुदा करके शौकत आपा की डिलीवरी हुई। बेटा पैदा हुआ। स्वस्थ और प्यारा मगर हमलोग उसपर ऐसे टूटकर नहीं गिरे जैसे मुन्ने भाई के बेटे ज़ैग़म उर्फ तज्जू पर कुर्बान हो गये थे। अब्बा भी बड़े खुश थे। दो पोतियों के बाद पोता पैदा हुआ था। नईम पहला न था। पहले उसे हमने प्यार करने की कोशिश की। मगर शौकत आपा ने पाबंदियां लगाई। सो रहा है, जगाया तो हलकान करेगा। हमने मुन्ने भाई के बच्चे को गुड़ियों की तरह रखा था। स्कूल से आते ही चाहे सोता हो या जागता, उठा लेते थे। दुल्हन भाभी कुछ नहीं कहती थी। अगर वह चिड़चिड़ा वन कर रोने लगता तो मां की गोद में डालकर कोई और मनोरंजन की खोज कर लेते। दुल्हन भाभी चिढ़ जाती तो दूध मुंह के बच्चे को ही लगा देती हमें कुछ न कहतीं। अब यह हाल हो गया कि हम नईम को तरसाने के लिए ज़ैग़म से खेलते, प्यार करते, रूलाते, सताते वह इसका आदी हो चुका था। नईम घुस आता तो उस पर बिल्कुल ध्यान न देते, उफ! यह ननद देवर भी बड़ी कमीनी चीज़ होती हैं जो कि हम थे।

नन्हे भाई सभी बच्चों को प्यार करते थे। मुन्ने भाई के बच्चे बीमार बाप से दूर ही रहते और उनसे चिमटते। वह उन्हें उछालते, हथेली पर खड़ा करते। ज़ैग़म बाप की तरह सूखा-मारा, हल्का-फुल्का था। तेज-तर्रार बेहद चुलबुला। नईम बेहद मोटा और थोड़ा हकलाता था। शौकत आपा को जलाने के लिए हम उसके साथ रूखाई से पेश आते। हां मैंने और नय्यर ने शौकत आपा के नरमी और प्यार से कहने पर उन्हें मुफ्त ही शौकत आपा कहना शुरू कर दिया था। फिर हमारी देखा-देखी मुजीब और हब्बू भी कहने लगे। शमीम शौकत ही कहते थे और चुन्नू बात ही नहीं करते, उनका सत्याग्रह जारी था।

फिर एकदम अब्बा मियां सांभर में जज हो गए। घर तितर-बितर हो गया। अब्बा अम्मा के बैगर एक पल नहीं रह सकते थे। जसीम, शमीम, मुजीब और हबीब को नन्हे भाई और शौकत आपा की देख-रेख में छोड़ने के सिवा चारा न था। अब्बा मियां सबका खर्च नन्हे भाई को भेज देते थे। अब्बा मियां के साथ ही मुन्ने भाई भी जोधपुर चले गए। जसीम दूसरे जुगनू थे और हबीब दूसरा चुन्नू, बेहद शरारती और सिरफिरा। जुगनू एफ.एस.सी. के बाद बम्बई में डाक्टरी पढ़ने चले गए। हमारी पढ़ाई पर किसी ने ध्यान नहीं दिया। लड़के नन्हे भाई और शौकत आपा के बस के नहीं थे। दोनों की नाक में दम कर डाला। उन्होंने भी मोर्चा बना कर खाने की मार दी। अब्बा के पास दोनों पार्टियों की शिकायते जातीं, मगर कोई इलाज नजर न आता। न जाने शिकायतें किस हद तक सही थीं। जसीम भाई बी.एस.सी. करके आगरा यूनिवर्सिटी एम. एस.सी. करने चले गए। चून्नू को टायफायड ने ऐसा दबोचा कि उसे जोधपुर इलाज के लिए भेजना पड़ा। क्योंकि सांभर में कोई अच्छी व्यवस्था न थी। आपा ने मुजीब

को ममानी जान के यहां दिया और हबीब को बरेली। सारा घर तीतर-बीतर हो गया। नन्हे भाई के घर का खर्च, जो अब्बा भेजते थे, बड़ी तंगी से पूरा पड़ता था।

कलम बेदम होती जाती है, जब अलीगढ़ छोड़ने का दृश्य याद आता था। स्कूल की, छुट्टियां थीं। मेरी पढ़ाई के सब दरवाजे एकदम बंद हो गए। मैंने बहुत खुशामद की कि बोर्डिंग में भर्ती हो जाऊं, मगर सख्ती से डांट दिया गया। बोर्डिंग में लड़कियां आवारा हो जाती हैं। किसी ने मेरी एक न सुनी। नय्यर साथ जा रही थी, मगर स्कूल खुलने पर आपा उसे सांभर से बुला लेंगी। उफ! सांभर कितनी भयानक जगह थी। हम रेल से उतरे तो प्लेटफार्म ही गायब, मगर बैलगाड़ियां खड़ी थीं। कहने को रथ था। फुदने-घंटियां थी। मगर चारों तरफ ऐसी चादरें लपेटी गयीं कि दम घुटने लगा। रथ के दोनों तरफ दाढ़ियां-चढ़ाए लंबे-तड़ंगे राजपूत तलवारें सैंते ऊंचे-ऊंचे घोड़ों पर सवार साथ-साथ चल रहे थे। डाकुओं जैसी लाल शोला आंखें, अगर जरा-सा पर्दा सरक जाता तो फौरन जकड़ देते।

बाकायदा जुलूस निकल रहा था। कच्ची सड़कों पर झटके खाते, खुदा-खुदा करके महल की फांक नजर आई। लंबा-चौड़ा हाता, जिसकी एक तरफ जेल, कैदी सलाखों के पीछे खड़े मारवाड़ी में बातें कर रहे थे। रथ एक दरवाजे पर रुक गया, चारों तरफ तंबू, ऊंट वालों को, जो अहाता की दीवार के पास से गुजर रहे थे, बेपर्दगी के डर से रोक दिया गया। कमबख्त महल एक पुराना तीन मंजिला खंडहर था। अब्बा मियां पहले से पहुंच गए थे। नीचे की मंजिल में नौकरों का कमरा और रसोई थी। इसके ऊपर जनानखाना, जिसमें ठूंस दिए गए। एक लंबा-सा बरामदा और दो कमरे छोटा-सा घुटा सहन और एक दालान दर दालान, इसके ऊपर अब्बा के तीन कमरे एक बरामदा, छोटी-सी छत और एक कोठरी थी। अब्बा के कमरे लंबी-चौड़ी छत पर खुलते थे। लेकिन इसके दूसरे सिरे पर कचहरी के कमरे थे। दिनभर इस छत के दरवाजे बंद रहते थे। और छत पर सिपाहियों और मुजरिमों का जमघट रहता। दिनभर हथकड़ियां-बेड़ियां बजाते कैदी उतरा-चढ़ा करते।

अलीगढ़ के कच्चे फूस के बंगले बड़े-बड़े हवादार कमरे और फैला हुआ शांत सदन, पास ही लालडंगी, जिसमें भैंसे नहाया करती थीं। मगर था तो पानी, और घने-घने पेड़ सांभर के मुकाबले में स्वर्ग मालूम होता था। चारों तरफ लहलहाते खेत, इमली का छायादार बड़ा पेड़। जिसमें कोपलें लगतीं, और हम जुट जाते, कोपलों के बाद फूल खाते। फिर छोटी-सी कच्चियां टुंगते। फिर कच्ची गुद्दर और पक्की इमली। कुंए के पास एक जामुन का पेड़ और अहाते के बीचों-बीच नीम का पेड़, जिसमें झूला डालकर मैं और नय्यर इतना झूलते थे कि रात हो जाती और डांट पड़ती।

हाय अलीगढ़! प्यारा-दुलारा अलीगढ़। अलीगढ़ छोड़ते वक्त हम बहुत रोये।

सांभर के पुराने घर, जिसमें दीवारों से हरदम चूने की पपड़ियां झड़तीं। फर्श पत्थर के थे। मगर हम लोगों से पहले जो लोग रहते थे, बड़े ही कट्टर-धार्मिक थे। गोबर की तहें लगी थीं। दीवारों पर भी हर तरफ देवी-देवताओं की गेरू उंगलियां डूबोकर तस्वीरें बनाई गयी थीं। मर्दाना बैठक बहुत साफ सुथरी थी, पक्की चिकनी फर्श और चिकनी दीवारें थीं। दरवाजे पर इतनी भारी और बड़ी-बड़ी कीलें ठोकी थीं कि खोलो तो जेल के दरवाजे की तरह चिंघाड़ते। अम्मा ने फर्श खुरचवाकर धुलवाया तो नीचे बरसात का दृश्य बन जाता। नौकर चिल्लाने लगे। फर्श छलनी हो रहा था। भीगे हुए गोबर की सड़ांध ने और हवास गुम कर दियें। खैर जब सूख गया तो खुरचा गया। फिर भी ऐसा मालूम होता था। भैंसों के बाड़े में बैठे हैं।

मैंने और नय्यर ने एक कमरे पर कब्जा कर लिया जिसमें एक खिड़की पीछे गली में खुलती थी। लोग छूत-छात बहुत मानते थे। मर्द तो जरूरत की वजह से अब्बा मियां से मिलने आते थे। मगर औरतें कभी नहीं आईं। हां बढ़ई, सलावट, लोहार, और रंगरेजों की औरतों कभी आ जातीं तो वह एकदम अक्खड़ मारवाड़ी बोलतीं थीं। कि कुछ पल्ले न पड़ता। कितना एकांत था। अम्मा ने तो बरामदे में चौकी बिछवा के उस पर चांदनी तकिया लगाया और बैठकर छालिया कतरने लगीं। पास ही एक चूल्हा बनवा लिया। कुछ न कुछ पकता रहता। अलीगढ़ में तंगी देखकर पुराने बावर्ची वली मुहम्मद गए थे। उन्हें बुलवा लिया गया था। अलीबख्श नौकरों के दरोगा ने कभी साथ न छोड़ा। इसके अलावा अम्मा के पहुंचते ही लोग बच्चे लेकर आने लगे। दस-बारह बरस के हुश लौंडे आठ आना महीना खाना-कपड़ा, चार रख लिए गए। दो मुफ्त ही सिर्फ खाने कपड़े पर रह पड़े। किसी काम के नहीं थे। खूब लड़ते और इतना खा जाते कि आये दिन हैजे की नौबत आ जाती। अब्बा मियां ने कुछ मुर्गियां और कुत्ते पाल लिए। मगर बच्चों की ऐसी आदत हो चुकी थीं कि उन नौकर बच्चों की मुर्गियां जैसी देख-भाल करते। सभी के दांत, कान और आंखें खराब थीं। बड़ी पाबंदी से उनके मुंह खुलवाकर देखे जाते ओर पोटाशियम परमैग्नेट से कुल्लियां करवाई जातीं। दांत मंजवाए जाते आंखें बोरिक पाउडर डाल कर धोई जातीं। फोड़ियों पर मरहम लगते। कमबख्तों को मैल की पपड़ियां जमी थीं, पत्थर के टुकड़े से मंजवाए गए तो घाव पड़ गए।

नीचे काफी कोठरियां थीं। बड़े अब्बा आगरे से आए तो नीचे नौकरों वाले हिस्से में एक तरफ रहने लगे। क्योंकि वह बिना मोरी और नहान घर से गुजर नहीं कर सकते थे। क्या डर महसूस होता था, मैं और नय्यर बकायदा प्रोग्राम बनाकर खूब रोते। उसे तो कुछ महीने ही गुजारने थे। फिर आपा आकर उसे ले जाएंगी। मगर मेरा क्या होगा, मुझे तो कोई भी नहीं ले जाएगा। सबसे बड़ी कमी किताबों की थी। नय्यर

के पास आठवीं का और मेरे पास नवीं-दसवीं का कोर्स था। न जाने किस उम्मीद पर कोर्स सीने से लगाए बैठी थीं। 'तहजीबे-निसवां' आता था। इस में मिस हिजाब इस्माईल की, जो नई-नई हिजाब इम्तेयाज अली बनी थी, रूमानी कहानियां हम दोनों सिर जोड़कर पढ़ा करते और पर लगाकर नारंगी की कलियां की महक, आरगनों के मदहोश करने वाले संगीत, शमा जैसी उंगलियां और आकाश गंगा के टिमटिमाते पोशाक की दुनिया में खो जाते। नय्यर तो वाकई खो जाती। मैं बहुत बदमजाक थी। मैं जल कर कोयला हो जाती। नमक की झीलों की सड़ांध, चूना झड़ती दीवारें, टपकती छतें, भारी कीलें जड़े फाटक और बंद राहें, मौत के भी अंदर जाने की राहें बंद। तब मेरी समझ में आया औरतें सती क्यों हो जाती थीं। स्टेशन से आते मरघट के पास से गुजरते वक्त वह फाटक देखा था। जिस पर लाल रंग के हाथों के निशान थे। चिता पर चढ़ने से पहले पति की लाश पर जलने वाली औरतें लाल रंग में हाथ डुबाकर फाटक पर छाप लगा देती थीं। कितने हाथ थे। कुछ तो इतने नन्हे-नन्हे थे कि शायद दूध पीती बच्चियों के होंगे। जो अपने पतियों की चिता पर भस्म हो गयीं। वह हाथ अब भी याद आ जाते हैं तो दिमाग की शिराओं को खुरचने लगते हैं। मगर जितना यह दृश्य मुझे कुचलता कोई फौलादी स्प्रिंग-सा मेरे दिमाग में उछलता। मैं भ्रमों के जाल में फंस जाती। मैंने सामान की कोठरी में एक संदूक खोला तो पता चला कि आपा की बड़ी दिक्कतों से जमा की हुई किताबें हैं। एकदम पुरानी, जर्जर और सीलन के कारण चिपकी हुई तहजीबे-निसवां के पुरानी अंक सहेली, इस्मत और कई पत्रिकाएं। मौलवी नजीर अहमद, और अल्लामा राशिदुलखैरी की रचानाएं। मैं और नय्यर दीवानों की तरह उन पर टूट पड़े। नय्यर जल्दी सो जाती मैं पढ़ती रहती। यहां तक की लालटेन का तेल खत्म हो जाता। तब मैं छत पर जाकर चांदनी में पढ़ती राजपूताने का चांद बहुत चमकीला होता है। वातावरण में नमी की धुंध नहीं होती। मेरी आंखें पहले ही बहुत कमजोर थीं और भी खराब होने लगीं।

मैंने झोंक में जल्दी-जल्दी सब पढ़कर खत्म कर दिया फिर खाली हाथ रह गई। और की मिट्टी-पलीद होती है। पढ़कर मेरे ऊपर उल्टा असर हुआ। मुझे समाज से ज्यादा खुद पर गुस्सा आता। कहीं मुझमें ही कसर रह गई है। मुझे अपने मां-बाप पर गुस्सा नहीं। तरस आता वह इतनी छोटी परिधि में कैद हैं। वह मुझसे नफरत नहीं करते, मेरी अम्मा को मेरी शादी की फिक्र है। यहां मारवाड़ में वर कैसे जुड़ेगा, अपनी बिसात भर वह मुझे इतना ही चाहती हैं, जितना उन्होंने अपनी दूसरी संतानों को चाहा। वह अपनी बेटियों से उतनी ही मुहब्बत करती हैं जितनी बेटों से। उन्हें बेटों की कमाई खाने का ख्याल भी नहीं आता। अब्बा ही उनका सहारा हैं। बेटियों को कैसा जी खोलकर दहेज दिया। आपा के बच्चे बेटों की संतानों से ज्यादा प्यारे हैं।

अपने विचार में मुझे बोर्डिंग के गंदे माहौल से बचा रहे हैं। दिमागी तौर पर वह बच्चे हैं। मैं उनसे ज्यादा बूढी हूं।

इन्हीं दिनों चुन्नू टायफायड के बार-बार के हमलों के कारण अलीगढ़ से अब्बा के कहने पर जोधपुर चला गया। वहां उसका इलाज होने लगा। शमीम का जो दिल घबराया तो वह इम्तेहान को लात मार कर भाग आए। इम्तेहान की फीस ही नहीं भरी। सारा शौकत आपा और नन्हे भाई पर रख दिया। नन्हे भाई ने आकर पोल खोली। शमीम फीस ले जाता था और भरता नहीं था। क्या कयामत है। शमीम पढ़ना नहीं चाहता और मेरे पढ़ने पर पाबंदी। शमीम गलती करके अपनी जिंदगी बर्बाद करने का हक रखता है। मैं जिंदगी सुधारने की हकदार नहीं। कौन इंसाफ करने वाला है इस दुनिया का। कौन मेरी जिंदगी का सृष्टिकर्ता हैं? अगर मां-बाप हैं तो फिर खुदा ने मुझे दिमाग क्यों दिया। मैं इसका क्या करूं?

बड़े अब्बा मुझे और नयूयर को अंग्रेजी पढ़ाते थे। मगर साथ-साथ अपने ढेरों शेर सुनने पर मजबूर करते थे। मुझे वैसे ही कविता या शेरो-शायरी से कोई लगाव न था, अब और नफरत हो गई। मगर पढ़ना था, इसलिए शेर सुनने पड़ते थे। नयूयर चली गयी और मेरी दिमागी सेहत डगमगाने लगी। किताबें पढ़ने लगती। खाक पल्ले पड़ती। डिक्शनरी देख-देखकर पागल हो जाती। इस उम्र में आत्महत्या बहुत आसान लगती और मैंने भी आत्महत्या का प्लान बनाया। रात-रात भर सोचा करती। छत पर से कूद जाऊं। तीसरी मंजिल से सिर के बल चुपके से जाकर नमक की झील में छलांग लगा दूं। कुछ घंटों में घुलकर आटा हो जाऊंगी। मगर कुछ घंटे। उफ! नमक मेरे गोश्त को हौले-हौले चबाएगा। पहले खाल उतरेगी फिर गोश्त की तहें। कभी-रात को एककरवट सोते-साते बांह सुन्न हो जाती, तो ऐसा लगता नमक की झील में डूब रही हूं, उभर रही हूं, चीख मार कर मैं जाग उठती। फिर एक दिन मैंने अम्मा को कहते सुना।" ऐ है मैं कोई नादान हूं। तीन बेटियां दो बेटे ब्याहे हैं। जोधपुर में सब कुछ मिलता है, वैसे मैंने यहां के बजाज से कहलवाया। उसने कहा जैसा माल हुकुम हो दमभर में हाजिर हो जाएगा। बड़े-बड़े सेठ रहते हैं सांभर में। सेटों सोने का जेवर है एक-एक के पास। और जयपुर का जड़ाऊं काम। नमक तेजाब बनकर मेरे दिमाग को खाने लगा। अम्मा ने अंजान बनकर एक खत मुझे दिया कि अब्बा मियां की मेज पर रख आऊं। इस खत में मेरे रिश्ते का पैगाम था। और लड़के की तस्वीर छोटी-छोटी मूंछों वाला एक खूबसूरत नौजवान। घुटनों पर हाथ रखे कैमरे के लेंस को घूर रहा था। मैंने मुन्ने भाई को उसी दम खत लिखा कि मैं शादी नहीं करूंगी। आप रूकवाइए। जवाब आया, लड़का मेरे दोस्त को छोटा भाई है। डिप्टी-कलक्टर है। मुरादाबाद के लोग हैं, बड़ा खानदान है, तुम्हें बचपन में देख चुके हैं। मैंने ही रिश्ता तय किया है।

तुम चाहो तो प्राइवेट इम्तेहान भी दे लेना।

हिम्मत टूटने के बजाय खून सवार हो गया। फिर मैंने तुरूप का इक्का मारा। जुगनू को लिखा, खुदा कसम तुमसे शादी के लिए जबरदस्ती नहीं करूंगी। मेरी शादी सिर्फ तुम रूकवा सकते हो, मामू को लिखो कि तुम मुझसे शादी करना चाहते हो, फौरन सांभर पहुंच कर शादी रूकवाओ। अगर तुमने मेरी मदद न की तो अफसोस होगा तुम्हें। और मैं आत्महत्या का प्रोग्राम बनाने लगी। मौत से डर भी था, पर जिंदगी से तो घिग्घी बंध रही थी। पढ़ने के शौक से ज्यादा मेरे दिल में शादी का आतंक था। बचपन में मेरे कान में डाला गया था कि मैं किसी गुण की नहीं जिसके घर जाऊंगी, मुंहफट, बदजुबान! दो दिन में खसम तलाक देकर मैंके फेंकवा देगा। हीन भावना मेरी नस-नस में समा चुकी थी। न सूरत न शक्ल मुझपर कौन बेवकूफ जान देगा। जो चीज मेरे नसीब में नहीं, उसके लिए तरसने के बजाय क्यों न उसे खुद ही ठुकरा दूं। शादी ही नहीं करें तो कोन मूर्ख मुझे तलाक देगा। मैं पढ़-लिख कर अपने पैरों पर खड़ी होऊंगी। मियां के ठुकराने के बाद भावजों के बच्चे पालकर जिंदगी नहीं गुजारूंगी। कुछ दिनों के अंदर बड़े मामू सांभर पहुंच गए। अम्मा और अब्बा से बातें हुई। मुझे मालूम था। जुगनू सोने का लड्डू है। सारे खानदान की बेटियों वाले उस पर दांत लगाए बैठे हैं। मेरे तुरूप के इक्के को कोई नहीं काट सकता। बता नहीं सकती कि इतनी आसानी से इतने बड़े मामले से साफ निकल आने से मेरी हिम्मत कितनी बढ़ गई। मैंने तय कर लिया कि आज से अपनी नाव की मल्लाह मैं खुद हूं। सारा खानदान मग्न और मैंने किसी को भी न दुख दिया, बेइजती का सवाल उठाया। आज तक सिवा मेरे और जुगनू के किसी को भी नहीं मालूम कि मैंने क्या चाल चली थी। तुरूप का इक्का तो चिपक गया, मगर अब मुझे जोकर की जरूरत पड़ने वाली थी। मुझे पढ़ने के लिए अलीगढ़ जाना था। लोहे के चने तो अब चबाने का वक्त आ रहा था और मेरे दांतों में खुजली हो रही थी।

□□□

बोर्डिंग की जिंदगी

अम्मा मेरे भविष्य में संतुष्ट होकर मुझपर बहुत मेहरबान हो गई थीं। उन्होंने कुछ मोटे नक़ली रेशम की गुलाबी-फिरोजी साड़ियां ख़रीदी थीं। उनके साथ की कालरदार मर्दाना कमीजें बनवाई थीं। दो-चार बनारसी थान खरीद लिए थे। अब और खरीद-फरोख्त बंद कर लिए थे। आठ तोले के कड़े पहुंचियां झुमके भी बनवा लिये थे। मुझे उन में से कुछ भी नहीं चाहिए था। मुझे सादा शलवार-कमीज और दुपट्टे चाहिए थे। चादरें तकिये का ग़िलाफ, तौलिए ओर पलंगपोश। सालभर के लिए कपड़ों की जरूरत थी। लट्ठे के थान घर में ही रहते थे। मैंने आठ शलवारें बनवाईं। अम्मा से कहा सिर्फ तीन बनवाईं। उन्हें पता भी न चला। तीन चार लट्ठे की ही कमीजें बना लीं, अभी दुपट्टे की भी जरूरत थी। समझ में नहीं आता था कि अम्मा से कहे बगैर सामान कैसे तैयार करूंगी। उस वक्त एक लालटेन और लोटा भी ले जाना पड़ता था। मैंने नये दुपट्टे छिपा लिए और फटे-पुराने ओढ़ने लगी। मगर उन्होंने कुछ नोटिस न लिया। कौन था देखने वाला। पूरा बिस्तर भी ले जाना था।

रात-रात भर मैं बोर्डिंग के सपने देखती थी। ऐसी लगन तो विलायत जाने की भी नहीं लगी थी अजब बेबसी का एहसास था जो दम घोंटे दे रहा था। वह शादी जिसपर अम्मा को इत्मीनान था। नहीं होने वाली थी, कि मैंने जुगनू को कसम दी थी मैं तो किसी बादशाह से भी शादी के मूड में नहीं। स्कूल खुलने का दिन आ रहा था। मैंने एडमिशन फार्म भी नहीं मंगवाए थे। फिर एक दिन मैंने टूटे-फूटे हथियार संभाले और मैदान में उतर गई। इतवार का दिन था। अब्बा मियां नाश्ता करके अखबार पढ़ रहे थे। अम्मा चौके पर बैठी छालिया कतर रही थीं। मैंने आंखें खोलकर यही दृश्य देखा था। पुराना दमघोंटू माहौल मेरी हिम्मत पस्त किए दे रहा था। अजब अकेलेपन का एहसास दम घोंट रहा था इतने बड़े कुनबे के बावजूद मैं अपने मोर्चे पर अकेली थी। किसी तरफ़ से मदद आने की उम्मीद नहीं थी। कई दिनों से मैं डरावने ख्वाब देख रही थी। मैं मरी पड़ी हूं और सारा घर मातम मना रहा है। मैं बैन सुन रही हूं। वहीं लाखों औरतों के बैन जो न जाने किसको रो रही हैं। फिर मेरी आंख खुल जाती

है। तेल खत्म हो जाने पर लालटेन भभक कर बुझ जाता है। मैं पसीना-पसीना सूखी-सूखी आंखों से छोटे बरामदे में झांकता आसमान देखती। तारे मद्धिम होते जाते दूर कहीं मोअज़्ज़िन (मस्जिद में अजान देने वाले) की आवाज़ बताए मुझे सुकून बख्शने के, दहला देती।

एक और दिन गुजर गया। और मेरी मंजिल एक कदम आगे के बजाय पीछे ही हट गई। उस दिन मैंने बंबे के पास बैठकर वजूकिया और फज्र की नमाज पढ़ी थी। शब्दहीन प्रार्थना की थी। खुदा को मेरे दिल का हाल मालूम था। बल्कि उस वक्त ऐसा महसूस हुआ कि खुदा मेरे दिल में उतर आया है। अजब हलचल-सी बेआवाज लक्ष्यहीन मेरे व्यक्तित्व को पछाड़े दे रही है। मगर जितनी ही टूटती हूं, उतनी ही दीवारें अभेद्य होती जा रही हैं और वही अंजानी ताकत मुझे कत्लगाह की तरफ घसीटे लिए जा रही थी।

मैं थोड़ी देर मोढ़े पर बैठी रही। अम्मा छालिया में से सड़ा हुआ हिस्सा कतरकर बड़े अफसोस से देख रही थी। अब्बा की नजरें अखबार पर घूम रही थीं। मैं बारी-बारी दोनों को निगाहों की तराजू में तोल रही थी। शायद मेरी निगाहों की चुभन ने अब्बा मियां को मेरी तरफ देखने पर मजबूर किया, उनकी आंखें बड़ी देर तक मेरी आंखों से उलझी रहीं। मैंने पलक नहीं झपकाई ऐसा कभी नहीं हुआ था। अब्बा मियां की आंखों में आंखें डालना मजाक न था। कहते हैं, अक्सर मुजरिम उनकी एक नजर से पानी हो जाते थे। और झूठ की सारी कहानियां खुलती जाती थीं।

"मैं पढ़ने के लिए अलीगढ़ जाना चाहती हूं।" मैंने कह ही दिया। मेरी आवाज़ में कोई कंपकंपाहट नहीं थी।

"पढ़ती तो हो अपने बड़े अब्बा से।"

"मैं मैट्रिक का इम्तेहान देना चाहती हूं।"

"किस काम आएगा। दो साल रह गए हैं जुगनू के... फिर...बेकार..."

"मैं मैट्रिक करना चाहती हूं।"

"मगर जरा सोचो, क्या फायदा है, इससे तो बेहतर है तुम खाना-पकाना और सिलाई-वगैरह सीखो। तुम्हारी तीनों बहनें कितना सलीका जानती हैं और तुम..."

"मुझे सलीका से दिलचस्पी नहीं, मैं पढ़ना चाहती हूं।"

"नहीं, बेकार..."

"तो मैं चली जाऊंगी।"

"कहां चली जाओगी?" अब्बा मियां ने अखबार रख दिया।

"स्कूल..."

"स्कूल?... कौन-से स्कूल?"

"नहीं, हम तुम्हें स्कूल वगैरह नहीं भेजेंगे। कल से तुम मतंजन की तरकीब सीखो और हब्शी हल्वा सोहन बेगम इस बार हल्वा सोहन गोल कर गईं।"

"इस गर्मी में हब्शी हलवा सोहन क्या बनेगा... हां गाजरें..."

"मुझे मतंजन से कै आती है, मीठे चावलों में गोश्त और हब्शी हलवा सोहन भी पसंद नहीं। मैं स्कूल जाना चाहती हूं। सिर्फ एक हफ्ता रह गया है अलीगढ़..."

"हम तुम्हें अलीगढ़ नहीं भेज सकते। शौकत बड़ी लापरवाह हैं और तुम एकदम मुंह फट। उसका कहना नहीं मानोगी कोई ऐसी-वैसी बात हुई तो खानदान की बदनामी होगी।

"तो मैं खुद चली जाऊंगी।" मेरे ऊपर भूत सवार हो गया। उनकी शोलों की तरह दहकती आंखें पूरी तरह खुल गईं। मैं भस्म न हुई। मुझे ऐसा महसूस हो रहा था। ताजमहल की पूर्वी बुर्ज से लटकी हुई हूं। रस्सी कमजोर है, मेरी हथेलियां खूनमखून हो रही हैं, कोई दम में रस्सी छूट जाएगी और संगमर्मर के बेरहम फर्श की तरफ मेरा जिस्म लपकेगा। और मैं टुकड़े-टुकड़े हो जाऊंगी।

"कहां चली जाओगी।"

"कहीं भी।"

"बस यूं ही चल दोगी"

हां, घर से निकलकर तांगा लूंगी, वहां से स्टेशन जाकर किसी भी डिब्बे में बैठ जाऊंगी?"

"फिर?"

"किसी भी स्टेशन पर उतर कर मिशन स्कूल का पता पूछती पहुंच जाऊंगी। वहां इसाई हो जाऊंगी। वहां जितना चाहूंगी, मुझे पढ़ने का मौका मिलेगा। थौड़ी देर सन्नाटा गूंजता रहा। अम्मा का सरौता अपंग हो गया।

"सुन रही हो बेगम, यह क्या बक रही है।"

"खुदा ग़ारत करें कमबख्त को ख़ानदान के मुंह पर कालिख लगाएगी।"

"मगर तांगा तो सांभर में है ही नहीं।" अब्बा मियां की आंखों में शरारत चमक उठी।" और हमारे रथ और सरकारी ऊंट तुम्हें हमारी इजाजत के वगैर नहीं मिलेंगे।"

"मैं पैदल चली जाऊंगी।" मैंने पूरबी मीनीर से लटकी रस्सी को और मजबूती से थाम लिया। मेरी हथेलियों में सांभर झील का नमक हौले-हौले घुल रहा था। फिर खामोशी छा गई। अम्मा ने साड़ी के पल्लू से आंखें पोछी।"

"मैं ज़फर को क्या मुंह दिखाऊंगी।"

"ज़फर ही ने अच्छे-भले पैगाम में खंडत डाल दी, वर्ना अब तक तो हम इस कमबख्त के बोझ से आजाद हो चुके होते।"

"तो बस मेरा भाई ही गुनहगार ठहरा, अरे उनके बेटे के लिए नवाबों की बेटियां मिल रही हैं, मगर उसने मेरी खातिर मेरा बोझ हल्का करना चाहा। अरे मेरे पैर पकड़ लिए... कहा जबतक हां नहीं कहोगी, नहीं छोडूंगा।"

अम्मा धारोंधार रोने लगी।

"ग़ारत हो कलमुंही, अम्मा ने जूती खींचकर मारी, जो दाना खोजती एक मुर्ग़ी को लगी। और न जाने क्यों मैं हंसी दबाती भागी, विद्रोही खून से लथपथ सही मगर दिलेरी से मोर्चा थोड़ी देर के लिए छोड़ने पर मजबूर हो गया। मैंने दो-तीन ग्लास सुराही का पानी चढ़ाया और अंदर की कोठरी में दरवाजे-खिड़कियां बंद करके बैठी रही, पता नहीं मुझे अपनी ढिठाई पर बजाए शर्मिन्दगी के बड़ा सुकून मिल रहा था। किताब उठाई अल्लामा राशिदुलखैरी की "तिलिस्मातन का सफेद बाल" जी जलकर कोयला हो गया। उठाकर दीवार से मार दी और औंधी हो गई। रात भर ठीक से सोई न थी। तुरंत सो गई और कोई ख़्वाब न आया। शाम को आंख खुली। मगर मैं सोती बनी रही। दो-एक बार कोई देखने भी आया। शेखानी बुआ ने आवाज भी दी मगर मैंने दम साध लिया। वह मुझे खाना खिलाने की जिद्द किए थी। और अम्मा कह रही थीं, भूख लगेगी तो खुद ही खा लेगी। शहजादी साहिबा के लिए दस्तरख्वान सजा के ले जाने की जरूरत नहीं। रात को ग्यारह बजे भूख से आंख खुली। मैंने फज्र के बाद कोई नमाज नहीं थी। जैसे मैं अल्लाह मियां से शर्त बांध रही थी कि फज्र की नमाज कुबुल हुई तो फिर आगे कजा की नमाजें पेश कर दी जाएंगी, वर्ना मामला खटाई में रहा तो फिर नमाजों के बजाए कौन जाने किसी गिरजा में वास्ता पड़ेगा, तब देखा जाएगा।

कांग्रेस का जोर दिन ब दिन बढ़ रहा था, मगर रियासतों में गांधी जी का नाम भी गुनाह समझा जाता था। हम महाराजा जोधपुर की जनता थे, उनके दान-पुण्य के बलबूते पर पल रहे थे। पिछले नवंबर में राज कुंअर की सालगिरह हर शहर में बड़ी धूमधाम से मनाई गई थी। अब्बा ने भी दिये जलाए थे और जश्न मनाए थे। रातभर आगरा से आये हुए मसखरों और रंडियों का नाच होता रहा था। हम सबने कचहरी की छत से देखा था, सारी रात, जब नय्यर भी थी। जश्न को लेकर अब्बा मियां बहुत नाराज थे। रियासत में इस बला की गरीबी थी, न ढंग का अस्पताल था, न स्कूल, अमीर इलाज के लिए जोधपुर या जयपुर चले जाते या डाक्टर बुलवा लेते, गरीब लोट-पोट कर खड़े हो जाते। या मर जाते। अब्बा मियां के विभाग का उन बातों से कोई संबंध नहीं था। मगर वह शीतला माई की पूजा पर भरोसा नहीं रखते थे और किसी टूटे-फूटे डाक्टर से सड़क के बच्चों को पकड़वा कर टीके लगवाते, जिस पर बड़ा मातम पड़ता। उनके मां-बाप खूब हो हल्ला मचाते, मगर अब्बा मियां को चेचक

के टीके लगवाने का जुनून था। हमारे मामू चेचक के टीकों के एकदम ही कायल न थे। छोटे मामू की शादी अम्मा ने की। उनकी पहली बेटी भी हमारे यहां पैदा हुई। और मौका पाते ही अब्बा ने उसको टीका लगवा दिया। सुनते हैं, बड़ा अंधेर मचा था। ममानी जान नाराज होकर मैके चली गई थी। बाकी तीन बच्चों को मामू ने टीके नहीं लगवाए। तीनों को चेचक निकला बहुत बचपन में ही रंगतें झुलरा गई, ज्यादा दाग नहीं पड़े। बस अखतर ही चिकनी सफेद बची। बड़े मामू के बच्चों को ठीके हमारे यहां लगवा दिए गए थे। लेकिन दूसरी शादी से पैदा हुई बच्ची चेचक में मर गई। दूसरी बुरी तरह चेचक से दागदार हो गई। तीसरा लड़का हुआ, वह भी चेचक में मर गया। उसके बाद असगर दूसरा बेटा चेचक से इतना बदसूरत हो गया था कि बंदर लगता था। मगर मामू चेचक के टीके के नाम से कांपते थे। टीकों की हाय-तौबा जोधपुर दरबार तक पहुंची। कड़ी जांच हुई। मगर अब्बा के जवाब पर मामला दब गया। क्योंकि अब्बा इंडियन गवर्मेंट के मुलाजिम रह चुके थे और उन्होंने इसे ऊपर सरकार तक बात ले जाने की धमकी दी और इस्तीफा भी दे दिया। इस्तीफा मंजूर नहीं हुआ और उनकी व्यस्तता में तिब्ब (स्वास्थ्य) विभाग का संरक्षण भी शामिल कर दिया गया जो उन्होंने तरक्की की परवाह किए बगैर खुशी से मंजूर कर ली। सारे अमले के बच्चों को पकड़कर टीके लगवाए। खुद चपरासियों, क्लर्कों यहां तक कि कैदियों को भी नहीं बख्शा।

"सरकार उन में कत्ल के मुजरिम हैं उन्हें क्या जरूरत है टीके की।"

एक समझदार क्लर्क ने कहा।

"अगर उसे चेचक हुआ तो औरों को भी समेट लेगा। और अगर बच गया चेचक से और घिनौनी सूरत लेकर अल्लाह मियां के दरबार में पहुंचा तो बिना गुनाह-सवाब (पाप-पुण्य) का लेखा-जोखा देखे ही दोजख में झोंक दिया जाएगा। चेचक के टीकों का इतना हंगामा हुआ कि अब्बा का नाम ही "वह चेचक वाला जज" पड़ गया। यह मनमानी मैंने विरासत में पाई थी।

रात को भूख लगी। नेमतखाने में अम्मा ने जिद्द में ताला डाल दिया था। पहले मैंने मसाले के डिब्बे पर हल्ला बोला, कोफतों के लिए भुने चने मिले वह फांके थोड़ा-सा पोस्तादाना चबाया। तरकारी की टोकरी में दो मरी-सूखी गाजरें, मुरझाई हुई गोभी बहुत मजेदार लगी। कुछ पिस्ते बादाम-छुहारे समेटे पड़ रही। मैंने घेराव का जोरदार मुकाबला किया और दो दिन तक शब्हीन युद्ध जारी रहा। मिशन जाने का ख्वाब धुंधला पड़ता रहा था। स्टेशन बहुत दूर था और सड़क पर मुझे रास्ता पूछते देख कर तूफान खड़ा हो जाता। तुरंत धर ली जाती। मेरे मंसूबे में कोई दम न था। मगर न जाने क्यों मुझे ईश्वरीय मदद की उम्मीद थी। फिर जुगनू को लिखूं कि मेरी पढ़ाई

पर जोर दे कि मुझ भेजवाओ वर्ना मुझे न कबूलने की धमकी दो। यह नई चाल मुझे बेहद पसंद आई और घेराव हकीकत से दूर मालूम होने लगा। तीसरे दिन अब्बा ने मुझे अपने कमरे में बुलाया।

"मिशन में जाने के बारे में क्या फैसला किया?" मैं चुप रही।

"ईसाई हो जाओगी?" अब्बा मियां ने पूछा।

"हां" मैंने भरे गले से कहा। जिन ईसाईयों से पाला पड़ा था निचले तबके की काली-भुजंगें थीं। नीचे-नीचे स्कर्टें, काली-टांगे, मैले किरमिच के बूट और बिल्कुल भोंडी, पिचकी हुई टोपियां हद से ज्यादा बिगड़ी करंटीजुबान। बचपन से मैंने सिर्फ इस्लाम की रहमतों का किस्सा सुना था। उसके बाद हिन्दू धर्म से एक रोमैंटिक-सा लगाव था। मंदिरों में भजन घंटियां सज-संवरे भगवान...खास तौर पर मोर मुकुट सजाए कृष्ण-कन्हाई, गीतों में उनकी नटखटी शरारतें, गोपियों के साथ रास-रचाना, मुरली की मनुहारी धुन।

मगर हिन्दू होने का क्या तरीका है, यह मुझे बिल्कुल नहीं पता था। बचपन में मैंने अपनी गोइयां शीला के यहां त्योहारों की धूमधाम देखकर चाची से कहा था, मुझे हिन्दू बना लो। "पहले तो वह हक्का-बक्का रह गईं, फिर बोली" धुत्त। "सबने खूब मेरा मजाक उड़ाया अम्मा भी छुपकर पंडित जी को सत्यनारायण की कथा के लिए रूपये दिया करती थीं। और शीतला मईया को भी भोग लगवातीं थी, मगर ईसाई धर्म कुछ अंग्रेज अफसरों का विभाग समझा जाता था। और इस तरफ दिलचस्पी जाहिर करना बुरा समझा जाता था। कारण मुझे पता नहीं था कि क्यों?"

"बेवकूफ ऐसी उल्टी-सीधी बातें सोचना भी नहीं चाहिए। हमें नहीं मालूम था। तुम्हें पढ़ने का इतना शौक है। तुम नन्हे और शौकत के साथ रह सकती हो। फिर उन्होंने मुझे एक किताब दी..." यह पास बुक है। अपने दस्तखत से तुम पोस्ट आफिस से रूपया निकलवा सकती हो। इसमें छह हजार रूपये हैं। इसे दहेज समझो या अपना हक। हम तुम्हारी जिम्मेदारी से अलग होते हैं। किताब लेकर मैं सकते में रह गई। "इसके अलावा आगरा का एक मकान हमने तुम्हारे नाम कर दिया है। चाहो उसे बेचो या किराए पर लगा दो। तुम जानो।" उन्होंने मुझे मकान के कागजात थमा दिए। एकदम मैं फूट-फूट कर रोने लगी। जैसे नाव में बिठाकर पतवार हाथ में देकर मांझी मुझे अकेला छोड़ गया।

"अरे बेवकूफ रोती क्यों हो, फौरन दाखिले का फार्म मंगवाओ, और तैयारी करो। कपड़ों और किराए के लिए यह पचास रुपये रखो।

पूर्वी मीनार की रस्सी मैंने छोड़ दी। और तैरती हुई संगमरमर के फर्श पर खड़ी हो गई। अम्मा को उन्होंने क्या समझाया कि वह एकदम ऐसी हो गई जैसे कुछ हुआ

ही नहीं, दुपट्टों के लिए पूरा थान मंगबाया। तीन रुपये का बीस गज़ छोटे अरज का मलमल का थान मिलता था। आठ दुपट्टे बन गए। अम्मा ने रंग मंगवाये और मुझे तरह-तरह के दुपट्टे रंगने की तरकीबें बताई। मुझे याद है एक पचरंगा सावन के मौसम के लिए, एक पीला वसंत के लिए एक पतंगों का। अम्मा ने दुपट्टा पहले पानी में भिगोया फिर निचोड़कर जरा फरेश किया। फिर उसे तह किया। बीच में कस के डोरी बंधबाई और कलफ मिले रंग में आधा गुलाबी आधा धानी रंगों में डुबाया, डोरी खोली तो बेहद खूबसूरत पतंगें बन गई। खूब कलफ और अबरख डालकर बाकी दुपट्टे हल्के रंगों में रंगवाए। जब सूख गए तो पानदान के ढक्कन से सख्त तकिए पर घस्से लगाकर चुने। फिर उन्हें मोड़कर बट लिया और बंडल से बना लिए। चार चादरें और तकिए के गिलाफ, एक राजस्थानी पलंग पोश।

प्रॉस्पेक्टस और फार्म आ गया था। और मैंने भर के भेज दिया था। मुझे दसवीं में एडमिशन नहीं मिल सकता, नवीं में मिलेगा और मैं अलीगढ़ रवाना हो गई। अम्मा मुझसे बिल्कुल नाराज न थी। अब्बा रोज शाम को इधर-उधर की बातें करते...” बीमार तो तुम पड़ती नहीं हो। दांत तुम्हारा बहुत साफ है, मुंह खोलो।” मैंने मुंह खोला और वह गौर से एक-एक दांत देखते रहे। “पान मत खाना और नीम का दातून जरूर करती रहना। और हमेशा ठंडे पानी से नहाना।”

“ऐ है, जाड़े में भी?”

“जाड़ों में भी ताजा पानी से रोज नहाना और खेलों में बराबर हिस्सा लेना। बहुत मोटी हो रही है।” और मैं दिल ही दिल में सोच रही थी, यह क्या माजरा है। उदंडता पर तो मां-बाप आक (उत्तराधिकार से वंचित) कर देते हैं। बेटियों का गला घोंट देते हैं। यहां पहली बार अम्मा-अब्बा का प्यार मिल रहा है।

मैं अलीगढ़ पहुंची तो शौकत आपा सो रही थीं। जागीं तो बोलीं...” मारे यहां तो पलंग नहीं कहां सोओगी।”

“खटिया मंगवा लूंगी। और कोठरी में कई पलंग खड़े हैं”

“उनकी पान गल गई हैं।”

“नई लग जाएगी।”

“हमारे पास तो दो ही कमरे हैं। हमारी ही गुजर मुश्किल से होती है। दो कमरे हमने किराए पर उठा दिए हैं।”

“बरामदे में तो जगह है।”

“वहां बावर्चीखाना है।”

“बरामदा बहुत लंबा है। टाट लगवा लूंगी।”

“गुसलखाना घिर जाएगा। कोई आए-जाएगा तो तुम नाक-भौं चढ़ाओगी।

"नहीं चढ़ाऊंगी और चढ़ाऊंगी तो तुम्हें क्या असर पड़ेगा। नय्यर कहां सोती है?"

"नय्यर कहां। वह तो बोर्डिंग चली गई।"

"बोर्डिंग?"

"हां भई, यहां उन्हें तक्लीफ होती थी। नईम शोर मचाता था। कहो भला हम अपने बच्चे का गला घोंट दें" मैंने सामान नहीं खोला। फौरन मेहतरानी को भेजा कि कल इतवार है। नय्यर से कहना मैं आई हूं।" बारह बजे नय्यर आ गई। हम जैसे सदियों के बिछुड़े लिपट गये।

"बहनो! भूख के मारे दम निकला जा रहा है।"

"खाना नहीं खाया?"

"कहां खाया? लगा ही नहीं था फिर आने के लिए पूछना था। इजाजत लेकर सीधी भागी। कुछ है खाने को?"

बहुत ढूंढ़ा कुछ न मिला। गंदी पतीलियां और रिकाबियां लुढ़क रही थीं। शौकत आपा और नईम ने खाना कब खाया? शायद जब मैं इधर कोठरी में पुराना सामान टटोल रही थी और फिर बिस्तर खोला। मैले कपड़े निकाले एक पलंग पीछे की तरफ बिल्कुल सही-सलामत मिल गया, नई बान से बुना मैंने वह घसीटकर बरामदे में गुसलखाना से निकलने का रास्ता छोड़कर बिछाया और लेट गई... नय्यर के इंतजार में।

"खाना खाओगी?" शौकत आपा ने पुकारा।

"मेरे लिए पतीली में छोड़ दो, बाद में खा लूंगी। मगर शौकत आपा भूल गईं। मैं तो बिना खाए भी रह सकती थी। मगर नय्यर... धान-पान सी नाक पकड़ो तो दम निकले। हमने चुपके-चुपके डिब्बे टटोले। एक डिब्बे में थोड़ा-सा नारियल मिला। नय्यर ने उंगली से मलाई को छुआ।

"शौकत आपा जान लेगी।"

"खा भी लो, तुम भूखी हो।

"हां कई बार बुला चुकी हैं कि इतवार को आओ। घर के खाने को तरस गई होगी।"

"मगर इस वक्त शायद खाना कम था। तुम बोर्डिंग क्यों चली गयी।"

"न पूछो बहन फिर बताऊंगी।"

"नहीं अभी बताओ।"

"चलो इधर नीम के नीचे बैठेंगे।"

"गर्मी होगी।"

"नहीं इधर हवा भी चल रही है, शौकत जाग जाएंगी।" हम दोनों नीम के नीचे सूखे पत्ते जमा करके बैठ गई नय्यर बोली– "मेरी मानो तो बहन बोर्डिंग चली चलो।"

"क्यों?"

"अरे भई, क्या बताऊं, शौकत आपा से मेरी तो नहीं बनी, और तुम तो बहुत ही बददिमाग हो, तुम्हारी तो एक मिनट नहीं बनेगी। दूसरे नईम पढ़ने नहीं देता। चढ़ बैठता है और क्या जोर का घूंसा लगाता है कि भई मेरा तो दम जाने लगता है।"

"मुझे नहीं मारेगा, मैं उसकी वह ठुकाई करूंगी कि याद ही करेगा।"

"अरी बहना, उंगली लगा के तो देखो। छठ्ठी का दूध याद आ जाएगा।"

"तुम फिसडडी हो मैं तो किसी से दबने वाली नहीं।"

"यही तो डर है। पर बहन तुम यहां पढ़ने आई हो या महाभारत रचाने आई हो।" मैं फिक्र में पड़ गई। नय्यर ने कहा शुक्र है कि मलाई नहीं खाई। शौकत आपा ने उठकर फौरन डिब्बा खोला और नारियल का टुकड़ा गायब देखकर बहुत बिगड़ी।

"बहुत भूखी थी नय्यर, तुमने तो मेरे लिए भी पतीली में कुछ न छोड़ा" दाल भी न मिली, न रोटी।"

"दाल हमारे यहां पकती ही नहीं और जरा-सा कीमा था। नईम रूखा-रूखा खा गया। रोटी का मुझे ध्यान ही नहीं रहा। बासी तो थी। मैंने कुत्ते को डाल दी। मगर मेरा खोपड़ा (नारियल) क्यों खा गई।

"ऐ शौकत आपा जरा-से खोपड़े पर दम दिए देती हो, खाक डालो।"

"वाह-वाह" क्यों खाक डालो, हम तीसरे पहर जरूर कुछ खाते हैं। इसका ख्याल न किया।

इतने में नन्हे भाई आ गये, नय्यर चली गई।

"हां, बस तांगा मंगाके जा ही रही थी।"

"कहां जा रही थी?"

"बोर्डिंग!"

"नहीं बोर्डिंग तुम नहीं जाओगी।"

"मैं बिल्कुल जाऊंगी।"

"नहीं, हम तुम्हें बोर्डिंग नहीं जाने देंगे।" मुझे हंसी आई। चाहा, कह दूं आपके अब्बा हुजूर भी ही कहते थे।

"आप को क्या, मैं बोर्डिंग में रहूं या कहीं रहूं?"

"हमें नुकसान होगा।"

"तम्हें कैसा नुकसान?"

"तुम्हारे खाने वगैरह के रुपये से हमें आसानी हो जाएगी।" शौकत आपा बोलीं।

"अच्छा तो तुम लोग मुनाफा कमाते हो, हम लोगों से।"

"खाक मुनाफा, तुम्हारे रहने से हमें तो परेशानी ही होगी।"

"और जो आसानी होगी वह।"

"अच्छा बक-बक न करो।" नन्हे भाई बोले और शौकत आपा व्यंग्य से मुस्कुराई।"

"नन्हे भाई, खाने का आठ रुपये, धोबी वगैरह का मैं खुद दूंगी। ऐसा क्या मुनाफा होगा। क्योंकि मैं कहे देती हूं कि मैं आठ रुपये से ज्यादा का खाना खाऊंगी, नईम मेरी पढ़ाई में खलल डालेगा तो मैं ठुकाई कर दूंगी।"

"वाह, वाह कैसे कर दोगी ठुकाई।"

"ऐसे" मैंने फौरन नईम को धमोका लगाया और वह हंसकर मुझसे कुश्ती लड़ने लगा।" और शौकत आपा बिल्कुल भुसभुसी हैं, अगर मुझ पर भूले से भी हाथ उठाया तो धुन कर फेंक दूंगी।

"बचपन में मैंने उन्हें बड़ी मार दी है, मगर अब मैं बच्चा नहीं।" नन्हे भाई हंसने लगे।

"शौकत चुन्नी से कुश्ती लड़ोगी?"

"मेरी जूती लड़ती है।"

"तो भई इसका बोर्डिंग चले जाना ही अच्छा है। भूतनी है यह तो, अगर बिगड़ बैठी तो तुम्हारी हड्डी-पसली एक कर देगी।"

"वाह देखें तो यह एक उंगली से छू कर देखें।"

"अव्वल त्तो हम कॉलेज में होंगे, दूसरे दो पहलवानों में लड़ाई चल रही हो, तो दख़ल नहीं देते, तमाशा देखते हैं।" नन्हें भाई ने जोर से मेरी पीठ पर धौल जमाई। कोई और छुई मुई होती तो दम तोड़ देती। मैं हंसती रही। बोर्डिंग जाते वक्त मैंने शौकत आपा को मना लिया था, खुशामद से हर सप्ताह आने की आज्ञा मांगी। हालांकि बिल्कुल आने का इरादा न था। खूब घर के खाने की तारीफें और बोर्डिंग के खाने को बुरा-भला कहा। खाना होते वक्त चुपके से बोलीं..." यह तुम्हारी और जुगनू की शादी का क्या चक्कर है?"

"मुझे क्या पता?" मैंने मासूमियत से कहा।

"भाई साहब की करतूत लगती है।" वह अपने बाप को भाई साहब कहती थीं।

"यह शादी हरगिज नहीं होगी। मैंने जुगनू को खत तो लिखा।"

"फिर?"

"उसने जवाब ही नहीं दिया। मगर कयामत हो जाएगी, यह शादी नहीं होगी।"

"जी चाहा कह दूं, यूं गुस्सा न दिलाओ, मैं कहीं बदला लेने की भावना से बदतमीजी पर न तुल जाऊं। जुगनू मुझे बहुत प्यारा लगता है। मैं उसका बुरा नहीं चाहती।" अभी तो मुझे बी.ए. करना है।"

"शादी के बाद पढ़ती रहोगी।"

"इंशा अल्लाह।" और मैं रवाना हो गई।

मुझे नवीं में एडमिशन मिल चुका था। मगर मैंने जिद्द की कि दसवीं में दाखिला लूंगी। खातून आपा नई-नई प्रिंसिपल बनी थी। समझाने लगीं कि रिजल्ट खराब होगा। तुम फेल हो जाओगी।

"मैं फेल नहीं होऊंगी और अगर हो भी गई तो क्या फर्क पड़ेगा। यही बात हो जाएगी।" मैंने उन्हें संक्षेप में बताया कि मैं किन मुश्किल राहों से गुजर कर बोर्डिंग में आई हूं। सारे खानदान को नाराज किया है। मुझे कामयाब होना है। मैं ट्यूशन लूंगी। दिनरात पढूंगी, आपने मेरी उर्दू जुबान की सफाई नहीं देखी। मुझे मौका दीजिए शायद मैं आपको नाउम्मीद ना करूं। मैं शिक्षा में पिछड़ गई हूं। नय्यर को तो उसकी मां सिर्फ अहं की पुष्टि के लिए पढ़ा रही है। मैं सारे खानदान से लड़कर आई हूं। इस वक्त रहमत के फरिश्ते की तरह आला बी आगई। आली बी यानी बेगम शेख अब्दुलाह, संस्थापक अलीगढ़ गर्ल्स कॉलेज। रोज बोर्डिंग और स्कूल का चक्कर लगाया करती थी। उन्होंने बड़े जोरो शोर से मेरा समर्थन किया और अपने खास अंदाज में बोली..." ऐ बी खातून, चूल्हे में डालो स्कूल के नतीजे को। बच्ची मेहनत करने को कहती है। उसे मौका दो।"

"वर्ना फिर मैं प्राइवेट से इम्तेहान दूंगी। मगर इस साल मैं मैट्रिक का इम्तेहान जरूर दूंगी।

"हां, और बेटी तू मेरे पास रहना। खातून जहां, इसे इम्तेहान देने से तू न रोक पाओगी। दाखिल कर लो, मैं जिम्मा लेती हूं इसका।"

मैं एडमिशन के बाद निकल रही थी, तो सुना, वह खातून आपा से कह रही थी।" गजब खुदा का खातून, एक लड़की का ईरादा कमजोर करना चाहती थी। बोर्डिंग में मैं और नय्यर एक कमरे में रहने लगीं।

नय्यर बड़ी सुघड़ थी। मैं कमरा गंदा करती और पढ़ने भाग जाती। वह बड़बड़ाती मगर चंदन कर देती कमरा। मुझपर बड़ा रोब जमाती वह तेज भी थी और शोख भी। क्लास में फर्स्ट आती थी। मैं हमेशा समझती थी वह बहुत ऊंची तालीम हासिल करेगी। नाम कमाएगी, प्रसिद्धि हांसिल करेगी। मगर वह हमेशा से सुलझी हुई। दोस्तों की इज्जत करने वाली और आज्ञाकारिणी थी। उसकी अम्मा और दादी ने उसकी मंगनी ददिहाल में एक बहुत होनहार लड़के से कर दी थी। और वह बहुत

खुश थी। अच्छी बेटी, आज्ञाकारी पत्नी, अच्छी मां और समाज के पुराने संस्कारों को दृढ़ता से पालन करने वाली। हम बचपन से ही साथ रहे, उसे मेरी कोई अदा पसंद न थी। और मुझे उसकी जिन्दगी के प्रोग्राम से घुटन होती थी। मगर हम दोनों में बहुत गहरा प्यार था। एक दूसरे की खुशी से खुशी होती थी। नमकीन कोमल नाक-नक्श, नाजुक हाथ-पैर बेहद खूबसूरत। साथ-साथ शोख और बातूनी और अपनी उम्र से ज्यादा समझदार। बचपन से हर बात में मुझसे वह बेहतर थी। अच्छी सिलाई-बुनाई और पकवान तैयार करती थीं। उसने पांच बरस की उम्र में एक कोचवान का कुर्ता सिला और तुरपाई की। सब चकित होते हैं। वह अपनी पतली-पतली ऊंगलियों से नाजुक कशीदाकारी करती तो उसमें इतनी सफाई होती थी बड़े-बड़ों को मात कर देती। उसने छह बरस की उम्र में कुरआन खत्म कर लिया। लंबे-लंबे सुनहरी झलक लिए बाल थे। मैं उसकी बिल्कुल उल्टी थी। हरदम मेरी उससे तुलना की जाती। और मैं बेकार साबित होती। मगर अपने किसी रवैये से उसने मुझे खुद से हीन समझा। मुझसे बड़ी प्यारी दोस्ती थी। बरेली की सहेलियों की संगत में उसे वह बातें मालूम थी जिससे मेरे फरिश्ते भी अंजान थे हर मामले में वह मेरी उस्ताद थी। एक रूममेट थी रसूल फातिमा। यह लड़की बेहद गरीब, बीमार और बदसूरत थी, बिल्कुल लावारिस। उसकी आंखें इतनी बड़ी थीं कि सूरत भयानक लगती थी। दिमागी तौर पर बहुत कमजोर थी। घंटो बैठकर एक वाक्य रटती और दमभर में भूल जाती। मुझे इतना घूरती कि मैं बदहवास हो जीती। बिल्कुल गुलामों की तरह मेरे कपड़े तह करती, किताबें सजाती। बिना मांगे पानी का ग्लास ले आती, उसके दांत छिदरे और छज्जा की तरह आगे को निकले, निचले होंठ पर धरे रहते थे। बात करती तो लार के तार दांतों और होठों के बीच जाल-सा बुनने लगते। और मेरे कंठ में उबकाई उमड़ आती। शाम को मैं पढ़ती रहती और वह मेरा पलंग घसीटकर बरामदे में बिछाती, बिस्तर करती और तकिए पर बेले के फूल सजा देती। रात को भी मेरी जब कभी आंख खुलती तो वह बड़ी-बड़ी भयानक आंखें मुझे बहुत पास से घूरती मिलती अनजाने डर से मेरे रोंगटे खड़े हो जाते और मैं चीख कर न जाने क्या बक देती। और वह सहमकर अपने पलंग में दुबक जाती। मैं झल्लाकर अपना पलंग उससे दूर खींच ले जाती। मगर फिर मेरी आंख खुलती तो उसकी बर्फ की तरह सर्द उंगलियां मेरे बदन पर रेंगती महसूस होतीं। सूखी-मारी लड़की से मुझे ऐसा डर लगता जैसे वह मुझे निगल जाएगी। वह मुझे घूरती मगर मुझ में उससे आंख मिलाने की हिम्मत न होती। मुझे घृणा और वितृष्णा के इस बवंडर से बहुत डर लगता, जो उसके खिलाफ मेरे दिल में उभरने लगता। मैं किसी से उसका जिक्र भी नहीं कर सकती थी, क्यों? यह मुझे नहीं मालूम था कि मुझे उसका जिक्र क्यों घिनौना लगता है।

बोर्डिंग की दिलचस्प जिंदगी ने थोड़े दिन के लिए मुझे यह भुला दिया कि जिंदगी में मेरा एक लक्ष्य है... मैट्रिक के इम्तेहान में कामयाब होना वर्ना जिंदगी के दरवाजे हमेशा के लिए बंद हो जाएंगे। मैं हर खेल में हिस्सा लेती। बड़ी जल्दी वजन कम हो गया। और मैं जी-जान से खेलों में डूब गई। तब मेरी क्लासमेट इस्मत अली खान ने मुझे पकड़ में लिया। हम दोनों हमनाम थे, रोल कॉल के वक्त बड़ी गड़बड़ हो जाती थी।

खासकर गणित की टीचर राम बहुत आग बबूला हो जाती थीं। वह समझती थीं हम उन पर कोई एक्टिविटी आज़मा रहे हैं। गुस्से में आकर रजिस्टर फेंक देती और दोनों को क्लासे निकलने का हुक्म दे देतीं। वह समझती थीं हमने शरारत में एक जैसे नाम रख लिए हैं। सआदत तीन साल से पढ़ रही थी। वह उसे इस्मत कहती थी। क्योंकि रजिस्टर में उसका नाम इस्मत लिखा था। प्यार का नाम सआदत था। मैं नई थीं, वह मुझपर बेहद नाराज होती थी कि मैं नाम पुकारने पर उन्हें सताने के लिए बोल पड़ती हूं। उनके इस बर्ताव पर हमलोगों की अपने आप हंसी छूट जाती थी और वह जलकर खाक हो जातीं और सार गुस्सा मुझपर उतार देतीं।

खेल के मैदान में भी मुझसे उन्हें सख्त शिकायत थी। मैंने जो खेल कभी नहीं खेले थे। उनके कानून जानने से पहले भाग लेने लगती। तंदुरूस्ती अच्छी थी। खेल तो तुरंत काबू में आ जाता, लेकिन बेहद अंधाधुध मच जाती। वह समझतीं मैं जानबूझकर उन्हें सताने के लिए नियम तोड़ती हूं चूंकि मैं लड़कों की संगत में पली थी, जानकार लड़कियों से भी कभी अच्छा खेलने लगती, इसलिए मुझे टीम में ले लेती थीं। सआदत को पता था कि मैं कई विषयों में कमजोर हूं, उर्दू मेरा सबसे कमजोर विषय था, क्योंकि सांभर में थोड़ी बहुत किताब पढ़ने के अलावा मैंने उर्दू के बजाय अंग्रेजी, गणित, भूगोल और इतिहास पर ज्यादा मेहनत की थी। शायरी न कभी पढ़ी न हमारे घर में शायराना माहौल के पनपने का सवाल था। ज्यादातर तो बड़े अब्बा की शायरी झेली थी और शायरी से और भी जी उचाट हो गया था। उर्दू पर्दे के पीछे बैठकर मास्टर मुबारक अली से पढ़ते थे। उन्हें पता नहीं चलता था कि कौन लड़की पढ़ रही है इसलिए उनकी क्लास में मुश्किल विषय रटा करते। ज्यादा वक्त सआदत ही ध्यान से पढ़ती और समझती थी। क्लास में मेरे अलावा सआदत, जोहरा बट, महमूदाउमर, और मोना पीटरसन, कुल छह लड़कियां थीं। मुझे खेल-कूद में डूबा देखकर सआदत ने पकड़ा और अपने साथ पढ़ने पर मजबूर किया।

सआदत मुझे पढ़ाकर ही अपना सबक याद करती थी। अगर सआदत न होती तो शायद मैं इतनी मेहनत न करती। उसने मेरा तेल निकाल डाला। कई बार मैंने उससे अपनी लीचड़ किस्म की रूममेट की चर्चा करनी चाही, मगर न जाने क्यों जुबान

न खुली।

फिर जब परीक्षाएं सिर पर आईं तो अपनी मामी जान के यहां चली गईं, क्योंकि अब सआदत अकेले पढ़ना चाहती थी। और मेरा ममेरा भाई इशरत अस्मानी भी मैट्रिक का इम्तेहान दे रहा था। इशरत बहुत तेज था। मगर उसे भी किसी के साथ पढ़ने की आदत थी। इशरत ने मुझे और घिसा। आपा जी, हमारी मोरल की टीचर ने एक दुआ बता दी थी कि पढ़कर एग्जाम हॉल में घुसी तो कामयाबी जरूर मिलेगी। और इम्तेहान के दिनों में नमाज तो जोर-शोर से पढ़ने लगते हैं, खासतौर पर तहजजुद, क्योंकि सुबह उठकर पढ़ने से पहले अगर बजू करके नमाज पढ़ी जाए तो नींद उड़ जाती है। और बरकत तो मिलती ही है।

इम्तेहान हॉल में जाते वक्त लड़कियां अपनी दोस्तों को हार-फूल पहनाकर 'विश' करती हैं। मगर मेरी रूममेट रोज मेरे लिए बाजार से गजरा मंगाकर पेश करती। जी चाहता कमबख्त के मुंह पर मार दूं, क्यों यह मुझे मालूम नहीं था। एक दिन जब आखिरी पेपर था तो सुबह ही उठी तो मैंने शुक्र अदा किया कि कोई गजरा मेरे तकिया पर नहीं सजा हुआ था। कमरे से निकलने लगी तो एक सिसकी-सी सुनाई दी। मैंने मुड़कर देखा तो बड़ी-बड़ी आंखें अंगारों की तरह दहक रही थी। पास गई तो पलकें नहीं झपकीं और आंखों के ढेले उबलने लगे जैसे मेंढक की तरह उछलकर मुझे दबोच लेंगे। उसका पायजामा और बिस्तर भीगा हुआ था और सारा जिस्म नीला हो रहा था। मैं सरपट भागी कमरे से। आखिरी पेपर करके जैसे कंधों पर किसी ने पर उगा दिए। खुशी से उल्टे-सीधे अंग्रेजी और उर्दू के गान गाते कुलाचे भरते दाखिल हुए।

"शी...मेट्रन ने डांटा।"

"क्यों?"

"रसूल फातिमा की मौत हो गई।"

नहीं मेरी कलम में ताकत नहीं जो मैं उस नफरत और घिन को बयान करूं जो मुझे खुद अपने आप से लगने लगी। सुबह शायद वह दम तोड़ रही थी। मैंने मेट्रेन को खबर न दी। सीधी परीक्षा देने चली गई। आखिरी पेपर उर्दू का था। अगर मैं खबर दे देती तो शायद वह बच जाती। कई दिन से वह सीने के दर्द में तड़प रही थी। मगर अपना कमरा छोड़कर नर्सिंग रूम में जाने को तैयार न थी कि अकेले कमरे में मुझे डर लगेगा और पेपर अच्छा न कर सकूंगी। दिन-रात दो जख्मी आंखें मेरा पीछा करतीं, अंधेरों से झांकतीं। वह एक लावारिस लड़की थी। कोई उसकी लाश का वारिस भी न आया। उसका जनाजा उठाकर लड़कियां चीख-चीखकर रोईं। काश मुझे भी रोने की आदत होती। मेरी आंखों में कंकड़ चुभते रहे। मैंने उसका कत्ल किया। आज तक मैंने किसी को नहीं बताया कि मैं कातिल भी हूं। कोई लड़की उसे अपने साथ रखने को

तैयार न होती थी। वह एकदम चिपकनी थी। लड़कियां उससे घबराती थीं। मैं कितनी दिलेर थी कि उसके साथ इतने सुकून से रही।

"तुम्हें उसने नहीं सताया?"

"नहीं।" मैंने कह दिया।

"तुम बड़ी दिल वाली हो बहन। सबने मेरी बड़ी तारीफ की। और खुद मैंने! मैंने उसके बारे में अपने आप से कभी कुछ न पूछा, न कहा मानसिक संतुलन बनाए रखने के लिए मुझे चुप रहना था।

कई रात वह ख्वाब जो मुझे बचपन से सताया करता था। और मैं सोते में उठकर इधर-उधर न जाने किसे ढूंढ़ा करती थी। वही धुंध में कोई मैले-मटियाले कपड़ों की गठरी-सी सिल पर सफेद-सफेद कुछ पीस रही है। शायद खीर के चावल हैं। दूर तक औरतों के बैन की आवाज फैली हुई है। और मेरी सांस रूक रही है, रूक जाती है, मैं चौंक कर जाग पड़ती हूं। लालटेन जला लेती हूं कि अंधेरे में दो जख्मी विशालकाय आंखें मुझे डंसने लगती हैं। लेडी मैकबेथ को दिमाग की पतवार पर खून के धब्बे दिखाई दिया करते। वह लगातार हाथ धोती जाती, धब्बे और गहरे होते जाते। बाद में डॉक्टर की रिपोर्ट से पता चला कि वह आठ-दस घंटे पहले ही मर चुकी थी। वह आवाज शायद कोई और आहट होगी। फिर उसकी आंखें लाख कोशिश के बावजूद बंद न हो पाईं।

शमीम भी बोर्डिंग में थे और उनका खर्च बराबर उनके पास आता था। नन्हे भाई ने उन्हें थोड़े दिन रखा। वह दिन भर आपा का जी जलाते, नईम को रूलाते और खाना हाथ लग जाता तो गोश्त कीमा रूखा खा जाते, रोटियां कौओं को खिला देते। शौकत आपा ज्यादातर सोया करती थीं। उठतीं और खाने का सफाया और शमीम को गायब पाकर सिर पीटकर रह जाती। वह कई-कई दिन के लिए गायब हो जाते। आहिस्ता-आहिस्ता वह अपना सामान भी ले गए थे। जिस दिन अचानक आ जाते। सफाया कर देते यहां तक कि नईम का दूध मलाई के साथ खा जाते। नन्हें भाई ने सरकार को लिखा कि उससे उनकी जान छुड़ाई जाए। वह बोर्डिंग चले गए उन्हें मालूम हो गया था कि मेरे पास रुपये हैं। बोलने में माहिर थे, कहा– "अब्बा मियां ने लिखा है कि तुमसे ले लूं। और वैसे भी अगर मैं फेल हो गया तो तुम भी फेल हो जाओगी।

"वह क्यों?"

"मैं ही तुम्हें पास करा सकता हूं। मेरी सब प्रोफेसरों से दोस्ती है। दिन-रात का साथ उठना-बैठना है, बल्कि प्रश्न-पत्र बनाने में उनकी मदद कर रहा हूं। मुझे उस वक्त मालूम नहीं था कि ज्यादातर परीक्षक बाहर के होते हैं। मैं उनके चरके में आ जाती और वह रूपया मार ले जाते। परीक्षाओं के बाद जब दावतें पार्टियां खत्म हुईं,

तो जोधपुर जाने का सवाल आया। कई बार शमीम आ चुके थे कि चलो अब क्यों यहां मरी पड़ी हो।" उनके नवाबजादे तो बिना परीक्षा दिए ही चले गये थे। जैसे ही गर्मी की तेजी बढ़ी, वह मसूरी चल दिए। शमीम एक पार्टी के साथ आगरा रंडियों का गाना सुनने गये थे। वर्ना जरूर उनके साथ जाती। मैं उनसे पढ़ने को कहती तो जवाब देते..." तीन बार का कोर्स रटा पड़ा है। जरा-सी कितबिया बदली गई है सो हमसे बचकर कहां जाएगी।

"मुश्किल कुछ सवाल हो तो पूछ लो।"

"कौन-सी कितबिया?"

"याद नहीं, पतली-सी है। उस कमबख्त शेक्सपीयर की।

"मैकबेथ?"

"हां, हां वही। उसमें क्या धरा है। मुझे पूरा शेक्सपीयर रटा पड़ा है। चाहे जहां से पूछ लो।"

"मगर वह तो काफी मोटी किताब है।"

"प्यारे मियां उल्लू के पट्ठे ने अपने कुत्ते से फड़वा दी, आधी से भी कम बची।"

"अच्छा लेडी मैकबेथ की कहानी सुनाओ।"

"किसी की? उस खख्खू डायन की? क्या गधेपन की बकवास है। उसे वह खरी-खरी सुनाई कि बस दांत खट्टे हो गये होंगे। मगर देख लेना नंबर फुल मिलेंगे। मैंने तो लेडी मैकबेथ को अपराध बोध से ग्रसित बताकर रहम खाया। धन और सत्ता की हवस आदमी की कितनी मिट्टी पलीद करती है। दो दिन पहले रशीदा आपा आई थीं। पता नहीं वह क्या कान में डाल गईं।

शमीम के हिसाब से उनकी फर्स्ट डिवीजन को धरी है। इसमें आश्चर्य नहीं जो टॉप कर जाएं। शमीम हांकते तो बहुत थे। मगर तीन बरस एक ही क्लास में पढ़कर तो मैं शादय फर्स्ट डिवीजन मार लूं। शमीम की फर्स्ट डिवीजन आ जाए तो कौन-सा तीर मारेंगे। सबके साथ थे, उन्होंने बी.एस.सी. की परीक्षा दी है, उन्हें भी बी.एस.सी. की परीक्षा देनी चाहिए थी। मगर उनका इरादा आगे झक मारने का बिल्कुल नहीं, वह फिल्म में जाने के सपने देख रहे थे।

"फिल्म में अनपढ़ ही ज्यादा सफल होते हैं" वह भूल में खुद को अनपढ़ों की फेहरिस्त में शामिल कर गए।

"बिल्कुल गलत। सुन्दर बी.ए. हैं। मोतीलाल बी.ए. हैं, उन्हें किसी फिल्म में देखा नहीं था। सिर्फ सुना था।

"अरे सब शोहरत के लिए दुमछल्ले लगा लिए हैं। चार्ली और दीक्षित।"

"चार्ली तो सुना है, बी.ए. हैं।"

"बस इतनी ही है तुम्हारी जानकारी, कुछ नहीं जेबकतरा था। एक दिन चूंदलाल शाह की जेब कतरी, इस सफाई से कि उनके फरिश्तों को भी खबर न पढ़ी। बस लट्टू हो गए चन्दूलाल शाह और रख लिया पांच सौ पर नौकर। "पांच सौ पर! मुझे किसी फिल्म वाले मोतीलाल, सुन्दर और अशोक कुमार किसी का नाम नहीं मालूम था। और हां डी.बली मोर्या और ई.ब्ली मोर्या और सुलोचना, यानी काफी जानकारी थी। उनमें सिर्फ एक फिल्म सुलोचना और बली मोर्या की प्रदर्शन के साल पहले मैंने देखी थी। जिस पर अब्बा ने अम्मा को बहुत डांटा था। और बाकी प्रदर्शन पर पाबंदी लगा दी गयी थी।

इम्तेहान के कारण सआदत ने मुझे जाने नहीं दिया। वर्ना जी तो बहुत तड़पा था।

"तो हमारा किराया तुम दो तो हम तुम्हें घर ले चलेंगे।"

"मैं तो अकेली आई थी अकेली चली जाऊंगी।"

"नहीं, हम तुम्हें अकेले जाने नहीं देंगे।"

"तुम्हें पता भी न चलेगा कि हम किस दिन गए। हम बुर्का ओढ़ लेंगे। और बहुत-सी लड़कियों के साथ चले जाएंगे।"

"बड़ी कमीनी है कमबख्त, बहन हमें ले चल। हमारे पास क़िराए के पैसे नहीं। लाओ अपने और हमारी टिकटों के पैसे!" थोड़ी-सी बहस के बाद मैंने हिसाब लगाकर खर्चा के रूपये दे दिए। शमीम खूब हंसे।

"गधी, यह देख उन्होंने जबसे रूपया निकालकर दिखाया। आज ह़ी मनीआर्डर मिला है।

"लाओ मेरे पैसे कमीने कमबख्त!" मगर शमीम हंसते हुए चले गए। शमीम ने जिंदगी में इतनी बार उल्लू बनाया, फिर भी अक्ल न आई। और हमेशा हर कोई उसके झांसे में आ जाता। प्लेटफार्म पर मुझसे मेरा टिकट मांगा।

"क्यों?" मैंने पूछा।

"अरे बेवकूफ हम हिफाजत से रखेंगे तुम खो दोगी।"

मैंने टिकट नहीं दिया। क्या अजब जो अभी जाकर टिकट वापस करके पैसे दाब लें और मैं बेटिकट सफर करती पकड़ी जाऊं और जुर्माना भरूं।

"मैंने कहा" तुम फिक्र न करो मैं हिफाजत से रखूंगी।"

"देखो वह आइसक्रीम वाला खड़ा है। हमें आइसक्रीम खिलाओ।"

"लाओ पैसे!"

"नहीं, अपने पैसे से खिलाओ।"

"हट-हट यह झोल है।"

"अगर नहीं खिलाओगे तो मैं चिल्लाती हूं कि यह लड़का मुझे छेड़ रहा है।"

"मैंने उनका कॉलर पकड़ लिया।"

"हट बेहूदी, हम तेरे सगे भाई हैं।"

"टिकट बाबू को क्या मालूम?" शमीम बेबस हो गए।"

"कमीनी कहीं की, अच्छा कॉलर तो छोड़, अभी खिलाता हूं चुड़ैल।"

"मैंने कॉलर छोड़ दिया, दूर हटकर बोले..." दो जूते खिलाता हूं जलील! हमें सिखाने चली थी।"

"अच्छा तो नाश्तादान में से एक निवाला नहीं मिलेगा। ममानी जान ने कबाब परांठे और खागीना और शकरकंद का हलवा..."

"ला हमारा हिस्सा दे दे।"

"दो जूते दूंगी।"

"मक्कार!" भुनभुनाते हुए गये और आइसक्रीम ले आए।"

"अल्लाह करे गले में कीड़े पड़ें। डिप्थीरिया हो जाए।"

"उफ, कितनी मजेदार है कि बस अमअम..." शमीम कितने ही बदमाश सही उन की खिदमत में वक्त खूब गुजरता था। इतना हंसाते कि पेट दुखने लगता था। घर में हर एक को बताकर जो चाहते, ऐंठ लेते और सच तो खुदा का बंदा कभी बोलता ही नहीं था। फिर भी शमीम न होते तो मजा नहीं आता था। शौकत आपा को बेहद सताते थे। मगर वह कभी उनकी बातों पर हंसी न रोक पाती थीं। नईम के दूध की मलाई चटकर जाते, शौकत आपा दुहाई देतीं तो कभी न मुकरते।

"हां खाई मलाई तो फिर? अरे इस कुत्ते का चचा हूं। बुजुर्गों की खिदमत तो छोटों के लिए फर्ज है।" उसे तौफीक न हुई तो मैंने कहा... तू चचा है, भतीजे का ख्याल तू न रखेगा तो और कौन रखेगा।"

"मैंने मलाई खाई उसे खुदा की खुशी मुफ्त हाथ आ गई। बुजुर्गों की खिदमत बड़े सवाब का काम है।"

"अरे गारत हो खुशी और सवाब जाए चूल्हें में, अंधा कहीं का।"

"और भई हम तो उसके फायदे के लिए मलाई जहर मारकर खाते हैं। कोई हमें पसंद है मलाई? अल्लाह कसम घिन आती है चिकनी चीजों से।"

"हां बड़े चेहते बुजुर्ग बनते हो। कभी भतीजे को कुछ देते हाथ टूटते हैं।"

"अरे क्या जलील बातें करती हो शौकत, यह ले नईम बेटे।" उन्होंने जेब से रुपया निकालकर नईम की हथेली पर रख दिया।" शौकत आपा शर्मिंदा हो गई। "जा बेटे ऐश कर।"

नन्हे भाई तौलिया बांधे नहाकर निकले, मेज पर कुछ ढूंढ़ने लगे। शौकत यहां

रुपया रखा था। तुमने तो नहीं उठाया? नईम के हाथ में रूपया देखकर नईम यह रुपया..."

नईम बेहद हकलांता था।

"य...ह...य...रू...रू..."

"गधे कितनी बार मना किया है। हमारी चीज को हाथ न लगाया करो।" उन्होंने रुपया छीनकर चपत जड़ दी।

"च...च...चाचा।" नईम और भी हकलाके रोने लगा।

"वाह, वाह बेकार मार दिया, शमीम दे गये हैं यह रुपये।"

"शमीम और किसी को रुपये दें, वह भी अपनी जेब से। घास खा गई हो।"

शौकत आपा खूब भिन्नाई। शमीम को कोसने लगीं।

मगर नन्हें भाई मुस्कुरा रहे थे।

बदजात को डांटिएगा।"

"हमारा रुपया मिल गया, हम किसी को नहीं डांटेंगे।"

यह किस्सा शौकत आपा ने सुनाया और हंसने लगी।

कहां तक जी जलातीं।

❑❑❑

उल्टे बांस बरेली

जावरा से बरेली पहुंची तो कोई स्टेशन पर लेने नहीं आया था, मैं जिस स्थिति में जावरा से फरार हुई थी, तार देने की मोहलत कहां थी, मेहमानों में सिर्फ बाजी रामपुर से आई थीं। छोटी आपा हैदराबाद से आने वाली थीं। मगर दुल्हाभाई को छुट्टी ही न मिल सकी। इसलिए वह नहीं आ रही थीं।

जोधपुर से भी कोई नहीं आया था। अभी शादी में छह-सात दिन बांकी थे। नयूयर माइयों बैठ चुकी थी, हालांकि इंतजार था कि रस्म बाद में सबके आने के बाद होगी। मैंने किसी को नहीं बताया कि अजीम भाई और दुल्हन भाभी मिरज टी.बी. हॉस्पीटल में हैं और मैं दो बच्चों को घर में सोता हुआ छोड़कर आई हूं। दिल बहुत परेशान था बच्चों की तरफ से। आपा को अज़ीम भाई की बीमारी और बच्चों के अकेलेपन के बारे में बताकर शादी में नाखुशी फैलाने से क्या फायदा? मगर जब सोचती तो दम टूटने लगता, ऐसा डर समाता कि जी चाहता वापस लौट जाऊं। मगर वापसी का आतंक और भी ज़हरीला था।

नयूयर मुझे कभी मुंह उतरा हुआ और सोच में डूबा देखती तो उसे मुझपर बड़ा तरस् आता।

"ऐ बहन दीवानी हो जुगनू भाई से शादी क्यों नहीं कर लेती।"

"अरे हटाओ तुम्हें शादी की पड़ी है। मैं यह तीन बच्चे कैसे संभालूगी।"

"क्यों ले आई इन्हें, और इस घुटनों चलती मीनू को लाने का क्यों शौक आया?"

"बस तुम तो जानती हो, मैं थोड़ी-सी पागल हूं।"

"दुल्हन ममानी और मामू जान क्यों नहीं आए?"

उफ कमीनी, जी चाहा एक घूंसा लगाऊं। मगर जब्त कर गई।

"उन्हें छुट्टी नहीं मिली। तुम्हारे दुल्हा मियां आ गये?"

"आ गये" नयूयर शर्माई। कहते हैं साथ लंदन ले जाएंगे।" मंझली की बास्कट पर सलमे के फूल टांकते हुए कहा। और आंखों से लड़ियां बहने लगीं।

"क्यों लंदन जाना नहीं चाहती?"

"लो, जाना कोई अपने बस की बात है।"

"क्यों तुम इंकार कर दो। दो साल बाद तो आ ही जाएगा।"

"उनका वहां अकेले दिल नहीं लगता, इसलिए तो बीच पढ़ाई में शादी कर रहे हैं।"

"तुम खुद जाना चाहती हो, अरे मजे रहेंगे।"

"मैं वहां मजे करने थोड़े ही जा रही हूं।"

"फिर तो बी.ए. कर ही डालो। तुम्हारी सुसराल में सभी लड़कियां पढ़ी-लिखी हैं।"

"रिश्ते की बहन बी.ए. बीटी है। सगी तो बस घर में ही पढ़ी और उन्हें ज्यादा पढ़ी-लिखी लड़कियां पसंद भी नहीं।

"क्यों?"

"बस कहते हैं, कोई नौकरी तो करनी नहीं।"

"मगर बदरून्निसा बाजी और..."

"वह उनकी ददिहाल वालियां है। ननिहाल में बस घरेलू-तालीम और खानादारी, सीना-पिरोना, बहुत होता है।

"चुड़ैल तू इतनी तेज है थोड़े ही नंबरों से तो थर्ड पोजीशन मैट्रिक में ले आई थी, पूरी यूनिवर्सिटी में। रजी को तो फ़ख्र होना चाहिए। उसे तो कभी फर्स्ट डिवीजन भी न मिली होगी। मत कर पापी से शादी।"

"ऐ बस लगी हांकने। खुद के लिए मुंह से भी यह बात न निकालना, विलायत पास और फिर मां-बाप का इकलौता बेटा। इतनी बड़ी जायदाद की मालिक लाखों में एक है और मुझमें क्या धरा है एक से एक लड़की खानदान में आस लगाए बैठी हैं।

नयूयर बेहद खूबसूरत थी, चम्पई रंग नाजुक नक्शा, मासूमियत से भरपूर दुबली-पतली जो कपड़ा पहन लेती। खिल उठता। वह सब कुछ थी, जो मेरी तमन्ना थी कि मैं होती और फिर कितनी आज्ञाकारी बड़ों के आगे सिर झुकाने वाली, खाना पकाने में निपुण, सीने-पिरोने में उसका जवाब नहीं। किस तरह मेहनत से उसने अपना दहेज संवारा था।

ऐसी कढ़ाई और कामदानी का काम कि बड़े-बड़े कारीगर वाह-वाह कर उठें जो देखता था उसके सुघड़ापे के गुनगाने लगता। सारे मुहल्ले में उसके सुघड़ापे की धूम थी। मुझपर हीन भावना पहाड़ बनकर टूट पड़ी।

"तुम कब करोगी शादी?" उसने मेरा उतरा मुंह देखकर बड़ी नरमी से पूछा—जी चाहा बता दूं। अगर सिर में कीड़े न भरे होते तो आज शायद इस वक्त मैं लाल जोड़ा पहने घूंघट निकाले, बाल-बाल मोती पिराए, कबूर के अंडे बराबर हीरे का जुगनू पहले

अपने नवाब दूल्हे के कदमों की आहट पर कान लगाए बैठी होती, मगर मुझे एकदम हंसी आ गई। मेरा और घूंघट का क्या जोड़? मैंने बात का रूख मोड़ा...

"अब्बा ने लिखा था, यहां कोई मुस्लिम स्कूल है लड़कियों का, वहां हेडमिस्ट्रेस की जरूरत है।"

"ऐ है फिर नौकरी की झक सवार हो गई, शादी नहीं करोगी?"

"करूंगी भई।"

"कब?"

"बस तुम्हारे फर्ज निबटा लूं तो चट अपनी बारात चढ़वा लूंगी।" नयूयर का मुंह फूल गया। अम्मा ठीक कहती है, बेनथा बैल हूं उसने घड़ी देखी और मगरिब की नमाज के लिए उठ खड़ी हुई। मैं बित्ता से मखमल की सदरी नापने लगी। कितनी पतली थी नय्यर की कमर। दूसरे दिन बाजी, बड़े दूल्हा भाई और मदहत आ गए। और तीसरे दिन ममानी जान, अख्तर, जमीला के साथ आ गईं।

अम्मा ने खा जाने वाली नजरों से मुझे घूरा और मेरी सिट्टी गुम हो गई।

"नामुराद तब्जू-छब्बा को छोड़ के आ गई। उन्होंने अकेले में पकड़ ही लिया।"

"अम्मा किसी से कहना नहीं, सरफराज चचा मिलें तो वह तुम्हें बताएंगे। नवाब साहब मुन्ने भाई की जान के दुश्मन हो रहे थे।"

"ऐ क्या बक रही है।"

"कसम से सरफराज चचा ने चुपके से बताया और नुज़हत को हरम में डालने वाले थे और मुझे भी।

"ऐ मुए नवाब को बावले कुत्ते ने काटा है जो तुझे हरम में डाल के अजाब मोल लेता, मेरी बात याद रखियो, तेरी बड़ी मिट्टी खराब होगी।"

"खानदान की नाक कटेगी।"

"अब्बा गए, बड़े अब्बा भी रूखसत हुए, फुफी बादशाही से झगड़ा है, खानदान में अब नाक कौन-सी बची है।"

"मामू किसी गिनती में नहीं?"

"अरे मामू सैकड़ों मील दूर जोधपुर में उनकी नाकें मेरी छुरियों तक कहां पहुंचेगी हां अम्मा, मुन्ने भाई के बारे में आपा को ना बताना।"

"ऐ मैं कोई दीवानी हूं।"

नय्यर की शादी बड़ी धूमधाम से हुई। आपा ने नुज़हत मक्खन और मीनू के जोड़े रातों-रात सी डाले। मैंने एक सफेद शिफौन की साड़ी खरीदकर उसपर झपाझप नय्यर से ठप्पा और किरन टंकवा लिया। शादी में बड़े बजे आए। मैं कतई सास बनने के मुड में नहीं थी। वैसे अख्तर, जमीला भी सास ही थी सालियों में मरघली-सी

नुजहत और तितैया मिर्च आठ बरस की मदहत थी। इसलिए हमने सालियों का रोल संभाल लिया और दूल्हा वालों की खूब खबर ली, रजी को भी नाकों चने चबवा दिए। समधिनों के साथ समधिन बन जाते। और दूल्हा और उसकी बहनों के साथ सालियां बनकर बोली बंद करवा देते। नय्यर के भाई मुजीब जमीला पर न जाने कब से दांत लगाए बैठे थे। घरपट में हमने लड़कों को भी अंदर बुला लिया, झूठ बोलकर कि इजाजत है। वैसे खानदान का मामला था, ज्यादा पर्दे का सवाल नहीं था। फिर तो बहुत से लड़के अंदर आ गए, उबटन बड़े इस शान से खेला गया कि जवाब नहीं। और चौथी के दिन तो हाथ पैरों की खैर मनानी पड़ी। बुजुर्गों की डांट-डपट सुनने की फुर्सत न इरादा। बड़ी बूढ़िया बेहद खफा, मगर पब्लिक बुजुर्गों के बस में रहने को तैयार न थी। जब सुकून हुआ और मेहमान रूखसत हो गए तो इल्जाम मेरे सिर थोपने की कोशिश की गई। मगर पिछली रात और दिन ऊधम में ऐसा गुजरा था कि डांट ने लोरी का काम किया और जरा सुस्ताने को गावतकिए पर सिर टिकाया था कि बेहोशी छाने लगी, शादी में गर्ल्स स्कूल के मैंनेजर की बेगम मिली, उन्होंने कहा, महीने भर से स्कूल खुला है मगर हेडमिस्ट्रेज की बहाली नहीं हुई।

लोगों की राय है कि मुसलमान हेडमिस्ट्रेस रखी जाए। इसलिए बस शादी का हंगामा खत्म होते ही आ जाइए। शादी के तीसरे दिन खुद मैनेजर साहब आए और बात तय हो गई। सौ रूपये महीने कोठी में जितने कमरे चाहूं ले सकती हूं। मिला हुआ स्कूल है, दो कदम पर, बस बीच में एक दीवार है। मैंने उसी दिन जाकर चार्ज ले लिया। हां एक और मुसीबत टूट पड़ी। चौथी के दूसरे दिन भाभी ने एक अदद बच्ची दे डाली। हम लोग जागे तो मालूम हुआ बच्ची पैदा हो गयी। भाभी ने चूं भी आवाज न निकाली। उफ! भाभी निरी गाय है। नहीं गाय तो बहुत अर्राती है। जब तक मेहमान रहे मैं स्कूल से सीधी घर आ जाती। जावरे के स्कूल की और बात थी। यहां बकायदा आठवीं तक स्कूल था। मैंने नुजहत का सातवीं में दाखिला ले लिया। और मक्खू का पहली। दो-चार छोटे लड़के भी आते थे।

नुज़हत और मक्खू ने एक बार भी नहीं पूछा कि मां-बाप कहां हैं और मीनू तो बोलना ही नहीं जानती थी। मैं छुट्टियां अज़ीम भाई के यहां ही गुजारती थी। और फिर जावरा में साथ रहा था। बच्चे मेरे कमरे में ही सोते थे। बाप हमेशा के बीमार और अम्मा खिदमतगार। बच्चे मां-बाप से ज्यादा मुझसे आत्मीय थे। कभी सोते में मक्खन चौंक कर "दो अम्मी" को पुकारने लगता। मां को दुल्हन अम्मी कहता था। मेरा दिल कांप उठता मगर क्या कर सकती थी। अम्मा ने नुजहत को ले जाना चाहा तो मैंने इंकार कर दिया और झूठ बोल दिया कि मुन्ने भाई ने कहा है कि इसकी पढ़ाई का नुकसान होगा।

"फिर बीच में हंगामा न खड़ा करना, मैं किसी को लेने नहीं भेजूंगी।"

"नहीं इसकी जरूरत नहीं पड़ेगी। अगर पड़ी तो मैं खुद पहुंचा जाऊंगी। मुन्ने भाई तो अच्छे होकर आ जाएं। शादी का हंगामा खत्म हो गया। मेहमान चले गए। आपा ने खाना पकाने के लिए एक लड़का दिया।

बरेली में किस बला की गरीबी थी, कौड़ियों में नौकर मिलते थे। दिन में तीन-चार मामा (दाई) वावर्ची दफ्तर में हाजिरी देते—मगर एक चपरासी भी था। मुजीब और हबीब भी वापस अलीगढ़ जा चुके थे। नय्यर की खूब दावतें हुईं और वह भी खूब आंसू बहाती इंग्लैंड सिधारी, मैंने आपा से कहा... "मेरे पास आ जाओ आप। यहां बस मन्ना (यानी उनकी सास) हैं जो सुबह बुर्का सिर पर डाल के पड़ोस में निकल जाती हैं सारा दिन अकेली रहती हूं। पहले तो टाल गई फिर मैंने नुजहत को लगा दिया उनके पीछे। वह नुजहत को बहुत चाहती थीं, दुल्हन भाभी तो नादान थी। आपा और अम्मा ने नुजहत को पाला था, आपा राज़ी हो गई। कुछ बिस्तर साथ थे मैंने और खरीदना चाहा मगर आपा के पास दर्जनों दरियां और चादरें थीं। सारे बर्तन भी उन्होंने दिए। मैं अपनी तनख्वाह उन्हें दे देती, जरूरत होती उनसे पैसे मांग लेती, यह जरूर अपने पास से भी खर्च करती होंगी। महीने के आखिर में जब मैं नये महीने की तनख्वाह देती तो वह कुछ बचे हुए रूपये पकड़ा देतीं, जो बहुत होते थे। और मैं इधर-उधर खर्च कर देती। खर्च की मुझे ज्यादा आदत नहीं थी। पास ही एक सिनेमा हॉल था काफी अच्छा वाला, मैनेजर की लड़की स्कूल में पढ़ी थी। बहुत मना करने पर भी वह हर नई फिल्म के टिकट भेजवा देते थे। सौ रूपये बहुत होते थे।

मुझसे पहले जो हेडमिस्ट्रेस थी वह काफी बुजुर्ग और अनुभवी थीं, हालांकि इंटर पास थीं लेकिन बहुत साल का तजुर्बा था। उन्होंने ही पहले-पहल स्कूल की बुनियाद डाली। मैंनेजर साहब ने उन्हें स्कूल नहीं छोड़ने दिया। मिसेज मार्क्स बड़ी सख्त थीं और मुझे हेडमिस्ट्रस सिर्फ इसलिए बनाना पड़ा था कि स्कूल को चंदा देने वालों की ऐसी अपेक्षा थी। मैनेजर साहब ने मुझे बता दिया था..." मिसेज मार्क्स बहुत नाराज़ हैं, जरा उन से होशियार रहिएगा। इंस्पेक्टर ऑफ स्कूल मिस फिलिप से उनके बड़े गहरे रिश्ते हैं, इसाई हैं ना? न जाने मेरी कौन-सी नस टेढ़ी है कि कोई मजहब का अड़ंगा लगाए तो बहुत जी जलता है। स्कूल की भलाई के लिए मिसेज मार्क्स को हेडमिस्ट्रेस हो जाना चाहिए। मगर वह इसाई थीं। अजीब जिद्दी तबीयत है मेरी बदकिस्मती से कि कोई अच्छी राय भी दे तो उसका उल्टा करती हूं। खुदा जाने क्यों? मैंने मिसेज मार्क्स से चौकस रहने के बजाय उनसे बेहद अदब से बात की। वह आई तो मैं खड़ी हो गई। वह घबरा गई, समझी शायद मैं गुस्से में खड़ी हो गई हूं और अब उन पर रोब झाड़ूंगी। "बैठिए!" मैंने कहा। वह मुंह फुलाए बैठ गई।

"मिसेज मार्क्स, आप जानती हैं न मुझे हेडमिस्ट्रेस बनने का तजुर्बा है। न मैं आफिस रूटीन समझती हूं। आपकी और मेरी तनख्वाह बराबर है यह ज्यादती है। खैर आप का फंड जमा है और मैं यहां हमेशा रहने वाली नहीं हूं। मेरे पैर में चक्कर है मेरा इरादा अगले साल ट्रेनिंग के लिए बाहर जाने का है।

यह स्कूल आपका है। आपने इसे जिंदगी दी है आप सब कुछ जानती हैं। मैं कुछ नहीं जानती। मैं झूठी शान की कायल नहीं और मैंने अपने को किसी वहम में नहीं रखा। अगर आप पूरी मदद नहीं करेंगी तो यह स्कूल नहीं चल सकेगा और मैं इस्तीफा देकर चल दूंगी। जोधपुर में मेरा खानदान है, मुझे खुशी से कबूल कर लेगा। और कोई दरवाजा न मिला तो शादी भी खानदान में कर लूंगी। मगर मैं अपनी जिंदगी फिलहाल अपनी मर्जी से गुजारना चाहती हूं मैं गई तो दूसरी मुसलमान हेडमिस्ट्रेस आ जाएगी। आपको कोई फर्क नहीं पड़ेगा। "मिसेज मार्क्स सन्नाटे में रह गई, मेरी आवाज में खुशामद या नरमी के बजाए थोड़ी-सी धमकी शामिल थी, उनकी समझ में नहीं आया, मैं क्या बक रही हूं।

"किसी ने मेरे खिलाफ़ कान भरे हैं आपके।" वह जरा खरी आवाज़ में बोली। "मिसेज मार्क्स अगर मेरे कान किसी का कहा सुनने के आदी होते तो आज मैं यहां न होती। मैं अपनी राय खुद कायम करने की आदी हूं।

"सुना है आप काफी तजुर्बेकार और गुसैल हैं। हेडमिस्ट्रेस रह चुकी हैं। किसी रियासत के गर्ल्स स्कूल में।"

"हेडमिस्ट्रेस और रियासत के गर्ल्स स्कूल में, एक साल से भी कम।"

"मुझे इस स्कूल से लगाव है... लड़कियों की शिक्षा-दीक्षा की मैं कड़ी समर्थक हूं।

"खासकर मुसलमान लड़कियों से तो आपको ज्यादा ही हमदर्दी होगी क्योंकि वह हर बिरादरी की लड़कियों से पीछे हैं।"

"यहां क्रिश्चियन लड़कियां भी पढ़ती हैं।"

"मिसेज मार्क्स कम से कम हम औरतों को यह हिन्दू-मुस्लिम क्रिश्चियन के चक्कर में नहीं पड़ना चाहिए। मैंने जो भी तालीम पाई है, वह क्रिश्चियन टीचरों से पाई। हमारे देश के ज्यादातर स्कूलों की नींव ईसाई शिक्षकों ने रखी और मेरे शिक्षकों ने कभी मेरे साथ दूसरी जाति की छात्राओं से अलग बर्ताव नहीं किया। ज्ञान की दौलत बांटते वक्त उन्होंने मुझे सिर्फ विद्यार्थी समझा। इस स्कूल में ज्यादा ईसाई टीचर हैं, दो हिन्दू और दो मुसलमान, एक मैं और एक रजिया बेगम, जो सिलाई वगैरह सिखाती हैं।"

इतने में स्कूल की घंटी बज गई। दूसरी टीचरों से मैनेजर साहब ने मेरा परिचय करवा दिया था। उस दिन हम सब ने मिलकर साथ खाना खाया। मैंने अपना खाना

घर से नहीं मंगवाया। सबके खाने चखे "आप तो बिल्कुल हेडमिस्ट्रेस नहीं लगतीं, मिस लाल जो सबसे कम उम्र और तेज थीं बोली।

"मैनेजर साहब और चपरासी के सामने फर्स्ट क्लास हेडमिस्ट्रेस लगती हूं। और हां लड़कियों के सामने मैं कुछ लगने की कोशिश नहीं करती।

"बहुत डरती हैं आप से लड़कियां।"

"सच्ची बात तो यह है कि मैं लड़कियों से डरती हूं। इसलिए चेहरे पर रोब हावी रखती हूं। सेल्फ डिफेंस में, यहां की और बात है। सबके सामने मैं आप से भी डरूंगी और रोब गाठूंगी वर्ना भंडा फूट जाएगा। क्लास में मुआएना करने आऊं तो जरा होशियार रहिएगा। अगर आप इसी तरह हंस दें तो शामत आ जाएगी। मिस लाल बुरी तरह हंस रही थी चुप हो गई। उस दिन से मिसेज मार्क्स ने तमाम रजिस्टरों की प्रवृष्टियां समझाई। मुझसे ज्यादा दूसरी टीचर जानती थीं। जावरे में एक रजिस्टर था। इसमें लड़कियों के नाम लिखे। दो कमरे थे। एक में सब छोटी-बड़ी अमीरजादियां और कुछ अफसरों की साहबजादियां बेचों पर बैठती थीं। एक मेज के पीछे कुर्सी पर में बैठती थी। दूसरे दर्जे में नीचे क्लास के गरीब क्लर्कों की लड़कियां बैठती थी, जिन्हें एक बड़ी बी कुरआन पढ़ाती थी। अजब हास्यास्पद तरीका था पढ़ाई का। कुछ को अंग्रेजी वर्ण याद थे। कुछ लिखना भी जानती थी। कुछ थोड़े अंग्रेजी के वाक्य भी बोल लेती थीं एक हिन्दू लड़की छठी क्लास का कोर्स पढ़ रही थी। दो ईसाई लड़कियां तीसरी चौथी की प्राइमर लाती थी। मेरी सिट्टी गुम हो जाती थी। किसी को गिनती भी नहीं आती थी मगर सब को अंग्रेजी बोलने का शौक था तो सब मैं अंग्रेजी बोलना सिखाती थीं। बिल्कुछ भोंदू थीं, वहां की लड़कियां सिर्फ एक लड़की बला की तेज-तर्रार थी शहजादी बेगम बड़ी हंसमुख कली की तरह खिलती हुई शक्ल, बेहद सजधज कर आती थीं। खूब गोटे के कपड़े, झुमके, स्कार्फ जो वह हर वक्त पहनने की आदी थी। ज्यादातर की मंगनी हो गई थी। कुछ का निकाह भी हो गया था, बस ससुराल जाने का इंतजार था। खुदा का शुक्र कि मुझसे बहुत डरती थीं।

बरेली की लड़कियां उनसे लाख दर्जा बेहतर थीं। और उन्हें पढ़ने का भी शौक था। मुझे पढ़ाने से हमेशा दिलचस्पी रही है। मैनेजर साहब भी मेरी काफी मदद करते थे। और पास ही जो लड़कियों का स्कूल था, उसके हेडमास्टर साहब बहुत ही सज्जन पुरुष थे। उन्होंने मुझे एजूकेशन पर बहुत-सी किताबें पढ़ने को दीं। एक दिन मैनेजर साहब ने कहा कि इंसपेक्ट्रेस मिस फिलिप मुआएना करने आ रही हैं, मैं जरा भी प्रभावित नहीं हुई तो जलकर बोले।" मैंने क्या अर्ज किया आपने सुना?" वह जब गुस्सा होते थे तो बड़े अदब से बोलने लगते थे।

"सोच रही हूं मुझे क्या करना होगा" मैंने एकदम ठस्स अंदाज में कहा।

“अरे साहब इंस्पेक्ट्रेस आ रही हैं और आप...!” मारे गुस्से के वह नीले पड़ गए।

“तो आने दीजिए।”

“बस आप भी हद करती हैं!”

“आप इत्मीनान रखिए...”

“खाक इत्मीनान रखूं... और अगर ग्रांट बंद हो गई तो?”

“मैनेजर साहब क्या स्कूल में आप ने कुछ अव्यवस्था देखी? क्लासों में शोरगुल कूड़ा-कर्कट, लड़कियों की तादाद पहले से बढ़ गई है। एक बेंच पर दो को बैठाना पड़ता है। घड़ों में मैं खुद रोज़ पानी बदलवाती हूं।”

“यह कमबख्त दफ्तर...!”

“क्या बुराई पैदा कर दी मैंने दफ्तर में?”

“ओह, आप समझती नहीं, आप के पास कुछ तस्वीरें हैं? प्रदर्शनी में खिंचवाई थी।”

“ओफ्फोह वह आठ आने की चार वाली दो इंची नहीं। कुछ सीनेरियां, कैलेंडर... अच्छा आप फिक्र न कीजिए। मैं भेजवा दूंगा। और गुलदस्ते वगैरह? “यहां भी बहुत फूल खिलते हैं जो गुलदान होंगे! आप से माली के लिए कहा...” “माली... यानी माली! आपको मालूम है? यह स्कूल कैसे चला रहा हूं। इसके पीछे मेरी वकालत ठप्प हो गई। दर-दर भीख मांगू या मोअक्किलों से... सिर मारूं, मेरी पत्नी अलग मेरा भेजा चाटती है।

“और रज़िया बेगम?”

“आप... आप भी रज़िया बेगम का ताना दे रही हैं। मुझे आप से यह उम्मीद नहीं थी। मेरा ख्याल था कि पढ़ी-लिखी औरतों को... खैर जाने दीजिए। जो जी चाहे कहिए। मैंने जुर्म किया। रज़िया के मिया के औलाद नहीं तो कमबख्त ने तलाक दे दी। क्या उसे रंडी बन जाने देता। आप ही बताइए उसका कहां ठिकाना है, कोठी के एक कौने में पड़ी हैं। पैंतिस रुपये महीने, मैं अपनी जेब से भरता हूं। बीवी हजारों गालियां देती है। मुहल्ले वाले नाक में दम करते हैं। वह बदबख्त सिर पकड़ कर न बैठेगी तो क्या रास रचाएगी। “उनकी बड़ी-बड़ी डरावनी आंखों में आंसू छलक आए।” और लोग कहते हैं, वह चरित्रहीन है। आपके साथ ही रहती हैं। आप कह सकती हैं कि वह चरित्रहीन हैं। उसके पास मर्द आते हैं। मैं छिप-छिपकर आता हूं।” मेरा दम घुटने लगा।

“मैनेजर साहब मुझ पर भरोसा कीजिए मिस फिलिप को आने दीजिए। फिर यह समझौता सालभर का... मैंने दराज से अपना ज्वाइनिंग लेटर निकालकर उनके सामने रख दिया। अपने पास रखिए। “उसे फाड़ दीजिएगा।”

मैनेजर साहब के जाने के बाद मुझे रज़िया बेगम का ख्याल सताने लगा। हिंदुस्तान की सारी रज़िया बेगमें मेरी नज़रों के सामने घूम गईं, मेरा खून खौलने लगा। दीवारों पर गुस्सा आने लगा। यह वकीलों को गर्ल्स स्कूल बनाने का पागलपन क्यों होता है। पापा मियां (शेख अब्दुल्ला) अलीगढ़ गर्ल्स कॉलेज के संस्थापक ने भी अपनी पूंजी गर्ल्स स्कूल के पीछे लगाईं। अब यह अब्दुस्शकूर को भी वही रोग लग गया। उन्हें इनाम में लानतें और फटकार के सिवा क्या मिलता है। यही एक तरीका कौमों को उनको एहसान मानने का आता है।

मैंने हेडमास्टर साहब को लिखा कि आज जुमा है आधे दिन का स्कूल होगा। बड़ी मेहरबानी होगी जो दस मिनट के लिए मिल जाइए। बेचारे फौरन आ गए। उन्होंने माली को हुक्म दिया कि बीस-पच्चीस अच्छे फूलों वाले गमले लाकर दो लाइनों में सजा दो। छः-सात गुलदानों में फूल लगाकर कल सुबह ही सब क्लासों में पहुंचा देना। और कुछ नक्शे, कुछ सीनेरियां लाकर दफ्तर में अभी सजा दो और एक अच्छा-सा कलमदान भी लेते आना। और टेबुलक्लाथ भी हरा वाला यहां इस टेबुल पर लगा देना, यह काम तो अभी कर दो। "माली और चपरासी के जाने के बाद बोले..." एक जिस्ता ब्राउन पेपर का मंगा के रजिस्टरों पर चढ़वा दीजिए। बहुत बदरंग हो रहे हैं। कोई फिक्र की बात नहीं, सब ठीक हो जाएगा। सब टीचर जुट गईं। मिसेज मार्क्स रजिस्टर चेक करने लगीं कि खानापूरी में तो लापरवाही नहीं हुई, आफिस खूब ठाठदार लगने लगा। क्लासों में भी रौनक आ गई, और फूलों के गमलों से तो बहार आ गई।

मिस फिलिप सांवली, पर बेहद सेक्सी, भरे-भरे जिस्म की औरत थी, नाक-नक्शा कोमल, आंखें जगमगाती हुई, उन्हें देखकर न जाने क्यों अजंता की ब्लैक प्रिंसेस याद आने लगीं। मेरा दिल भरा हुआ था। मैंने स्कूल की बदतर हालत मैनेजर साहब का संघर्ष मिसेज मार्क्स और टीचरों की मुहब्बत लड़कियों की पढ़ने में लग्न और उनकी मजबूरियां दिल खोलकर उनके सामने रख दीं। मैंने उस वक्त लिखना शुरू नहीं किया था। मगर जुबान हमेशा चलती थी। जब मिस फिलिप जाने लगीं तो धीरे से मुझे पास बुलाकर कहा "आज शाम को मेरे यहां एक पार्टी है। आप आना पसंद करेंगी?"

"जरूर।"

"मैं सईद से कहूंगी। वह आपको लेते आएंगे। यही कोई पांच बजे।" सईद साहब हमारे घर के पास ही रहते थे। एक दिन मैंने हेडमास्टर साहब से कोई किताब मंगवाई, उन्होंने कहा... उनके पास नहीं है, लाइब्रेरी में मिलेंगी। मैं लाइब्रेरी का मेंबर नहीं। सईद साहब जो आपके पड़ोस में रहते हैं। उनसे कहिए वह आपको मेम्बर बनवा देंगे। मैंने चपरासी को पुर्जा देकर सईद साहब के पास भेजा, वह खुद ही आ

गए... बिल्कुल रोमांटिक शक्ल के इंग्लैंड रिटर्नड। याद नहीं, किसी अच्छे ओहदे पर थे। उनकी बीवी छोटी बी बेहद भोली-भाली-सी सूरत की। बड़ी हंसमुख औरत थी। दो-चार मुलाकातों के बाद अक्सर आने लगे। खूब गप्पें मारते। हम दोनों पास के पार्क में टहलने भी जाते। विलायत में किसी लड़की से इश्क हो गया था, उसने दिल तोड़ दिया। गम में डूबे ढेरों शेर उन्हें याद थे। आंखों में रस भरके अजीब तरह से शेर पढ़ते थे। कि लगता था मुझे ही संबोधित कर रहे हैं, कभी रोमांटिक-सा जालिम-वालिम चिपकाकर कुछ कह जाते। मैंने बिल्कुल नोटिस नहीं लिया। क्योंकि पहला तो मुझे उनसे इश्क आशिकी का रिश्ता जोड़ने से कोई दिलचस्पी नहीं थी, दूसरे आहें भरते, शेर पढ़ते, मीठी निगाहों से देखते आशिक मिजाज लोग ज़हर लगते हैं। हमारे खानदान में जब इश्क चलता था तो एक दूसरे की टांगें खीचने में आगे बढ़ने की कोशिश की जाती और शेर तो मैंने अपने मामू चचा ओर भाईयों को पढ़ते ही नहीं सुना। हां बड़े अब्बा खुद शायर थे। हम तो समझते नहीं थे। उनकी मौजूदगी में तो हमारे अब्बा मियां उनके शेर कान दबाकर सुन लेते थे उनके जाने के बाद इत्मीनान की सांस लेते थे।

"बहुत बोर करते हैं भाई साहब और वजन से गिरे हुए गलत शेर कहते हैं।" एक बार बोले "कभी किसी से इश्क किया है?"

"सैकड़ों बार, मैंने डींग मारी।"

"एं?"

"क्यों क्या नहीं करना चाहिए, आपने जो किया?"

"एक लड़की से किया, जिंदगी में एक बार।"

"बस एक बार? फिर और नहीं किया?"

"कमाल है, सच्चा प्यार जिंदगी में एक ही बार किया जाता है...?"

"क्या सच जिंदगी में एक बार ही बोला जाता है?"

"क्या उल्टी बहस करती हो, उफ सारा मूड खराब कर दिया।"

"सॉरी!"

"इतने में नौकर ने आकर कहा खाना तैयार है, बेगम बुला रही हैं।"

"चलो आज तुम्हारी पसंद का गोभी-गोश्त पका है, तुम भी चलो।"

"नहीं आपा इंतजार करेंगी।"

"भोला उनसे कह आएगा कि हमारे यहां खाओगी।" भोला मेरे घर की तरफ चल दिया।

"मुझे भी एक बेहद तूफानी मुहब्बत हो गई थी।"

"अच्छा, कब?"

"कोई दस-ग्यारह बरस की उम्र में।"

"ओह, पपी लव!"

"अरे नहीं, तेरह चौदह बरस की उम्र तक चला।"

"अच्छा! क्या हालत होती थी।"

"मत पूछिए, शेर तो समझ में आते नहीं थे, पर जो शेर अभी आप पढ़ रहे थे, वही दिल पर बीतती थी।

"और महबूब?"

"बाइस-तेईस बरस का था, मुगल शहजादा, बेहद सजीला, सुनहरे बाल, गुच्छे के गुच्छे, नीली आखें, अथाह झीलें कि उन्हें झांकने वाली बस डूबता ही चला जाए। क्या घोड़े पर तन कर बैठता था और बाढ़ फलांगता तो कलेजा मुंह को आ जाता। एक बात बताऊं, किसी से कहेंगे तो नहीं..."

"नहीं"

"मैं उसे देख-देखकर घंटों रोया करती थी। दिल धांय-धांय धड़कता था।"

"और उसका क्या हाल था?"

"उसे खबर भी नहीं थी।"

"हत् तेरे की। लानत है तुमने अपने दिल का हाल कहा क्यों नहीं?"

"अरे बड़ा गुस्सैल था। मुझसे बारह-पंद्रह साल बड़ा, चप्पलें लगाया करता था।"

"भले मानस प्यार का इज़हार किया होता।"

"अरे आप नहीं जानते, ऐसा शैतानी गुस्सा था, हम सब बच्चे कांपते थे।"

"प्यार का इज़हार, हुंह, वह जोर का झापड़ मारता कि दांत गले में जा फंसते। वैसे ख्वाबों में बड़ा नर्म हो जाता था। ठंडी आहें भरता। कभी मेरा घूंघट उठाता, कितनी बार रूनुमाई के वक्त बीच में कुरआन रखा होता और आईने में उसकी नीली-नीली आंखें मुस्कुराती। उफ! सारा बदन पसीने में डूब जाता।

"फिर?"

"फिर वह चौथी बार जब मैट्रिक में फेल हुआ तो बंबई भाग गया। सुना किसी हीरोइन से शादी कर ली।"

"क्या नाम था?"

"शहजादा मिर्जा दाऊद बेग बरलास!"

"फिर मुलाकात हुई?"

"नहीं अभी तक तो नहीं हुई, मगर मेरा दिल कहता है, मरने से पहले एक बार

जरूर वह गहरी-गहरी नीली झीलें, वह रेशमी बाल, वह चौड़ा सीना बस एक बार उसके कंधे पर सिर रख कर सिर्फ दो आंसू बहा दूंगी और कहूंगी अरे क्या कह सकूंगी?"

"किबला, भाई साहब, चलिए खाना ठंडा हो रहा है," उस दिन से सईद साहब मुझे हमेशा भाई साहब कहते थे।

जब घर पहुंचे तो सईद साहब ड्राइंगरूम में बैठ गये। मुझे रोका मगर मैं बावर्ची खाने में चली गई। छोटी बी चूल्हे के पास झुकी कुछ कर रही थी। मुझे देखकर कुछ बौखला गई, चिमटा में कुछ पकड़े थी। वह जल्दी छुपा दिया। मैंने सलाम किया तो रूखा-सा जवाब देकर मुंह फेर लिया। मैं समझ गई, उन पर क्या बीत रही है। मैं उनके शौहर के साथ पार्क में घूम कर कहकहे लगाती चली आ रही हूं।

"छोटी बी!" मैंने पास पीढ़े पर बैठकर पुकारा।

"जी," वह मुंह मोड़े रहीं।

"ओहो, आज आप मेरा बहुत अदब कर रही हैं।" वह कुछ न बोली।

"यह चिमटे में पकड़े क्या जला रही थीं।"

"कुछ... कुछ नहीं।"

"छोटी बी, एक भेद की बात है, किसी से कहेंगी तो नहीं।"

"भेद की बात?" कैसा भेद?"

"आपके पति देव को इश्क हो गया है!"

वह चौंक कर मेरा मुंह तकने लगीं।

"और आप कुछ नहीं कहतीं?"

"क्या कह सकती हूं। मैं तो उनसे कह चुकी हूं, दूसरी शादी कर लूं, बच्चा मेरे नसीब में नहीं।"

"मगर आप को बच्चा हुआ तो था। जिया नहीं तो इसमें आपका क्या कुसूर? मुझे उन औरतों से सख्त नफरत है जो पतिव्रता बन कर मियां की शादी करा देती हैं। मेरी बाजी को भी बच्चा नहीं हुआ। उन्होंने भतीजी गोद ले ली। आप कोई बच्चा क्यों गोद नहीं ले लेतीं।"

"लेकिन अगर उन्हें कोई दूसरी पसंद आ गई है तो?"

"तो आप उनसे तलाक ले लीजिए।"

"हाय, अल्लाह, क्या दीवानों जैसी बातें करती हो।"

"अगर औरत एक मर्द से ज्यादा नहीं रख सकती तो, मर्द को भी एक से ज्यादा

औरत रखना हराम है।"

"क्या अनपढ़ों की तरह बातें कर रही हो, मर्दों को चार..."

"मैं अपने मियां को हरगिज़ चार नहीं करने दूंगी। फौरन तलाक ले लूंगी।

"उसकी पहली बीवी..." वह हकलाई।

"जिसको पहले से बीवी हो, उससे शादी मैं गुनाह समझती हूं।"

"मगर उन्हें जो उससे मुहब्बत है, मैं उन्हें दुखी नहीं देख सकती।"

"उफ जी चाहता है, तुम्हारा मुंह तोड़ दूं। क्या पुरानी सड़ी बातें करती हो। "अगर तुम किसी और मर्द पर आशिक नहीं..." छोटी बी गुस्से से लाल हो गई।" "तो तलाक ले लो।"

"ताकि वह इत्मीनान से शादी कर सके।"

"उफ, यह क्या कह गई मैं। मेरी कुछ समझ में नहीं आया। मैंने लपक कर चिमटा उठाया और उसमें चिपका तावीज लेकर आग पर रख दिया। मौलवी साहब ने यही कहा होगा कि ज्यों ही तावीज जलेगा आप की नामुराद सौत भस्म हो जाएगी। तावीज जलकर राख हो गया और मैं भस्म नहीं हुई।

"देखो छोटी बी मैं भस्म नहीं हुई, तावीज गंडेवाले ठग होते हैं। नहीं बहुत पहुंचा हुआ मालूम होता है। छोटी बी क्या तुम मुझे इतना बेवकूफ समझती हो। क्या मैं अंधी हूं। तुम मुझसे इतने प्यार से बोलती हो, मेरे लिए खरबूजे की बर्फ बनाती हो, आज मेरी पसंद के दही बड़े बनाए हैं, सच बताओ, क्या यह अपने मियां पर अहसान करने के लिए करती हो, या..." मुझे गुस्सा आने लगा। अगर मैं किसी मर्द से खुले दिल से मिलती हूं, कहकहे लगाती हूं, तो वह मुझे ऐसे देखने लगता है जैसे-जैसे ओह तुम्हें क्या बताऊं। मुझे मर्दों से बेतकल्लुफी से हंसने बोलने में कोई गुनाह नहीं लगता। मेरा इतना बड़ा खानदान है, बहुत से नौजवान लड़के हैं। हम आपस में लड़ते हैं, झगड़ते हैं, बहसें करते हैं। इसलिए यह तो मेरी आदत है। मुझे बुद्धिमान हाजिर जवाब, दिलचस्प मर्द बहुत पसंद हैं। तेज-तर्रार मुंहफट लड़कियों से भी मेरी खूब पटती है। मिस फिलिप का ब्यॉय फ्रेंड पृथ्वी सिंह से मेरी फब्तियां चलती है, वह मेरी टांग खींचता है मैं उसकी, मिस फिलिप कहकहे लगाती हैं, उनसे मेरी एक दिन पृथ्वी सिंह के बारे में बात हुई, कहने लगीं... बड़ी पतिव्रता, बोर, अनपढ़, बेजुबान औरत है। पृथ्वी बड़ा दिलचस्प आदमी है हमारी बड़ी दिलचस्प किस्म की दोस्ती है। लोग जो चाहे समझे, मैं परवाह नहीं करती।

"अरे मिस फिलिप तो उसके संग सोती हैं।"

"ऊंह आप की बला से आपके संग तो नहीं सोती, और छोटी बी क्या सबूत है, जब सईद साहब चले जाते हैं तो आप छोटे खान के साथ..." उन्होंने चूल्हे में से चैला उठाया और हमदोनों हंसने लगे।

"अरे भाई क्या आज भूखा ही मारने का ईरादा है। सईद साहब ने हांक लगाई। खाना बेहद मजे का था। मेरे दिमाग में खानदानी बदमाशी का कीड़ा रेंगा।

"अरे सईद साहब आप को मालूम है 'प्रिंसिपल साहब बेचारे चःचः"

"क्या हुआ उन्हें?"

"बाल-बच्चों वाला आदमी, बीवी का पांव फिर भारी है, और बेचारा चःचः, समझ में नहीं आता क्या होगा। ग़रीब रोज मेरे पास आकर रोता है।

"कौन सिद्धकी? क्या बातें कर रही हो, वह तो... मगर रोता क्यों है?"

"आप को नहीं मालूम... अगर आप को मालूम भी हो तो, खुदा कसम क्या चक्कर है, आप कर भी क्या सकते हैं।"

"क्या बकवास कर रही हो जान..."

"आप बोलिए मत, जैसे आप को पता ही नहीं, मुहब्बत और खुश्बू नहीं छुपती है? मगर यह मोहतरमा देखने में क्या भोली शक्ल कि तौबा! मगर सीने में दिल नहीं पत्थर।" मैंने शिकायत की गर्ज से छोटी बी को घूरा, वह हक्का-बक्का रह गई।

"तुम... तुम्हारा दिमाग तो सलामत है, मैं..." छोटी बी गुस्सा से आग हो गयी।

"ओहो, तुम्हारा क्या कुसूर, तुम्हारी सूरत किसी को लूट ले गयी तो इसमें तुम्हारी क्या कुसूर? और सितम यह कि तुम्हें पता भी नहीं कि सिद्धीकी साहब पागल हो रहे हैं।

"किसने कहा?" सईद साहब के गले में निवाला अंटकने लगा।

"बेचारे ने खुद... रोज दिल का हाल सुनाने आते हैं। देखिए सईद साहब, वह एक शरीफ आदमी हैं जुबान से या इशारे से भी किसी को पता नहीं चलने दिया वह एक नेक, पाक और इज्जतदार औरत को बदनाम नहीं करना चाहते।

"तुम से खुद सिद्धीकी ने कहा।"

"हां, रोज आते हैं, शाम को, बेचारे मुझे एजूकेशन के बारे में कुछ नोट्स देने आते हैं।

"हां देखा तो है, कई बार। मगर..." वह भन्नाए।

देखिए सईद साहब वह शरीफ आदमी हैं, अगर आप गुंडागर्दी पर उतर आए तो मामला बिगड़ जाएगा।"

"मगर आप गवाह हैं।"

"मैं... भई मैं साफ मुकर जाऊंगी। अगर आपने पूछ गछ की मूर्खता की तो फसाद खड़ा हो जाएगा। मैं तो छुट्टियां होते ही उड़ जाऊंगी।" अगर बात फैली तो आप की बदनामी होगी।"

सईदं साहब का मुंह सूख गया। मगर छोटी बी के चेहरे पर अजीब-सा प्रभाव था। कुछ हैरत कुछ बनावटी गुस्सा।

उस दिन के बाद न जाने क्या बात थी कि सईद साहब मैं और छोटी बी ज्यादा वक्त साथ ही गुजारते। हम दोनों बकवास करते रहते वह हमारी खूब खातिर करतीं। आपा भी जब वह अकेले आते थे तो बेहद खरी बातें करती थीं।

छोटी बी के साथ आने-जाने लगे तो बेहद नर्म पड़ गई। मैं जब बरेली से अलीगढ़ जाने लगी तो खूब दावतें हुईं जिन में सिद्धकी साहब, सईद साहब और छोटी बी शरीक हुए। मैंने कभी किसी को उस फुलझड़ी का वर्णन नहीं किया। जो मैंने बिना किसी प्लान के बेअख्तियार छोड़ी थी।

❑❑❑

शमीम : मेरा नटखट भाई

शायद लिखना भूल गई कि अब्बा मियां का तबादला सूजत हो गया था और हम लोग सांभर के बजाय फुलोरा जंक्शन पर गाड़ी बदलकर सूजत की गाड़ी में बैठ गए। सांभर के मुकाबले में सूजत स्वर्ग था। यहां अच्छी बारिश होती थी। बहुत-सी बावड़ियां थीं। हरियाली ही हरियाली नज़र आती थी। रथ के बदले तांगा था, जो ज्यूडिश्यरी के आधे दर्जन तांगों में से था। अलीगढ़ के मरियल घोड़ों वाले खटारा तांगों के मुकाबले तो फिटन लगता था। बिल्कुल ताज़ादम घोड़ा। ऊंटों के अलावा और घोड़े भी थे। कोचवान सांभर में ऊंटों से बहुत परेशान रहते थे। इतने घोड़ों पर हेड साइस बनकर बहुत खुश थे। नौकरों के क्वार्टर बहुत साफ खपरैले थे। मंगर बंगला बहुत खूबसूरत था। काफी कमरे थे। फर्श अब्बा ने आकर बनवाया था। बागीचा आगे-पीछे चारों तरफ था। छत पर जाने की सीढ़ी थी। मगर ऊपर कोई कमरा नहीं था। लंबी-चौड़ी छत के दोनों सिरों पर छप्पर डाल दिये थे कि बरसात में पलंग घसीट लिये जाएं।

दूध बहुत सस्ता था और घर पर भैंस लाकर दुहा जाते थे। मगर अम्मा ने फौरन भैंस पाल ली। कहतीं... भैंसे न बंधी हो तो घर उजाड़ लगता है। मुर्गियों और बकरियां बहुत-सी पल गई थीं। तीन नये कुत्ते भी बढ़ गए थे। एक बहुत खूंखार कुत्ता, कोई कुंवर साहब शिकार खेलने आये थे। अब्बा मियां बहुत अच्छे शिकारी थे। उनसे बहुत दोस्ती हो गई। वह अपना विलायती कुत्ता दे गये। अब्बा ने उन्हें चांदी का जापानी डिब्बा दे दिया। जिस पर दो अजगर लड़ रहे थे जोकि हम सब को बहुत पसंद था। बिल्कुल ऐसा लगता था अज़गर जिंदा है। और हिल रहे हैं। जबकि ये बेहूदा कुत्ता बहुत खूंखार था। सिर्फ अब्बा के कंधे पर हाथ रखकर उनकी मूंछ चाटता था। घर में अम्मा बगैर जंजीर के नहीं लाने देतीं। यहां पर्दा भी कम था। हमें दो-चार बोल आ गए थे और थोड़ा काम चल जाता था।

यहां मुसलमानों में सिलावट, रंगरेज और कसाई काफी थे, मर्द धोती-कुर्ता और चुन्नटों वाले रंगीन साफे बांधते थे। औरतें तंग पायजामा और अनगिनत कलियों का बहुत नीचा कुरता पहनती थीं। पैर, गले, हाथ और कानों में चांदी के ढेरों जेवर।

मुसलमानों-हिन्दुओं में कोई फर्क नहीं लगता था। कुछ मुसलमान चुक्की दाढ़ी रखते थे और ऊंचा पायाजामा पहनते थे। जिनकी दाढ़ियां नहीं थीं। वह चिढाते थे। अग्रवाल और ओसवाल की घरवालियां बड़ी से टोलियों में निकलती थीं। सबसे आगे एक औरत या बांदी कह सकते हैं, खुले मुंह एक बहुत लंबी चादर ओढ़े होती थी जो तम्बू की तरह बाकी औरतों के ऊपर पड़ी होती। आखिर में फिर एक बांदी जिसे डोवरी कहा जाता था, इस चादर को पकड़े होती थी, घाघरे का निचला कामदार हिस्सा और पिंडलियों का निचला हिस्सा नजर आता था जो चांदी या सोने के छोटे कड़ों से भरा होता था। शादी ब्याह के दिन तो औरतें पांच-पांच सेर सोना लाद कर निकलती थीं। हम लोग भी वहां उनकी देखा-देखी साड़ी पर चादर ओढ़कर निकलने लगे थे। रास्ते में उनके काफिले का डोला मिल जाता तो हम उसके अंदर घुसकर साथ चलने लगते। ज्यादातर खूबसूरत और जवान औरतें ही उस तरह से जाती थीं। बच्चियां साथ कुढ़क्कड़ें लगाती चलतीं।

जवान औरतें बड़े-बड़े बोर पहनती थीं जो ताज की तरह बहुत खूबसूरत लगते थे। घूंघट बोर के ऊपर उठा रहता था। बारीक मलमल जो छब्बीस की मलमल कहलाती थी। उसके डेढ़ पाट के दुपट्टे चिरमी-डब्बी के गुलबूटे। चौड़ा-सा किनारा उससे चौड़ा पल्लू और बीचोबीच में एक बड़ा-सा कोई गजभर की परिधि का चिरमी-डब्बी के काम से भरा गोल बूटा। चिरमीडब्बी उस बंढ़नी के काम को कहते हैं जो औरतें छंगुली के नाखून को नुकीला और लंबा करके कपड़े की चार तह जमाती है और फिर उसे दांत से पकड़कर चुटकी से डोरा बांध देती हैं। जब यह बंधाई होती है तब रंगाई शुरू होती है। कीमती ओढ़नियां बार-बार और अलग-अलग रंगों में रंगी जाती हैं। खुलने के बाद एक-एक बूंदी में कई-कई रंगों को इन्द्रधनुष फूट पड़ता है। एक ओढ़नी होती है। महीने मलमल को एक तरफ हल्का फिरोजी दूसरी तरफ हल्का धानी रंगा जाता है। उसे सुदंर लहर कहते हैं मैंने बहुत पूछा कोई न समझा सका कि यह चमत्कार कैसे घटित होता है। महीन मलमल के दो रूख जिस तरह दो रंगों में रंगे जाते हैं। यह एक अजूबा लगता था।

छुट्टियां शुरू हो गई थीं और सारा खानदान आ चुका था या आने वाला था। अब्बा ने लिख दिया था सबको, जो आएगा उसे दोनों तरफ का कराया मुनासिब जेब खर्च और दो-दो सादा जोड़े, एक जोड़ा जूता दिया जाएगा। आपा दिल्ली से हकीमों का कोर्स खत्म करके आ गईं थी। बाजी दूसरे दिन आने वाली थीं। छोटी आपा पूरे दिनों से थीं। इसलिए मजबूर थीं। बड़े मामू और जुगनू के आने की भी ख़बर गर्म थी।

हम लोगों को इम्तेहान के रिजल्ट का इंतजार था। अम्मा बड़ी शानदार दावत की तैयारी कर रही थीं। पीपाड़ से घी के कनस्तर आ गए थे। आठ आना हर बकरी के

बच्चे के हिसाब से खरीद लिए गये थे। और तो और सूजत में बिजली भी। हम उस नेक अंग्रेज को दुआ देते थे जिसने हमारे आराम के लिए इतनी सहूलियत जुटाई थी। फिर एक दिन नन्हे भाई का तार आया।

"मैं, चुन्नी सेकेंड डिवीजन से पास।"

"ऐ है शन्ना का रिजल्ट नहीं लिखा।" अम्मा चिढ़ गई। बहुत छिछोरा है। यह नन्हें।

"फर्स्ट डिवीजन देखकर जल गये होंगे।" शमीम बोले।

और उसी वक्त जवाबी तार दिया गया कि शमीम का रिजल्ट फौरन भेजो। तीसरे दिन तार आया। "शनिवार को पहुंच रहा हूं।" रिजल्ट का कोई ज़िक्र न था। जी जल के खाक हो गया। शमीम की वजह से खुशी मनाते भी बुरा लगता है। वह बेहद पेरशान अम्मा बड़ी मुश्किल से मना-मनाकर खाना खिलाती।

"ऐ बस परसों आ रहा है नन्हें। रिजल्ट कहां तक छुपेगा।"

नन्हें भाई आये तो चारों तरफ से लानतें बरसने लगी। वह अपनी आदत के मुताबिक ढिठाई से मुस्कुराते रहे।

"जवाबी तार हज़म कर गए?"

"कहां हज़म किया?"

"आने की ख़बर भेज तो दी।"

"ऐ है तुम्हारे आने पर बड़ी जान जाये थी किसी को। रिजल्ट क्यों न लिख भेज दिया था तार में।"

"इतने शब्दों की गुंजाइश कहां थीं?"

"तो दो शब्द के पैसे गांठ से न निकले।"

"मगर शमीम का रिजल्ट तो सबको मालूम ही था। खुद शमीम को भी मालूम था कि फेल हो जाएंगे।

"ऐ है, खुदा न करें"

"इसमें खुदा बेचारे का क्या कुसूर?"

"ऐ क्या सच्ची, फेल हो गया।" अम्मा ने बड़ी हसरत से पूछा।

"फेल न होता, दिन रात हूहक, नाच-गाना, जावरे के नवाबजादों की सोहबत आगरे में मुजरे।"

"बेकार झूठ बोल रहे हैं।" शमीम कुनमुनाए।

"खैर हम और चुन्नी तो पास हो गए।"

"ऐ गारत हो, इस कमवख्त का पास होना किस काम का, बला से ये फेल हो जाती, शमीम पास हो जाता।

"अरे वाह, क्यों?" मैं लड़ पड़ी।

"ऊंह लड़की जात को कौन-सी डिग्रियां लेनी है। मर्द जात की तो जिंदगी खराब हो गई।

दावत कैंसिल कर दी गई। किसी ने भी जोर नहीं दिया दिल सचमुच शमीम के फेल हो जाने से बैठ गया। उसे खामोश-उदास देखकर अपनी कामयाबी की खुशी खाक में मिल गई। मामू इसहाक भाई... कुछ बच्चों के साथ। इस वक्त उनके सात बच्चे थे। शायद तीन को लाये थे। मजहर भाई उनकी बीवी और एक बच्ची। घर भर गया। क्या हंगामा होता रहता था। फिर बाजी भी आ गईं। उनके साथ अजीम भाई की जो बच्ची गोद ली थी। मदहत, वह भी साथ थी। बहुत तेज-त्तर्रार और तंदुरूस्त। आते ही न जाने क्यों नुजहत को खसोट डाला। मैंने दो धौंल लगाए चुड़ैल को।

क्या लंबा दस्तरख्वान लगता था। हर नये आने वाले के नाम से दावत होती। मामू के आने के तीसरे दिन जुगनू भी आ गये। मामू उन्हें खत लिख आये थे। मैं और जुगनू बड़ी होशियारी से दूर-दूर रहने की कोशिश करते। जो उस भीड़ में मुश्किल न था। बस एक दफा न जाने कैसे सामना हो गया। "पास हो गई।" जुगनू जब हंसते तो उनकी छोटी-छोटी आखें बिल्कुल छिप-सी जातीं। "हां" मैंने बड़े आराम से कहा। एफ.ए. में दाखिले के फार्म भर दिए थे। पास होने की शर्त थी। वह पूरी हो गई।" "हूं!" वो बेतुकेपन से जोर से हंसे। उसके बाद मैं इधर-उधर चक्कर काटती रही। जब जुगनू बैठ गये तो उनसे काफी फासला रखकर लोगों के बीच घुसकर बैठ गई। दो-एक बार उन्होंने मेरी तरफ देखा भी, फिर भी रोमांटिक अंदाज में नहीं। बिल्कुल सादगी से मगर हंसी रोकते हुए जो राज़ हम और वह जानते थे। उन्हें हंसी फूट रही थी। वैसे मुझे किसी ने रोमांटिक अंदाज में देखा भी नहीं था। जैसा किस्सों-कहानियों में लिखा होता है तो फिर मैं पहचानती भी कैसे?

शमीम एकदम नार्मल हो गये और खुद अपने फेल होने का मजाक उड़ाते... असल में कई सवाल तो ऐसे बच्चों-से थे कि मैं तुरंत ताड़ गया... पट्ठा, एग्जामिनर मुझे उल्लू बना रहा है। अरे पांस बरस का बच्चा भी जानता है। मैंने लिख दिया, मियां किसी और को अहमक बनाइएगा आप इस सवाल का जवाब अच्छी तरह जानते हैं और भोले बनकर हमसे पूछ रहे हैं।" क्या सचमुच तुमने यही लिख दिया?"

"और झूठ-मूठ! और एक सवाल ऐसे गधेपन का था। भूतनी क्या थी वह सवाह?" वह मेरा नाम हमेशा के लिए भूतनी रख चुके थे। मैं भी चिढ़ने की हद से गुजर चुकी थी। बेख्याली में यह याद ही न रहता था कि यह मेरी बड़ी भयानक चिढ़ थी, जब कोई भूतनी कहता था तो मैं उसका मुंह-कपड़े सब फाड़ देती थीं। अब शमीम के अलावा कोई मुझे भूतनी या भूत नहीं कहता था।

"कौन सवाल?"

"अरे भूत! सवाल भी याद नहीं। तुम बड़े घपले में पास हुई हो। फिर से इम्तेहान दो।

"मगर तुम फेल हो गये।"

"हम तुम्हारी तरह घपले में पास होने के बजाय शराफत और ईमानदारी से फेल होना बेहतर समझते हैं।"

एक दिन बोले "अब्बा मियां! चुन्नी को एफ.ए. में इस साल न भेजिए।"

"क्यों?"

"अगले साल जब हम भी पास हो जाएंगे तो एक क्लास में किताबों की बचत होगी।"

"बात ठीक है, लेकिन यह लड़कियों के स्कूल में और तुम लड़कों के बोर्डिंग में। "किताबें यही रख लें। मैं दोस्तों से मांग लिया करूंगा!" शमीम बड़ी संजीदगी से कह रहे थे। मगर सब जानते थे। मजाक बना रहे हैं। क्योंकि यह ऐसी मासूम सूरत बनाकर कहते थे कि बजाए गुस्सा आने के हंसी आ जाती थी फिर भी अब्बा गंभीर हो गए।

"नालायक हमारा कितना पैसा बर्बाद कर चुका है।"

"वाह! अब्बाइयां, ओलाद के लिए इतनी भी क्या कंजूसी? समीए ने ऐसी मिस्कीन आवाज में कहा कि वह हंसने लगे और अब्बा मियां भी गंभीर न रह सके।"

"बेगम, आखिर ये नालायक क्या करेगा।"

"अरे अब्बाइयां!" वह अब्बा मियां को जल्दी में अब्बाइयां कहा करते थे।

"हमें बड़े से बड़ा ओहदा दिलवा दीजिए देखिए फिर हम कैसे ठाठ जमाते हैं। कसम से गर्वनर ही बनवा दीजिए सारे खानदान को ठाठ करा देंगे।"

"आप और गवर्नर! हर तरफ से कहकहे फूटने लगे।"

"इसमें दांत निपोरने की क्या बात है, अरे गवर्नर को करना ही क्या पड़ता है।"

"बस डिन पार्टियां उड़ाना। मूर्तियों का अनावरण करना और मोटर में घूमना खुदा कसम, हम बेहद अच्छे ढंग से डिनर खा सकते हैं। और पार्टियों की तो ना पूछो। भूत, हम गवर्नर हो गये तो तुम्हें स्कूल हेडमास्टरनी फट से बनवा देंगे। और ये योद्धा सलोतरी बेकार मेडिसिन में सिर खपाता है, जुगनू तुम फिक्र न करो! हम गवर्नर बनते ही तुम्हें अपने घोड़ों का चीफ सलोतरी बनवा देंगे। ठाठ करोगे यार।" फिर मामू की तरफ मुड़े। मगर हमारे लिए कोई कुछ करे तब ना। मामू का इतना रोब है। अपने पाजी बेटे को डाक्टर बनवा रहे हैं। और अपनी जागीरदार ताल्लुकदार भी नहीं बनवा देते। कैसे खून सफेद हो गया है। लो वह ज़फर हुसैन जी सुन ही नहीं रहे हैं। हमारी

बात। यही तो मुसीबत है।"

"जी महाराज क्या हुक्म है।" मामू ने बड़े अदब से कहा।

"या हमें गवर्नर बनावाइए या फिर महाराजा से कहिए हमें गोद ले लें और राजकुंअर घोंचू को आक़ (उत्तराधिकार से वंचित) कर दें, क्या अनाड़ी की तरह पोलो खेलता है।"

"हूं, बात तो बड़ी काम की बताई। मगर माईबाप, थोड़ा इंतजार करना पड़ेगा आपा खाना निकाल रही हैं और पसंद की खुश्बू कुछ ज्यादा ही बेदब है, बस दो निवाले खा कर तुम्हें गवर्नर बनाए देते हैं।"

"कहां चले, कहाँ जा रहे हो मामू? बाजी जो ना जाने दुल्हन भाभी से क्या खुसर-फुसर कर रही थीं चौककर बोलीं।

"हां, जरा शन्ना मियां को युवराज बनवाया है आपा जल्दी करो बेटे के भविष्य का सवाल है।"

"अरे निकाल तो रही हूं, दस्तरख्वान तो बिछवाओ।" सब खिसकने लगे और बीच में बहुत से हाथ दस्तरख्वान बिछाने लगे।

"अरे शन्ना मियां! मामू बोले।

"जी मामू।"

"ऐसा क्यों नहीं करते जोधपुर चले चलो, किराया हमारे सिर।"

"हम चले जाएंगे, बल्कि मामू समझो हम पहुंच गए। फिर?"

"फिर हम तुम्हारे लिए कोई नौकरी ढूंढेंगे।"

"नौकरी?" शमीम चीख पड़े।

"हां, ये तुम्हारे अब्बा मियां थैया बख्श क्या नौकरी नहीं करते?"

"क्यों नहीं करते, सारी उम्र नौकरी ही तो की है बेचारे ने!"

"तो फिर तुम्हें क्यों एतराज़ है, बोलो, तुम उनसे ऊंचे हो क्या?

"क़द में तो ऊंचे हैं और सिर कद से ऊंचा होता है और अक्ल सिर में होती है इसीलिए बुद्धि में भी ऊंचा होना पड़ रहा है।"

"तो तुम अक्ल में भी उनसे कम नहीं बल्कि ऊंचे निकलते हो?"

"है तो गुस्ताख़ी मगर अक्ल अल्लाह की देन है और अल्लाह मियां को चौंसना गुनाह हो, मगर जरा आहिस्ता..." अब्बा मियां गौर से सुन रहे थे।

"क्यों?"

"अब बुढ़ापे में ऐसी दिल शिकनी की बातों से तबीयत चिढ़ती है, अब्बा मियां का दिल टूट जाएगा।

"मामू से अब ज्यादा बदाश्‍र्त न हो सका। शमीम की गंभीर एक्टिंग पर हंस पड़े,

मगर फिर जल्दी से बोले "तो फिर तय है।"

"जी बिल्कुल निश्चिंत रहिए गुरूजी, मगर यह तो पता चला कौन-सा पद ठीक रहेगा मेरे लिए।"

"यही चपरासी का।"

"शमीम थोड़ी देर उन्हें गौर से देखते रहे. फिर जल्दी से एक रकाबी (प्लेट) उठाकर उनके सिर पर पंखा करने लगे।

"मामू आप लेट जाइए।" मामू पर हंसने का दौरा पड़ गया। हाथ से रकाबी ले ली और बेतरह हंसने लगे।

"हाय मेरे जान से प्यारे मामू" शमीम ने बड़े जोर से बैन के अंदाज में हांक लगाई।

"हाय-हाय क्या हुआ। अम्बा बौखला गईं और चमचे का कोफता उछल कर दूर जा गिरा और शेरा ने लपक कर दांत मारे और मुंह जल गया तो पें-पें करता भागा। थोड़ी दूर जाकर जोर-जोर से कोफ़ते की तरफ मुंह करके भूंकने लगा। इतना ललकार भरा खाना उसने कभी न चखा था।

"हमें चपरासी बनवाया तो सारे खानदान की नाटक कट जाएगी। हमारी गांठ से कुछ नहीं जाएगा। खुद ही सिर पकड़कर रोओगे। लो वह रकाबी ही मार ले गए। अरे महाराज रकाबी तो दे दो।

मामू बेतहाशा हंस रहे थे और अम्मा के सामने रकाबी फैलाए कह रहे थे।

"अप्पा, बेटे को ऊंचे ओहदे पर पहुंचाना चाहती हो तो दो कोफ़्ते दो।"

"दो के बदले चार ले ले, तेरा खाया बहनियां के पेट पचेगा।" अम्मा अपने दोनों भाईयों को कितना चाहती थीं।

बड़े मामू के दोनों बेटों में कितना फर्क था। बड़े भाई मज़हर हमेशा बाप के साथ रहे। मामू अजीब मिजाज के थे उनकी दोस्ती बड़े-बड़े ओहदेदारों से भी थी। मगर याराना सलावटों, रंगरेजों और कसाइयों से था। उनकी सोहबत में जहां एक तरफ देश के मशहूर कलाकारों से दरबार में वास्ता पड़ता था। दूसरी तरफ कुंजड़ियों, नटिनों, सपेरों के भी रंग जमा करते थे। राज्य में रंडियों का कोई अलग मुहल्ला नहीं था। आमतौर पर जब बाल-विधवा जवान हो जाती थी तो किसी ओहदेदार या जागीरदार से संबंध हो जाता था। जिस पर उनके ओहदों और दौलत की वजह से कोई उंगली उठाने की हिम्मत न करता और फिर ये बरसों का उसूल चला आ रहा था। सती प्रथा खत्म होने के बाद विधवा की शादी का कोई सिलसिला नहीं चला था।

आमतौर पर ब्राहमणियां बेहद खूबसूरत होती थीं। सब एक छाप के चालीस गज के घाघरे बिल्कुल छोटी-सी बहुरंगी चोटियां जिन से आधी छातियां दिखाई देती

थीं। और बारीक मलमल के काले दुपट्टे ओढ़ती थीं। तो लोग बेनथे बैलों की तरह हुमकने लगते थे। दुपट्टा डेढ़ अरज का होता था और पीछे एड़ियों तक निकलता था लेकिन आगे का कोई पर्दा न था। पतली कमर, नाभि की पीचदार भूरी, नाजुक-नाजुक धूल में अंटे पैर और काले दुपट्टे से झांकता चांद-सा मुखड़ा, सिर पर तीन-चार गागरें धरे झुंड-झुंड निकलती थीं तो सन्नाटा-सा छा जाता था, कभी किसी को बोल फैंकने की हिम्मत नहीं होती थी, क्योंकि सब जानते थे कि वो बड़ी पहुंच वाले अफसरों के साये में रहती हैं। उनके बच्चे राजगोले कहलाते थे। महल के डाक्टरनियां बच्चे जनाती थीं और बच्चा वहीं पलता था। नाजायज बच्चों को मारने की कोई जरूरत न थी और न लड़की के सास-ससुर या मां-बाप लड़की को कुछ कहते थे। बच्चा जिसका जी चाहे महल में पहुंचा दें। कुछ ईनाम ही मिलता था। पुलिस वगैरह का झगड़ा नहीं उठता था। उन बच्चों की बड़ी अच्छी तरह देखभाल होती थी। उनके अलग स्कूल थे और मिलिट्री की ट्रेनिंग के बाद राजगोला पलटन में भर्ती हो जाते थे। यह पलटन किसी महाराज के जन्मदिन के मौके पर या किसी शादी के अवसर पर निकलती थी। उसका एक-एक जवान मर्दानगी और वीरता का नमूना था। अंग्रेज स्टाफ उनकी ट्रेनिंग के लिए रखा गया था। राजगोले का मतलब है महाराजा के बेटे या पोषित। इस किस्म की लड़कियां डावड़ियां कहलाती थीं। कहने वाले कहते थे कि उनकी आपस में न शादी हो सकती है और न संबंध क्योंकि कौन जाने शायद आपस में उनका भाई बहन का रिश्ता हो, राजगोलों और डावड़ियों की शादी का कभी कोई किस्सा नहीं सुना। वैसे विधवा लड़कियों का अगवा भी हो जाता था, किसी के साथ भाग भी जाती थीं। सुना था करांची में उनका बड़ा बाजार था। वहां वे वडेरे जवान स्वस्थ लड़कियां बड़े शौक से खरीदते थे और वहां से वह मरकर ही निकलती थीं।

जोधपुर का शाही श्मशान बहुत शानदार था। ऊंचा फाटक जिसके पास की दीवार पर हजारों हाथों के छापे थे। अक्सर बहुत छोटे निशान भी दिखे जो चार-पांच बरस की बच्चियों के मालूम होते हैं बहुत धुधलें पड़ चुके थे। जब राजा फूंके जाते थे तो रानियों के साथ डावड़ियां भी फूंकी जाती थीं। और अंदर घुसने से पहले लाल रंग में हाथ डुबा कर दीवार पर छापे छोड़ जातीं।

मज़हर भाई जोधपुर की आज़ाद और रंगीन फजां में पले थे। खूब मोटे और लाल चुकंदर थे। बेहद नाजुक नाक-नक्श, बड़ी-बड़ी रोमांटिक आंखें, छोटी-सी पेशानी (ललाट) मोती जैसी दांत, लेकिन बेहद जहर लगते थे। शादी से पहले भी अकेले में दबोचने की कोशिश करते थे। नन्हीं-नन्हीं बच्चियों तक को टटोलते थे। उनसे सब लड़कियों की रूहफ़ना होती थी। शादी के बाद भी उन्होंने ठंडी सांसे भरना, मीठी नजरों से तकना और हौले से हाथ दबाना नहीं छोड़ा था। उनकी बीवी उनकी इस

आदत से चिढ़ी रहती थीं। रोज़ा नमाज की बेहद पाबंद और घंटो वज़ीफा (माला फेरना) पढ़ती थीं। बेहद नाजुक और हसीन थीं। बड़े मामू की सांली थी, बड़ी बहन से दो बरस छोटी यानी बड़ी ममानी भी काफी कमसिन थे। खूबसूरत होती अगर उनके चेहरे पर हरदम अंजानी-सी दहशत और खौफ न छाया रहता। दोनों के गजगज भर लंबे बाल! मगर दोनों कुछ बोझिल और परेशान-सी रहती थीं। और सुबह घंटों कुरआन की तिलावत (पाठ) किया करतीं, बच्चे गला फाड़-फाड़कर रोते रहते और उनके कान पर जूं भी न रेंगती।

जुगनू सूरत शक्ल में बिल्कुल बड़े भाई के उलट थे। दुबले-पतले और भद्दे नक्शे के। छोटी आंखें, बड़े मोटे होंठों वाला मुंह और निग्रो जैसे महीन घुंघराले बाल। मिजाज भी बिल्कुल दूसरा लड़कियों में एकदम रूमानी दिलचस्पी नहीं लेते। जैसे लड़कियां मजहर भाई से कतरातीं, वह लड़कियों से कन्नी काटते, और एकदम ठस्स लड़कियों के बीच ही बैठते।

करीब दो हफ्ता हंगामा रहा, बंगला से सटे कचहरी थीं। यानी बहुत बड़ा-सा मर्दाना ड्राइंग रूम कोर्ट रूम बना दिया गया, बाकायदा कटघरे लगाकर मुल्जिम के लिए बाकी हिस्से में दरी बिछी हुई थी। और मंच पर जज की काफी शानदार-सी कुर्सी थीं। तोशा खाना में दर्जनों निवार के पलंग मौजूद भी थे। दरी-तकियों और चादरों के साथ, क्योंकि गार्ड के आने पर उसके ठहरने का इंतजाम करना होता था। सहन पर खास रख-रखाव के साथ चारपाइयां और बिस्तर बिछ गये। अलग-अलग खानदान के गिरोह-से बना दिये गये। फिर जिसका जी चाहा, उधर चारपाई घिसट ले गया। कुछ लोग चौके पर जम गए। जो बाकी बचे वह बाहर के अहाते में चले गये। अम्मा और अब्बा छत पर सोते थे। बहुएं सख्त नाराज थीं कि बूढ़े मियां-बीवी क्या मजे से एकांत में सो रहे हैं बाकी पलंग को मैदान में डाल दिया है, खास तौर से मजहर भाई की बीवी परेशान थीं कि मजहर भाई बीच देने के आदी न थे। रात का खाना खाकर हम सब कोर्ट रूम में चले जाते वहां बिजली के पंखे लगे थे। और रेगिस्तान में रातें तो काफी ठंडी होती हैं, शमीम अपने फेल होने का गम बिल्कुल भूल गये थे और कोर्ट रूम में जज की कुर्सी पर एक तौलिया सिर पर डाल कर बैठ जाते और सब पर मुकदमा चलाने लगते। "आर्डर, आर्डर, आर्डर" वह मोगरी मेज पर चोट करके चीखते, "वर्ना सबको इसी वक्त साजए उम्र कैद!" उर्फ कालापानी की सजा हो जाएगी। मुजरिम नम्बर एक बड़े मामू जफर हुसैन उस्मानी को मां ब़दौलत की खुशी का शुभसमाचार सुनाया अगर महाराज इस खुशनसीबी पर नकार देने पर तुल गये तो कोई और आराम देह पद हमारे लिए तय समझा जायेगा। हम इस त्याग के सिलसिले में छत्रपैलेस, जो निर्माणाधीन है, इस नेक मामू को बख्शते हैं। क्योंकि महाराज की गोद में बैठकर हम

पूरे जोधपुर राज्य को अपनी मुट्ठी में ले लेंगे।

"घम्मा घन ट्रेन महाराज के ले पालक!" मामू ने हाथ जोड़कर ऊंचे कर दिये। "मगर उनके नालायक और कपूत जुगनू उर्फ अतहर हुसैन उस्मानी से हम बहुत नाराज़ हैं। यह घोड़ों का डाक्टर कहता है कि बदहजमी ज्यादा खाना ठूंसने से होती है। ये नालायक इतना नहीं जानता कि हम कम खायेंगे तो हमारी मां, जिसके पैरों के नीचे स्वर्ग है, कितनी दुखी होंगी। वह एक पतिव्रता मां है। इनके दुख से पति यानी हमारे पूज्य पिता को दुख होगा। हम अपने माता-पिता का दिल तोड़ने से पहले हैजा से मर जाना पसंद करेंगे। पाजी हमें घूंसा दिखा रहा है। सिपाहियों फौरन इसका सिर धड़ से अलग कर दो और... जुगनू उठने की धमकी दे रहे थे और सब उन्हें रोक रहे थे। "इसे पकड़ लो सिपाहियों, वर्ना हम इसे कोर्ट की बेइज़्ज़ती के अपराध में... अच्छा जाने दे, भई तू सज़ा नहीं लेता तो चूल्हे में जा। मगर हम मुन्ने भाई को नहीं छोड़ेंगे। मुन्ने भाई उर्फ अजीमवेग चुगताई उर्फ प्रसिद्ध हास्य लेखक, पेशा वकालत और बच्चाबाजी, इसकी बीवी हर दो साल के बाद बच्चा दाग़ देती है। खैर! हम सिर्फ एक शर्त पर माफी दे सकते हैं कि यह अलीगढ़ यूनिवर्सिटी पर मुकद्दमा दायर करें कि हमारे साथ नाइंसाफी की गयी है, यानी हमारी फर्स्ट पोजीशन मार कर हमें फेल कर दिया गया है। इसकी भरपाई करने के लिए हमसे माफी मांगे। "क्या जमाना था बात बेबात हंसी आती थी और जिस अंदाज से शमीम अब्बा की नक्ल कर रहा था, हम लोग हंसी के मारे बेदम होते जा रहे थे। और मुजरिमा चुन्नी उर्फ इस्मत खानम चुगताई जिसमें से खानम इसने डकार लिया है। निहायत कपूत बदजुबान और बेशर्म है कि बड़े भाई के नम्बर अपने नंबरों में जोड़कर खुद पास हो गई और मुझ नाजीज पर फेल होने का झूठा इल्जाम लगा दिया। हुक्म दिया जाता है कि वह पुराने कर्जों का तकाजा बंद करके मुझे तुरंत दस हजार उधार दें। इंशाअल्लाह हम कयामत के दिन एक के सत्तर हजार अदा करेंगे। बदनसीब कैसी बेवकूफ है, जरा भी परलोक की फिक्र नहीं। बड़ा भाई बाप के बराबर होता।" शमीम हमसे डेढ़ साल बड़ें होंगे। "हम उसके बुजुर्ग हैं और जल्द ही काना-खुतरा अक्ल का अंधा गांठ का पूरा, खीजकर इसके हाथ पीछे कर मुरदार का मुंह काला कर देंगे। मैंने जूती फेंक कर मारी जो ठीक उनकी छाती में लगी "गुस्ताख! सीधी जहन्नुम में जाएगी।"

हां और यह मुजरिम..." उन्होंने उंगली उठाई और सन्नाटे में रह गये। सामने अब्बा मियां खड़े थे। उनकी हंसी हमेशा मूंछों में गायब हो जाती थीं लेकिन आंखें ठहाका लगाती थीं।

"बाप रे!" शमीम ने जल्दी से तौलिया उतार दिया और बड़ी मरी हुई आवाज में बोले– "हुक्म दिया जाता है कि माबदौलत की चूंकि घिग्घी बंध चुकी है इसलिए कचहरी बरखास्त" और शमीम गड़ाप से पिछले दरवाजे से गायब हो गये।

"इस पाजी का क्या भविष्य होगा।" अब्बा चिंता में डूबे मोढ़े पर बैठ गए। महफिल जो ठहाकों से गूंज रही थी जैसे सांप सूंघ गया।" इस खलंडरे ढोलची का क्या बनेगा।"

"सरकार फिक्र न कीजिए, इस साल मेरे पास जाधपुर भेज दीजिए। मैं सूअर को पेल डालूंगा। जरूर पास हो जाएगा।" अजीम भाई बोले।

"यह पास होने वाला आसामी नहीं।" बड़े मामू बोले। "मैं इसे किसी महकमे में लगा दूंगा।" मामू खुद पढ़े-लिखे नहीं थे। लेकिन उनके चचा दादा काले मियां फौज में रिसालदार हो गए थे। जोधपुर की नागरिकता मिली हुई थी, ऊंची पहुंच थी। हम सब मारवाड़ निवासी बन चुके थे। महाराज अमीर सिंह जी हर माह बड़े मामू को दरबार में दर्शन देते थे। यह भी खबर थी कि उन्हें भी पैर में सोने का कड़ा मिलने वाला है। राज्य में जिन परिवारों को सोने का कड़ा मिल जाता था, उनकी औरतें पैर में सोना पहन सकती थीं। वर्ना पैर में सोना पहनना कड़ा अपराध था। अजीम भाई का वकालत का आर्डर, वसीम भाई को महत्वपूर्ण विभाग में नौकरी, मजहर भाई को भी पुलिस में नौकरी और इसहाक भाई को थानेदारी दिलवा चुके हैं। मामू की बहुत ऊंची पहुंच थी, हां, छोटे मामू को भी एक्साइज इंस्पेक्टर बनवा दिया था और जुगनू को छात्रवृति दिलवाई थी, डाक्टरी पढ़ने के लिए।

जोधपुर में कभी हिन्दू-मुसलमान सवाल नहीं उठा। मुसलमान हमेशा प्रतिष्ठित पदों पर रहे। फौज में पुलिस में बहुत खपे थे। जोधपुर के मुसलमान बड़े शांतिप्रिय मियां भाई कहलाते थे। कोई खास मुहल्ला मुसलमानों का नहीं था। होली, दीवाली, ईद, बकरीद, मुहर्रम पर झगड़ा तो दूर की बात, बराबरी से हिस्सा लेते थे, दीवाली पर अम्मा दीया ज़रूर जलवाती थीं। उन्हें पक्का यकीन था कि लक्ष्मी देवी की उन पर परछाई ज़रूर है। उन्हीं के चरणों की रहमत से घर में दिन ब दिन खुशहाली बढ़ रही है। पेंशन के बाद आगरा और अलीगढ़ में काफी दुर्गति बन गई थी और अब पेंशन के अलावा जज की तनख्वाह ने फिर हाथ खोल दिए थे। सांभर में तो नमक की झील और रेत की वजह से हरियाली नाम की नहीं थी। सूजत काफी हराभरा था। न जाने कब बुर्का गायब हो गया बाहर निकलते वक्त हिन्दू के रिवाज के अनुसार सब शरीफ़ घरानों की औरतें चादरें ओढ़ती थीं। सलावट, रंगरेज, छीपे में पर्दा नहीं था। औरतें

घूंघट निकालती थीं। बड़ी-बूढ़ियां घूंघट नहीं निकालती थीं, सीने पर दुपट्टा डालने में हाथ बध जाते हैं, इसलिए घूंघट के बावजूद दुपट्टा सिर पर डालती जो पीठ पर लटकता रहता था। जमीन पर न लोंटे इसके लिए एक कोना कमर में खोंस लेती थीं। लहंगा-चोली के साथ भी दुपट्टा पीछे ही पड़ा रहता था। मारवाड़ी औरतों का कपड़ा एकदम भडकीले रंगों का होता था। महीनों रंग खिला रहता था। एक जोड़ा जब तक तार-तार न हो जाता, बदला नहीं जाता था। औरतें ताल पर जाकर कपड़े उताकर धोतीं और रेत पर फैला देतीं। मर्द गुजरते तो पलटकर भी नहीं देखते, न औरतों को रत्ती भर परवाह होती। औरत का बदन कोई अजूबा नहीं था मर्दों के लिए। सात-आठ साल के लड़के-लड़कियां लापरवाही से नंगे फिरते थे।

लड़की की शादी हो जाती थी तो बोर बांधना ज़रूरी हो जाता था। चोटी बड़े हिसाब-किताब से बांधी जाती है। तेल डालकर जुएं निकालने के बाद औरतें एक-दूसरे की चोटी गूंथती थीं। बीच की मांग निकालकर पहले आगे के थोड़े बाल दोनों तरफ से लेकर बोर की दूरी के साथ एक मेंढी गुंथी जाती। फिर बाकी के दोनों तरफ के बालों की मेंढ़िया गूंथी जाती हैं। मारवाड़ में औरतों के बाल बहुत छोटे होते हैं इसलिए चोटी पर काला कपड़ा या काला डोरा खूब कस कर लपेटा जाता है और सोंटा-सा बना लिया जाता है। एक बाल भी हफ्ता दो हफ्ता में बाहर नहीं निकलता फिर जब बदबू बदार्श्त से बाहर हो जाती और सिर में जुएं कुलबुलाने लगती तो नहाना होता।

बड़े मामू मजहर भाई बड़ी ममानी, भाभी जान और बच्चे औरों से अच्छी मारवाड़ी बोलते थे। धीरे-धीरे सब की जुबान पर मारवाड़ी शब्द चढ़ने लगते थे। अलीबख़्श और शेखानी बुआ के अलावा सब नौकर चपरासी-चौकीदार मारवाड़ी बोलते थे। अम्मा मारवाड़ी समझती थी, बोलती नहीं थीं। मारवाड़ी में औरतों की आवाजें बहुत सुरीली लगतीं हैं। चार औरतें जमा होतीं और सिर जोड़ घूंघट का गाना शुरू कर देती। आसपास की औरतें जमा होने लगतीं हैं और क्या आवाजों का आरकेस्ट्रा शुरू हो जाता। शब्दावली तो पल्ले नहीं पड़ती मगर आवाजों का उतार-चढ़ाव बेचैन कर देता। सुरों में गजब का दर्द और उदासी, एक अजीब-सी तन्हाई की पुकार, मीठा-मीठा गम। पंजाब के गाने चहकते हैं। हरे-भरे खेत और मैदान, घने जंगल, छलछल करती नदियां, रिमझिम बारिश पंजाबी गानों में कुलांचे भरती हैं, मगर रेगिस्तान में धूहड़ के झुंड, मीलों रेत ही रेत, सपाट चट्टानें, बबूल और भटकुइयां के इक्का-दुक्का पौधे और फिर रेत... रेत... रेत। पानी की अनुदारता ने दिलों में कैसे धीमे-खुश्क जख्म डाल दिये हैं।

सामने पिया पत्थर तोड़ रहा है, पर सजनी पीया को पुकारे ही जा रही है। लगता है असली पिया पानी है। और मर्द बच्चे ढोर-डंगर पेड़-पखेरू सब का पिया पानी ही तो है। मोर बे हिसाब हैं। उनकी पुकार में भी बला का दर्द है, टिटिरी भी सिसकियां ले लेकर पुकारती हैं।... टिटिहट... टिटिहट।

चिलचिलाती धूप में संपेरे निकलते हैं, सांप की झोली और बीन संभाले सांपों के दर्शन कराते वक्त संपेरा पैर में घुंघरूओं के छल्ले बांधे, पिटारे के चारों तरफ नाचता है, संपेरिन ढोल पर थाप देती है। नाग देवता झूमते हैं। संपेरा न जाने तलवे में क्या लगाता है कि खड़ाऊं बगैर खूंटी के तलवे में चिपक जाती है। या कुछ खड़ाऊं में लगाता है कि तलवे से चिपक जाती है या कुछ ढोल की गमक, बीन का जादू, घुंघरूओं की छम-छम जैसे बादल गरज रहे हैं खड़ाऊं बिजली की कड़क जैसी लगती है। बस लगता कोई दम में देवता पिघलकर रो पड़ेंगे। धरती तृप्त हो जाएगी। मगर ये बारिश कानों से होते हुए शरीर के रोम-रोम को तृप्त कर देती है। कंठ और प्यासे हो जाते हैं।

कठपुतली वाला हर पंद्रह दिन पर पाबंदी से आता है, पुतली देकर साई का रुपया ले जाता है। एक चारपाई एक लालटेन, स्टेज सज जाता है। खेल वही पुराना मगर अब्बा का मारवाड़ी गाना सुनने का शौक है... पंथाड़ी ढूला, मांड, खेल खत्म हो जाता है। मगर गाने चलते ही रहते हैं, जी ही नहीं भरता, अब्बा किसी खेल-तमाशे वाले को नहीं लौटाते। बंदरवाला, बाजीगर, कबूतरियां, तंग पायजामे, छोटी-सी चाली पहने, रबर जैसी बदन वाली "कबूतरियां" यानी नटनियां, कैसे शरीर को मरोड़ती हैं कि लगता है अब टूटा चटाख से। महीने में एक बार तमाशे वाले ज़रूर आते। सुबह मिलकर और शाम को आकर स्टेज सजाते, एक पांच छह गज का मोटा कपड़ा दो बांसों की मदद से मेज की तरह तान दिया जाता, इस कपड़े पर एक दुनिया मौजद है, तख्त पर बैठा राजा। पानी भरती हसीनाएं, बंसी बजाते रास-रचाते कन्हैया जी, सौदा बेचते सौदागर, भालू वाले, बंदरवाले, चूड़ीं चुन्दरी बेचने वाले, फल-फूल, बाग-फब्बारे, तीर कमान ताने लक्ष्मण जी, गरज उठा पूंछ में आग का शोला—हनुमान जी, लाल जीभ से खून टपकता मुंडमाल गले में धारण शंख गढ़ा केवल दोधारी... राक्षक के सिर पर पैर जमाए काली माता, नौका में पतवार संभाले मांझी, अरे एक कोने में लाट साहब भी हैं। मुंह में चुरूट दबाए! क्या नहीं है उस छह गज लंबे, सवा गज चौड़े कैनवस में। बाहर अहाते में आस-पास का जन-समूह जमा हो जाता है। मोढ़ों पर अब्बा के साथ शहर के प्रतिष्ठित लोग कुछ ओहदेदार, सारे पुलिस वाले, छत

पर औरतें। अब्बा तो जल्दी उठ जाते। फिर कुछ और बुजुर्ग भी चल देते। महफिल में किसी को कुछ भी पता नहीं चलता। चुपके से... चोरों की तरह खिसक लेते, और रात भर दोनों जवान पैरों में घुंघरू बांधे, बीन-बजाते नाचते। ढोल हमेशा औरतें ही बजाती और सारी रात घूंघट में से सुरीले तानों की धार फूटती रहती। कहानियां गाई जाती हैं। सवाल-जवाब चलते हैं।

वक्त बहुत तेजी से गुजर रहा था मैंने सोचा, कुछ दिन के लिए जोधपुर हो आऊं। मुन्ने भाई बुला गए थे। दुल्हन भाभी मेरी बहुत ख्याल रखती थी। कुछ कपड़े भी खरीद लूंगी। मुन्ने भाई दिन भर वकालत में सिर खपाते, सेहत जरा ठीक थी। दम्मा की शिकायत भी गायब थी। वह रात को देर तक लिखते। सुबह जब वह कचहरी चले जाते, तब मैं जागती दुल्हन भाभी झटपट कुछ नाश्ता देतीं, औरत रात की लिखी हुई कहानी मुझसे पढ़वा के सुनती, वह इन दिनों "शरीर बीवी" (शरारती पत्नी) लिख रहे थे। इसमें बहुत-सी बातें उन्होंने अपनी जिंदगी से ली हैं, बाकी कहानी की शैली का कमाल! दुल्हन भाभी सुनकर बहुत गुस्सा होती। यह सब झूठ है। और एक दिन मुन्ने भाई से लड़ पड़ी और पाण्डुलिपि जलाने की धमकी दी। उन्हें बहुत हंसी आई। समझाना चाहा कि बेवकूफ यह कहानी है। मगर वह कहां मानती थीं। नतीजतन कि वह पाण्डुलिपि ले जाते जो लिख चुके होते, वह शाहिद भाई को दिल्ली भेज देते। बहुत आग बगूला हुईं। पूरे दिन से थीं। मगर बेहद फुर्तीली थीं।

एक दिन सुबह मुझे मुन्ने भाई ने जगाया...

"उठो"

"अभी से, थोड़ी देर में उठूंगी, मैं करवट लेकर फिर सोने लगी।

"अरे हमारा बेटा नहीं देखोगी!"

"रात भर तुम्हारे कमीने बेटे लाते मारते रहे हैं। यह तज्जू और छब्बा बहुत बदमाश हैं। मैं उन्हें नहीं सुलाऊंगी अपने साथ, दोनों घुस पड़ते हैं।

"अरे, नया वाला बेटा!"

"नया, है! क्या बच्चा पैदा हो गया।

"हां, चलो देख लो।"

"रात के अच्छी-भली सोईं दुल्हन भाभी और सुबह पेट से बच्चा दे दिया।"

"रात को तक्लीफ थी, छोटे खान को भेजकर नर्स को बुलवा लिया और..."

"आवाज़ भी नहीं निकली।"

"भई एक्सपर्ट हो गई हैं हमारी खानम हमें भी नहीं जगाया।"

"तीसरा बेटा, पांचवां बच्चा बेहद प्यारा, गोल-मटोल, दुल्हन भाभी लेटी हंस रही थीं।

राजपूतों के साथ उठना बैठना था, इसलिए हर वक्त राजपूती आन-बान का जिक्र रहता था। मुन्ने भाई ने तज्जू का नाम मोहन सिंह, छब्बा का सोहन सिंह और नवजात का तुरंत ही मक्खन सिंह रख दिया। वह था भी मक्खन-मलाई जैसा नर्म और सफेद। वह कभी उनके असली नाम नहीं लेते थे। और मोहन, मक्खन, सोहन ही पुकारते थे। बहुत प्यार आता तो मोहनिया, सोहनिया और मक्खी या मक्ख कहते थे। आज सिर्फ मक्खू का नाम रह गया। दोनों बड़े अब जसीम और वसीम कहलाते हैं। हम दस बहन-भाईयों में से दो को औलाद ही नहीं हुई। आठ ने उनतीस बच्चे पैदा किये। जिसमें से तेरह पाकिस्तान चले गए। सोलह हिन्दुस्तान में रह गए। अजीम भाई की मृत्यु हो चुकी थी। बंटवारे के बाद एक यहां रह गये और चार पाकिस्तान चले गए। हम चारों बहनें हिन्दुस्तान ही में रहीं, चार भाईयों में से तीन पाकिस्तान में स्वर्गवासी हुए। बस एक भाई हैं मुझसे बड़े। मगर मैं मरने वालों का जिक्र नहीं करती। ऐसा लगता है कहीं हम दसों जिंदा हैं और हम अब भी छह भाई और चार बहनें हैं एक बहन भारत में मरीं, बाजी मेरी प्यारी बाजी अम्मा जिन्होंने मुझे दो बरस की उम्र से संभाला था, उनका रंग साफ था और मेरा सांवला, वर्ना लोग समझते थे कि मैं उनकी ही बेटी हूं।

□□□

ताले

मेरी ज़िया से मुलाकात अजीब कहानियों वाले अंदाज में हुई जबकि इस तरह की कहानियों की सीमा मैं अपनी चेतना में पार कर चुकी थी, जफर कुरैशी जिनसे यूं ही उचटती हुई मुलाकात शाहिद अहमद के यहां हुई थी। जोधपुर जाने के लिए मैं पहले अलीगढ़ फिर वहां से देहली जाती। दो-चार दिन वहां रहकर जोधपुर रवाना हो जाता। उन्हें मालूम था कि मैं लखनऊ पढ़ रही हूं। वह अक्सर किताबें भेजा करते। किसी अच्छे लेख की कटिंग भी भेज दिया करते। उन्होंने मेरा पता न जाने किसी अंग्रेजी पत्रिका में छपवा दिया था।

मेरे पास बहुत-से पत्र आने लगे। एकदम वाहियात तस्वीरें और गंदगी। मैंने उन्हें डांटा कि मेरा पता जल्दी बदलवाइये और कोई झूठा पता लिखवा दें। फिर मैंने ही उस पत्रिका को अपना एकदम पेंचदार गलत-सलत पता भेज दिया और इस तरह उन पत्रों से मेरा पीछा छूटा। और ज़फर कुरैशी की चिट्ठियां आनी बंद हुईं। इस बात को साल से ज्यादा गुजर गया। मैं जावरा से बरेली आ गई थी कि एक दिन मुझे एक बहुत ही खूबसूरत लिफाफे में बेहतरीन टाइप किया एक साफ-सुथरा-सा पत्र मिला। मैंने जवाब नहीं दिया तो शोलाए-तूर की एक प्रति मिली। मैंने शुक्रिया का खत लिखा। ज़िया के खत रोज आने लगे, उनमें शायरों का ज़िक्र होता, खासतौर पर जिगर मुरादाबादी और मजाज़ का कि वह उनके बड़े अच्छे दोस्त हैं और जिगर साहब तो पीर ही हैं। फिर 'अंगारे' हमारे पत्रों का विषय बनता रहा।

मैं भी सप्ताह में दो पत्र लिखने लगी। हमारा पत्र-व्यवहार अंग्रेजी में होता था। कुछ दिन बाद उन्होंने लिखा कि उन्हें बरेली में काम है, दो दिन ठहरेंगे। अगर मैं उन्हें स्टेशन पर मिल जाऊं तो साथ लंच खाएंगे। मगर हम एक दूसरे को पहचानेगें कैसे? ज़िया ने बड़ी सादगी से लिखा कि वह ग्यारह बजे की गाड़ी से पहुंचेगे और फर्स्ट क्लास के डिब्बे से सुरमई सूट में उतरेंगे। उनके हाथ में अख़बार होगा। और अगर मेरे हाथ में गुलाब का फूल होगा और मैं फिरोजी साड़ी पहनूं तो हम एक-दूसरे को पहचान लेंगे।

मैंने उसी साल अपना पहला नाटक 'फसादी' लिखा था जो साक़ी के वार्षिक अंक में तामझाम के साथ छपा था और एक कहानी 'नीरा' भेज चुकी थी। 'साकी' के लिए। तीसरी कहानी 'गेंदा' करीब खत्म होने को थी। न जाने मैंने क्यों लिखना शुरू कर दिया था और समझती थी कि शाहिद साहब चूंकि अजीम भाई के दोस्त हैं लिहाज़ में छाप देते हैं। लेकिन जब उनके तकाजे के ख़त आने शुरू हुए तो मैंने और लिखने की कोशिश की। क्योंकि 'गेंदा' मैंने 'नये अदब' को भेज दिया था जो उन दिनों शायद लखनऊ से निकलता था।

एक तो काम की जिम्मेदारियां फिर पार्टियां-दावतें, सिनेमा, कितने ही चक्कर थे। फिर पढ़ने की आदत कि रात को बिना किताब हाथ में पकड़े नींद ही नहीं आती। आज भी मैं, चाहे रात के कितने बज जायें, चाहे लिखने का काम जारी हो, सोने से पहले दांत मांजकर कोई किताब ज़रूर पढ़ती हूं। चाहे वह मेरे नवासे का कामिक्स ही क्यों न हो। फिर भी मुझे लिखने में ऐसा ही आनंद आने लगा जैसा पढ़ने में आता है। हमारा पूरा परिवार ही बातूनी है। और मेरा नंबर कुछ ज्यादा ही बोलने वालों में आता है। लिखते समय ऐसा लगता है जैसे पढ़ने वाले सामने बैठे हैं। उनसे बातें कर रही हूं और वह सुन रहे हैं। कुछ मेरे विचार के समर्थक हैं, कुछ विरोधी,/कुछ मुस्करा रहे हैं, कुछ गुस्सा हो रहे हैं। कुछ का सचमुच जी जल रहा है। अब भी मैं लिखती हूं तो यही अहसास छाया रहता है कि बातें कर रही हूं। लोग बातों में क़िस्से सुनते हैं। वैसे मैं भी किसी घटना का जिक्र कर रही हूं। जैसे लोग साथ में अपनी राय भी चिपकाते जाते हैं, वैसे मैं भी कहानी के पात्रों और घटनाओं पर राय देती जाती हूं।

यह लीजिए बात कहां से कहां पहुंच गई। मेरे पास कोई नीली साड़ी नहीं थी और सिर्फ पहचान के लिए नई साड़ी खरीदना मूर्खता लगी और गुलाब के फूल स्कूल के बागीचे में बिल्कुल फिसड्डी किस्म के थे। फूल पकड़े, मलिका नूरजहां तक बेवकूफ लगतीं। और गेंदे के फूलों की खुश्बू से सिर में दर्द होने लगता था। आपा की क्यारी में बड़ी सेवा के बाद दो मरघले बीमार—कासनी रंग के अंग्रेजी नस्ल के फूल खिले थे। पहला, तो उन्हें तोड़ना जान पर खेलने से कम न था। आपा सुबह-शाम उनको वज़ू का पाक पानी पिलाती थीं। दूसरे अगर वह तोड़ने के बाद गुलदस्ते में पानी डाल कर न रखे जायें तो दो मिनट में निढाल होकर गर्दन डाल देते थे। मैं इतनी भी नशे में चूर न थी कि गुलदान लेकर हीरो की चाहत में स्टेशन का प्लेटफार्म नापती। मगर फर्स्ट क्लास से जो सुरमई सूट पहने हाथ में अखबार लिए उतरा उसे देखकर मैं नमक का थंबा बन गई। बिल्कुल हू-बहू जुगनू वही एकदम घुंघराले ढेरों बाल, मिची-मिची सी आंखें, चौड़ा-मुंह, गौरा गेहुंआ रंग। पर आखरी बार जुगनू को देखा था तो वह दुबले थे। बस बदन भर गया था, नाप-तौल के।

मैं ऐसे सन्नाटे में उन्हें देख रही थी कि जिया मुस्कराते हुए सीधे मेरी तरफ बढ़े। 'आदाब अर्ज'! 'आदाब अर्ज' नहीं यह जुगनू नहीं ज़िया थे जिनकी मुस्कुराहट में कोई बहाना नहीं छिपा था बल्कि एक विश्वास था। हम दोनों एकदम से घुल मिलकर बातें करते वेटिंग रूम की तरफ बढ़ गये। मैंने नीली साड़ी और गुलाब के फूल का जिक्र किया तो ज़िया ने इतनी जोर से क़हक़हे लगाए कि प्लेटफार्म पर लोग चौंक पड़े। इतने ऊंचे क़हक़हे सिर्फ अब्बा मियां की महफिल में उनके दोस्त-यार लगाते थे या बहुत-साल हुए ऐसा क़हक़हा मैंने अपने बावर्चीखाने में तरकारी भूनते हुए सुना था, यह क़हक़हा 5-नंबर एंडर्सकोर्ट से आ रहा था, जिसके बावर्चीखाने की खिड़की मेरे सामने थी। इस क़हक़हे ने कितनी पुरानी यादें जगा दीं। बंबई के लोग दिलखोलकर धमाके से नहीं हंसते कि पड़ोसी चौंक पड़ें। मुझे बहुत उत्सुकता हुई तो 5-नंबर जिसमें राजवैदी रहते हैं, मैंने हौले से पूछा, और कुहक़हा मेरे सामने खड़ा था... गोरा-चिट्टा, घने काले-बाल, भरा-पूरा बदन।

"यह मोहन राकेश हैं, सारिका के एडिटर।"

"खूब! अपने आने की ख़बर आप पास-पड़ोस वालों को इस अंदाज में देते हैं!" और मोहन राकेश ने फिर वही धमाकेदार क़हक़हा लगाया। ऐसा लगा मैं उन्हें बरसों से जानती हूं।

उफ! मैं ज़िया का चर्चा पर यूं कन्नी क्यों काटने लगती हूं। लंच हमने स्टेशन के रेस्तरां में खाया। फिर तांगा में बैठ कर इधर-उधर घूमते रहे। लाइब्रेरी में जा बैठे। ज़िया को हज़ारों शेर जुबानी याद थे। मीर, ज़ौक, गालिब, सौदा, इक़बाल जोश, जिगर, अख्तर शिरानी, मजाज़। मुझे एकदम मामूली से मामूली बातें शब्दशः याद रहती हैं, जैसे डायलॉग बार-बार कान में गूंजा करते। शेर बहुत मुश्किल से याद रहते हैं। उनके अर्थ याद रह जाते हैं। मैं उन्हें अर्थ याद दिलाती।

बाज़ीचए अतफाल है दुनिया मेरे आगे
होता है शबोरोज तमाशा मेरे आगे

ज़िया फौरन शेर ही नहीं पूरी ग़ज़ल सुना देते। और वह मरियम का बेटा, क्या है वह... मैं एकदम गैरयायराना अंदाज से पूछती।

इब्ने मरियम हुआ करे कोई
मेरे दुख की दवा करे कोई

और वह जन्नत से निकाले जाने पर... मैं बिल्कुल फूहड़पन से पूछती।

"निकलना खुल्द से आदम का सुनते आए हैं लेकिन
बड़े बे-आबरू होकर..."

"तेरे कूचे से हम निकले" मैंने अपनी याद्दाश्त को शाबासी दी। स्कूल कॉलेज

में बैतबाज़ी में कोई पार्टी मुझे लेने पर हंसी-खुशी राजी नहीं होती थी क्योंकि मुझपर आकर हमेशा पार्टी की हार होती थी।

"आपने कभी प्यार किया है?" वही तुरूप का इक्का! जी चाहा वही जवाब दूं, हज़ारों बार, मैं बहुत जिद्दी हूं। इस सवाल का धमाके से असर होता है। कुछ घंटों के साथ में ही ऐसा लग रहा था, बरसों से ज़िया को जानती हूं और इसे जन्मभर जानती रहूंगी। अगले जन्म का क्या भरोसा? खानदान वालों और दोस्तों का यह अंदाज है कि इस जन्म के तौर-तरीके देखते हुए बंदर या बिल्ली के रूप में जन्म लेगा। मुझे एतराज़ नहीं, इन दोनों जानवरों से हमेशा लगाव रहा है। और दुनिया—समाज का मुकाबला करने के लिए उनके कुछ गुण काम आ जाते हैं। बंदर की चालाकी और बिल्ली की प्रतिरक्षा। मैंने यूं ही दाऊद भाई का जिक्र किया।

"पचा लो" उन्होंने तिरस्कार से ठुकरा दिया।

"बिल्कुल यही राय सय्यद साहब की है।"

"कौन सय्यद साहब, वह एजूकेशन डिपार्टमेंट में डिप्टी इंस्पेक्टर!"

"आप जानते हैं?" "हां, बहुत अच्छा गाते हैं।"

"तो बस रात का खाना उनके साथ।"

"नहीं आज का एक क्षण भी बर्बाद नहीं किया जाएगा। हां, तो बस और कोई भरपूर मुहब्बत, कोई दिल का दाग़, कुछ ठंडी आहें। वह आपके कज़िन, जिनका आपने कई खतों में जिक्र किया, वह बंबई में डाक्टर हैं।

"ओह जुगनू"

"हां, हां उनसे तो बचपन से लैला-मजनूं वाला मामला रहा होगा।

"खाक!"

"अंधेरे-उजाले, पकड़-धकड़, दो-चार मीठे-प्यार।"

"कभी नहीं"

"आपके चेहरे का रंग कह रहा है कि झूठ बोल रही हैं।"

"नहीं, इस वक्त झूठ का मूड नहीं बल्कि मुझे तो शिकायत है"

"बड़ा बदमज़ाक आदमी है, आपको उससे महब्बत है?"

"यह भी पता नहीं, मैं आजकल साइकॉलॉजी बहुत पढ़ रही हूं और अपनी एनॉलिसिस कर रही हूं।"

"कुछ पता चला?"

"यही कि बहुत बचपन से दिमाग में यह बैठ गया कि जिस्मानी प्यार गंदा है।"

"ओफ़्फोह! मगर अब तो बचपन गया और...!"

"फिर एक और भूत सवार हो गया कि सब कहते हैं, पढ़-लिख कर लड़कियां

आवारा हो जाती हैं। मैं यह साबित करने की धुन मैं लगी हूं कि यह गलत है।"

"और दिमागी चौकीदार बिठा दिए हैं।"

"और उनको बड़ी तनख्वाह देती हूं।"

"आपको भी किसी ने प्यार नहीं किया?"

"एक बार एक छोटे-से बदज़ात कज़िन ने किया था।"

"क्या महसूस हुआ?"

"सन्नाटे में रह गई। हाथ पांव फूल गए। उफ! मुझे उससे डर लगने लगा था।"

"पकड़ लिया, हाथ मिलाओ।"

"क्या पकड़ लिया?"

"यह ड्रामा 'फसादी'" झूठ बोलने से कोई फायदा नहीं, मुकरो नहीं।

"क्या अब भी जिस्मानी प्यार को गंदा समझती हो।

"नहीं" बल्कि उसे एक दिमागी बीमारी समझती हूं जो माहौल की पैदावार है। मैंने बहुत औरतों से जानने के लिए सवाल किया। आज तक मुझे कोई ऐसी औरत नहीं मिली जिसने स्वीकार किया हो कि शारीरिक मिलाप में उसे कोई आनंद मिला हो। सब यही कहती हैं कि उनके पति जान को लगे रहते हैं।"

"बदनसीब पति!" एकदम ज़िया का चेहरा उतर गया।

"फिर अगर पति दूसरी औरतों की तरफ आकर्षित होते हैं तो उनका क्या दोष? ऐसी बीवियों से तो रंडियां अच्छी!

"मगर मुझे एक रंडी ने बताया कि उसे इस व्यापार से घिन आती है। ग्राहक को लुभाने के लिए वह ऐक्टिंग करती हैं।"

ज़िया साहब उठकर टहलने लगे। "खुदा के लिए यहां से चलो वर्ना मैं पागल हो जाऊंगा।" हम बाहर निकले तो एकदम मूड बदल गया। फूट-पाथ पर एक मदारी खड़ा दोनों हाथों में दो गुड़िया पकड़े तमाशा दिखा रहा था।

"अख़्तू ने पकाई बड़ियां/वख़्तू ने पकाई दाल
"अख़्तू की बड़िया जल गई/वख़्तू का बुरा हाल
जनगे लाल लड़ेंगे, जनगे लाल...,

वह दोनों गुड़ियों को आपस में लड़ाने लगा। चारों तरफ खड़े बच्चे किलकारियां मारने लगे। हमें भी आप ही आप हंसी आ गई। यह बार-बार दुहराता और गुड़ियों की इतनी दिलचस्प कुस्ती दिखायी कि देखने वाले लोट-पोट हो जाते।

ज़िया ने जेब से पांच का नोट निकाला और बाजीगर को देकर जल्दी से मुझे घसीट कर पास खड़े तांगे में बैठ गए। बाज़ीगर हक्का-बक्का कभी नोट को कभी ज़िया को देखता रह गया। हम एक सिनेमाघर में घुस गए। अंग्रेजी की कोई फिल्म

थी। याद नहीं कौन-सी थी। ज़िया का हाथ बार-बार कुर्सी के हत्थे पर रखे मेरे हाथ से छू जाता। और पर्दे पर धुंध छा जाती। ज़िया के हाथ बहुत खूबसूरत थे मुलायम लंबी-लंबी उंगलियां, सुडौल बादामी नाखून। मैंने इतने खूबसूरत हाथ सिर्फ एक इंसान के देखे थे। जुगनू के।

"तुम डॉक्टर क्यों नहीं बने" मैंने ज़िया से पूछा।

"बस बनते-बनते रह गया। शायरी के चक्कर में साइंस छोड़कर आटर्स ले लिया।"

"डॉक्टर की उंगलियां लंबी होनी चाहिए। आपरेशन में आसानी होती है।"

"क्या जुगनू की उंगलियां लंबी हैं?"

"तुम्हें कैसे मालूम?" हम न जाने एक ही दिन मैं आप से 'तुम' पर उतर आए थे।

"तुमने।"

"अरे मैंने तो जुगनू का जिक्र भी नहीं किया।"

"फिर मेरे हाथ देखकर तुम्हें डॉक्टर क्यों याद आए? तुम्हारे ऊपर जुगनू सवार है।"

"ओह, बिल्कुल नहीं, हम साथ पले बढ़े। बचपन में मैं उसे अपना सातवां भाई समझती थी। बहुत दिन बाद मालूम हुआ कि वह बड़े मामू का लड़का है।"

"यह भाई बनाने वाली आदत एकदम बकवास है। जो औरतें मर्दों को बहुत भाई-भाई कहती हैं, एकदम आवारा होती हैं।"

"मैंने तुम्हें तो भाई नहीं कहा।"

"जरा भाई कहके तो देखो!" ज़िया ने मेरे गले पर पंजा जमाकर धीरे से दबाया, फिर हाथ सरक कर गाल पर आ गया।

"शी अ्..." किसी ने हमारी खुसर-फुसर से चिढ़कर कहा और हम आज्ञाकारी बच्चों की तरह फिल्म देखेने लगे जिसका आगा-पीछा सब गड्डमड्ड हो गया था। फिल्म के बाद एक होटल में खाना खाने लगे। बरैली का बेहतरीन होटल, न जाने क्या नाम था।

खाने के बीच राजनैतिक बहस छिड़ गई। ज़िया पक्के पाकिस्तानी। मैं खरी कांग्रेसी। कुछ हल्का गुलाबी रंग भी रशीदा आपा की संगत में झपकने लगा था। मुझे यकीन था कि जब देश आज़ाद हो जाएगा तब कांग्रेस कम्यूनिज़्म ही लागू करेंगी क्योंकि गांधी जी तो आम आदमी के मसीहा हैं। वह हरिजनों को जीने का हक दिलाएंगे। सुना है उन्होंने भंगियों की बस्ती में सबके साथ खाना खाया। उनके साथ बड़े-बड़े लीडर थे। यह अंग्रेज चले जाएं तो भारत स्वर्ग का नमूना बन जाएगा। मिस्टर

जिन्ना देश का बंटवारा करना चाहते हैं। मुस्लिम लीग का जोर बढ़ता जा रहा है। बड़े-बड़े ताल्लुकदार और नवाब उनके साथ हैं। लखनऊ में जब से गांधी जी के दर्शन किये थे। विदेशी देशों ने शोषण छोड़ दिया था। मेरी खददर की साड़ियां बिल्कुल रेशम की लगती थीं, मगर जाड़ों में ही पहनी जा सकती थीं। देश के बंटवारे का विचार बहुत हास्यास्पद लगता था। किसी तरह भी विश्वास ही नहीं होता था कि ऐसा हो सकता है।

ज़िया मुझे अजीब नज़रों से देखकर मुस्करा रहे थे। "क्या बात है?" मैंने पूछा।

"यह गलत एहसास नहीं कि मैं तुम्हें बहुत दिन से जानता हूं।"

"कैसे जानते हो?"

"मजाज़ ने जिक्र किया था। तुम उनसे मिलने गई थी और काफी प्रभावित हुई थी।"

"ओह, हां तीन साल हुए जब मैं अलीगढ़ में थी तो सफिया के साथ मिली थी।"

"बहुत पसंद हैं मजाज़।"

"बहुत!"

"शादी का इरादा है?"

"क्या जिसे पसंद किया ज़ाय, उससे शादी भी की जाय? मुझे तो जिगर साहब भी बहुत पंसद हैं, नियाज़फतहपुरी से आत्मयिता-श्रद्धा है, पितरस मेरी जान हैं।"

"और जुगनू?"

"जुगनू भी"

"जान हैं?"

"यह तो उनकी शान में गुस्ताखी होगी। नहीं जुगनू के लिए दिल में अलग ही खाना है।"

"दिल है कि कबूतरों की काबक?"

"हर दिल कबूतरों का काबक होता है। अलग-अलग खानों में मां-बाप, भाई-बहन, यार-दोस्त, उस्ताद-साहित्यकार और शायर... मेरे दिल में एक खाना 'अद्दा' यानी हमारे बावर्ची के लिए भी है। जब छोटी थी तो बावर्ची खाने में उनके पास घुसकर बैठ जाती थी। वह हांडी भूनते उसमें से गुदा निकालकर मुझे खिलाते थे। छोटी-छोटी टिकिया घी और नमक डालकर मेरे लिए पकाते थे और दूसरे बच्चों से छिपाकर मुझे खिलाते थे। सब भाई-बहनों रिश्तेदारों के लिए अलग है। कोई नीचे कोई ऊपर एक खाना मेरी पहली सहेली मुनिया कोचवान की बेटी के लिए था।"

"था से क्या मतलब?"

"उसका ब्याह हो गया तो बहुत दूर हो गई। फिर मुझे कुछ कमतर समझती थी।

बड़ी बहनों से खुसर-फुसर करती थी। कहती थी तुम कंवारी हो तुमसे क्या बात करें। बड़ी अकड़ती थी। ज़िया मुस्कुराने लगे।

"जरा सोचो! उन सबसे शादी कर सकती हूं। और खुदा जाने अभी कितने नये खाने पैदा होंगे। कौन-कौन आन बसेगा।"

"इसका मतलब अभी गुंजाइश है?"

"बिल्कुल!"

"बाकायदा अर्जी देनी पड़ेगी?"

"नहीं, और हो सकता है कि अर्जी नामंजूर हो जाय। कोई रिश्वत-सिफारिश की गुंजाइश नहीं।"

"खैर गुंजाइश तो है, इसलिए नाउम्मीद नहीं होना चाहिए। ऊपर के खाने में या नीचे।

"बीच में भी। हां तो मजाज़ ने जिक्र किया था मेरा?"

"इसके अलावा तुम्हारे भाई अज़मीबेग चुग़ताई के जरिये भी।"

"अरे आप उनसे मिल चुके हैं, कहां? देहली में?"

"मुलाकात नहीं हुई। दरअसल ऐसा हुआ कि एक बार यानी कुछ महीने हुए मेरे अब्बा हुजुर ने शादी के लिए विज्ञापन दिया था तो चुग़ताई साहब का भी ख़त आया था। तुम उस वक्त उनके पास ही थी।"

"ओह तो वह जनाब थे। हां मुझसे भी उन्होंने कुछ डिप्टी कलेक्टर का जिक्र किया था। नाम नहीं बताया था।"

"विज्ञापन में नाम थोड़े ही था। बड़े-बड़े ताल्लुकदारों की चिठ्ठियां आई थीं।"

"दुल्हाओं की इतनी किल्लत है हिन्दुस्तान में और फिर डिप्टी कलेक्टर तो राजा होता है, अगर रिश्वत ले तो क्या कहने हैं रिश्वत लेते हो?"

"अभी तक तो मौका नहीं मिला।"

"रिश्वत मत लेना।"

"अगर किसी नवाबजादी से पाला पड़ गया तो ठाट-वाट कैसे भुगते जाएंगे।"

"बस, बो घर दामाद बन जाना।"

"उसके बेटे..."

"अरे किसी अच्छे से थानेदार से पार लगवा देना। किसी डाकू को छोड़ देना, सफाया कर देंगे।"

"तुम्हारे अब्बा डिप्टी कलेक्टर थे?"

"शमीम के कथनानुसार, मेरे अब्बा इस मामले में एकदम निकम्मे थे।"

"यह शमीम साहब?"

"क़तई 'साहब' नहीं मुझसे डेढ़े साल बड़े, बहुत मज़ेदार आदमी हैं। मेरे पांचवें नंबर के भाई। चार बार मैट्रिक का इम्तेहान दिया। शिक्षा विभाग की बदक़िस्मती और बेइमानी से सफल न हो सके। अक्सर किसी लखपति की इकलौती बेटी को अग़वा करने के प्लान बनाते रहते हैं। फिलहाल नाकामी से ही वास्ता पड़ रहा है। हां तो मुन्ने भाई ने खत लिखा था?" "कि वह खुद जज हैं जावरा स्टैट में, बड़े भाई रेवेन्यू सेकेट्री हैं और नवाब साहब से कुछ दूर का रिश्ता है। उनकी कृपा भी साथ रहेंगी।"

"नवाब साहब की कृपाओं से जान बचाकर मैं जावरा से फरार हुई। पिछले कुछ महीनों में बस तख्ता पलट गया। नन्हें भाई को चौबीस घंटे के अंदर रियासत छोड़ देने का हुक्म मिला। और विश्वस्त सूत्रों से पता चला कि मुन्ने भाई को डाक्टर गलत-सलत दवाएं देने लगा था, वह मरीज टी. बी. अस्पताल भागे। और स्वास्थ्य लाभ करके अब जोधपुर आ गये हैं, बिल्कुल बिस्तर से लग गए हैं।"

"स्थिति कुछ ज्यादा ही कष्टप्रद होने लगी। नवाब साहब ने मुझे और मेरी ग्यारह बरस की भतीजी को बहू बनाने का फैसला सुनाया था।"

"ओहो, तो यह ठाठ हैं आपके! मगर... नवाब साहब की बहू।"

"जी, मैं और नुजहत यानी डेढ़ अदद बहुएं, वहां से उसी रात सरपट भागीं। और बरेली में स्वर्गवास हो गईं। लोग मरने को स्वर्गवास क्यों कहते हैं, हालांकि जिंदगी में बार-बार आदमी स्वर्गवास होने के सुनहरे मौके हांसिल कर सकता है।"

"हिन्दी के शब्द बहुत जुबान पर चढ़ गये हैं।"

"आजकल मेरे एक मेहरबान ओंकार नाथ शर्मा मुझे हिन्दू मिथक पढ़ा रहें हैं।"

"बड़े मियां नौजवान हैं। काफी हैंडसम, मुझे तो डर है कि मुझे हिन्दू बनाने के बजाय वही न इस्लाम कुबूल कर लें। पता है वह मेरे हाथ का छुआ बड़े मज़े से खा लेते हैं। बेहद प्रगतिशील हैं। गोश्त नहीं खाते, मगर दस्तरख्वान पर रखा हो तो छूत नहीं करते। बस एक निवाला गले से नीचे उतार लें तो कल्याण हो जाय।"

"कुछ चक्कर मालूम होता है।"

"किसी भी मर्द से दो बातें कर लो, वह चक्कर चलाने पर उतारू हो जाता है, न जाने क्यों मर्द-औरत का सिर्फ एक ही इस्तेमाल जानते हैं।"

"यानि शारीरिक मिलाप।"

"हां घूमफिर कर खूंटे पर लौट आते हैं।"

"फ्रायड को पढ़ा है?"

"मगर एकदम से ईमान न ला सकी। कुछ फ्राड भी है फ्रायड में। एक टेढ़ापन है मेरे दिमाग में कितना भी बड़ा बौद्धिक हो, मैं आंख मूंदकर ईमान लाने की कायल नहीं। न जाने क्या खराब आदत है कि सबसे पहले उसमें लूप-होल तलाश करती हूं।

पहचान होने से पहले विरोध की अच्छी तरह देख-रेख कर लेनी चाहिए मैं किसी भी विचार पर धड़ से ईमान लाने के पक्ष में नहीं। पहला शब्द शायद मेरा जुबान से क्यों निकला होगा। हालांकि इस क्यों ने मुझे बड़ी मार खिलाई है।

"क्या निकाह के दो बोल इतने महत्वपूर्ण हैं?"

"क़तई नहीं, खुद मेरे अब्बा ने जो अम्मा के दीवाने थे, न जाने किस प्यास की वजह से एक औरत से शादी कर ली थी। शायद इसलिए कि वह अम्मा से एकदम उल्टी होंगी। सदियों से मर्द नये-नये स्वाद लेने का आदी बन चुका है। वह तो मेरी भोली-भाली अनपढ़ मां लोहे की लाट साबित हुईं। सारे खानदान को रिश्वत देकर भड़का लिया। सबने मिलकर मेरे सूरमा अब्बा को चित्त कर दिया और उन्होंने महीने भर के अंदर तलाक दे दी। मगर आवारा दस नंबरी चचा मियां एक धोबन भगा लाये थे। खानदान में उसे कोई इज्जत न मिल सकी। हमेशा जमीन या पीड़ (पीढ़ा) पर ही जरा दूरी पर बैठती थी। चचा मियां के अलावा सबकी चाकरी किया करती थी। उसके बेटे के नाम उन्होंने अपना पुश्तैनी मकान कर दिया था और उसको लाने के बाद कभी किसी दूसरी औरत के पास नहीं गए।

एक बार मजेदार खाना पकाने पर खुश होकर बोले– "बुधिया मांग क्या मांगती है आज रहमत (कृपा) का दरिया जोश में है। बुधिया ने बहुत सकुचाते हुए कहा... मज्जा जी निकाह कर लो। यह हराम नहीं झेला जाता। इस चचा मियां ने जूता उतार कर फिर रूई की तरह धुन दिया।

"हरामजादी हम चुग़ताई, तुझ धोबन से निकाह करके खानदान को बदनाम करेंगे।" मेरे दिल में उनकी तंग नजरी को छोड़कर इस तरह की इज्जत है जैसी उन्होंने बुधिया की है। जबकि निकाह करके भी बेवफाई करना मर्दों का हक समझा जाता है बल्कि मर्दानगी।"

"तुम्हें ऐसी इज्जत देने वाला मिले तो।"

"तो जिंदगी छलक उठेगी।"

"ज़िया मुझे अजीब नज़रों से देख रहे थे यानी मैं उन्हें जोशोखरोश के साथ दावत दे रही थी, खुदा समझे मेरी जुबान में वाक़ई कोई लगाम नहीं।

"दीवाली की तीन दिन की छुट्टी है।"

"हां सोच रही हूं, दो दिन की और छुट्टी ले लूं फिर इतवार पड़ता है। छह दिन के लिए अलीगढ़ का चक्कर लगा आऊं। बहुत जी चाह रहा है। "लखनऊ चलो न?"

"लखनऊ?" कॉलेज छोड़ने के बाद लखनऊ जाना ही न हो सका था।"

"हां, बस दो दिन के लिए।"

"ख्याल बुरा नहीं, आई.टी. कॉलेज की अक्सर याद सताती है।"

"तो फिर तय है?"

"एकदम!"

"इसी तरह बारह बजे की गाड़ी से आऊंगा।"

"मैं स्टेशन पहुंच जाऊंगी। सामान रखकर कहीं घूमने चल देंगे।"

"और शाम की गाड़ी से लखनऊ। वापसी मैं मुझे भी एक दिन के लिए बरेली आना है। रात को होटल में खाना खाया। बातों में दस बज गए।

"बहुत देर हो गई। आपा परेशान होंगी।" मैं उठ खड़ी हुई।

"अरे अभी तो शाम शुरू हुई है।"

"तुम नहीं जानते आपा का हाल सवार हो जाते हैं। सईद साहब और मैनेजर साहब के पास आदमी दौड़ाएंगी बरेली शहर में मेरे नाम की हांक पड़ जाएगी। वैसे ही तुम्हारे साथ घूमने फिरने पर सरगोशियां हो रही हैं।

"लोगों की बकवास की परवाह करती हो।"

"मैं शहर के इकलौते गर्ल्स स्कूल की हेडमिस्ट्रेस हूं। मेरे चाल-चलन रख-रखाव पर कितनी नज़रें जमी हुई हैं। मैं आधी पागल हो सकती हूं। मगर गैर-जिम्मेदारी से मुझे घिन आती है। मैं जानती हूं मुस्लिम स्कूल किन स्थितियों का मुकाबला करते हैं और पढ़ी-लिखी मुस्लिम लड़कियों पर लोगों की नज़रें किस उम्मीद में रहती हैं कि यह टेढ़ा कदम उठाए तो पैरों तले से फर्श खींच लो।

"लोगों की यह कमजोरी न बदल सकती हूं। न उम्मीद करती हूं, अच्छा-खासा वक्त चाहिए।"

"रशीद जहां को तो गुरू मानती हो।"

"हां, मगर गुरू की हर बात का अनुकरण आंखें बंद करके नहीं करती। मैं अपनी अक्ल के अनुसार खुद फैसला करती हूं। और उसे गुरू से विद्रोह का नाम नहीं देती। मैं एकदक अनपढ़, दक़ियानूसी इंसान का भी वैसा कड़ा विरोध नहीं करती। आदमी अपने माहौल की तस्वीर होता है उसी माहौल की जंजीरों में कैद होता है। उसे धक्के देकर या घसीट कर नहीं निकाला जा सकता।"

"रूस के साम्यवाद की भी समर्थक हो। धर्म की भी दिखावे की पाबंदी और मुंह पर ताले डालने की भी कायल हो। तुम्हारी बातों में बड़ा विरोधाभास है।

"विरोधाभास तो जीवन का सबूत है। मैं पत्थर का ताजमहल तो नहीं कि बस संतुलन ही संतुलन हो। मेरे दिमाग में अनगिनत सवाल आपस में जूत्तम पैजार करते रहते हैं, उन्हें सुलझाना-उलझाना फिर सुलझाना यही तो जिंदगी है। मुझे खाने कपड़े की फिक्र नहीं, आपा इतनी सलीकामंद हैं कि वह संभाल लेती हैं। बचपन में फूहड़पन पर मारा करती थीं। अब बड़बड़ाती हैं। कभी उनसे नफरत थी और दुआ मांगा करती

थी कि अल्लाह करे मर जाएं। अब सोचती हूं बरेली में आपा न होती तो कैसे गुजर होती। दिन व दिन आपा की कद्र बढ़ती जा रही है। एक दिन बोलीं– "तुम्हारी हरकतों पर खून खौलता है। मगर टाल जाती हूं कि बड़ी उस्तानी हो लड़कियों के सामने बेइ़ज़्जती से रोब न रहेगा वर्ना अब भी तुम जूतियां खाने के काम नहीं छोड़ती।

मैं चौकी पर बेहिसाब कूड़ा फैला रखा था। कहानी लिखते-लिखते उठ गई। पन्ने न उड़े इसलिए उनपर चाय की प्याली, चम्मच और गिलास जमा दिए। साथ में कल की जल्दी में उतारी साड़ी भी पड़ी थी। कंघा भी आइने की मेज पर रखना भूल गई। दो सोडे की बोतलें भी लुढ़क रही थीं। मैंने कह दिया था कि कमरे को कोई हाथ न लगाए। स्कूल से लौटी तो देखा, चौकी एकदम साफ-सुथरी। पेपर वेट की तरह इस्तेमाल किये हुए बर्तन गायब हैं। काग़ज़ एकदम सजे-सजाये गावतकिये के नीचे। दम निकल गया। मैं लिखते वक्त पृष्ठ संख्या नहीं डालती। ऐसे रखती जाती हूं कि बाद में नंबर एक साथ डालूं तो गड़बड़ न हो। आपा ने सब औधां सीधा कर दिये। अरे मैं चली, तुम मुझे बातों में लगाकर..." मैं जल्दी से बटुआ उठाकर खड़ी हो गई।

ज़िया मुझे पहुंचाने आए। हम बाहर की कुर्सियों पर बैठ गये। आपा खंखारी तो पता चल गया कि मेरे आने की खबर हो गई, अब इत्मीनान से सो जाएंगी। हम रात के दो बजे तक बातें करते रहे। कमरे में बत्ती जली आपा शायद बच्चों को देख रही थीं, ज़िया जल्दी से खड़े हो गये।

"मालूम होता क़िला में जगार हो गई, दो बज रहे हैं, अब चलना चाहिए कल सुबह..."

"तुम मत आना जानते हो आस-पास की खिड़कियों के पर्दे हिलने लगते हैं। दूसरा दिन भी न जाने कब आया और गुज़र गया। आस-पास अनगिनत ख्वाब छोड़ गया। ट्रेन में ज़िया को सवार करके मैं भी पास बैठ गई। एकदम दोनों को चुप लग गई। बड़ी घुटन हो रही थी। यह दो दिन एक चिंगारी-से लपके और बुझ गए। जुबानों पर भारी-भारी ताले झूलने लगे।

गार्ड ने झंडी हिलाई, हम चौंक कर खड़े हो गये और दो जिस्म एक धमाके से एक हो गये। मेरे अनाड़ी-अनभ्यस्त होंठ आसमान की बुलंदियों को छूने लगे। एक झटके से ज़िया ने मुझे ट्रेन से उतार दिया। मगर हमारे हाथ जुड़े रहे। रेल जैसे एकदम भन्नाकर भाग खड़ी हुई। ज़िया की लंबी उंगलियों वाला हाथ दूर तक हवा में मुझे पुकारता रहा। थोड़ी देर के लिए मैंने आंखें बंद कर लीं। प्लेटफार्म जैसे रेल के पीछे भाग रहा हो। घनगरज से सैकड़ों भारी भरकम फौलादी ताले धड़ाधड़ टूट कर बिखर रहे थे और अनगिनत दरवाज़े खुलते चले जा रहे थे।

"हलो भाई साहब!" जैसे कुहरे में से सईद साहब की आकृति प्रकट हुई।

"खैरियत?"

मगर सारे ताले खुलने के बाद उस दिन पहली बार मेरे होठों पर भारी सा ताला लग गया। तड़ाक से अपनी आदत के मुताबिक जवाब देने के बजाय उन्होंने मेरा बाजू पकड़ा तो मैं गुस्से में भरकर उनके साथ चलने लगी।

"क्यों भाई साहब क्या इस दीन-हीन छोटे भाई को चौकीदारी की भी आज्ञा नहीं? ऐ लड़की यह दो दिन कहां गुलछर्रें उड़ाती रही, जब देखो ग़ायब आखिर किस्सा क्या है।

"आप मेरे चौकीदार कब से बना दिए गये?"

"अरे आधा बरेली तुम्हारी चौकीदारी कर बैठा है। आजकल सिवा इस क़िस्से के महफिल में चर्चा ही किसी बात ही होती है। मुस्लिम लीग के बाद तुम्हारा और तुम्हारे गुलफ़ाम का ही जिक्र होता है। कल मिस फिलिप्स के यहां..."

"यानी बात मिस फिलिप्स तक पहुंची।"

"वह इंस्पेक्टर है गर्ल्स कॉलेज की, अगर किसी स्कूल में किसी को छींक भी आती है तो उन्हें खबर मिल जाती है।

और यह तो अच्छा-खासा मैननजाइटिस का केस लगता है। क्यों यार कितने पानी में हो।"

मुझे एकदम हंसी आ गई। सईद साहब में बहुत ही खुशगवार बदलाव आया था। आपा जो उनके आने से कलसे-सी फूल जातीं, अब वह आते तो बड़ी खातिरें होतीं, उनके घर भी आने-जाने लगीं थीं।

"बाकी सब खैरियत है, आप की खैरियत खुदाबंद करीम से नेक चाहनी हूं।" मैंने खुशी से कहा। मगर ताले मेरे होंठों से सरक कर दिल की गहराईयों मे और दिमाग़ की कोमल खिड़कियों पर चढ़ गये थे। मेरे होंठ तिलिस्मे होशरूवा को झटक कर जमीन पर उतर आए।

"चलिए छोटी-बी के हाथ के पीज़-पकौड़े खाने को बहुत जी चाह रहा है।"

"चलिए श्रीमान भाई साहब पीज़ की पकोड़ियां दिल-दिमाग़ के लिए बेहद मुफीद हैं जैसे ख़मीरा गाउजुबान।" (यूनानी श्क्तिवर्द्धक टॉनिक)

□□□

गर्ल्स स्कूल का ख्वाब-गुनाहे बेलज़्जत

पहली घंटी मैं दफ्तर के काम में लगाती, दूसरी आठवीं क्लास को अंग्रेजी पढ़ाने में, तीसरी गणित का लेने के बाद, रजिया बेगम को कुरान और इस्लामी तालीम के लिए सुपुर्द करके, फिर आफिस में क्लर्क के ज़रूरी खतों के जवाब देने में गुजर जाते हैं।

दफ्तर में घुसी तो मैनेजर साहब को देखकर दिल धक् से रह गया। फिर एक दम गुस्सा चढ़ने लगा। मेरी निजी जिंदगी में दखल देने का उन्हें कोई अधिकार नहीं, मैं एकदम झगड़ने के मूड में आ गई।

"आदाब अर्ज! मैंने एकदम खुशमिज़ाजी से कहा।

जवाब नदारद।

मैंने किताबें मेज पर पटक दीं। मैनेजर साहब ने चौंक कर मेरी तरफ देखा उनके चेहरे पर हमेशा की तरह बारह बज रहे थे–भयाक्रांत आंखें, कड़ुवा मुंह जैसे जबान पर कुनैन की गोली रख ली हो।

"मैनेजर साहब समझौता जब चाहिए तोड़ सकते हैं। मैं बिल्कुल विरोध नहीं करूंगी।"

"जी" उन्होंने जैसे कुंए की तह से उभरते हुए कहा।

"मैंने तो आपसे कह दिया था मैं अनुभवहीन हूं, स्कूल...!"

"ओफ्फो! ... मगर... मगर मुझे आपसे यह उम्मीद नहीं थी! मैं समझता था आप दूसरे..."

"क्या?... यानी दूसरे से आपका मतलब..."।

"देखिए, मैं बहुत परेशान हूं, मैं यह कहने आया था कि अगर आपको तकलीफ न हो तो जाहिदा और आबिदा को आप अपने साथ रख लीजिए।" "मगर, यानी बात क्या है मैनेजर साहब" मैं सन्न रह गई। अपने चाल-चलन पर मैनेजर साहब का लेक्चर सुनने से पहले ही संघर्ष की घोषणा करने का इरादा कर चुकी थी। "सारा बरेली जलता है, तो आपसे भी मेरी बेगम साहब ने दुखड़ा रोया होगा।"

"वह बात यह है कि मैनेजर साहब मुझे घरेलू-झगड़ों की ऐसी आदत पड़ चुकी

है कि एक आध बार के बाद अगर वही रें रें सुनाई जाए तो मैं एकदम अपना स्विच ऑफ कर देती हूं। ऊपर से ऐसा मालूम होता है बड़े गौर से सुन रही हूं। खूब चःचः तौबा, तौबा कहती हूं। लेकिन होता कुछ भी नहीं। बेगम साहब उड़ाती रहती हैं कबूतर। मैं न जाने क्या सोचती रहती हूं मगर लड़कियों को अपने यहां रखने की बात समझ में नहीं आई।"

"मैं अपनी बेटियों को ऊंची तालीम देना चाहता हूं।"

"आपकी दोनों बेटियां बहुत प्रतिभाशाली हैं और पढ़ने की शौकीन हैं कौन रोकता है पढ़ाने से?"

मगर मेरी बीवी जानती हैं कि उनकी पढ़ाई में रोड़ा अटका तो मुझे कुढ़न होगी"।

"ओह समझी, यानी वह ब्लैक-मेल कर रही हैं?"

"अजी एक सिरे से वह पढ़ाने के ही खिलाफ हैं।"

"आपका जी जलाने को कहती होंगी। मैंने उन्हें रजिया बेगम के बारे में बहुत समझाया। मेरे ख्याल में वह रजिया बेगम को सिर्फ आपको जलाने के लिए बीच में लाती है, असल वजह कुछ और है।

"वजह पैसा है, यानी पैसा नहीं, बस यह शिकायत है कि स्कूल के पीछे मैंने अपनी रोज़ी का खून कर दिया।"

"जबकि आप अपना पूरा समय स्कूल मैं नहीं बिताते। मेरे ख्याल में आपको इतनी फिक्र न करना चाहिए।"

"फिक्र न करूं? आपको पता है? मेरे स्कूल को आग लगाने की धमकियां दी जा रही हैं। लीज पर ली है यह कोठी और स्कूल की इमारत। अभी तक फर्नीचर की किस्तें भर रहा हूं, पूछिए कैसे?"

मेरे पूछे बगैर बोले,

"मैंने शिक्षा विभाग को सभी खर्चे का हिसाब भेज कर स्कूल के लिए ग्रांट लिया। कर्ज का जिक्र न किया। मकान मालिक ने, फर्नीचर वाले से पूरी रसीद लेकर नत्थी कर दी। तीन महीने के वेतन की रसीद टीचरों से पहले ही ले ली।"

"यानी बिना भुगतान किए।"

जी! यह अपराध है, फ्रॉड है मगर मिसेज मार्क्स ने मेरी बड़ी मदद की। उन्होंने ही तो उस्तानियां (लेडी टीचर) रखीं। बिना तनख्वाह तीन महीना काम करने पर तैयार किया। उसके बाद घर-घर हम लोग चंदा मांगने लगे। फिर किसी न किसी तरह ग्रांट भी मिल गई और स्कूल चलने लगा। लेकिन रजिस्टर में दिखाई हुई इन ज्यादा रकमों की आदायगी नहीं हो पाई है। उफ! मैं आपको कैसे बताऊं क्या चक्कर है? आप नहीं समझेंगी।" सचमुच मैं नहीं समझी, मैंनेजर साहब अच्छी-खासी बेईमानी की। सारे

रजिस्टर, रसीदें झूठी हैं। लोग कहते हैं। वह चंदा जमा करके खा गये। मेरा जी उलझने लगा।

"मगर लड़कियों को वह यहां रखने देंगी?"

"यहां न रह सकीं तो उन्हें कहीं और रख दूंगा। वह उन्हें हर घड़ी डांटती रहती हैं। पढ़ने नहीं देतीं। हमारी लड़ाइयों-झगड़ों से भी बच्चियां परेशान होती हैं। छोटा है हमारा घर।"

"आप बच्चों को भेज दें आज ही।"

"बल्कि अभी, हां मैं हर बच्ची के हिसाब से तीन रूपया महीना! अलीगढ़ में तो सत्रह रूपया फीस थी और आई-टी कॉलेज सब मिलाकर बीस रूपये हो जाते थे।"

"क्यों क्या कम है?"

"मैंनेजर साहब तीन रूपया!"

"हिसाब लगा लीजिए। एक रूपये का बीस सेर आटा, दस सेर एक लड़की के लिए काफी होगा। और छह पैसे सेर बड़े का गोश्त है। अगर पाव भर भी दोनों ने खाया तो..."

"डेढ़ पैसे रोज।"

"रहा घी तो मेरी बच्चियों को तेल की आदत है, दो सेर खाया तो भी कितने का होगा।"

"बारह आने का।" घी-तेल का भाव मुझे मालूम था।

"पावभर दूध नहीं। बस छटांक भर काफी होगा। चाय दीजिएगा और पैसे के दो बिस्कुट दोनों के लिए, काफी पेट भराव होते। या बासी रोटी दे दीजिएगा।"

"मगर फिर तो मुझे मुनाफा ही मुनाफा हो जाएगा।"

"नहीं। लालटेन का तेल, लकड़ी, कोयले में अगले महीने से बढ़ा दूंगा। यह पांच रूपया रखिये, शाम को एक रूपया भेजवा दूंगा।"

"लकड़ी उनके लिए अलग से तो जेलगी नहीं और लालटेन भी।"

"फिर भी।"

"यह रुपया आप रखिये मैंनेजर साहब बच्चियां बहुत मेधावी और प्यारी हैं।"

"खैर शाम को या कल भेजवा दूंगा। तो उन्हें जरा बुलाइए, मैं बात करना चाहता हूं। उन्हें आज ही से रख लीजिए। सामान भेजवा दूंगा, बिस्तर कपड़े वगैरह।"

"मगर एक शर्त है मैंनेजर साहब"।

"क्या? और कोई शर्त बाकी है।"

"जी हां, मैं बच्चों को रखूंगी मगर पैसे नहीं लूंगी।"

"नहीं, पैसे आपको लेने ही होंगे मैं अपनी बच्चियों का भार आप पर नहीं डाल सकता।"

"मैनेजर साहब दुनिया में कोई बच्चा नहीं जो किसी पर भार हो।"

"नहीं... मैं!"

"नहीं मैनेजर साहब, आप मुझे बहुत तनख्वाह देते हैं और फिर मुझे आप ठीक वक्त से देते हैं, हां तो तय है।"

"मगर"

"देखिए, फालतू बहस से फायदा नहीं, छह रूपये पूरे खर्च नहीं होते और मैं आपसे मुनाफा लेने को तैयार नहीं।"

"आप मुझे शर्मिन्दा कर रही हैं। उनके चेहरे पर पीड़ा उभर आई, मेरा भी गला भर आया। मैंने घंटी बजाई, मामा आई तो मैंने कहा "जाहिदा आबिदा को भेज दो। और तुम जरा जाकर मेरी आपा से कहो एक केतली चाय और बिस्कुट भेज दें।"

बच्चियां आईं, आबिदा जरा हिम्मत वाली थी, मगर जाहिदा का तो मेरी सूरत से ही दम निकलता था। दोनों चूहियों की तरह सहमी हुई आईं।

"मैं अभी आई," मैं उठकर क्लासों का चक्कर लगाने लगी, नहीं चाहती थी बाप बेटियों के बीच होने वाली बातें सुनूं। शायद बच्चियां रोएं पीटें, जाहिदा रो-रो भर रही थी।

मामा चाय की ट्रे लेकर आई, तो मैं उसके साथ दफ्तर में दाखिल हुई। बच्चियां खिलखिलाकर हंस रही थीं। मुझे देखकर एकदम चुप हो गईं।

"जाओ अपनी क्लास में" मैनेजर साहब ने प्यार से दोनों को दरवाजे की तरफ ढकेला। वह गिरती पड़ती भागीं।

"आप से बहुत डरती हैं, खुदा के लिए उनके दिल से डर निकालिए।

मैनेजर साहब फिर जुबान पर कुनैन की गोली रोलने लगे।

"साथ रहेंगी तो डर निकल जाएगा।"

"मैंने सुना है कि आपसे सब लड़कियां डरती हैं।"

"अच्छा? मुझे पता भी नहीं, मगर क्लास में तो बड़ी अच्छी तरह से काम करती हैं। खासकर आबिदा, माशाअल्लाह बहुत तेज है। वह तो बिल्कुल नहीं डरती, बल्कि उसे तो मैं डांटती भी हूं। हर सवाल का जवाब फटाफट देने लगती है, किसी को बोलने ही नहीं देती। जाहिदा तो कांप रही थी, मुझे बड़ा दुख हुआ।

"अब मैं क्या करूं, मेरी सूरत ही ऐसी है।"

"अगर ऐसी बात होती तो मिस दास को देखकर तो हार्ट फेल होना चाहिए था। वाकई बेचारी जी भर के डरावनी हैं, पढ़ाती भी ठीक से नहीं और बच्चों को मारती हैं।

"उस क्लास में लड़कियां गप्पें मारती हैं।"

"पता नहीं क्यों?"

"मगर आप जाती होंगी तो सांप सूंघ जाता होगा।"

"आप जरा गंभीर रहती होंगी।"

"शायद!"

"हसीब का भी आपसे शिकायत है।"

"अच्छा!" मैं भूल ही गई थी, हसीब उनके छोटे भाई थे, साल भर की बच्ची छोड़कर उनकी जवान बीवी मर गई थी।

"हैंडसम लड़का है, मेरा भाई नहीं लगता, उसका रंग अम्मा जान की तरह साफ है।"

मैंनेजर साहब कई बार हसीब की सुन्दरता और उसकी स्वर्गवासी पत्नी की चर्चा कर चुके थे। ठंडी सांस भरके बोले।

"मेरा ख्याल था आप उसे पसंद करेंगी, मगर आप बड़ी रूखाई से मिली।

"मैंनेजर साहब जरा याद कीजिए आप, मैं जब आई थी तो क्या कहा था कि मुसलमानों का स्कूल है, लोग बड़े नैरो माइंडेड हैं।"

"मगर हसीब तो एक सभ्य लड़का है।"

"मुझे तो कोई यहां, अभी तक असभ्य नहीं मिला। सिद्दिकी साहब, शंकर जी और शर्मा जी, मिस्टर जैकब और उस दिन मिस्टर मार्क्स आए थे, बड़े ही भले आदमी हैं।

"वह तो इसाई हैं। आप को इसाई बनाने की कोशिश नहीं की? तमाम भंगियों, चमारों को इसाई बनाता फिरता है।

"बदकिस्मती से मैं भंगी-चमार नहीं।"

"ओहो, मेरा यह मतलब तो हरगिज नहीं। आप अच्छे खानदान की हैं, आप खुदा न करे क्यों..."

"अच्छे बुरे खानदान और धर्म से क्या वास्ता।"

"वास्ता तो है, सुना है शर्मा जी बहुत गीता, रामायण सुना रहे हैं आजकल?"

"हां शायद वह मुझे हिन्दू बनाना चाहते हैं।

"बिल्कुल, बड़ा कट्टर आर्यसमाजी है।"

"आप भी तो कट्टर मुसलमान हैं।"

"बेहमदुल्लाह।"

"आप शायद मुझे मुसलमान करने पर तुले हुए होंगे।"

"क्या, यानी क्या मतलब, आप माशाअल्लाह मुसलमान हैं।"

"मगर मुझे ईसाई धर्म से बड़ी दिलचस्पी है और अब हिन्दूइज्म के बारे में इतने

विस्तार से पढ़ रही हूं तो... मगर आप फिक्र न कीजिए मेरी जात पर न इस्लाम को गर्व है और न किसी धर्म को गर्व करने का मौका मिलेगा, माफ कीजिएगा मैंनेजर साहब नारेबाजी और चीज है। और सच्चे अर्थ में मुसलमान हिन्दू-ईसाई होना मुश्किल हैं। मुझे तो सिवा दोस्त के कोई नजर नहीं आया। आप नमाज पढ़ते हैं, मेरा मतलब है, ईद-बकरीद और कभी-कभी जुमा (शुक्रवार) के अलावा।"

"नमाज न पढ़ना बेशक।"

"और रोजा?"

"मगर उससे यह तो मतलब नहीं कि मुझे खुदा के अस्तित्व...से तौबा, तौबा इंकार या मैं ईसाई या काफिर हूं।"

"आप बड़े पक्के मुसलमान हैं, मुस्लिम गर्ल्स स्कूल चला रहे हैं, फिक्र न कीजिए आपको जरूर जन्नत में ज़मुर्द का महल मिलेगा।

"लाहौलबलाकूवत मैं यह गर्ल्स स्कूल किसी पुण्य के लिए नहीं चला रहा हूं, आप मेरा मतलब है!"

"मैं हंसने लगी" मैं जानती हूं आपको लड़कियों की पढ़ाई से दिलचस्पी है। और बखुदा मजाक नहीं, मुझे विश्वास है खुदा आपसे खुश होगा। क्योंकि मिस फिल्पिस ने मुझसे कहा है कि अगर मैं इलाहाबाद चली जाऊं तो बहुत जल्दी काम बन जाएगा। और बोर्डिंग के लिए ग्रांट—! मगर मैंनेजर साहब बोर्डिंग तो है ही नहीं। मिस फिलिप्स बोलीं कि वह एक दिन बोर्डिंग का मामला ठीक करने आएंगी।

"ओ माई गॉड, मैंने काफी दिन हुए बोर्डिंग के लिए अलग से ग्रांट की अर्जी दी है। आपको बताना ही भूल गया। वह फाइल मेरे घर पर पड़ी है, आपने... उनसे कुछ कहा तो नहीं।

"नहीं, मैं समझ गई आपने कोई बोर्डिंग का चक्कर चलाया होगा, मगर मुझे बता तो दिया होता, झूठ ही मुंह से निकल जाता तो...।

"मेरी मिट्टी पलीद हो जाती, अच्छा तो मैं चला, हां, बच्चियों का सामान भेज दूंगा। बवाल तो बहुत करेगी, खैर शाम को हसीब सामान पहुँचा देंगे। फिर चलते-चलते बड़े दीन सूरत बनाकर बोले, "जरा ठीक से बातचीत कर लीजिएगा। बड़ा दुखी बच्चा है।"

"मैं कुछ कम दुखी बच्ची हूं।"

"यह तो न कहिए" वह जरा कड़वे होकर बोला, "फूल खिल रहे हैं आपके चेहरे पर।"

"आपके जासूसों ने एक-एक पल की खबर दी होगी।"

"कमाल करती हैं... मैं जासूस लगाऊंगा आपके पीछे, अजी यह शहर बरेली है,

यहां लोगों को सबकी फ़िक्र लगी रहती है।

"सिवा अपने गिरेबान के।"

"मगर वह लफंगा मुझे एकदम पसंद नहीं। वह क्या नाम है सईद, आप उससे ज्यादा मेल-जोल न बढ़ाइए तो अच्छा है।"

स्कूल छूट गया था। मामा मुझे दो बार दूर से इशारा कर चुकी थीं कि आपा बुला रही हैं। मैंने हां में सिर हिला दिया। "कतई नहीं बढ़ाऊंगी।" अगर मैं किसी बात पर बिना बहस किये राजी हो जाऊँ तो इसका मतलब बिल्कुल उल्टा होता है। मुझे कहना चाहिए था... "बिल्कुल मेल बढ़ाऊँगी। किसकी मजाल है जो मुझे रोके, मगर उन्हें दूसरे से मेल-जोल पर क्यों आपत्ति है? कारण समझ में आ गया।

"वहां जिया साहब की ऊँची पहुँच है, सरकारी आदमी हैं, उनसे कहिए इलाहाबाद में जरा हमारा केस आगे बढ़ावें।"

"जरूर लिखूंगी" मैंने जलकर कहा, और उनके बाहर जाने से पहले ही घर की तरफ चल दी। घर पहुंची तो मेरी चीख निकल गयी।

मिन्नू! कितनी देर से बुलवा रहे हैं। आती ही नहीं, "बाजी ने मेरी पीठ पर दो घूंसे जमाये, हाय, मेरी बाजी के प्यारे घूंसे और मीठी-मीठी चुटकियां! मदहत दरवाजे में से झांक रही थी। थोड़ी देर शरमाई फिर भागी आई और धड़ से मेरे ऊपर गिर गई।

खाने की मेज पर जाहिदा-आबिदा सहमी हुई चिड़ियों की तरह बैठी, कनखियों से मुझे देख रही थीं, बाजी के घूंसे मेरी पीठ पर पड़ते देख कर कुछ आश्चर्यचकित थी, कुछ संतुष्ट सी! मैं उन्हें कम कटखनी लग रही थीं। बाजी को मैंने लिखा था कि मदहत मौलवी से कैसे पढ़ रही होगी। उसे मेरे पास भेज दीजिए। दूल्हा भाई ने बहुत विरोध किया मगर वह बाजी की हर जिद पूरी करते थे, इसके अलावा उन्हें कहा मैंने भाई की बच्ची ली है। बड़ी बहन पढ़ रही है, अगर छोटी जाहिल रह गई तो मुझे कोसेगी। उसके माँ-बाप को भी दुख होगा। अगर पढ़वाने नहीं दोगे तो मैं बच्ची वापस उसके माँ-बाप को दे दूंगी।

दूल्हा भाई (जीजा जी) मदहत पर जान देते थे। साले की बच्ची ही नहीं, उनकी भतीजी की बेटी थी। रामपुर में छट्ठी क्लास तक स्कूल था। उसके बाद दो साल से वह घर पर ही पढ़ रही थी। ग्यारह बरस की थी मगर बहुत तेज। नुज़हत का स्वास्थ्य भी खराब रहता था। वह मोटी ताजी थी। नुजहत आठवीं में थी और वह सातवीं में अभी दाखिल हुई थी। मैंने मक्खन को भी एडिमट कर लिया था। बच्चों की क्लास में आपा भी होमवर्क में मदद करती थीं। अब चार लड़कियां हो गईं तो वाकई बोर्डिंग की नींव पड़ गई मैंने एक बड़े से कमरे में चारों को भर दिया। बाजी को बिना मदहत के नींद नहीं आती थी। मगर वह "बोर्डिंग" में रहने को जिद्द बांधे थी। बाजी हफ्ते

भर रहीं। फिर मदहत को छोड़कर चली गईं।

नुज़हत बेचारी-सी रहती थी, मेरे साथ बरेली आकर तो बिल्कुल सन्नाटे में गूंगी हो गई थी। हर वक्त सहमी-सी रहती। आपा का हाथ बंटाती। छोटे बहन भाईयों की देखभाल करती।

मदहत बड़े लाडों की पाली थी, मुहंजोर और बेहद शरारती पहले मुझे बाजी के रिश्ते से खाला (मौसी) जान कहती थी। बरेली आकर (फूआ) फूफीजान कहने लगी। मैंने कारण पूछा तो बोली, "आप हमारी फूफी (फूआ) हैं। खाला (मौसी) थोड़ी हैं। हमें खालाएं बुरी लगती हैं।"

"क्यों?" मैंने पूछा।

"हर वक्त मना करती है, सलीका से चलो, भागने भी नहीं देतीं और बुरी-बुरी बातें करती हैं।"

"क्या बुरी-बुरी बातें!"

"हर वक्त शादी-शादी लगाए रखती हैं।"

"शादी में क्या बुराई है।"

"हम शादी नहीं करेंगे, हमने अम्मी से कह दिया है।"

"वह क्या बोलीं।"

"कुछ भी नहीं, वह तो बस न पढ़ने पर मारती थीं।"

नुजहत हमारी पहली भतीजी थी इसलिए सभी को प्यारी थी और अम्मा-अब्बा की तो लाडली थी। आपा भी बहुत चाहती थीं। वह जाने क्यों इतनी उदास और परेशान रहती थी कि सबको ही उसकी फिक्र लगी रहती थी। कभी मैं उसे खोया देखकर अपने पास लिटा लेती तो मदहत फौरन चढ़ बैठती। और मौके बे मौके नुजहत को पीट भी देती। मैं बहुत कहती नुजहत इस चुड़ैल को मार मगर, वह मारना जानती ही नहीं थी, मजबूरन मुझे मदहत की ठुकाई करनी होती। मगर वह बला की ढ़ीठ थी, बजाए दुखी होने के मुझसे लिपट जाती, उसे किसी ने नहीं मारा था, वह इस मार को भी तरसती थी। इतने लाड किये गये थे कि ऊब गई थी।

बोर्डिंग में बड़ा-सा बरामदा था। खेलकूद के लिए खूब जगह थी, मगर जाहिदा-आबिदा बला की शर्मीली थीं और नुजहत मरघल्ली! ऊँच-नीच, आंख मिचौली किसी खेल में जान न पड़ पाती। सिर्फ मदहत उधम मचाकर सबको चित कर देती। मैंने गप्पल और गुल्ली डंडा भी सिखाया जिस पर मैंनेजर साहब बड़े परेशान हुए।

"सारे शहर में खबर फैल रही है आप लड़कियों को लड़कों के खेल सिखा रही हैं।"

"सब खेल बच्चों के होते हैं उनका कोई लिंक नहीं होता। मैंने बहस शुरू कर

दी आखिर कौन-से खेल सिखाऊं। बैडमिन्टन के लिए आपसे कहा आप टाल गये, फिर बताइये बच्चों को कब तक आंखमिचौली खिलाती रहूँ।"

नुजहत हर खेल में पीछे रहती, मगर न जाने कैसे वह मदहत पर गुल्ली डंडा में बाज़ी ले गई। मदहत हार की आदी नहीं थी। कभी एकदम बिगड़कर नुजहत को मारने लगती। एक महाकाण्ड था दोनों के बीच समझौता कराना। नुजहत शिकायत भी नहीं करती। जिस पर मुझे बहुत गुस्सा आता। घर में एक घना इमली का पेड़ था। मैंने बच्चों को पेड़ पर चढ़ना भी सिखाना शुरू किया जिसपर बड़ी ले दे हुई। मगर लड़कियां मेरी शह पाकर किसी की नहीं सुनती थी। बल्कि टिफिन में स्कूल की लड़कियां भी आकर गुल्ली-डंडा खेलतीं। और पेड़ पर चढ़े, ये बहुत आपत्तिजनक माना जाता था। इसलिए लड़कियां समझती वह बड़ा तीर मार रही हैं। और जिद्द में ऐसे आपत्तिजनक खेल खेलती।" मैंनेजर साहब बड़े दुखी हो जाते। खुदा के लिए, यह आप क्या कर रही हैं? मेरे किये धरे पर पानी फिर जाएगा।

"आपको मालूम है, स्कूल में लड़कियों की तायदाद दिन-ब-दिन बढ़ रही है। हमारे पास जगह भी नहीं है। एक बेंच पर दो लड़कियों को बैठाना पड़ता है। तीन लड़कियां तो गवर्नमेंट स्कूल से आ गईं कि उनका घर हमारे स्कूल के पिछवाड़े है। हमने कह दिया था, जगह नहीं है। कुछ दिन चटाई पर बैठना होगा।"

"मगर... वह कादिर साहब कह रहे थे बच्चियों को होम वर्क बहुत मिलता है अगर नहीं करें तो सख्ती होती है।

"ये माँ-बाप होमवर्क और स्कूल के अनुशासन भंग करने वाले कौन होते हैं, और यह तो आपको मालूम है कि मार-पीट पर उस दिन से कड़ी रोक लगा दी है, जिस दिन एक टीचर ने लड़की को मारा तो खून बहने लगा, किसी तरह बंद ही न हुआ तो मुझे अस्पताल ले जाना पड़ा, उनका कहना है कि आपने जान-बूझकर बात बढ़ाई है। मुझसे तो पूछ लिया होता।"

"अगर बच्ची को कुछ हो जाता तो क्या जिम्मेदारी आप लेते। जो ठीक समझूंगी वह करूंगी। आपकी इजाजत लेने नहीं जाऊँगी कि इतने में लड़की मर जाए। बच्चों को मारने की हममें आदत नहीं और मारना भी किस तरह का होता है मुझे टीचरों का ऐसा अनुशासन बिल्कुल पसंद नहीं उस दिन बेचारी बहुत परेशान थी।"

"मगर किसी उस्तानी (शिक्षिका) का पति पड़ोसन से पंगे बढ़ाएं तो उसका गुस्सा बच्चे की जान पर।"

"अरे धीरे बोलिए बेचारी बड़ी दुखी है, वह कमीना घर खर्च के लिए कोड़ी भी नहीं देता, छह बच्चे...।"

"तो किसने कहा था छह बच्चे पैदा करो और अब जो सातवां उठाए फिर रही

हैं मैंने बहुत कहा एक डाक्टरनी मेरी दोस्त है आप...।"

"खुदा के लिए आप लोगों की ऐसी खौफनाक राय न दीजिए गर्भपात अपराध है। "जरूरत से ज्यादा बच्चे पैदा करना उससे बड़ा अपराध है क्या हाल है उनके बच्चों का। बड़ी लड़की न जाने किसके साथ भाग गई। वापस आई तो वह उसका गला घोटने पर तुल गई। वह मेरे पास कांपती थरथराती आई। मैंने उसे आश्रय दिया तो कौन-सा अपराध किया।"

"बिना मतलब आपको किसी के मामले में दखल देने की कभी जरूरत है, पता है क्या अफवाहें उड़ी हैं कि बोर्डिंग की एक लड़की गर्भवती हो गई और...।" "ओह फरजाना गर्भवती नहीं हुई और न मैंने उसका एबार्शन करवा दिया, और रहा बिना मतलब किसी के मामले में दखल देने का सवाल तो, दुनिया का हर मामला हर आदमी का निजी है।

मैं एक लड़की की जिंदगी से खेलने वालों से बिल्कुल हमदर्दी नहीं रख सकती।

"मगर सिर दर्द मोल लेने से क्या फायदा?"

"बिल्कुल कोई सिर दर्द नहीं, मुझे कोई दिमागी या शारीरिक कोफ़्त नहीं उठानी पड़ती। मैंनेजर साहब आपत्ति करने वाले इससे ज्यादा क्या कर सकते हैं कि मुझे निकाल दिया जाए।

"आपको बदनामी का भी डर नहीं?"

"मैं सिर्फ उस काम को घिनौना समझती हूं जिस काम को मेरी अंतरात्मा कबूल न करे, जिंदगी में अबतक जो भी कदम उठाया है, गलत साबित नहीं हुआ।"

"मगर रिस्क लेने से फायदा?"

"यूं तो जिंदगी को हर कदम पर रिस्क समझ लिया जाए तो आदमी मिट्टी का लोंदा बन जाएगा। मैंनेजर साहब आपसे पहले भी कह चुकी हूं कि अनुबंध आपने किया है मैं तो पक्के कागज को कोई महत्व नहीं देती पक्के कागज के बावजूद उसे कच्चा बनाया जा सकता है। मेरे अब्बा जज थे और कानून की हद से बाहर हूं। सिर्फ आपकी मर्जी से बहाली हुई है आपकी मर्जी!

"मेरी मर्जी आपको मालूम है, मैंने अपनी बेटियां आपके सुपूर्द की हैं, मगर इस दुनिया को क्या करूं?"

"ऐसा कीजिए अपने को हर अपराध से बरी समझकर मुझे आगे कर लीजिए।"

"लाहौलविलाकूवत, आपने मुझे समझा क्या है, मैं इतना बुज़दिल भी नहीं।

"यह तो मैं जानती हूं कि आपने यह स्कूल खोला और चला रहे हैं, आपके अलावा पापा मियां यानी अलीगढ़ गर्ल्स कॉलेज के संस्थापक, उनके अनुभव से भी अंदाज हुआ। गर्ल्स स्कूल वह भी मुसलमानों के लिए खोलना बैठे बिठाये जान पर

आफ़त लेना है, लेकिन जो लड़कियां यहां से तालीम पाकर जाएंगी वह आपकी कुर्बानियों को याद रखेंगी। जरा सोचिए कितने घरों में उसका यह नन्हा-सा दिया रोशनी पहुंचाएगा।"

"बदनामी क्या है? यही न कि जो लोग आपकी मर्जी से जिंदगी गुजारने पर तैयार नहीं अपनी मर्जी से जीते मरते हैं! वह आपको बुरे लगते हैं और जो आपके विश्वास पर आस्था रखते हैं वह अच्छे लगते हैं, मुझे अच्छा या बुरा लगने की परवाह है न जरूरत। मैं अपनी जिंदगी में किसी को टांग नहीं अड़ाने दूंगी।"

"जिंदगी अकेले बड़ी कठिन गुज़रेगी।"

"झेल जाऊँगी, क्योंकि अपने गुनाह (पाप) और सवाब (पुण्य) का इल्जाम किसी पर न थोप सकूंगी। रहा अकेलेपन का सवाल तो मैं कभी अकेली नहीं रहती। हजारों यादें, अनगिनत ख्याल हंगामा मचाए रहते हैं।

"आपको किसीकी जरूरत नहीं।"

"है, बेहद है, मुझे हर एक की जरूरत है। वह साहब जो आपको रोज चिट्ठी लिखते हैं बल्कि किसी रोज दो चिट्ठियां भी भेज डालता है। बहुत अच्छे आदमी मालूम होते हैं।" डाक मैंनेजर साहब का चपरासी यानी स्कूल का चपरासी उनका बावर्ची (रसोईया) था जो स्कूल की ड्यूटी खत्म करने के बाद उनके घर का भी काम करता था। वही रोजाना डाक लाता था। और पहले मैंनेजर साहब उस पर नजर डालते थे, बल्कि शायद सेंसर करते थे, उनका ख्याल था कि शहर के लफंगे स्कूल की टीचरों और लड़कियों को बेहूदे खत लिखते हैं इसलिए वह सावधान रहते हैं।

मैं सन्नाटे में रह गई। अगर मैनेजर साहब ने खत सेंसर किये हैं तो बस कयामत ही टूटी समझो। जिया के खत बेहद खूबसूरत शेरों से सजे और प्रेम के आदर्श में डूबे मस्ती और नशीले हुआ करते थे। वह दो बार और बरेली आ चुके थे। सुबह आते हम दिनभर साथ रहते, शाम को चले जाते पिछली बार कार से आये थे और हम न जाने कहां-कहां घूमते फिरे थे। मैनेजर साहब की हरकत पर मेरा जी तो बहुत जला मगर मैंने अपने चेहरे से यह पता चलने न दिया। मैं बहुत ढीठ हूं। इसके पहले कि बात बढ़ती सईद साहब आ गये। "भाई साहब, मलकये आलम (यहां मतलब बड़ी आपा) ने आपको याद फरमाया है उनके मायके से अमरूद का पारसल आया है। कचालू बनाये गये हैं, आपा और बच्चों के लिए भेज दिए हैं अमरूद अच्छा है, मैं चलता हूँ।" मैंनेजर साहब उठ खड़े हुए।

"अब सूखा चेहरा बनाता है मुझे देखकर जैसे मैं उसकी बेटी का अगवा करने आया हूँ।"

"हालांकि आप मलकये आलम की टट्टी (टाट) की आड़ ले लेते हैं, फिर भी

और नीयत में खोट भी नहीं।"

"क्या खोटे खरे की बड़ी परवाह है?"

"रूपया खोटा हो तो घाटे की आशंका हो सकती है। सिर्फ नीयत का खोट हो...।"

"भुलावा भी नहीं दे सकता?"

"क्या सिर्फ भुलावे में रखने से भी पौरुष बढ़ जाता है?"

"ओफ्फो, बड़े भाई आप तो हर बात का बतंगड़ बना देते हैं इस वक्त दिल बड़ा उदास है।

"क्यों, क्या कोई, नये तावीज सुलागाए जा रहे हैं?

"पता नहीं, हो सकता है, पता है, मैं उन तावीजों से कुछ डरने लगा हूँ।"

"कुछ क्या काफी डरने लगे हैं, यह शरीफ होने का सबूत है और आपको गर्व होना चाहिए कि आप काफी पत्नीव्रता होते जा रहे हैं। आपका अवश्य कल्याण हो जाएगा बच्चा!"

"यह फंडा आप पर बड़ा हावी होता जा रहा है। क्या बेढंगी कहानी छपी है आपकी 'साकी' में

"काफिर? क्या बहुत बुरी है।"

"लाहौलविला कूवत"!

"आपके, मैनेजर साहब को शुक्र है कि पढ़ने की फुरसत नहीं वरना आफत आ जाती।"

"क्या आफत आ सकती है यही ना कि निकाल दी जाऊँगी... तो वैसे भी मैं साल के आखिर में जा रही हूँ। दो महीने की तो बात है। मगर कहानी पर आपको व्यक्तिगत तौर पर क्या एतराज है? कोई नई बात तो नहीं कही। आप खुद एक ईसाई लड़की से शादी करने पर तुले हुए थे। वहीं अड़ गई कि छोटी-बी को तलाक दो और कितनी हिन्दू-मुस्लिम शादियां होती हैं। इस विषय पर कहानियां भी बहुत लिखी गई हैं और किसी जमाने में, तो अक्सर रूमानी कहानियों की हीरोइन पारसी सुन्दरी हुआ करती थीं।"

"बिल्कुल अलग बात थी।"

"वह कैसे?"

"हिन्दू ईसाई पारसी लड़की, यानी महबूबा हो सकती है।"

"और हिन्दू ईसाई या पारसी हीरो नहीं हो सकता।"

"भाई मैं चला, झाड़ का कांटा बन जाने से अच्छा तो अमरूद के कचालू।"

"भाड़ में जाएं अमरूद के कचालू।"

"देखो, तुम्हारी ही भले के लिए कहता हूं, यह बरेली है। और याद है वह असगरी बेगम का किस्सा।"

"हां याद है, भला कोई भूल सकता है।

"तो फिर चलो।"

बस यह दो पत्रों का जवाब लिखकर आती हूँ।

"असगरी बेगम।"

"स्वामी शरदानंद का कत्ल!"

"उनके कातिल अब्दुरशीद को फांसी!"

जावरा में अजीम भाई के पास असगरी बेगम का पत्र आया था। उन दिनों उन पर एक आफत टूटी थी, शाहिद अहमद देहलवी के अब्बा ने एक किताब "उम्मत की माएं" लिखी, जिसपर मुसलमानों ने एतराज किया। और यह किताब प्रतिबंधित हो गई, शाहिद साहब को न जाने क्या सूझी, उसे फिर मैदान में ले आए। इस पर विरोध हुआ तो अजीम भाई ने उन्हें लिखा कि किताबें उन्हें भेज दी जाएं। रियासत जोधपुर ऑटोनॉमस है और ब्रिटिश सरकार की लगाई हुई बंदिशों पर यहां अमल नहीं किया जा सकता मैं इस किताब का संरक्षण करूंगा। देखता हूँ मुझे कौन रोकता है।

यह पत्र फौरन अखबार में छप गया। अजीम भाई खुद को महफूज समझने लगे और किताबों का पार्सल भी वसूल करने की खबर छपवा दी। अजीम भाई तांगे में कचहरी जाते थे। एक दिन देखा तो तांगा तो मौजूद है मगर तांगेवाला कोई नया आदमी है। उससे पूछा तो बोला मेरा भाई बीमार है मैं उसकी जगह दो चार दिन तांगा चलाऊंगा। अजीम भाई बैठ गये। थोड़ी देर चले थे कि दो आदमियों ने तांगा रूकवाया।

"हम भी कचहरी जा रहे हैं, कोई सवारी नहीं मिल रही है, अगर आपको कोई एतराज न हो तो...।"

"बैठिए, मुझे कोई एतराज नहीं"।

तांगे वाला एक सुनसान जगह तांगा ले गया। रोक कर दोनों आदमी उतरे और अजीम भाई पर लकड़ियों की बारिश कर दी। धान-पान से आदमी, पहली चोट में ही ढेर हो गये। दो चार और लगाकर वह लोग उस तांगे वाले के साथ शामिल गायब हो गये। अजीम भाई को होश आया तो बड़ी मुश्किल से सड़क पर पहुंचकर तांगा लिया और घर आये। तांगा उलट गया" उन्होंने सबको यही बताया। मगर इसहाक भाई सब-इंस्पेक्टर थे वह उनके कहने में नहीं आये क्योंकि गिरने की चोटें बेतों की मार की चोट से अलग होती हैं।

"कितने आदमी थे!" उन्होंने चुपके पूछा।

"दो और तांगेवाला" अजीम भाई कबूल दिये। दूसरे दिन अखबार में निकला कि जोधपुर में ब्रिटिश कानून न चल सके लेकिन इस्लाम जोधपुर में भी ज्यादा है। और मुसलमानों ने अभी चूड़ियां नहीं पहनी हैं। दूसरे दिन इसहाक बड़े मामू छोटे मामू जमा हुए और जोधपुर के मुसलामनों की शर्तें पेश की। अजीम बेग चुगताई मस्जिद में आकर अपने मुसलमान होने का सबूत दें और किताबें जलाएं। उन्हें माफ कर दिया जाएगा।

अजीम भाई का बुखार उतर गया था। मगर बिना सहारे के चल नहीं पाते थे। नहा-धो कर बड़े मामू की मोटर में मस्जिद गये। नामाज पढ़ी, तौबा की, माफी मांगी और मस्जिद की सीढ़ीयों के नीचे किताबों के ढेर को आग लगाई, मुसलमानों ने बड़ी दरियादिली से माफ कर दिया और खूब गले मिले। जिस पर अजीम भाई का ख्याल था कि इतनी जोर-जोर से भींचने के बजाए दो-चार बेंत मार लेते तो बेहतर होता, इस घटना का वर्णन छपा तो उनके पास सैकड़ों पत्र आए। कुछ शाबासी के, कुछ विरोध के, उनमें एक खत असगरी बेगम का भी था। उनका काफी पत्र-व्यवहार चलता रहा। एक पत्र के साथ उन्होंने अपने जिंदगी की दास्तान भेजी जो कहीं छप नहीं सकी थी। क्योंकि नये सिरे से लोगों में सनसनी पैदा होने की आशंका थी। अजीम भाई मुझे हमेशा अपनी दिलचस्प डाक पढ़ने देते थे। असगरी बेगम की जिंदगी की कहानी ने मुझे बहुत प्रभावित किया। मैंने उसका संक्षिप्त विवरण अपनी डायरी में लिख लिया था। आज वह डायरी मेरा मार्गदर्शन कर रही थी। और मेरी कलम वह अमृत और जहर उगल रही थी।

असगरी बेगम बुद्धिमति और सुन्दरी थीं। उन्होंने जिंदगी का बड़ी हिम्मत से मुकाबला किया था। बंबई से वह एक पत्रिका 'तन्वीर' भी निकाली थीं। गद्य और पद्य दोनों पर पकड़ थी। मुझे उनके संघर्ष ने बहुत प्रभावित किया। मैंने सईद साहब को उनके व्यक्तित्व के बारे में बताया। डायरी में से कुछ हिस्से पढ़कर सुनाए। वह भी सन्नाटे में रह गये। उकताकर बोले, "भई मैं किसी ऐसी फजीहतों में टांग नहीं अड़ाता जिसमें झगड़े की गुंजाइश हो, और तुम्हें भी यही राय दूंगा कि सिर्फ किसी भी भावनाओं के ठेस लगाकर चटखारे लेना मूर्खता हैं। लोगों का मजाक उड़ाकर चिढ़ाकर अपने विचारों से सहमत नहीं बनाया जा सकता। व्यक्ति की आजादी पर विश्वास है तुम्हें?

"बिल्कुल।"

"तो फिर कोई क्या सोचता है, क्या करता, उसे उसके हाल पर छोड़ने में भी विश्वास रखना चाहिए। तुम्हें किसी पर एतराज करने का क्या हक है। "और वह लोग जो पढ़ी-लिखी लड़कियों को गालियां देते हैं क्या वह मुझ पर नहीं चिपकतीं। मुझे

जवाब देने का भी हक नहीं हैं जो पाबंदियां मेरा दम घोटतीं हैं। जिन्होंने बहुत सी जिंदगियों को बर्बाद कर दिया है मेरा जी जलता है तो...।"

"जले फफोले फोड़ने लगती हैं।"

"और क्या उन पर अंगार डाल दूं।"

"बड़े भाई साहब यह बरादरे खुर्द (बड़ा नाचीज भाई) माफी चाहता है, इतनी कड़वी बातें करके, मुंह का मजा खराब हो गया। अमरूद के कचालू का एक दौर हो जाए फिर चाहे निमकौलियां पीस कर हलक (कंठ) में डाल देना।

मगर हम अन्जाने तौर पर असगरी बेगम का जिक्र करे रहे, कचालू ही नहीं, दोपहर का खाना भी खाना, आपा खाना लेकर बच्चों समेत आ गईं। जाहिदा-आबिदा अपने घर गई हुईं थीं, छोटी-बी बच्चों पर कुर्बान होती रहीं, यह क्या ज्यादती है अल्लाह मिंया, कहीं बच्चों की कीचड़, कहीं किसी गोद में रेत के अंबार! मगर छोटी-बी कोई बच्चा, गोद क्यों नहीं ले लेती? कोई, क्या चाहे तो घर भर सकती हैं, हिन्दुस्तान के तो हर धूल के जर्रे के साथ झूल रहा है। लाडली बेटी खाली लाडली बीवी। उनकी जिंदगी का हाल है कि उनकी गोद सूनी है। मठ्ठस है। और असगरी बेगम की गोद में बस अंगारे की अंगारे थे। असगरी बेगम की झोली के अंगारे फूल बने गये। उनकी हिम्मत और दिलेरी उन्हें दोजख के अजाब (दंड) से निकाल कर जन्नत बख़्श दी। उन्होंने अजीम भाई के नाम एक ख़त लिखा, ख़त तो बस नाम का था। पूरा उपन्यास ही था। उन्होंने वह मुझे पढ़ने को दिया। मैं असगरी बेगम से बेहद प्रभावित हुई। आमतौर पर एक औरत पर बुरा वक्त पड़ता है तो वह किसी मर्द को सहारा बनाकर उस दोजख से भागती है यह रिवाज बरसों से हर देश में चलता आया है। और आज हिन्दुस्तान में ही नहीं यूरोप और अमेरिका में भी नौजवान लड़के-लड़कियां अपने घर से भागकर गुंडों के गिरोह के हत्थे चढ़ जाती हैं। और गुमराही के रास्ते पर बढ़ जाती हैं। आज अमेरिका की सबसे महत्वपूर्ण समस्या बन चुका है। पुलिस असमर्थ हो चकी है, किशोर लड़कियां गरीबी की मारी नहीं, बल्कि रंगीन जिंदगी की भूखी, मां-बाप के जरूरत से प्यार से उकताकर या वाहियात साहित्य और फिल्मों के दिखाये ग्लैमर से भ्रमित होकर भाग निकलती हैं, बड़े शहरों में पहुंच जाती हैं। जहां बड़े शक्तिशाली गिरोह उन्हें अपने शिकंजे में कर लेते हैं। उन्हें सब्जबाग दिखाए जाते हैं। मॉडल और फिल्मी हीरोइन बनने के रूझान और जगमगाती जिंदगी के, फिर उन्हें नशे की आदत डाली जाती है यह नशा जब उनकी रगों में जाता है और इसके बिना जिंदगी दूभर हो जाती है तो फिर उन्हें यह नशीले ज़हर बेचने और देह व्यापार और कई अपराधिक कामों के लिए उपयोग किया जाता है। इस व्यापार में पुलिस भी इन गुंडों से हार जाती है क्योंकि छोटे कारिंदे बड़े जबरस्त गुंडों से जुड़े होते हैं। जो इनसे

भी बड़े गुंडों की मुट्ठी में होते हैं। जिनकी पहुंच पुलिस अफसरों और हाकिमों तक होती है। बड़े-बड़े, ओहदेदार उनका हुक्म मानने में अपनी भलाई और अपना लाभ हांसिल करते हैं। ईमानदार इंसान का जीना मुश्किल है अपनी रोजी और अपने बाल-बच्चों की जिंदगी की खातिर उनसे समझौता करना पड़ता है या जिंदगी से हाथ धोना पड़ता है। पुलिस कितनी भी ईमानदार हो बेबस हो जाती है और समझौते के सिवा कोई दूसरा रास्ता ही नहीं।

हिन्दुस्तान में सदियों से कम उम्र की लड़कियों को बहका-फुसला कर गुमराह करने का दस्तूर चल रहा है। समाज सुधार की कोई स्कीम कामयाब होती नजर नहीं आती। बाजार की रौनक के लिए कम उम्र की लड़कियां और जबरदस्त राज कायम करने के लिए कारिंदों की जरूरत। यह अगवा किये जाने वाले मासूम बच्चे ही पूरी कर सकते हैं। छोटे शहरों में छोटे पैमाने, बड़े शहरों में शानदार पैमाने पर हर गैरकानूनी कानून फलफूल रहा है। पश्चिम से हथियार मशीन ही नहीं सौदागरी के उसूल भी इम्पोर्ट होते हैं। और बड़े शहरों में कमसिन बच्चों के इस्तेमाल में पश्चिमी हथकंडे बड़े उपयोगी साबित हो रहे हैं।

आज जब मैं अतीत के गली-कूचों में भटक रही हूं, वर्तमान मेरे सामने है बम्बई, दिल्ली, लखनऊ और कलकत्ता में किशोर बच्चों की बदहाली का अध्ययन किया, तीन साल हुए मैंने गांव का दौरा भी किया उन मां-बाप से भी मुलाकात हुई जिनके बच्चे शहरों में गुम हो गये हैं, फिर उन बड़े शहरों में हुस्न के बाजार के सिलसिले में जानकारी हांसिल की दलालों से मुलाकात हुई, बड़ी मुश्किल से उन्होंने मुझे अपना दोस्त समझकर मुझे इज्जत दी और मुझे यह जानकारी दी जिसकी मुझे उम्मीद न थी। मेरे यहां कितने ही लड़के-लड़कियां आते हैं। मैं उन्हें दुखी और परेशान कलाकार कहकर लोगों से मिलाती हूं। मैं उन्हें नीचा नहीं समझती बल्कि इस समाज पर लानत भेजती हूँ जो उन्हें इस तरह इस्तेमाल कर रहा है।

पस्ती में गिरने के हजारों किस्सों में कुछ ऐसी भी दास्ताने हैं जिनके सहारे मेरे दिल में इंसान पर आस्था जिंदा है।

आला-बी, अलीगढ़ गर्ल्स कॉलेज के संस्थापक, ने मुझे कितनी ही घटनाएं ऐसी बतायीं जिनसे उन्हें जिंदगी में सिर्फ कॉलेज के वजूद से वास्ता पड़ा इन घटनाओं के वर्णन न पापा किया यानी शेखअब्दुल्ला ने अपनी और आला-बी की आत्मकथा में लिखी और न कोई उनका और लिखित सबूत छोड़ा। मगर बातों-बातों में वह उन लड़कियों का जिक्र करती थी जो उनकी पनाह में आई, शिक्षा पाई और जीवन में सफलता पाई। उनमें से एक लड़की थी जिसका मैं नाम नहीं लूंगी जिसका मियां और सास उसे देह व्यापार पर मजबूर कर रहे थे। वह लड़की पंजाब के किसी गांव से भाग

आई थीं, बस घर से निकल पड़ी थी। उसके पेट में कुछ महीने का गर्भ था। यह उसकी खुशनसीबी थी कि उसे रेल में ऐसी औरत मिल गई जो अलीगढ़ गर्ल्स स्कूल में अपनी बेटी को भर्ती कराने ले जा रही थी। रहम खाकर उन्होंने उस बदनसीब को सहारा दिया और बड़ी-बी के सुपूर्द कर दिया।

आला-बी घबरा गई। उसे बोर्डिंग में नहीं रख सकती थी। स्कूल में भी भर्ती नहीं कर सकती थीं। क्योंकि उसे अलिफ, बे की भी पहचान नहीं थी। बड़ी-बी ने उसे अपने रिश्ते की भांजी कहकर साथ रखा। घर का इंतजाम उसके सुपूर्द कर दिया। यहां तक कि उनकी बेटियों को भी बड़े होकर ही असलियत का पता चला। उन्होंने उसे विधवा से मशहूर कर दिया था। उसको लड़का पैदा हुआ जिसे सारा घर बेहद चाहता था। और दूसरे बच्चों की तरह उसके नाम के साथ अब्दुल्लाह लगाया जाता था। वह बच्चा योग्य निकला और पाकिस्तान में बड़ी खुशहाल जिंदगी गुजार रहा है। आला-बी बताती थीं एक दिन अचानक तीन लड़कियां सीधी स्टेशन से कोठी पहुंची। उनमें से सबसे बड़ी अठारह-उन्नीस की थी दूसरी चौदह-पंद्रह की और एक बच्ची सिर्फ चार साल की थी। आला-बी बौखला गईं और भी कई लड़कियां मुफ्त बोर्डिंग में रहती थीं। न जाने मांग-चूंग के अपनी जरूरतों से काट कर बोर्डिंग का खर्च चल रहा था। एक दम तीन लड़कियां जिनमें से एक इतनी जरा-सी बच्ची, बोर्डिंग या एक अनाथालय नहीं खोला था, रातों की नींद हराम हो गई। "अगर आपने पनाह न दी तो हम तीनों कपड़ों में आग लगाकर भस्म हो जाएंगे या कुएं में कूद पड़ेंगे। बड़ी लड़की ने धमकी दी और आला-बी सहम गई। बोर्डिंग में लड़की गुम हो सकती है किसी का पता नहीं चल सकता कि वह वहां गई उन तीनों के मां-बाप जिंदा थे। बड़ी लड़की की शादी एक बड़ी उम्र के ठेकेदार से हुई थी, जो पहले ही दो औरतों से शादी कर चुका था और दर्जन भर बच्चों का बाप था। और बदनसीब लड़की बिल्कुल नौकरों की तरह सारा काम करती फिर सौत के एकलौते भाई उस पर डोरे डालने लगे। जब उसने विरोध किया तो आवारा और बदमाश साबित करके बहुत मार-पीट की। लड़की कुरआन और उर्दू पढ़ी थी। किसी पत्रिका में अलीगढ़ गर्ल्स स्कूल का जिक्र पढ़कर भाग निकली। दूसरी लड़की एक बूढ़े बददिमाग अंधे से ब्याही हुई थी। जो उसे बहुत दुख देता था और मजे की बात कि तीनों बहुत खुबसूरत गोरी और नाजुक नाक-नक्श की थीं। कभी उन तीनों का हाल लिखूंगी कि किस तरह यह तीनों अंधेरी सुरंग से निकल कर रौशनी में बिल्कुल सफल जिंदगी गुजारने के काबिल हुईं। असगरी बेगम के जिक्र के साथ ही तीन बहनों की याद आ गई जिन्हें मैं आजतक नहीं भूल सकी।

❑❑❑

फिर अलीगढ़ छूटा

छुट्टियां खत्म होने वाली थीं और सबका चल-चलाव था। नन्हें भाई शौकत आपा को लेने जोधपुर गए। वह इसहाक भाई के यहां ठहरी हुई थीं। वहीं चुन्नु टायफायड के इलाज के लिए साल भर से लगातार रह रहे थे। उन्हें कोई फायदा नहीं हो रहा था। नन्हें भाई उन्हें दिखाने के लिए अस्पताल ले गये। मालूम हुआ टी.बी. हो गई है। सीधे सूजत चलो। वहां सरकार के फैसले के बाद तुम्हारा इलाज होगा। जब चुन्नू आया तो पहचाना नहीं जाता था। मैंने उसे करीब दो साल बाद देखा था। बेहद लंबा, बांस की तरह हड्डियां ही हड्डियां, बोटी नाम को नहीं। घर में मातम पड़ गया। अम्मा ने नन्हें भाई को खूब डांटा जैसे वही चुन्नू को टी.बी. करा लाये थे। अब्बा ने सेनिटोरियम में अर्जियां भेंजी, कहीं जगह खाली न थी। आपा मौजूद थीं। वह बच्चों को लेकर अलीगढ़ जाने वाली थीं। अब्बा ने उनसे कहा– "तुम चुन्नू को लेकर आबू हिल स्टेशन चली जाओ, तुम्हारे बच्चे आराम से अलीगढ़ पहुंच जाएंगे।

चुन्नू का कद छह फुट तीन इंच हो गया था। एक दिन उसे खून आया तो बच्चों की तरह रोने लगा। अम्मा का रोते-रोते बुरा हाल था। उन्हें चुन्नू को प्यार करने की फुरसत ही न मिली थी। किसी को भी चुन्नू से दिलचस्पी न थी। वह बहुत स्वस्थ, जंगली बिल्ले की तरह ताकतवर था। मुन्ने भाई को टी.बी. होकर अब आराम था। मगर चुन्नू को टी.बी हो जाएगी यह किसी के गुमान में भी न था। मैं और चुन्नू बचपन से एक दूसरे से ज्यादा करीब थे। शमीम बेहद बदमाश और मरखंडे थे। जब वह हमसे तगड़े थे तो हमदोनों किसी को भी सताते, दूसरा फौरन मदद को पहुंचता। और हम दो मिलकर उनपर भारी पड़ जाते थे। चुन्नू को तपेदिक! मेरा कलेजा मसल गया और छुपकर बहुत रोई। सारा घर सहमा हुआ था। अम्मा रह-रहकर रोतीं। मैं, हबीब, मुजीब अलीगढ़ चले गए। एफ.ए. क्लास में छह लड़कियां थीं। आज अलीगढ़ कॉलेज में दो-दो सेक्शन हैं और प्रवेश नहीं मिलता। अभी एफ.ए. सेकेन्ड इधर तक इंतजाम था। मुसलमान लड़कियों के पढ़ाने विरुद्ध थे। सआदत लखनऊ आई.टी. कॉलेज चली गई थी। वह एफ.ए. करने का इरादा रखती थीं। लखनऊ में छुट्टियां

होतीं तो वह दूर जाने के बजाय अलीगढ़ आ जाया करती थीं। और क्लास में भी बैठती थी। अगर हमारी क्लासें होतीं। बोर्डिंग की जिंदगी एकदम सीमित। मगर जिंदा दिल इंसान के लिए तो पत्थर में भी फूल खिलने लगते हैं। मैं हर हंगामे में एकदम जोश से हिस्सा लेती। बहुत सी दोस्त थी तो बहुतों से लड़ाईयां भी होतीं। गेम्स अब मेरे काबू में आ चुके थे और मैं हर गेम में भाग लेती थीं, जो डाइनिंग रूम के बगल में था। कमरों के पीछे बाथरूम भी थे। बिजली अब भी नहीं आई थी, और लालटेन जलती थी। पलंग हर लड़की को अपने घर से लाना पड़ता था। और एक दिन जब शौकत आपा सोई थीं, मैं कूड़ा-कर्कट से भरी कोठरी में छुपा हुआ नया बना पलंग उड़ा लाई। उसकी मैंने उनसे चर्चा कभी नहीं की बेचारी ने ढूंढा होगा, फिर मेहतर को चोर बना दिया होगा।

मेरी रूममेट नसीर थी जो सेकेन्ड इयर में थी। नसीर बेहद प्यारी हंस-मुख और हर खेल में आगे। नसीर मेरी जान थी। मेरे फूहड़पन को झेलती थी। अगर मैं किसी के पास गप्पों में खो जाती तो फौरन पकड़कर मुझे पढ़ने की तरफ ध्यान दिलाती। मुमताज अब्दुल्लाह हमें हिस्ट्री पढ़ाती थीं। काफी कम उम्र और अंदाज से बेहद नर्वस थीं। इसलिए बेहद रोब जमाती थीं। उनसे लड़कियां एकदम आतंकित रहती थीं। मैं भी अच्छी-खासी डरती थी। और अपनी कमजोरी छिपाने के लिए, जिनसे डरती, उनसे काफी उदंडता से पेश आती थी। मुझे रोब जमाने वालों से दुश्मनी-सी थी। उनसे एकदम अलग उनकी बड़ी बहन खातून अब्दूल्लाह पर जानें देती थी, बेहतद नर्मदिल, हमेशा मुस्कुराकर बात करतीं। किसी लड़की को डांटना होता तो बेहद घबरातीं, डांटते-डांटते उन्हें एकदम हंसी आ जाती और उन्हें पोजीशन डगमगाने की आशंका हो जाती। मिस राम अब मेरी कोई क्लास नहीं लेती थीं। सिर्फ गेम्स लेती थीं। खुद उन्हें गेम्स से डर लगता था। मगर अपनी ड्यूटी बजा लाना फर्ज समझती थीं। चौथी क्लास से वह मुझे जानती थीं और हर शरारत मेरे मत्थे चिपका देती थीं। लड़कियां मेरी तरफ से सफाई पेश करतीं, मैं खुद बेगुनाही के सबूत मुहैया करती। मगर वह बड़ी मासूमियत से कहतीं "प्लीज कोने में बैठ जाइए" मैं तंग आकर हथियार डाल देती। थोड़ी देर बाद वह अपनी दी गई सजा को भूल कर मुझे सीढ़ियों पर बैठा देख आग बबूला हो जातीं। "आप गेम में क्यों हिस्सा नहीं लेते। बस हर वक्त खाली बैठे रहते।"

मैं उन्हें बिल्कुल याद न दिलाती कि खुद उन्होंने सजा देकर बैठाया है और फौरन खेल में शामिल हो जातीं। एक दिन खाली पीरियड में वह अपनी क्लास की लड़कियों को हांकाती ले जा रही थी, मेरा भी खाली पीरियड था।

"चलिए यहां क्यों बैठे हैं? चलिए एकदम!"

"मगर..." मैंने कहना चाहा।

"चलिए..." वह बहुत सख्ती से बोली और करीब-करीब ढकेलती हुई आठवीं क्लास में ले गई।

"साइलेंस... अपनी सीट पर, अपनी सीट पर चलिए, प्लीज।

एकदम साइलेंस!

लड़कियां दुपट्टों में मुंह छुपा-छुपाकर हंस रही थीं। जिसकी सीट पर मैं बैठा दी गई थी। वह अजीब चक्कर में थी और बौखलाई चारों तरफ देख रही थी। उन्होंने उसे मेरे पास खड़ा देखकर डांटा, उसी लड़की को। "क्लास में बात नहीं, खाली पीरियड में दोस्ती चलाओ। "गेट आउट प्लीज"

"मगर मिस राम!"

"प्लीज गेट आउट... गो टू योर क्लास! बैठिए-बैठिए, प्लीज सिट डाउन वह खड़ी हुई लड़कियों को डांटकर ब्लैक बोर्ड की तरफ मुड़ गई। वह लड़की मुंह मोड़कर रोने लगी। नई-नई दाखिल हुई थी। खातून आपा की आदत थी, दबे पैर बिल्ली की तरह आकर क्लास रूम में खड़ी हो जातीं। लड़कियां उठने लगतीं तो फौरन बैठा देतीं। एकदम जाते-जाते मुझे देखकर भौचक रह गई।

"यू! व्हाट आर यू डूईंग इन दिस क्लास?"

"मैं... वह ..."

"कम टू माई ऑफिस प्लीज"

मैं मिस राम से इजाज़त लेकर भागी। उन्होंने भी खातून को हुक्म देते सुन लिया था। वह उस लड़की को डांटने लगीं जो खड़ी रो रही थी। मैंने विस्तार से सारी बात बताई।

"बको मत"

"कसम खुदा की, आप आठवीं की लड़कियों से पूछ लीजिए। मिस राम जबरदस्ती पकड़ कर ले गई। फिर खातून आपा हंसने लगीं।

"मिस राम कब से पढ़ा रही हैं, थक गई हैं, कहती हूं छूट्टी ले लो तो बिगड़ जाती है।

मिस राम के काफी सफेद होते हुए घुंघराले बालों की तरह किसी के बारे में उल्टे-सीधे सवालों के जवाब एकदम शुष्क होते हैं। मगर रशीदा अब्दुल्लाह से दुनिया की किसी बात पर रूखा जवाब नहीं मिलता था। मिस राम एक अंग्रेज के प्रेमपाश में फंस गई थीं। वह पुलिस में था और उसकी मंगेतर विलायत में थी। मिस राम उस वक्त बेहद खूबसूरत थीं। उनकी शादी उस पुलिस वाले से न हो सकी। और वह शिक्षण में डूब गई।

जब अलीगढ़ आई थीं तो बहुत खूबसूरत थीं। कई प्रोफेसरों ने डोरे डाले, मगर ये बिल्कुल दुनिया के अंधेरे में गुम हो गईं। अंकगणित में ज्यादा माथापच्ची की जरूरत होती है, आमतौर पर गणित में इतनी समर्थ लेडी टीचर नहीं मिलती। अख्तर और जमीला सातवीं क्लास में थीं। डे स्कूल था। घर से मज़े-मज़े के खाने पकवा कर खूब हमारी दावतें करतीं। नयूयर मैट्रिक की तैयारी कर रही थी और बहुत कम जाती थी। मगर मैं कभी महीना दो महीना में उस्मानवाला चली जाती थी। इशरत मैट्रिक के बाद सेंट सेवियर में भर्ती हो गये थे। जसीम भाई को अख्तर की तरफ से इंकार हुआ तो ऐसे दिल बैठ गया कि अब्बा ने उन्हें इंजिनियरिंग के लिए भेज दिया था। इंकार इस वजह से हुआ था कि दऊद बेग बाबा यानी रफीउद्दीन बेग के भतीजे बंबई फिल्मों में बहुत धन कमा रहे थे। बाबा अख्तर की शादी उनसे करना ही चाहते थे वह जो इतने ठाठ-बाट से लौटे तो फौरन मंगनी कर दी गई। और जसीम भाई को इंकार कर दिया गया।

अख्तर ने मुझे अंगूठी और बहुत कीमती घड़ी दिखाई। मुझे उसकी मंगनी से बहुत खुशी हुई। शमीम ठीक ही कहते थे। फिल्म लाइन में डिग्रियों की नहीं कला की कद्र होती है। दाऊद बेग हसीन थे, जवान थे और बेहद सफल। मैंने उस वक्त तक सिर्फ एक ही फिल्म देखी थी, सुलोचना और बली मूरिया की। फिल्म लाइन से दूर का भी वास्ता न था। और शमीम फक्कड़ थे। उन्होंने एक साल इम्तेहान नहीं दिया। सूजत और जोधपुर में मटरगश्ती करते रहे। चुन्नू आबू से नैनिताल और फिर भुवाली सेनीटोरियम चले गये। उनकी बीमारी पकड़ में आ गई थी। और वजन बढ़ रहा था। मगर उन्हें और रहना था।

मैं खातून आपा के ऑफिस की देखभाल करती थी। झड़वाने के लिए आधा घंटा पहले जाकर खोल देती थी। मुमताज आपा उसी तरह रोब गांठती थीं। मगर खातून आपा बड़ी बेतकल्लुफी से इधर-उधर की बातें करती थीं। मैं डिबेटिंग सोसाइटी का अध्यक्ष भी थी। और वैसे भी बोर्डिंग की हर मीटिंग में जोश के साथ भाग लेती थी। खाना बोर्डिंग का होता ही है! खराब और बदमज़ा। क्योंकि एक ही स्वाद का खाना रोज़ पकता है। तो दिल बौखला जाता है। एक दिन रोटियों में मक्खियां चिपकी हुई निकलीं। सब लड़कियों ने डाइनिंग रूम छोड़ दिया और हंगामा हो गया। लड़कियों ने भूख हड़ताल कर दी। कॉमनरूम में मीटिंग हुई। काफी जोश आ गया। रात को भी किसी ने खाने को हाथ न लगाया। चोरी-चोरी बाहर से मूंगफलियां और चने छोटी बच्चियों को खिलाकर पानी पिला दिया। खातून आपा कुछ टीचरों के साथ समझाने आईं, मगर हमने फौरन नमाज के कमरे में जाकर मगरिब ही, मगरिब की नमाज के बाद नफिलें (अतिरिक्त नमाज) पढ़ना शुरू कर दीं यह तरकीब इस नाचीज़ ने निकाली

थी जो बेहद कामयाब रही। वैसे अख़्तर-जमीला को पता चल गया था और वह छह-सात डाग बिस्किट और अचार चुपके से कपड़ों में लपेटकर दे गई थी। एक चर्बीदार खाने का बड़ा से कटोरदान जोहरा बट उठा लाई थी। जो शिरनी (प्रसाद) की तरह कमरों-कमरों में बांटा गया मगर ऊपर वालों का दानापानी हराम था कि बच्चियाँ भूखी हैं। वैसे बच्चियां कुछ न कुछ दबाकर डिब्बों और थैलियों में रखती रही थीं वह निकल पड़ा। लेकिन विरोधी बेख़बर था। इसके अलावा कुछ केरियां झूल रही थीं।

नीचे भी गिरती थीं, वह छोटी-छोटी बच्चियां बटोर-बटोर कर ला रही थीं। मुंह का मजा बदल रहा था। ऐश हो रहे थे। रात को हमने सोने की घंटी का भी बायकाट किया और टेनिस कोर्ट पर दरियां बिछाकर खूब जोर-जोर से कव्वालियां गाईं। बीबी मेंढ़की की धुन पर एक निंदागान पूरे स्टाफ पर लिखा गया जिसे गा-गाकर हम लौट गये। खाना मेज पर लगता। घंटी बजती और पेटों में चूहे फुटबॉल खेलते मगर हम डटे हुए थे।

फिर व्यवस्थापकों के प्रतिनिधि मंडल और लड़कियों ने मुझे ठहोके मार-मार कर आगे ढकेला। हालांकि मैं भी बराबर की गुनहगार थी। लेकिन सबका गुस्सा मुझपर ही उतरा।

"हम सब सड़ा-गला खाने से मौत बेहतर समझते हैं। ड्रामाई अंदाज में फरमाया।"

"खाना अच्छा-खासा होता है" मुमताज आपा बोली।"

"आप खाती कितना हैं? मैंने उनके दुबलेपन पर चोट की। वह मुझसे काफी तंग थी। सुलगकर रह गईं।

"और फिर आपके यहां तो अचार चटनी, मक्खन, मलाई, अंडे" "फल, मेवे, मिठाई, पूरी सड़ा करती हैं।" लड़कियों की हिम्मत बढ़ गई। प्रतिनिधिमंडल गुस्से से भरकर वापस लौट गया। कोई चार बजे आला-बी कासनी गरारा सफेद चिकेन का कुर्ता और सफेद चुन्नटों वाला दुपट्टा ओढ़े जैसे हवा पर तैरती चली आ रही थी। आते ही पुकारा "ऐ लड़कियों, ऐ कहां मर गई" उनकी आवाज सुनते ही कुछ लड़कियां, तो टसर-टसर रोने लगीं। और कमरों में जा छिपीं। छोटी बच्चियां एकदम उन्हें घेरकर खड़ी हो गईं। उन बच्चों को हम चूज़े कहा करते थे। चूज़ों का झुंड लिये वह हमारी ओर बढ़ीं।

"क्यों री कच्ची केरी भकोस रही है, गला आएगा तो मरेगी। उन्होंने हमीदा के हाथ पर थप्पड़ मारकर केरी गिरा दी। हमीदा नीम के पेड़ से लिपट कर रोने लगी।

"अरे खड़ी मेरा मुंह क्या देख रही हो। चलो मेरे साथ, "कुछ लड़कियां आलू छीलने लगीं। एक हलचल मच गई।

"है चटनी, लड़कियों! चटनी बगैर पूरियों का खाक मजा आएगा।"

बड़ी-बी बोलीं एक झुंड केरियों पर टूट पड़ा। आधी खाई, आधी की भर भगोना चटनी पिसी। बड़ी-बी पूरियां तलने बैठ गईं। जितने चकले साफ पड़े मिले। बेलनों और खाली बोतलों से पूरियां आड़ी तिरछी तिकोनी बेली जाने लगीं।

"ऐ दीवानयों मीठा। आला-बी चिल्लाई और सब सन्नाटे में रह गये "हामिद मियां की मंगनी की लड्डू लड़कियों के हिस्से के अम्मा ने भेजे हैं।" अच्छा आपा छोकरे के सिर पर टोकरा रखवाए दाखिल हुईं। पीछे-पीछे बुर्का संभाले हांपती-कांपती उनकी अम्मा पाली खाला!

"अहा तो यह गठ है" शलवार-कमीज बिना दुपट्टे के कटे बाल उड़ती रशीदा आपा फट पड़ीं, लड़कियां कांय-कांय करती उनसे लिपट गईं।

मौका मिलते ही जिसको जिस बर्तन में मिला उसी में जुट गया। ओह, कितना खाया, नमकीन, फिर मीठा, फिर चटनी, फिर नमकीन फिर मीठा! बड़ी देर में नज़र आई, कुछ अजनबी पराई-पराई सी एक तरफ खातून आपा खड़ी धीमे-धीमे मुस्कुरा रही थीं।

"ऐ है, कोई दुल्हा मियां को तो बुलाओ। वह शेख अब्दुल्लाह को दुल्हा मियां कहती थीं।

और जैसे किसी ने अलादी का दीप घिसा, शाहिद ने टाट का पर्दा उठाया। पापा म़ियां जरा झुककर दाखिल हुए। तालियों के बाद कुर्सियों पर स्टाफ, पापा और आला-बी बैठे।

"बच्चो! एक दिन यह सारा लंबा-चौड़ा मैदान।" उन्होंने छड़ी घुमाकर कहा "एक जंगल था। यहां सियार-गीदड़ चिल्लाते थे। सांप फुफकारते थे। मैं मुंडेर पर खड़ा एक फुलवारी के ख्वाब देखा करता था। आज उस जंगल में फूल खिले हैं" काली-कलूटी लड़कियां तक के चेहरे फूलों की तरह खिल गये। दो-चार शरारतों की आदी लड़कियां आंसू बहाने लगीं।

"तुम्ही इस कॉलेज की आन-बान हो। तुमसे इस धरती के टुकड़े पर यह पाठशाला बनी है। मेरी दुआ है कि जिंदगी में तुम भी कोई हसीन ख्वाब देखो और वह सच हो जाए।

तालियों का शोर कम हुआ तो खातून आपा बोलीं "पापा की राय है कि बोर्डिंग की चार जिम्मेदार लड़कियां एक-एक माह खाने का इंतजाम अपने हाथ में लें। दूसरे महीने दूसरी चार लड़कियों का ग्रुप जिम्मेदारी लें।

"हम तैयार हैं" बहुत सी लड़कियां चिल्लाई। मैं चुप रही। मगर सबकी नजरें मुझपर गड़ गई। महीने के शुरू होने के पहले तुम्हें तमाम चीजें गेहूँ, दालें, घी, तेल, मिट्टी का तेल, वगैरह का बजट तैयार करके। कुछ मिस जरमी ने कान में कहा "हां

सुबह और शाम की चाय पर बिस्कुट।"

"मर गए" मैंने घुटी हुई आवाज में कहा। वह और ब्योरा देती रही। मगर मेरा दिमाग न जाने कहां कुलांचे भर रहा था।

"क्यों? आपकी क्या राय है" मुमताज आपा ने व्यंग से पूछा "मेरी?" मैं चौक पड़ी।

"हां मेरे ख्याल में पहले बैच में इस्मत को ही जिम्मेदारी सौंपनी चाहिए।"

"जिम्मेदारी और मैं।" मैंने सोचा।

"इस तरह लड़कियों को घरदारी का सलीका आएगा।"

"घरदारी मुझे चक्कर आ गया।"

"गरीब हुआ तो खिचड़ी पका लेंगे, अमीर हुआ तो बावर्ची रखेगा" मुझे अपने ही अलफाज याद आ गए।

"इस्मत, प्लीज स्टैंअप एंड आन्सर।" खातून आपा नर्मी से बोली, मैं खड़ी हो गई।

"मैं तो बहुत फूहड़ हूँ," मैंने जैसे गर्व से कहा।

तब तो तुम दूसरे-तीसरे बैच में भी शामिल रहना। पहले बैच में नसीर..."

"प्लीज मेरा फाइनल इयर है" नसीर कुनमुनाई।

"तो महमूदा, इस्मत और सुल्ताना"

"प्लीज इस्मत को हमारे बैच में मत रखिए, यह बड़ गड़बड़ मचाएगी, कुछ करेगी, न करने देगी। महमूदा बेहद खूबसूरत थी। तमाम लड़कियां उसपर मरती थीं। मगर मुझसे झगड़ा था, एक छोटी-सी बात पर।

"अरे ख्वाहमख्वाह की झूठे इल्जाम लगा रही हो। मैंने उसे डांटा।

"नसीर आपा से पूछ लीजिए, एक मिनट तो मेरी इनसे बनती नहीं, हर वक्त बदतमीजी की बातें करती है," सब लड़कियां खी-खी हंसने लगी।

"तुमने हमसे तो कभी शिकायत नहीं की। बुनियाद क्या है झगड़े की। उन्होंने लड़कियों की तरफ देखकर पूछा। लड़कियां बेतहाशा हंसती रहीं। महमूदा चुप!"

"इस्मत, महमूदा कल ब्रेक में दफ्तर आओ," महमूदा रो पड़ी। मैं बिल्कुल मासूम शक्ल बनाए रही।

"और सोच-समझकर हमें अपनी राय से आगाह करो कि खाने के बारे में जो आये दिन शिकायतें पैदा होती हैं। उनके बारे में क्या करना चाहिए। ये धरने और स्ट्राइक से पहले सोच-विचार करके अपनी शिकायतें दफ्तर में पेश करो "आला-बी और पापा मियां सब को दुआएं देते चले गए।

"इस्मत, महमूदा हमारे साथ अब्दुल्लाह लॉज तक चलो, चपरासी वापस पहुंचा

जाएगा," खातून आपा बड़ी फिक्रमंद थीं। उनका चेहरा सफेद था और हाथ पर शिकनें! थोड़ी दूर तक हम चलते रहे।

"अब बताओ, क्या किस्सा है, महमूदा" महमूदा ने सिर झुका लिया।"

"इस्मत तुम ही बताओ"

"खातून आपा मुझे तो महमूदा से कोई शिकायत नहीं"

"फिर भी तुम्हें मालूम तो होगा। इन्हें तुम्हारी कौन-सी बात बुरी लगी।"

"खातून आपा दिन में न जाने कितनी बातें लड़कियों को बुरी लगती होंगी।"

"तुम बहुत बदतमीज हो," मैंने स्वीकार करते हुए सिर झुका लिया।"

"लड़कियों को बहुत सताती हो" वह गुस्सा हो गईं।

"आप से किसने शिकायत की मेरी। और फिर आपने मुझे सजा क्यों न दी।"

"तुम बहुत हुज्जत करती हो" वह गुस्सा हो गईं।

"सॉरी खातून आपा! मेरी तो सारी लड़कियों से दोस्ती है! बच्चियां तक मुझे घेरकर कहानियां सुनती हैं। कोई घर की याद में बेचैन होती है तो मेरे पास आती है। मुझे सब लड़कियां प्यारी लगती हैं। मुझे इस स्कूल से बेहद प्यार है। मेरा कोई तो उस्ताद मुझसे नाराज नहीं। मैंने आज तक किसी से गुस्ताखी नहीं की।"

"तुमने मुन्ती के बारे में बकवास की" मुमताज आपा को यह मुन्ती कहती थीं "शाहिदा, खुर्शीद चुडैलों ने शिकायत की होगी। चोर कहीं की।"

"नहीं शिकायत नहीं की, मगर तुम ऐसी उल्टी-सीधी बातें करती हो?"

"क्या मुमताज आपा बहुत खफ़ा हैं, खुर्शीद बहुत जलील और बेशर्म है"

"मगर तुम्हारी उस्ताद हैं, उनके बारे में तुम क्या बकवास करती हो" खातून आपा, हम सब लड़कियां पीठ पीछे टीचरों के बारे में उल्टी-सीधी बातें करते हैं, मगर हम जाकर उनकी रिर्पोट तो नहीं करते खुर्शीद झूठी है।

"नहीं तुम खुर्शीद से कुछ न कहना। हमने वायदा किया था कि किसी को नहीं बताएंगे। और फिर बात और फैलेगी। मगर तुम ऐसी दीवानी बातें क्यों करती हो।"

वह दीवानी बात यह थी कि एक दिन मुमताज आपा ने इतिहास की कॉपी खो देने पर डांटा। बाद में वह कॉपी मिस जरमी के कमरे में मिल गई। वह वहां कॉपी लेकर गई थीं। एक कॉपी छूट गई, मिस जरमी ने वह सीधे मुझे दे दी। कॉपी खोने पर मुमताज आपा ने मुझे क्लास से निकाल दिया था।

"ठहर जाओ, मैं भी मुमताज आपा के ससुर से शादी करके उन्हें वह मजा चखाऊँगी कि याद ही करेंगी।" खुर्शीद खूब हंसी थी कि लाजवाब तरकीब है बदला लेने की।

"अच्छा महमूदा, तुम्हारी शिकायत?"

"यह नहीं बताती तो मैं बताए देती हूँ खातून आपा, खुदा की कसम मेरी नीयत में खोट न था। महमूदा बहुत खूबसूरत है। मैंने कहा महमूदा, मैं आपने बेटे से तुम्हारी बेटी की शादी करूंगी। खातून आपा क्या लड़कियां आपस में ऐसे रोमांटिक वायदे नहीं करतीं।"

"करती तो हैं।"

तो मैंने कौन-सा इतना बड़ा जुर्म किया। यह बोली मैं तो अपनी लड़की की शादी हरगिज तुम्हारे लड़के से नहीं करूंगी। मैंने कहा, मैं जबरदस्ती तुम्हारी लड़की भगवा लूंगी। इस पर सब लड़कियां हंसने लगी तो यह भों-भों रोने लगीं। बेवकूफ कहीं की।

खातून आपा हंसने लगीं तो महमूदा भी हंसने लगी।

"महमूदा तुम बेफिक्र रहो, अगर खुदा न करे तुम्हारी लड़की का दिल मेरे बेटे पर आ गया तो उसका गला घोंट दूंगी। मेरा मतलब है अपने बेटे का। बस अब तो खुश! "क्या तुम लोग बच्चों जैसी बातों पर लड़ बैठते हो।"

अभी दो साल हुए पाकिस्तान में महमूदा से भेंट हुई। उसकी चांद-सी बेटी भी साथ थी। मैंने उससे कहा। बेटीजान मेरे कोई बेटा नहीं वर्ना कसम से मैं सारी सरहदें तोड़-ताड़कर तुम्हें उठवा लेती। महमूदा की बेटी मेरे सीने से लग गई। कितनी खूबसूरत दिलचस्प थी कॉलेज की जिंदगी। एक-एक बात तस्वीरों की तरह जड़ी है। "महत्वूर्ण मोड़ पर जी कांप रहा था। वह अजनबी जो इतना करीब आने वाला था, कौन साबित होगा। मगर वह अजनबी उनके अपने ख्वाबों का शहजादा साबित हुआ। ऐसे मेल शायद ही होते हैं।"

"मैंने सुना है तुझे शादी से चिढ़ है लड़की।" अपनी सुनाते-सुनाते एकदम आला-बी ने बात पलटी। आला-बी किसी आदमी के हुक्म का गुलाम बनना मुझसे नहीं झेला जाएगा। मैंने जिंदगी बुजुर्गों के आतंक के खिलाफ आवाज उठाकर गुजार दी है। मुझे अपनी मिसाल आप बनानी है। मुझे पतिव्रता, सुघड़ औरत बनने से घिन आती है।"

"ऐ है वह क्यों?"

"सबका ख्याल है कि मैं कुछ पागल हूँ।"

"अल्लाह खैर!"

मगर मैं अपने पागलपन में मगन अपने दुख-सुख इनाम-अपराध की खुद उत्तरदायी बनना चाहती हूँ।

"अगर कोई तेरें जैसा सिरफिरा मिल गया तो?"

"जैसा कि आपको मिला"

"हां, मैं तो सोच भी नहीं सकती कि तेरे पापा के अलावा कोई मुझे समझ भी

सकता था।"

"लोग कहते हैं, आपने अपने घर और बच्चों की अनदेखी की। आपकी बहनों ने बच्चे पाले।

"ऐ हय तो तुम्हारी ख्वाजा फैमिली में कौन बच्चे पालता है, आया, दादा, दादी या नानी, मौसी, फूफी। हमारे यहाँ माएँ बच्चों को खाक पालती हैं। पहला बच्चा दादी का, दूसरा नानी का फिर खाला (मौसी) फिर फूफी का। और जितने बच्चे उतनी आयाएं। है कि नहीं। रहा खाना-पकाना तो बावर्ची है ही।

"बेगम अम्मा रोज कुछ न कुछ अपने हाथ से जरूर पकाती हैं।"

"अरे वह तो जी बहलाने के लिए कोई चटपटी मसालेदार चीज, मियां परहेजी खाते हैं ना। और सिलाई मुगलियानी करती हैं। अब तो दर्जी भी जनाने (औरतों के) कपड़े सीने लगे हैं।"

"वैसे मैं अपने कपड़े सील लेती हूँ।"

"ऐ बस काफी है, यह देखो में मोहिसिन का कुर्ता तुरूप रही हूँ। असल में यह घरदारी और सुघड़पन का ख्वाहमख्वाह।

"आप पापा के बटन टांकती हैं?"

"ऐ वाह बटन तो धोबी टांकता है, उसे चार पैसे मिल जाते हैं, उसकी लौडियां रामदई चौथी में पढ़ रही है। मैंने कह दिया है, मिडिल से पहले गौना किया तो निकाल दूंगी। उसकी सास अंधी है और जेठानी बर्रों का छत्ता है। मैंने कह दिया तब तो मैट्रिक के बाद ही विदाई होगी मुए ने छ बरस की थी, तभी शादी कर दी थी। सुना है लड़का मोटर साईकिल मांगता है। कॉलेज का धोबी है, खाता-कमाता आदमी है। दामाद को तुम्हारे पापा ने रखवा दिया है। मैंने कह दिया अगर मोटर साइकिल मांगी तो नौकरी समझो गई। मांग के तो देखे। हां साइकिल मैं दिला दूंगी।

"सुना है रतीराम बहू को मारता है?"

"कुछ ऐसा-वैसा मारता है हरामखोर छछा की बहू-बेटे को भड़काती है। मैंने सास और बेटे को बुलाया है। बस आते ही होंगे।" इतने में बाबू धोबी आ गया। बाबू लंबा सजीला सांवला-सा नौजवान, एकदम साफ कमीज और पतलून डाले बिल्कुल कॉलेज का स्टूडेंट लगता था। साइकिल पर नई दुल्हन को बैठाकर सिनेमा देखने जाता था। बुढ़िया सास जल-जल परन्डा होती। भली बेटियों के कथानुसार अब्दुल्लाह फैमिली ने अलीगढ़ के नौकरों के दिमाग आसमान पर चढ़ा दिये थे। कॉलेज के नौकर तो ऐसे अकड़ते थे जैसे लाड-साहब के बच्चे हों। बेगम अब्दुल्लाह ने तो जैसे अलीगढ़ के सारे नौकरों का ठेका ले लिया है। जरा डांटो-मारो उनके पास रोता जाता है। और वह उसे या तो कॉलेज में नौकरी दे देती हैं या यूनिवर्सिटी में खपा देती हैं। सिर्फ वह नौकर

जमें रहते हैं जो बनिये से डिस्काउंट वसूल करते हैं। तरकारी वालों से, सौदे वालों से कमीशन लेते हैं। आम के मौसम में मुफ्त आम, दर्जी से मुफ्त बच्चों के कपड़े सिलवाते हैं। वर्ना कोठी के फाटक में भी दाखिला नहीं होने देते। मोटर में शहर खरीददारी के लिए जाती हैं। तो हर दुकानदार से ड्राइवर से याराना। फिर क्यों न वह गालियां खा लें। सब जानते हैं नौकर चोर होते हैं जो पकड़ा न जाए वह साहूकार।

"बीबी पतलून के बटन और चाहिए। मोहसिन भाई के बटन बहुत टूटते हैं।" आला-बी ने बटनों का पत्ता दे दिया। जब वह चला गया तो बोलीं "बड़ा चोर है मगर पकड़ना मुश्किल है।"

"चादरें, तकिये के ग़िलाफ! चुराता नहीं बस इस्तेमाल करता है। नये की जगह पुराना कपड़ा दे देता है। लड़कियां दीवानी खाक समझें। जब फिर नये साल नये कपड़े लाती हैं, यह पुराने दे देता है। नये अपने लिए रख लेता है। मगर नामुराद को पकड़ें कैसे? और मुझे याद आया। घर से छह चादरें लाते हैं, वापसी में बस चीथड़े ले जाते हैं।

"बड़ा चालबाज़ है, पकड़ा नहीं जाता।"

"ऐ बेटी किस-किस को पकड़ें। यह मुए छोड़ (खानाबदोश हरिजन) चोरी पर ही गुजर-बसर करते हैं। छोटी-छोटी चोरियां करते हैं।

और मुझे याद आया कि जसीम भाई बाहर सो रहे थे। थोड़ी सर्दी में बाहर सोने में बड़ा मजा आता है। नन्हें भाई की शादी के बाद सहन का एक कोना उनके लिए खाली कर दिया गया था। लड़के बाहर सोने लगे थे। रात को कोई लिहाफ लेकर भागा। जसीम भाई पीछे लपके, व खेतों में गायब हो गया। वापस लौटे तो तोशक-चादर और तकिया दूसरा लेकर चम्पत। फिर कोठी में पहरेदार मौजूद, फिर भी उचक ही लेते हैं। इसलिए अब्बा रात को कुत्ते छोड़े देते थे और हमारे फूस के बंगले में कभी चोरी नहीं होती।

रतीराम उसकी मां और छद्दा राम उसका बाप हाजिर हुए। मालूम हुआ कि ताजा मारपीट की असल जिम्मेदार बड़ी बहन यानी रशीदा आपा थीं। उन्होंने अपना गुलाबी शलवार का जोड़ा बहू को दे दिया। वह बहुत शर्माई, सिर हिलाया। मगर जिद्द करके उसे पहना ही दिया। खुद कमर बंद बांधना सिखाया।

सास भड़क उठी, "यह पहरावा हमारे कियां ना चलेगो"

"बिरादरी के लोग खिल्ली उड़ाएंगे जी।"

"उड़ाने दो"

"ना बेगम साहब ये ना हो सके।"

"मगर तूने बहू को मार क्यों लगवाई। हम से आके कहा होता।"

"जो मोरी भूल भई बेगम साहब, ताव चढ़ आयू और फिर पतुरियूं सदी आईने में मटक रही ही छिनाल।"

"देख बहू! रत्ती की दुल्हन शलवार भी पहनेगी और आईने में मटकेगी भी। और रत्तीराम ने हाथ भी लगाया तो हथकड़ियां डलवा दूंगी। समझी।"

"ये भी कोई जबरदस्ती है, बेगम साहब" बहू भन्नाई।

"चुप रह खानगी!" छद्दा ने चौड़े हाथ का एक थप्पड़ बहू का जड़ दिया।"

"छद्दा के बच्चे। तूने फिर बहू पे हाथ उठाया।"

मैं जब भी आला-बी से मिलने जाती, उन्हें नौकरों के बीच सुलह सफाई कराते पात्ती। यही नहीं पड़ोस के नौकरों की बीवियां शिकायत लेकर आतीं। और आला-बी उनके मालिकों की मदद से मुकदमों के फैसले करतीं। एक समय ऐसा था जब अलीगढ़ में नौकरों की पलटनें रहा करती थीं। हर कोठी में एक शार्गिद पेशा होता था। हर कोठी का महतर धोबी, चौकीदार चपरासी, मिश्ती, ड्राइवर, रसोइया! ऊपर के काम के छोकरों के लिए कोठरियां बनी थीं। जहां उनका पूरा कुनबा रहता था। मुगला मियां मामाएं, बच्चों की खिलाइयां, हरम और बेगमों का प्राइवेट ऊपर के काम का छोकरा, घर के अंदर ही सामानों की कोठरी या नौकरों के दालान या बरामदे में रहते थे।

उन्हीं दिनों एक तूफान फट गया। लखनऊ के कुछ मनचले नौजवानों ने एक किताब "अंगारे" छाप डाली। अंगारे और वह भी उर्दू यानी मुसलमानों की जागीरी भाषा में, एक हंगामा मच गया। और एक मुल्ला, शाहिद अहरारवी उस का नाम था। गर्ल्स कॉलेज पर पिल पड़ा। उसने एक चीथड़ा-सा अखबार निकाला और अब्दुल्लाह फैमिली की धज्जियां उड़ाने लगा। उसने कहा गर्ल्स कॉलेज रंडीखाना है, उसे फौरन बंद कर दिया जाए। रशीद आपा और दूसरे लिखने वालों के गंदे-गंदे कार्टून निकाले। मैंने वह किताब नहीं पढ़ी थी, लेकिन अहरारवी ने दिल में उस किताब को पढ़ने की लगन पैदा कर दी। न जाने कहां से वह किताब बोर्डिंग में किसी "डे-स्कॉलर" ने ला दी। और रातों-रात लालटेन जलाकर रोशनी न दिखाई दे इसलिए शीशों पर रजाइयां लगाकर हमने वह किताब पढ़ी, और हिल गए।

मगर पढ़कर सोच में पड़ गए। अश्लीलता और गंदगी बहुत खोजी मगर पल्ले न पड़ी। मगर किसी को यह कहने की हिम्मत न हुई कि "अंगारे" गंदी नहीं। यह बिल्कुल बेशर्मी का सबूत होता कि कोई शरीफ लड़की "अंगारे" को गंदा न कहे। सब मेरी तरफ देखने लगीं। वह सब भी मेरी ही विचार की पोषक थीं लेकिन मेरी तरह बेलगाम न थीं। अब मुझे मालूम हो चला था कि बहुत-सी बातें जो ये दिल में तो मानती हैं, खुद बोल नहीं पातीं तो चाहती हैं कि मेरे मुंह से सुनें "किताब तो बेहद गंदी

है मेरे तो हाथ सड़ गए। दिल सड़ गया, दिमाग सड़ गया, चलो नमाज के कमरे में तौबा करें। अल्लाह से माफी मांगें। अल्लाह को यह किताब अच्छी नहीं लगी होगी।

"ऐसी बातों का मजाक नहीं बनाना चाहिए।"

"मजाक कौन नामालूम बना रहा है। शरीफ लोग कहते हैं गंदी है तो झूठ तो नहीं बोलते होंगे।"

"नॉन्सेंस" जमीला हामिद बोली। वह ऊंचे घराने की कान्वेंट की पढ़ी लिखी लड़की थी। बेहद मुंफट धड़ से बात कह डाली। तय है कि मेरा उसकी खूब पटती थी।

"तौबा जमीला" लड़कियां चिल्लाई।

"तुम ने लेडी चेटरलीज लवर" पढ़ी है।

"लाइब्रेरी में होगी यूनिवर्सिटी में।"

"हरगिज नहीं, वह किताब बैन हो चुकी है।"

"फिर तुम ने कहां पढ़ी।"

"मेरी एक क्लासमेट लॉरट्यू कॉन्वेंट में थी, उसने दी थी।"

हम सब जल के खाक हो गये। देसी स्कूलों की पढ़ी लड़कियां, कान्वेंट की लड़कियों के सामने चित्त हो जातीं हैं। सआदत कितनी तेज थी। यूनविर्सिटी में अव्वल आई थी। थोड़े दिन कान्वेंट में पढ़ी थी लेकिन महमूदा उमर, जमीला, हामिद, अजरा, हैदर क्या फटाफट अंग्रेजी बोलती थीं कि हम सबकी सिट्टी गुम कर देती थीं। जमीला हामिद की उर्दू इसी से कमजोर थी जो एक खुशनसीब समझी जाती थी। बस जमीला का एक इलाज था कि खूब सरपट फारसी मिली उर्दू बोला, चिढ़ जाएगी। बड़े ऊंचे मचान से कहेगी।

नॉन्सेंस, भई जरा हौले-हौले बोलो," और काफी लड़कियों ने डरते-डरते फैसला किया कि किताब गंदी सही, प्रभावित करती है, और सच्चाई से भरी है।

मैंने अबतक ऐसी गंदी किताब नहीं पढ़ी थी, कॉलेजों युनिर्वसिटियों में ऐसी चीजें नहीं मिलतीं। मगर जुबानी उससे भी गंदी बातें पलंग के नीचे छुपकर बड़ी-बूढ़ियों से सुनी थीं। समलैंगिक प्रेम कुछ होता है, क्या होता है यह भेद नहीं खुला था। कुछ लड़कियों के बारे में लड़कियां फब्तियां कसा करती थीं कि किस तरह वह एक-दूसरे की दीवानी थीं। अगर एक किसी और से बात भी करती तो तूफान खड़ा हो जाता था। मगर उन दोस्तों को नजरअंदाज कर देना और टाल जाना ही गंभीरता और संस्कारी लड़की होने की निशानी समझी जाती थी।

"अंगारे" पढ़कर मुल्ला अहराखी का चीथड़ा पढ़ा तो जी खूब जला। और मैंने एक लेख लिखा, कुछ इस तरह का "मुसलमान लड़कियां पहले ही उपेक्षित और

पिछड़ी हुई हैं। ऊपर से कट्टर मुल्ला अहराखी जान का दुश्मन हो रहा है। कॉलेज बंद कर दिया जाये, मगर हम सारी लड़कियों की यहां से बस लाशें ही जाएंगी। कौन बंद करने आयेगा हम उससे निपट लेंगी। और यूनिवर्सिटी में हमारे छह हजार भाई हैं। क्या वो चुपचाप हमारी लाशों को कुचलता देखेंगें। जब भी हमें मुल्ला अहराखी का ख्याल आता है। हम अपने छह हजार भाइयों, बुजुर्ग, प्रोफेसरों, टीचरों को याद कर लेते हैं। तब हमारी हिम्मत बढ़ जाती है। जब तक वो सलामत हैं, कोई माई का लाल हमारा बाल-बांका नहीं कर सकता। झांसी की रानी ने शहंशाह हुमायूं को राखी भेजी थी। हम कॉलेज की सभी लड़कियां अपने हजारों भाईयों की शुभकामनाओं के साथ श्रद्धा और प्रेम की राखी भेजते हैं। हमें आशा है कि वह हमारी रखवाली के लिए कोई कदम जरूर उठाएंगे।

मैंने लेख जो बेहद जोशीला था, लड़कियों को सुनाया एक हुल्लड़ मच गया, पापा मियां को खबर पहुंची। वह आये और सुना। उसी वक्त लिफाफा मंगवाकर अलीगढ़ ग्ज़ट को भेज दिया। दूसरे दिन लेख छप गया। लड़कों ने वह लेख पढ़ा और उसी रात जाकर मुल्ला अहराखी की खूब ठुकाई की। दफ्तर तोड़फोड़ डाला। किसी को मुल्ला के समर्थन की हिम्मत न पड़ी। उन लड़कों की रिश्तेदार लड़कियां कॉलेज में पढ़ती थीं। उनके जरिए लड़कियों का धन्यवाद पहुंचा दिया गया। उसके बाद मुल्ला गायब हो गया। अपनी इस कामयाबी पर बोर्डिंग में खूब जश्न मनाया गया। खूब गाने गाये गये। और टेनिस कोर्ट पर खुर्शीद ओबेदुल्लाह ने डांस किया। कॉलेज से शेरवानियां मंगवाकर मशहूर शायरों का भेष बदलकर उनके शेर पढ़े गये। खुर्शीद जमाल जो भारी-भरकम और गोरी थी, जोश मलीआबादी बनी, मत्ता जो खूब सांवली थीं, चमकदार सफेद दांत थे, दाड़ी लगाकर जिगर मुरादाबादी बनी। सफिया, सेराज, मजाज की बहन तो अपने भाई के कपड़े ले आई वह जब मजाज बनी तो सब की चीखें निकल गई। फाखरा, सागर निजानी बनी। बेहद दिलचस्प मुशायरा हुआ। खातून आपा ने दूसरे दिन की छुट्टी का एलान कर दिया।

टेनिस कोर्ट नाचने-गाने का मंच बन गया। मुल्ला अहराखी की अर्थी पूरे बोर्डिंग में घुमाई गई। बीच सहन में अर्थी जलाई गई, जिसकी आग में मूंगफलियां भून-भूनकर खाई गई, महीनों इस जीत का नशा सवार रहा। रशीदा आपा ने बेहद पीठ ठोंकी। यह हमारी अपनी जीत थी। यह पहला मौका था कि कॉलेज के लड़कों ने एक पाक रिश्ता बनाया। कॉलेज के लड़के उस वक्त पाबंदी से काली शेरवानी पहनते थे। कभी हम किसी मुशायरे में स्ट्राची हॉल जाते या प्रदर्शनी में लड़कों के झुंड लड़कियों के पीछे लगते तो उल्टा लड़कियों पर डांट पड़ती थी। हालांकि हाली अचकन और सफेद पायजामों के बढ़ते हुए झुंड से हमारी पहचान कोई खास न थी, लड़कियां कालेज के

लड़कों को "कोड़याले" कहा करती थीं। कोड़याला सांप बेहद खतरनाक होता है, उसका डंसा लहरा नहीं लेता। यह नाम कुछ रोमांटिक भी लगता था। लड़कियों के दिल में छुपा डर और धुंधला-सा रूमान इस शब्द से जुड़ा था। उन दिनों काले, दुबले सूखे लड़के भी दूर से बड़े बांके लगते थे। जब पास से देखा तो दिल बैठ गया। उनमें ज्यादातर काले-कलूटे और बदसूरत थे। अब तो कॉलेज के किसी प्रोग्राम में आजादी से आते हैं। खास मौकों पर लड़कियां उनकी खातिरदारी करती हैं। बिल्कुल कोड़याले नहीं, अच्छे-भले इंसान लगते हैं। पुरानी लड़कियां तो अब प्रोफेसर, लेक्चरर और टीचर बन गई हैं। बड़ी हसरत से कहती हैं "हमारे ज़माने के लड़के बड़े हैंडसम हुआ करते थे, अब तो कूड़ा आ गया है, दरअसल जो पर्दा बीच में खिंचा था, अपने अंदर न जाने कितने सपने समेटे हुए था। जो गायब हो गया। अब लड़कियां लड़कों को देखकर बोखलाती नहीं। उन्हें अपने जैसा ही समझती हैं। इसका मतलब यह नहीं कि पर्दा हटा तो रूमान खत्म हो गया। अब भी इश्क चलते होंगे। ब्याह रचते होंगे।

इतनी बात तो है कि पर्दा हटता है तो कुछ छिछोरे किस्म के जज़्बात जो सिर्फ कल्पना के बल पर परवान चढ़ते हैं और बड़ी दिमागी उलझनों की वजह बनते हैं। एक दूसरे को विषमलिंगी ही नहीं आम इंसान की हैसियत से समझने में आसानी होती है। अंधे प्रेम की संभावना कम हो जाती है। जीवन अपेक्षाकृत जागरूक आधार के सहारे बनता-संवरता है। एफ.ए. के बाद बी.ए. का अलीगढ़ में कोई इंतजाम न था। मेरे बैंक बुक में अभी काफी रूपया था। अब्बा मियां ने आई.टी. कॉलेज में एडमिशन लेने की इजाजत दे दी। जुगनू को हबीब हॉस्पीटल बंबई में अभी दो साल काम करना था। क्योंकि इसी शर्त पर छात्रवृत्ति मिली थी। लखनऊ में गुजारे हुए दो साल मेरी जिंदगी में बहुत महत्वपूर्ण साबित हुए। दिमाग को नई राहें मिलीं, नये दरवाजे खुले।

❑❑❑

रौशनी रौशनी रौशनी

लखनऊ जाने के लिए मैं पहले अलीगढ़ गई। मुझे लखनऊ का भूगोल बिल्कुल ही मालूम नहीं था। भला जोधपुर से सीधे लखनऊ कैसे जाती? वैसे अलीगढ़ में कुछ दिल को ढाढ़स बंधाने वाले भी थे। नया कदम उठाने से पहले पापा मियां और आला-बी से बातचीत करना चाहती थी। बजाय अपनी ममानीजान के यहां ठहरने के खातून आपा से इजाजत लेकर बोर्डिंग हाउस ही में ठहरी। नसीर तो लाहौर कैंड कॉलेज एक साल पहले ही चली गई थी। हमीदा सलामुद्दीन फर्स्ट इयर में थी। पहले भी उसके साथ रहती थी। मालूम हुआ, अलीगढ़ से तो कोई लड़की लखनऊ नहीं जा रही है। इसलिए अकेली ही लखनऊ रवाना हो गई। लखनऊ का प्लेटाफार्म ने ही अलीगढ़ से ज्यादा प्रभावित किया। उस समय अलीगढ़ की तभी सड़कें कंकड़ की थीं और बेहद उबड़-खाबड़। लखनऊ में पहली बार सीमेंट की सड़क देखी। जोधपुर अभी बहुत पिछड़ा हुआ था। लखनऊ उन जगहों के मुकाबले पेरिस लग रहा था।

जब मेरा तांगा कॉलेज के पोर्टिको के सामने रूका तो कुछ देर मैं चुपचाप खड़ी पोर्टिको के ऊंचे मेहराबनुमा खंभों में नज़रों से नापती रही। मैंने इतनी शनदार इमारत पहली बार देखी। आई.टी. कॉलेज एशिया का सबसे शानदार विमेंस कॉलेज था। और शायद अब भी है। कोई कॉलेज इतना विशाल और भव्य नहीं। आई.टी. कॉलेज से शानदार यूनिवर्सिटी बरसों बाद सिर्फ मास्को में नज़र आई जहां जाकर आखें खुल जाती हैं।

प्रिंसिपल मिस शानिन के सामने पहुंची तो उन्होंने उठकर हाथ मिलाया खुशआमदीद कहा जैसे मैं कोई सम्मानित अतिथि हूं। छह फुट से निकलता हुआ कद, बिल्कुल मासूम-सी सूरत, गुलाब की पंखुड़ी जैसे रंग, गहरी नीली आंखें जिस पर रूपपहले बालों का ताज, भारी भरकम जिस्म। इतनी जोर से मेरा दबाया कि उंगलियां चटक गई। विशालकाय हास्टल में अकेलेपन के डर से मैंने डबलरूम पसंद किया, खुदा जाने कौन रूममेट मिलेगा। मैं नई आनेवाली कुछ छात्राओं में थी। बोर्डिंग हाउस खाली पड़ा था। मैट्रन ने मुझे कमरा पसंद करने की इजाजत दे दी। दो पलंग पड़े थे। मैंने एक पर

बिस्तर बिछाकर खूब भड़कदार मारवाड़ी बंधाई के काम का पलंगपोशा (चादर) बिछा दिये। कपड़े अलमारी में जमा दिये। अब समझ में नहीं आया क्या करूं। बस जिधर मुंह उठा चलने लगी। चेहरे पर बड़ी गंभीरता जैसे बहुत जरूरी काम से जा रही हूँ, और जहां जाने की चाह है, पहुंच जाऊंगी। दो चार लड़कियां आपस में बातें करती, कहकहा गुजर गई। उन्होंने जैसे मुझे देखा ही नहीं। अकेलेपन का अहसास दम घोंटने लगा। दोपहर का खाना ही नहीं खाया क्योंकि डाइनिंग रूम का पता ही नहीं था। रोने का जी चाह रहा है। शाम की चाय की घंटी पर मैंने आवाज की तरफ कदम उठा दिये और डाइनिंगरूम का सुराग मिल गया। इक्का-दुक्का लड़कियां बैठी आपस में बेतकल्लुफी से बातें कर रही थीं। भूख बहुत लगी थी वर्ना मैं तो खाना गोलकर जाती। अकेलापन खाये जा रहा था।

"तूसी पंजाबी औ" एक छोटे कद की गोल मटोल सी लड़की आकर सामने बैठ गई।

"नहीं"

"मैं पंजाबी हूं, एल्मा मोहन लाल।"

मैंने अपना नाम बताया, जो मुश्किल से पकड़ में आया।

"हालांकि तुम पंजाबी लगती हो और मैं हिंदुस्तानी। पंजाबी अपने अलावा सब को हिंदुस्तानी कहते थे।

"क्या सब्जेक्ट लिये हैं। मैंने तो पालिटिक्स और इकॉनामिक्स ली है।"

"अरे यही सब्जेक्ट मैंने भी लिये हैं।" एल्मा चहकी। कौन से हॉस्टल में हो।"

"निशात में डबल रूम है।"

"अरे बाबा, अपन तो डॉरमैटरी में हैं।"

"तो मेरे कमरे में आ जाओ।"

"ना भई बहुत महंगा है। तुम डॉम में आ जाओ, एक रूपया प्रति लड़की। छह लड़कियां हैं, हम। अभी दो पंलग खाली हैं। आ जाओ। सच्ची बड़ा मजा आएगा, साथ पढ़ेंगे मिलकर।" तीन हॉस्टल थे। निशात, नौबहार और मैत्री भवन। सबसे पुराना मैत्री भवन था। जिसमें डॉरमैटरी थी। मैं एल्मा के साथ उसकी डॉरमैट्री में गई तो पांचवीं लड़की आ गई थी, यह जोहरा अबुलहसन थी जो अलीगढ़ से मैट्रिक करके आई थी। नय्यर की क्लास में थी। और डे-स्कॉलर थी, बस हल्की-सी जान-पहचान थी, मगर बस अलीगढ़ की लड़की देखकर दिल झूम उठा, मैं उसे अपने कमरे में ले आई। बहुत अमीर और लाडली। दुबली-पतली, सांवली बल्कि काली। मिस शानिन ने उसकी दयनीय सूरत देखकर मैत्री भवन भेजवा दिया था। निशात में अमीर और विलायती लड़कियां रहती थीं। नौबहार में मध्यम की और मैत्री भवन में कम हैसियत

की और ज्यादातर इसाई लड़कियां रहती थीं, क्योंकि मिशनरी कॉलेज में इसाई लड़कियों को बहुत रियायतें मिली हुई थीं। बहुतों की फीसें भी माफ थी। खाने का कम देना पड़ता था। छात्रवृत्ति सभी इसाई लड़कियों को मिलती थी। चूंकि हिंदू रसोईयों ने गाय का गोश्त पकाने से इनकार कर दिया था, इसलिए लगभग सारे स्टाफ ईसाई या मुसलमान, माली, चौकीदार, जिनकी संख्या दर्जन से ऊपर थी सब हरिजन से ईसाई हो गये थे। मुसलमान बड़े अक्खड़ थे और मुसलमान लड़कियों से कुछ नाराज भी रहते थे और थोड़ी छूट भी देते थे, ज्यादा मक्खन वाले तोस देते थे।

ईसाई जिन तबके से लाये थे, उनसे लड़कियां छूतछूात बरतती थीं। वह डायनिंग रूम में नहीं घुस जाती थीं। अंग्रेज और अमेरिकन लड़कियों की अलग मेज थी। उन्हें कुछ अंग्रेंजी ढंग का खाना मिलता था। उनमें बहुत गोरी एग्लोइंडियन भी शामिल कर ली गई थीं। जिनमें इंदिरा दयाल, डाक्टर गिरिजा दयाल और उनकी डाक्टर मेम की सुर्ख सफेद लड़की थी, विदेश रह आई थी। स्कर्ट-फ्राक पहनती थी। यह उन्हीं डाक्टर की बेटी थी जिनकी मेम साहब ने हमारी मां की ज्यादातर जाचें की थीं। बड़ी गहरी दोस्ती थी। अब्बा मियां की जब बदली होती तो वह गिरिजा दयाल को भी किसी तरह वहीं ट्रांसफर करा ले जाते। बचपन में बहराइच में हमारा काफी मेल-जोल था और उनका बड़ा बेटा आज भी हमें बहुत सताया करता था, खुब ठुकाई करता। रोते तो चिढ़ाता।

इंदिरा ने जब याद दिलाया तो पहले मैंने उसके भाई की खैरियत पूछी जो बेहद मरखाना और गोरा था, फिर उसे हम अपने हॉस्टल में ले आये। तीसरे दिन सुल्तान भी आ गई। हमने उन्हें तांगे में देखकर ही पकड़ लिया और हमारे कमरे के बाद जो डबल रूम था, वह उन्हें दिलवा दिया। हम बार-बार बीच के कमरे से गुजरकर एक-दूसरे के पास आते-जाते रहते। इसलिए वह सीनियर लड़की कमरा छोड़कर मैत्रीभवन चली गई, जहां लड़कियां बेहद पढ़ाकू थीं। उसका बी.ए. आखिरी साल था और सुल्ताना-आमिना एफ़.ए. के पहले साल में थीं। मगर अलीगढ़ के नाते हम अक्सर साथ ही रहते थे। सबसे ज्यादा जिस बात ने मुझे प्रभावित किया, वह था ड्राइंगरूम और लाइब्रेरी, इतनी खूबसूरत और बड़ी लाइब्रेरी मैंने इससे पहले नहीं देखी थी। अलीगढ़ कालेज में एक कमरे में चार अल्मारियां खड़ी थीं जिनमें उर्दू और अंग्रेजी की किताबें थीं, दो-चार डिक्शनरियां और इनसाइक्लोपीडिया भी थी।

आई. टी. में कई हजार किताबें थी, पहले कुछ दिन तो सिर्फ किताब देखने में गुजर गए। पढ़ाई शुरू होने में अभी कुछ दिन बाकी थे। एक सप्ताह तो लड़कियों को जमने में लग जाता था। गैम्स अपनी मर्जी से लड़कियां खेल रही थीं। नोटिस बोर्ड पर अलग-अलग खेलों में भाग लेने वाली लड़कियां अपने नाम लिख रही थीं। हम चारों

ने हर गैम में नाम लिख दिए। बास्केट बॉल, वाली बॉल और बैडमिंटन तो अलीगढ़ से ही आ गया था। बेस बॉल, हॉकी और टेनिस नये खेल थे।

हमारे हॉस्टल में सिर्फ डाक्टर टक्कर थीं। वह अस्सी बरस की थीं और अंग्रेजी उनके जिम्मे थी। डाक्टर छोटे कद की कम बोलने वाली, एकदम मैदा की लोई की तरह उजली थीं। और हमें पहली बार पता चला कि सफेद रंग बदसूरत भी हो सकता है– सिर पर... सफेद लड़कों की कटे बाल थे, सादा कपड़ें पहना करती थीं। डाक्टर टक्कर क्रैंब्रिज, हाबर्ड, और कैलीफोर्निया यूनिवर्सिटी में पढ़ा चुकी थीं और एक तरह से रिटायर हो चुकी थीं। इजाबेला थूबरन कॉलेज में आराम करने आई थीं। मगर सारी उम्र पढ़ाने के बाद बेकारी से डरने लगीं। और फिर पढ़ाना शुरू कर दिया, उनके शिष्य मिनीस्टर और सीनेटर थे। कमान्डर इन चीफ और जनरल थे। उनकी प्रतिभा ऐसी थी जिसकी थाह नहीं मिलती थी, शेक्सपीयर तो उन्हें ज़ुबानी याद था। पढ़ाना शुरू क़रती और किताब खोलकर पृष्ठ उलटने की भी जरूरत न महसूस करतीं। यही हाल बर्नाड शॉ और सभी इंगलिश कवियों की कविताओं का था। लड़कियां किताबें खोल लेती थीं और वह डायस पर टहल-टहल के पढ़तीं। इस जादुई अंदाज से पढ़ाती थीं कि छात्राएं मदहोश सी हो जातीं। अलीगढ़ में खातून आपा इंगलिश की बेहतरीन उस्ताद थीं। और उनके पढ़ाए हुए सबक दिमाग का एक हिस्सा बन जाते थे, मगर जब खातून आपा का डाक्टर टक्कर से वास्ता पड़ा तो मा़लूम हुआ कि इल्म का एक समुन्दर है उमड़ता ही चला आता है। मुझे वह दिन हमेशा याद रहेगा जब उन्होंने वर्डसवर्थ की कविता द लिटिल मैप गर्ल और वी आर सेवेन क्लास में पढ़ाई तो पहले सन्नाटा, फिर सिसकियां और फिर भों-भों शुरू हो गई। खुद डाक्टर का मुंह लाल अंगारा हो रहा था और चुंइयां-सी फीकी नीली आंखे भर आई थीं। वह खुद इतनी डूबकर पढ़ाती थी कि बूढ़े हाथ-पैर लरज़ने लगते थे।

जब दूसरी क्लास की लड़कियां दरवाजे पर आकर डट गई तब हमें पता चला कि घंटी खत्म हो गई। डाक्टर के हर क्लास में यही होता कि बैठी हुई लड़कियां उठने को तैयार न होतीं और दूसरी क्लास की लड़कियां घुसकर हो-हल्ला मचाने लगतीं। डाक्टर टक्कर कभी लॉन पर चहलकदमी के लिए निकलती तो लड़कियां उन्हें घेर लेतीं। दुनियां के विषय पर वह इतने प्यारे अंदाज में बातें करती की दिमाग की खिड़कियां खुलने लगतीं। बेहद खुशमिजाज थीं। मूड आ जाता तो हास्यचरित्रों की इतनी जानदार नकल करती कि हमलोग हंसते-हंसते बेदम हो जाते। कभी फुलटॉक बन जाती, कभी डेविड कॉपरफील्ड का मिस्टर बारक्स। कभी शाइलॉक कभी एकदम पोर्शिया, कभी बर्नाड शॉ की केनिडा तो कभी क्लीओपेट्रा। बाइबिल का काफी हिस्सा याद था। उन्होंने अभी फैसला नहीं किया था कि फाइनल में बर्नाड शॉ और शेक्सपीयर का

कौन-सा ड्रामा लेंगी। सिलेबस के तीन नाटकों में एक सेलेक्ट करना था। इसी तरह कविता में भी वर्डस्वर्थ, मैक्यू ऑरनर्ल्ड, बायरन, किट्स, शैली और मिल्टन के बारे में कभी कुछ तय नहीं किया था कि कौन-कौन से हिस्से कोर्स में होंगे, बस कह दिया सब सेक्शपीयर के ड्रामें दिलचप्स किताब की तरह पढ़ डालो। सभी कवियों के संग्रह दो-दो रुपये में सस्ते एडिशन हजरतगंज से खरीद लाओ और सब तेजी से पढ़ जाओ।

मेरी अंग्रेजी अलीगढ़ के हिसाब से ही कमजोर थी क्योंकि मैंने अंग्रेजी बहुत देर में और बड़ी तेजी से पढ़ी थी, अंग्रेजी कवि की एक कविता कोर्स में थी, रट डाली थी, अर्थ भी कुछ क्लास में कुछ कुज्जी की मदद से याद कर लिए थे। मगर जानकारी होते हुए भी लिखने की वजह से मार खानी पड़ती थी। अभिव्यक्ति में भी मार खानी पड़ती थी। क्योंकि बोलने की महारत न थी। बाकायदा हर वाक्य का अनुवाद रखे बोलती थी। दिमाग में बहुत कुछ भरा होता और व्यक्त करने का रास्ता न मिले तो बड़ी कोफ्त होती है। मगर कॉलेजों में कुंजी एक ऐसी नेमत है कि दिक्कत हुई तो, मगर शौक में कभी न आई। फिर डिक्शनरी भी काम आई।

लाइब्रेरी में जाकर मुझपर अजीब नशा-सा सवार हो जाता है। पुरानी और नई किताबों का एक अजीब सम्मोहन में बांध लेने वाली खुश्बू होती है जो घुसते ही चारों तरफ से दिमाग पर हमला बोल देती हैं। मैं घंटों किताबें खोलकर उन्हें जी भर के सूंघा करती है। अब भी नई किताबें और पत्रिकाएं न जाने क्यों मैं खोलकर पहले खूब सूंघती हूं। चीनी और रूसी किताबों में खुदा मालूम कैसा गोंद लगा होता था कि सड़े हुए गोश्त की बू आती थी और जी मचलाने लगता था। मैंने चाहा थोड़ा यूडीकॉलोन छिड़कूं तो और भी भयानक बदबू आने लगी। मैं ही जानती हूं मैंने कैसे नाक बंद करके उन किताबों का पढ़ा है। मुझे किताबों से प्यार है। मेरे बिस्तर पर किताबें और पत्रिकाएं न पड़ीं हो तो डर सा लगता है। मेरे घर के हर कौने में किसी न किसी सूरत में किताबें रखी हैं, यहां तक कि गुसलखाने में भी कामिक्स और इधर-उधर की हल्की-फुल्की पत्रिकाएं रखी रहती हैं यही हाल मेरी बेटियों का है और मेरा नवासा भी किताबों का दीवाना है जब सो जाता है तो उसके सीने और पहलू से किताबें समेटनी पड़ती हैं। शाहिद को भी किताबों से प्यार था। उनके एक हाथ में सिगरेट और दूसरे में किताब जरूर रहती थी। किताबें खरीदने का तो जुनून था। शायद ही कोई महीना ऐसा जाता हो जो दो-तीन सौ की किताबें न खरीदते हों। ऐसी किताबें जो नायाब हों, पुरानी किताबों की दुकानों से खरीदते थे। उन्होंने इतनी लाजवाब किताबें जमा की थी कि मेरा पढ़ते-पढ़ते दिमाग घूम गया, उन्हें पढ़ने की कम फुरसत मिलती थी। मैंने उनकी जिंदगी में खुद किताबें कभी नहीं खरीदीं। जरूरत ही न पड़ी, इतनी किताबें पढ़ना आसान काम न था, मगर खुदा किताब चोरों को समझे, बहुत सी किताबें उड़ा

ले गये तब मैंने बेहतरीन किताबें लोहे की अल्मारी में रखकर कुंजी खो दी है, जिसकी जगह सिर्फ़ मुझे मालूम है।

मैंने उन कवियों की सभी कविताएं पढ़ डाली। शेक्सपीयर और बर्नाड शॉ की भी पढ़ ही डाली। कुछ किताबें पढ़ने के बाद फिर कुंजी की जरूरत न रही और गद्य में ब्रांउटी सिस्टर्स से शुरू करके तमाम रूसी साहित्यकार खास तौर पर चेखव, टालस्टॉय, गोर्की, दोस्तोयेव्सकी, फिर चार्ल्स डिकेंस, एमली जोला, बालज़ाक, मॉम, देकिंग्वे को भी पढ़ा। मैं कभी ठंढी आहें लेकर किताबों से भरी आल्मारियों को देखती कि जिंदगियां चाहिए उन सबको पढ़ने के लिए। फिर कॉलेज की पढ़ाई, खासवक्त पर लाइट बंद कर देनी पड़ती। कभी कोई किताब जान को लग जाती और रौशनी बुझाने का घंटा बज जाता। फिर मेट्रन आकर टोकती और बिना रौशनी बुझाए सिर से न टलती। तो जी जलकर खाक हो जाता, तब मैं किसी सीनियर यानी बी.ए. फाइनल, एम.ए या, बी.एड. के कमरे में जाकर पढ़ती, अगर वहां भी मेट्रन के आने की आहट सुनती तो बाथरूम में जाकर बैठ जाती। उफ! मेरे मिजाज में बला की जिद थी।

डाक्टर टक्कर ने मेरा और नास कर डाला। वह मेरे कमरे से थोड़ी दूर रहती थी। बुढ़ापे में नींद मुश्किल से आती है। खाने के बाद वह जब अपने कमरे में सोने के लिए आती तो मैं उनकी ताक में बैठी रहती। मैं उन्हें विश करती और वह बातें करने लगती फिर मुझे कमरे में बुलातीं, सोने की घंटी बज जाती, पांच फिर दस और पंद्रह मिनट गुजर जाते। उनकी बातों से मेरी प्यास और बढ़ती वह जिन किताबों के चरित्र का जिक्र करतीं। दूसरे दिन मैं उन्हें किताबों में ढूंढती। इसके अलावा उन्होंने शाम के खाने के बाद... शीर्षक से एक मजेदार बैठक शुरू की थी। जो लड़कियां चाहे आधे घंटे उनके पास जाकर सवाल-जवाब में शामिल हो सकती हैं। लड़कियां टूट पड़ीं। उनका छोटा-सा कमरा खचाखच भर जाता। हम जमीन पर बैठ जाते वह आराम कुर्सी पर कभी कोई कविता या ड्रामे का टुकड़ा कभी होमर ओर वर्जिल के बारे में उदाहरण देकर बतातीं। कभी बाइबिल का सारांश, कुछ लड़कियों का ख्याल था कि बुढ़िया हमें क्रिस्तान बना रही है, कुछ भी हो हमारी जानकारी बढ़ रही थी। उन्होंने एक दिन अंग्रेजी संगीत के बारे में भी बताया। हर हॉस्टल में जहां पियानो रखा रहता था, लड़कियां प्रैक्टिस करती थी या प्रोफेसर दिल बहलाने को बजा लिया करती थी। हमारे कान पश्चिमी संगीत से बिल्कुल अनभिज्ञ थे। बस गॉड सेव द किंग, अलीगढ़ में पहले गाया जाता था, जिसे हम मुंह फाड़-फाड़ के, बिना लय के गाते थे। अब्बा मियां गाना सुनना पंसद किया करते थे, मगर घर में कोई हिन्दुस्तानी गाना भी नहीं गाया जाता था।

डाक्टर टक्कर ने म्यूज़िक एपरेशिश की बैठक में हमें जो गाना सुनाया तो हमारे

हंसी के दम निकल गया। विदेशी सुर हमारे कानों के लिए बिल्कुल अजनबी थे। हम लोग मुंह पर पल्लू रखकर बेदम हो गये। डाक्टर का मुंह लाल हो गया।

उन्होंने बताया कि यह गाना एक हब्शी गायक पॉल रॉबिंसने गाया है और उच्चकोटि का गीत माना जाता है, उन्होंने बार-बार रिर्काड बजाया और कहा। गौर से सुनों इस गायक की आवाज में वोल्गा नदी की घनगरज है। आंखे बंद कर लो और सोचो तुम नाव में सवार वोल्गा नदी पार कर रही हो नदी में भयानक तूफान आ रहा है। राक्षस की तरह लहरें, बादल की गरज, नदी का बेरहम अभिशाप और अकेला बेसहारा मांझी, मजबूर व लाचार हब्शी मांझी जिसकी जिंदगी एक तूफान में घिरी हुई है, हम खिसियाने शर्म में डूब रहे हैं और जब तीसरी बार बिज़ली बुझाकर उन्होंने रिकार्ड बजाया तो रोंगटे खड़े हो गये। फिर उन्होंने अमेरिकी निग्रो के बारे में पढ़ने की राय दी, उत्तर-दक्षिण की जंग, निग्रो की दुर्गत! और मैंने 'अंकल टॉम्स केबिन' पढ़ी और पॉल रॉबिंस की आवाज की महानता पहचानी। दूसरा विषय राजनीति के पहले सबक से ही दिल को जकड़ने में कामयाब हो गया पॉलिटिक्स की प्रोफेसर मिस चाको साउथ इंडियन थीं बिल्कुल निग्रो जैसा चिकना मख्मली रंग, घुंघराले बाल, बड़ा सा जूड़ा, सीधी मांग, बेहद रसीली चमकदार बड़ी-बड़ी आंखें, खिंची हुई भवें, गहरे-उदे, जरा-सा फैले हुए होंठ और जगमगाते हुए सफेद झकदांत, सुडौल बदन, लंबी हंसीनी जैसी गर्दन! ज्यादातर गोरी टीचरें भद्दी और बदशक्ल थीं उनमें मिस चाको काली हंसिनी की तरह स्वाभिमानी चाल से चलतीं तो बिल्कुल किसी देश की शहजादी मालूम होतीं। उनकी आवाज भारी मगर बेहद गहरी और प्रभावपूर्ण थी। कॉलेज की बहुत सी लड़कियां उनकी दीवानी थीं। हम सब ही उनपर मरते थे, क्योंकि वह बेहद अच्छा लेक्चर देती थी कि जहन में बैठ जाता था। मिस चाको बहुत भड़कदार काही रंग का कलफ़दार या उदी नीली मद्रासी साड़ियां पहनती थीं, जिससे उनकी हस्ती बहुत प्रभावपूर्ण और गंभीर लगती। वह बहुत कम हंसती थी, अमूमन किसी लड़की-लड़का की किसी कोताही और गलती पर हंस पड़ती थी और वह लड़की रो पड़ती— राजनीति के साथ इतिहास पढ़ना भी जरूरी था। कीड़े से मेढक, फिर बंदर से इंसान, विकास का सिद्धांत, यानी उद्‌भव की मंज़िलें! 'कुन-फेकुन' खुदा ने फरमाया 'हो जा' और दुनिया का निर्माण हो गया। फिर मिट्टी से हज़रत आदम को बनाया और सिज़दा करने का हुक्म दिया। फरिश्तों का सरदार इबलीस बगावत पर तुल गया। मिट्टी के उपहासपूर्ण पुतले को सिज़दा करने से इंकार कर दिया मगर उसे रहती दुनियां तक आदमी को बहकाकर खुदा का हुक्म न मानने की इजाजत मिल गई। आदम जगत में बोर हुए तो उनका दिल बहलाने के लिए हव्वा बना दी गई। औरत-मर्द का खिलौना।

इबलीस (शैतान) यह जानता था कि आदम उसके चकमे में नहीं आएंगे, इसलिए हव्वा को भड़काया और आदम ने भी निषिद्ध फल तोड़कर खा लिया क्योंकि इबलीस की बहकाई हव्वा ने आदम को भी बरगला दिया। शैतान की चेली औरत! उसी की वजह से दोनों दुनिया में फेंके गये, आदम और हव्वा को रोज एक लड़का और एक लड़की पैदा होने लगे। एह ही दिन पैदा होने वाले जो तुरंत जवान हो जाते, एक दूसरे के लिए हराम करार दिये जाते यानी एक ही दिन पैदा होने वाले आपस में शादी नहीं कर सकते थे, मगर बदजात 'काबिल' नेक निहाद 'हाबील' की जायज औरत पर रीझ गया शैतान ने उसे कत्ल करने का हुनर सिखाया। और इस तरह काबील के हाथों दुनियां का पहला कत्ल औरत के कारण हुआ भाई ने भाई का खून बहाया। और फिर फसाद की जड़।

राजनीति के विषय में इतिहास का अध्ययन भी जरूरी है। मिस चाको जो नन थीं, खूबसूरती से विकास का सिद्धांत पढ़ा रही थी, कीड़े से मेढक, फिर बंदर फिर इंसान का उदय हुआ। पिछले हफ्ते विसपर्ज यानी शाम की प्रार्थना में उन्होंने कुन फेकुन यानी सृष्टि कैसेबनी का वर्णन सुनाया। दिमाग कलाबाज़ियां खाने लगा। डरते-डरते अपना विचार रखा। मिस चाको की व्यंग्यात्मक हंसी बड़ी जहरीली होती थी। बड़ी-बड़ी आंखें, उनके फूले पपोटो में सांप फुफकारने लगते थे। थोड़ी देर क्लास में सन्नाटा रहा।

"आस्था और इतिहास को गलत-सलत मत करो।" उन्होंने झुक कर मेरी नोट-बुक देखी। घबराकर और भी गुस्सा होकर बोली। "यह क्या लिख रही हो?" 'नोटिस!' मैंने मरी हुई आवाज में जवाब दिया।

"मगर यह... यह..." उन्होंने कापी उठाकर क्लास में दिखाया।

"यह तो उर्दू है!" पर बोली।

"मेरी क्लास में गंभीरता से काम होगा।" मिस चाको ने कापी पटक दी।

"अक्षर उर्दू के हैं, मगर शब्द अंग्रेजी के हैं।" मैंने उनके दिए हुए नोट पढ़कर सुनाए।

"मगर...।"

मिस चाको आप बहुत तेज बोलती हैं। इतनी तेजी से लिख नहीं पाते। मैं उर्दू में नोट कर लेती हूं, और अंग्रेजी में बड़ी आसानी से लिप्यंतर कर लेती हूं। उर्दू तेज लिखी जाती है। यह एक तरह का शार्ट हैंड है, नोट सुनकर मिस चाको संतुष्ट हो गई। लड़कियां मेरे नोट से अपने छूटे हुए शब्द लिखा करती थीं। इस तरह लेक्चर सुनने का अच्छा मौका मिलता था। यह तरकीब मेरे बहुत काम आई। हिन्दी के शब्द इतने छोटे नहीं होते इसलिए हिन्दी की लड़कियां भी मेरे नोट मांगा करती थीं।

कई दिन हम बाइबिल के पहले उपदेश पर बहस करते रहे। औरत पर सारी गलतियों का बोझ उसकी दूसरे दर्जे की हैसियत हमें व्यक्तिगत हमला महसूस हुआ। दुख भी हुआ और गुस्सा भी आया तो फिर कोर्स की किताबें धार्मिक आस्थाओं को काटती क्यों हैं। दो विपरीत बातें विद्यार्थियों को क्यों पढ़ाई जाती हैं। और दोनों पर अन्तर्मन से श्रद्धा की आज्ञा दी जाती है। थ्योरी ऑफ इवोल्यूशन से और ही बात मालूम होती है। अगर आस्था पर सवाल का जवाब दें तो परीक्षकों का क्या फैसला होगा। पाषाण युग और फिर लोहे की खोज, हजारों साल बंदरों की तरह पेड़ों और गुफाओं में रहना, फिर मकान की कल्पना साकार हुई। समूह-कबीलों की तरह रहने लगे। खेती करना और जानवर पालने का गुर सीखा। शिकार के लिए हथियार बने जो दो कबीलों के बीच होने वाले खून-खराबे के काम आने लगे। शुरू में औरत-मर्द करीब बराबर थे। शारीरिक रूप से भी ज्यादा फर्क नहीं था। कबीलों के रहन-सहन में श्रम के बंटवारे का कानून लागू हुआ। औरत बच्चा पैदा करती थी जो कबीले की ताकत बढ़ाता था। इसलिए स्त्री का ज्यादा महत्व था। शादी की परंपरा के पहले बच्चे मां के ही हुआ करते थे। जिनके अलग-अलग बाप हुआ करते थे। और अधिकार जताने का कोई जरिया न था। नाम मां से चलता था और मां ही कबीले की सरदार मानी जाती थी। धीरे-धीरे आराम तलबी ने उसे शारीरिक रूप से कमजोर बना दिया। जैसे ऐश में डूबे हाकिमों, बादशाहों का व्यक्तिव नकारा हो गया और नाममात्र के लिए राजपाट रह गया। इसी तरह औरत की अहमियत खत्म हो गई और वह बच्चे बनाने की मशीन रह गई, या घर का काम-काज उसके हिस्से में आया क्योंकि कबीले हरदम एक दूसरे से लड़ते रहते थे। काम ही क्या था सिवा इसके कि एक दूसरे को मारकर उनकी मिल्कियत पर कब्जा कर ले। स्त्री मरने वालों से पैदा होने वाले शून्य को पूरा करती थी, इसलिए वह भी सामान बन गई ढोर-ढंगर के साथ वह भी लूट ली जाती। जिसके कबीले में ज्यादा औरतें होतीं उसका कुनबा बड़ा और ताकतवर होता और वह सरदार बन जाता, और माल-असबाब की तरह औरतों की भी लूट होती। और निजी कब्जा दिखाने के लिए कबीले के लोग अपनी-अपनी औरतों की संख्या भेड़-बकरियों के साथ ही गिन देते। कोई नई औरत कबीले में बढ़ती, वह भी जता दिया जाता कि माल फलां की मिल्कियत है। यह बाद में शादी की शक्ल अख्तियार कर गई। लोगों को जमा करने के लिए ताकि बाद में गड़बड़ न हो, ढोल पीटकर सूचित कर दिया जाता था या गांव में घूम-फिरकर यह बात फैला दी जाती थी कि भाईयों अच्छी तरह पहचान लो यह माल फलां का है। बाद में यही रस्म शादी की धूमधाम बन गई। कबीले के सदस्य दूसरे के लोगों से ही आपस में लड़ा करते थे, बाप और बेटे में से जिसको मौका मिलता या ज्यादा ताकतवर होता मार डालता, इसलिए रिश्ते के महत्व

पर जोर दिया गया, बाप बेटे को पाले-पोसे मुहब्बत दे। इसके जवाब में बेटा-बाप का एहसानमंद हो और इज्जत करे, आज्ञाकारी बने बाप के मरने के बाद बेटे उसकी दौलत के मालिक होते थे, साथ में उसकी पत्नियों पर उनका हक हो जाता था। आपस में छीना-झपट और खून-खराबा होने लगता, अक्सर सबसे बड़ी औरत का सबसे बड़ा लड़का और बच्चों से ज्यादा ताकतवर होता था। उम्र में भी बाप से ज्यादा नजदीक होता। वह अपना महत्व मनवा लेता था। इसलिए बड़ा बेटा युवराज मान लिया गया, उसके कारण उसकी मां भी महत्वपूर्ण हो गई और पटरानी बन गई। सरदार की पहली पत्नी यानी पहली औरत।

शादी का इतनी गैर रूमानी वर्णन पढ़कर सारे अरमानों पर ओस पड़ गई—रंगीन सपने चितकबरे बन गये। औरत की, खेत-खलिहान और मवेशियों की तरह सुरक्षा होती थी। मालिक और मिल्कियत के लिए अलग-अलग जीवन के नियम बन गये। पुरुष पालनहार, पति और दुनिया का ईश्वर, औरत का फर्ज मर्द की खिदमत कि रोटी-रोजी की खातिर सीधे किसी का मुकाबला नहीं करना पड़ता था। जब वह मर्द को खुश करती, ज्यादा से ज्यादा सिपाही पैदा करती। सुरक्षित चैन की जिंदगी गुजारती। उसके बाद वही अंजाम होता जो बूढ़े-नकारा मवेशियों का होता है, इसलिए औरत बुढ़ापे से डरती है। उम्र छिपाती है इसलिए आज भी वह पति और बेटे के रहम पर आश्रित है। बुढ़ापा तो ठोकरें खाता ही है जब अपनी हिफाजत का दम नहीं रहता तो सबसे पहले आदमखोर कमजोर और बूढ़े का ही सफाया करते हैं। कुछ होशियार बूढ़ियां नई-नोचियों के प्रशिक्षण के लिए जिंदा छोड़ दी जातीं जो उन्हें पुरुष का दिल जीतने के गुर सिखातीं। ममता की सीख देती ताकि उनके बच्चे बड़े होकर उनसे दूर न हो जाएं। "मां के पैर के नीचे जन्नत हैं।" बच्चों के दिल में बैठाया जाता। बुजुर्गों का कहना था, अब भी है कि लड़की को ज्यादा नहीं पढ़ाना चाहिए, तबाह हो जाती हैं। अच्छी मां-पत्नी बनने की क्षमता कम हो जाती है। समझ में नहीं आता ये फार्मूला मर्दों पर क्यों नहीं लागू होता। शिक्षा खतरनाक है तो हर जीवित प्राणी के लिए बराबर का कातिल होगा यह नहीं कि औरत को सांप काटे तो मर जाए और मर्द की जिंदगी बढ़ जाय। एक के लिए जहर दूसरे के लिए अमृत। क्या मूर्खतापूर्ण फार्मूला बनाए हैं यार लोगों ने।

हमारी सभी प्रोफेसरों, सिवा दो के, कुंआरी थीं। यह दो हिंदूस्तानी थीं, बाल-बच्चों वाली थीं। डाक्टर टक्कर, डाक्टर शेनिन, मिस पियरसन, मिस जोनसन, सभी ने शादी नहीं की। एक दिन हमने डाक्टर टक्कर से पूछ ही लिया।

"आपने शादी क्यों नहीं की।"

"किसी ने चाहा ही नहीं।"

"क्यों? आप जवानी में बहुत प्यारी होंगी, लड़कों की कमी थी?"

"हां, लड़कों की कमी थी। हर मुल्क में औरतें ज्यादा पैदा होती हैं। फिर मेरा असल देश इंग्लैंड है। नौजवान देश से दूर कॉलेजों में ब्रिटिश सरकार का सिक्का जमाने में जुटे हुए थे सिर्फ बूढ़े और निकम्मे रह गये थे। जो देश से काफी दिनों के लिए जाते थे उनकी पत्नियां क्वारियों से बदतर, साथ जाती तो सहवास बर्दाश्त करने का दम न था। किसी समय तो पुरुष नीटो औरतों में ही दिलचस्पी लेने लगते थे, शादियों से कतराते, इस पर औरतों ने कड़ा विरोध किया। सफेद लोगों पर काले नीटो से मेलजोल पर सरकार ने पाबंदी लगा दी। औरतें खुद कालिज में पतियों की खोज में गईं। बड़े दुख झेले। मरने-कटने में पुरुष ही काम आ जाता। औरतों को उनकी जगह अपने देश में संन्यास लेना पड़ता है, शादियां न हो सकीं तो स्त्रियों की शिक्षा भी बढ़ी। मेरे परिवार में बस खाते-पीते लोग थे हम लोग। शिक्षा इतनी मंहगी नहीं थी। मेरे दो भाई अफ्रीका में बस गए। उनकी शादी की बातचीत चल रही थी कि मौत की पुकार आ गई। छोटी बहन भी विधवा हो गई। कुछ ऐसी परिस्थितियां थीं कि पढ़ाई के सिवा हर चीज अपने एख्तियार से बाहर थी, मगर तुम लोग शादी जरूर करना।"

"क्यों?"

"ताकि दुनियां को प्रतिभाशाली बच्चे दे सको। मेरे खानदान में सिर्फ एक बहन ने शादी की, तीन बच्चे हुए।"

"पढ़ी-लिखी थीं?"

"हां अड़तिस साल की उम्र में एक टांग का दूल्हा मिला था। स्कूल टीचर थीं, एलिस उसकी औलाद ने शिक्षा पाई। पोते-नवासे दुनियां के कौने-कौने में फैले हुए हैं। एक देश की तरक्की के लिए मांओ का शिक्षित होना बहुत जरूरी है। क्या तुम कोई ऐसी मिसाल दे सकती हो कि मां ग्रेजुएट हो और बच्चे अनपढ़ रह गए हों। जिस परिवार की स्त्रियां शिक्षित हो जाएं उस परिवार के पुरुष ऊंची शिक्षा पाते हैं।"

आज डाक्टर टक्कर की बातों का हिसाब लगाती हूं तो वाकई उन पढ़ाई लड़कियों में एक भी कोई नहीं जिनके बच्चे अनपढ़ हों। "बुद्धिमति मां का दूध प्रतिभा बढ़ाता है।" डाक्टर टक्कर ने कहा था, फिर एकदम नई छात्राओं के स्वागत की तैयारियां होने लगीं, अब हम आई.टी. कॉलेज की परम्पराओं और आदर्शों से परिचित हो गये थे, टर्मिनल शुरू होने वाले थे, इससे पहले हम आई.टी. के शहरी बना दिये गये। एलान किया गया कि सब लड़कियां आई.टी. कलर यानी सफेद और सुनहरे रंग का लिबास पहनेंगी। अधिकतर ने सुनहरी कन्नियों वाली सफेद साड़ियां खरीद ली थीं। रविवार को हफ्तावारी छुट्टी हुआ करती थी, इसलिए शुक्रवार के तीसरे पहर

सारा स्टाफ और छात्राएं पोर्टिको में जमा हुईं। नई लड़कियां पोर्टिको के बाहर सीढ़ियों के नीचे स्टाफ और पुरानी लड़कियां पोर्टिको में। सुनहरे और सफेद क्रेप पेपर के लंबे-लंबे फीते कड़ियों से बंधकर तोरणद्वार बनाया गया, दूर बघोरेल पियानो का सुर छेड़ रही थी। मिस शेनिन ने बड़ी गंभीर आवाज में शपथ ली, हम उनके शब्द दुहराते गए।

"हम कॉलेज के उसूल की पाबंदी करेंगे।"

"आपस में धर्म, रंग, जात-पात का भेद भूलकर, प्रेम और दोस्ती का मान करेंगे।"

"जी लगाकर अध्ययन करेंगे ताकि उसे दूसरों तक पहुंचा सके।"

"कॉलेज के सामान को अपना समझकर बड़े एहतियात से उपयोग करेंगे।"

"लाइब्रेरी को पूजा स्थल समझेंगे।"

"प्रोफेसर को अपना बुजुर्ग दोस्त समझेंगे और बेतकल्लुफ होकर अपनी समस्याएं सुलझाने में राय लेंगे।"

"कोई ऐसी हरकत नहीं करेंगे जिससे की कॉलेज के नाम पर उंगली उठे।"

"समय की पाबंदी का आदर करेंगे।"

दिल जोर-जोर से धड़क रहा था। हाथ ठंडे हो रहे थे। इसके बाद मिस शेनिन सुनहरे-सफेद फीते काट कर कहा आज तुम सही अर्थों में कॉलेज में दाखिल होकर कुनबे की एक सदस्य बन गई। हम वादा करते हैं जो शिक्षा हमारे गुरुजनों ने कर्ज़े की तरह हमें दिया है। हम तुम्हें देंगे कि तुम दूसरों तक पहुंचा सको कि ज्ञान का लेन-देन चलता रहे। हम तुम्हारा स्वागत करते हैं। हम लोग सीढ़ियां चढ़ते-चढ़ते काफी भावुक हो गये। जैसे किसी प्रार्थना गृह में घुस रहे हों। तालियों के शोर में मेहमानों की तरह स्वागत किया गया। फिर डिनर हुआ। कॉलेज के गाने गाए। चुटकुले सुनाए और बेतहाशा कहकहे लगाए। साल खूब मजे में गुज़रा।

एक तो महात्मा गांधी के दर्शन हुए। आई.टी. कॉलेज अमेरिकी संस्थान था। मेथडसट चर्च से जुड़े क्लास में हम आजादी से ब्रिटिश शासन की पालिसी का विरोध कर सकते थे। दंगो और ब्रिटिश राज पर खुलकर बात कर सकते थे। अमेरिका ने ब्रिटेन का राज् कैसे खत्म किया जो ब्रिटेन के एक उपनिवेश में से था। हमें हिन्दूस्तानी लीडरों के भाषण की आज्ञा नहीं थी। अमेरिका इस समय तक साम्राज्यवादी ताकत नहीं बना था। और ब्रिटेन के उपनिवेश से सहानुभूति थी। अमेरिकी लोग खुले दिल से साफ और आत्मीय थे। न हथियार का धंधा होता था। न दूसरे देशों से व्यापारिक लेन-देन इतना विस्तृत था, आवश्यकता के हिसाब से उपज थी। और किसी देश का रवैया माल के मामले में संकीर्ण नहीं था। अमेरिकी सामग्री को बाजार की जरूरत थी,

और बड़े मज़े की बात है कि आज अमेरिका का सबसे बड़ा प्रतिद्वंद्वी रूस अमेरिका की हमदर्दी पा रहा था। हमने रूस की मदद के लिए कपड़ा और चंदा जमा किया था। क्योंकि मिस शेनिन ने बताया था कि इस साल रूस में बड़ी सख्त सर्दी पड़ी थी। और देश बड़े कठिन दौर से गुज़र रहा है, उन्हीं दिनों एक फिल्म "रासपूटीन आई थी। उसे देखने से पहले रूस और जरीना के बारे में बाकायदा लेक्चर दिया। किसी तरह जरीना रासपूटीन की दीवानी थी, और वह सब पर प्यार भरा हाथ फेरता था। "कैथरीन द ग्रेट" फिल्म देखने से पहले हमें कैथरीन के बारे में सामग्री जमा करने में मदद दी। बड़ी गरम-गरम बहसें क्लास में होतीं। यूनिवर्सिटी में कभी किसी प्रसिद्ध व्यक्ति को आमंत्रित किया जाता तो हमें जाने की आज्ञा दे दी जाती।

खालिदा अदीब खानम से यूनिवर्सिटी में मिलने के बाद उन्हें अपने कॉलेज में भी निमंत्रित किया। उनसे संबंधित जितनी भी सामग्री मिल सकी हमने पढ़ी वह आई तो उनसे प्रश्न किये। तुर्की के विद्रोह के संबंध में उनसे बातचीत की। कोई इकॉनॉमिक्स पालिटिक्स का प्रोफेसर, लेक्चर-टूर पर आता तो हम बकायदगी से शरीक होते फिर क्लास में बहसें करते। यूनिवर्सिटी पहली बार गये तो मिस शेनिन ने असेम्बली हॉल में हमें समझाया। चूंकि पहली बार लड़कों के साथ बैठेंगे इसलिए हमें एहतियात बरतनी होगी। कुछ छिछोरे लड़के ओछी हरकतें करने लगते हैं। कोई ऐसी-वैसी बात नहीं होनी चाहिए कि लोगों को आपत्ति हो। अभी लोग लड़कियों के अभ्यस्त नहीं हैं। मुझे आमतौर पर बुर्जुगाना नसीहतों से चिढ़ थी मगर आई.टी. की प्रोफेसर ऐसी नरमी से मुस्कराकर दोस्ताना अंदाज में राय देतीं कि मैं बड़ी आज्ञाकारीता से सुन लेती और कभी विरोध का प्रदर्शन नहीं किया। बात कहने का अंदाज कुछ ऐसा होता था कि आथॉरिटी और दबाव की बू नहीं आती थी। मुझे हर बात में दिलचस्पी थी, मजा आता, वह आजादी और रौशनी जो इस माहोल में मिल रही थी। मेरा दिमाग तेजी से पचाने में निपुण था। नये-नये दरवाज़े और खिड़कियां दिमाग में खुल रही थीं, ज्ञान और प्रतिभा से इस बेपनाह तूफान में चंद बूंदे भी इंसान समेट ले तो राहें रौशन होने की संभावना बढ़ जाती है मैंने फौलादी दीवारों से सिर टकराया था और सिर में कोई दरार नहीं पड़ी थी। दिन ब दिन मुझे अपने व्यक्तित्व का कद बुलंद होता दिखाई दे रहा था। और दुनिया बड़ी प्यारी लग रही थी। मुश्किल है कि दिमाग के साथ प्रकृति ने शरीर भी जोड़ दिया है, दिमाग और जिस्म में कभी खटपट भी हो जाती है। कभी इस धर-पटक में राहों के दिये बुझ भी जाते हैं। संतुलन कायम नहीं रहता, इनमें से एक की मौत दोनों को ले डूबती है।

लखनऊ में पहली बार आजादी से बाजारों में घूमने के मौके के साथ लड़कों से भी वास्ता पड़ा। अलीगढ़ में तो कॉलेजों के लड़के दूर-फासले पर एक गुजलक-सा

ख्वाब था, लड़की के दिल में जो डर अपोज़िट सेक्स के लिए बचपन से बैठाया जाता है उसकी जड़ें बड़ी गहरी और मजबूत होती हैं। मैं चूंकि भाईयों की संगत में पली थी, बाप का साया नहीं, उनकी मित्रता मिली थी, रिश्ते के भाईयों को भुगता था। इसलिए लड़के मुझे हव्वा नहीं लगते थे। और शरीफ लड़की पुरुष को हव्वा न समझे तो यकीनन वह नेक और शरीफ नहीं हो सकती। सुल्ताना आमिना भी मानसिक तौर पर मर्द जात से न आतंकित थीं, न प्रभावित। खानदान में नालायक मर्द भी होते हैं... उनसे तुलना करके पढ़ी-लिखी लड़की के दिमाग से औरत की हीनभावना खत्म होती है कि औरत की जगह मर्द से नीचे है व्यक्तिगत स्तर पर यह मूर्खतापूर्ण ही साबित होता है।

फिर भी यह प्राकृतिक रूप से उतना ही सच है कि विपरीतलिंग एक दूसरे के लिए उत्तेजना से भरा होता है। जब यूनिवर्सिटी जाते तो आतंकित होकर बस गढ़ बनाकर साथ-साथ रहते क्योंकि गिरोह में हर हमला से मुकाबले की ताकत होती है। यूनिवर्सिटी क्लास रूम था लेक्चर हॉल में अगर लेक्चर काबिल और जोरदार हो तो ऐसे डूब से जाते कि एक दूसरे के असितत्व को भी भुला दिया करते। हां अगर कोई बोर लेक्चर हो तो निगाहें आस-पास भटकने लगतीं और मानुसगंध की चोरबाज़ारियां शुरू हो जाती। अमूमन ऐसा बहुत कम होता और प्रोफेसर चाहे अपने विषय पर पकड़ न रखता हो। इस रवैये को बर्दाश्त नहीं कर सकता था। अमूमन यूनिवर्सिटी तभी जाना होता जब कोई प्रसिद्ध बुद्धिजीवी आता और हम ऐसे चमत्कृत हो जाते कि कभी ध्यान ही नहीं भरता। और सारे लड़के-लड़कियां गंभीर बन जाते।

लेकिन हॉल से निकलकर फिर वातावरण में बारूद की बू फैल जाती और लड़कियां गल्ले की तरह अलग और लड़के भेड़ियों के झुंड की तरह पीछे-पीछे। खास तौर पर एक लड़का हैरी तो बस आफत था। लड़कियां उसे हाय कहा करती थीं। उसका नाम मेडूसा भी रख दिया गया था। मेडूसा वह बला थी जिसे देखने वाला पहली नजर में ही पत्थर हो जाता था। हैरी का कद छह फूट से भी कुछ ऊंचा, डंस लेने वाली उनींदी आखें, विलायती मां और बंगाली बाप के मेल मीठे शहद जैसा रंग और मासल होंठों में से बिजली की तरह कौंधती हुई मोतियों की कतार। हैरी का आतंक लड़कियों पर बेहिसाब बैठा था। उसने बड़े-बड़े शिकार किये थे। कई दिनों से वह आई.टी. के गिरोह को कॉलेज के फाटक तक पहुंचाने जा रहा था और यह भी पता चल गया था कि वह निशात महल ग्रुप पर अमृत वर्षा कर रहा है। हमारे गिरोह में सुल्ताना और कई... थीं। सुल्ताना तो एकदम फक्कड़ थीं। मगर आमिना उसकी छोटी बहन बेहद भोली और फलों की तरह नाजुक थी, बेहिसाब पढ़ाकू विपरीत लिंग से बेखबर एक तरमाल थी। सबसे छोटी मगर सबसे ज्यादा आदर्शवादी। बुर्जुगाना नसीहतों और

आदर्शों की पाबंदी की याद दिलाती। शिक्षा के महत्व पर काफी जोर था। एक दिन हम सीढ़ियों पर बैठ कहकहे लगा रहे थे। आमिना मुँह फुलाए कमरे से निकली और डाटने लगी, "खुद भी नहीं पढ़ती और दूसरों को भी नहीं पढ़ने देती, जब वह बड़बड़ाने लगी तो मैंने कहा... "अच्छा दादी अम्मा, अब मुंह पर ताला डाल लेंगे," एकदम आमिना रोती हुई कमरे में भाग गई। सुबह बात का जवाब नदारत! दो-तीन दिन गुजर गये, साथ खाना-पीना, उठना-बैठना, मगर बात का जवाब गायब! या खुदा क्या माजरा है।

"कहती है, तुमने उसे गाली दी।"

"गाली?"

"हां, दादी?"

"ओह, यानी अपने दादा की बीवी। मगर वह तो कब का परलोक सिधार गये।" न जाने क्यों हंसी का दौरा पड़ गया। यह फूल-सी बच्ची और मेरे दादा! जो आगरा में मनों मिट्टी तले बेखबर सो रहे थे। और मैं उनके नाते जोड़ रही थीं। मैंने बड़ा मुश्किल से समझाया कि ये तो कहावत है, जो छोटी बच्चियां बुजुर्गों की तरह बातें करती हैं, उन्हें व्यंग्य से दादी-नानी कह देते हैं। बड़ा फुसलाया तब जाके हंसी। हम जब भी बाहर निकलते, आमिना हमेशा बीच में रहती यानी किलाबंद कहीं कोई लड़का कुहनी मारता न निकल जाए। एक बार एक लड़का मुझे कोहनी मारकर आगे चलने लगा तो मैंने उसकी पीठ पर एक घूंसा जड़ दिया। हरकत ऐसी अचानक हुई कि मैं कुछ बौखला गई और लड़कों ने क़हक़हे लगाना शुरू कर दिया। वह लड़का सरपट भागा। मेरे साथ एल्मा भी थी, उसने बहुत डांटा। शमीम जब मारता था तो मेरा भी वैसे ही हाथ उठ जाता था फिर भी जब मेरी बहुत ले दें हुई तो मुझे अपनी हरकत ठीक नहीं लगी। बात फैल गई और टीचरों तक पहुंची लेकिन किसी ने चर्चा न छेड़ी, न बुरा-भला कहा। क्लास में कभी टीचर ऐसे देखता कि जी चाहता चूहे के बिल में घुस जाऊं। मैंने औरतों की प्रतिष्ठा को ठेस लगाई थी।

मगर दिल के किसी कौने में कोई कहता था मैंने कोई जुर्म नहीं किया! वह जरूर शैतान होगा। इस शैतान ने बचपन में भी मार खिलाई थी। और अब भी खिल्ली उड़ा रहा है। शैतान के सिर पर इल्जाम थोपकर मुझे सुकून न मिला, शैतानी हरकतों की मैं ज़िम्मेदार नहीं थी। मुझे याद नहीं कि मुझे कभी किसी ने छेड़ा हो। राह चलते या तो मैं साथ वालों से इतने जोश में बातें करती हूं कि सिवा अपनी आवाज के कुछ नहीं सुनाई देता। वर्ना न जाने वहां दूर शून्य में कुछ खोजती हूँ कि कुछ न सुनाई दे, न दिखाई दे।

अक्सर दुर्घटना होते-होते बची है। मोटर का हॉर्न ऐसी हालत में कभी नहीं सुनाई

देता। अक्सर कहीं की कहीं निकल जाती हूँ। जब जानती हूँ तो पलटकर सीधी राह चलने लगती हूँ। इधर-उधर देखती हूँ किसी को मेरा मूर्खता की खबर तो नहीं, भला किसको क्या पता है कि मैं भटक गई हूँ, मैंने अपने बड़े उलझे हुए मसले लंबी चहलकदमी में सुलझाये हैं। कहानियां एडिट की हैं, बुरे वक्त टाले हैं, अब भी सब्र की सूई अटक जाती है मैं मैरिनड्राइव पर समुद्र के चौपाटी की तरफ चलना शुरू कर देती हूँ। रास्ते में कभी कोई जान-पहचान का मिल जाता है तो बातों-बातों में अपनी समस्या को किसी कहानी का प्लॉट कहकर या किसी और के सिर थोप कर बिल्कुल निरपे होकर अपने विचार बताती हूँ। तनी हुई डोरियां नम पड़ जातीं।

साल के आखिर में जब बी.ए. सीनियर की लड़कियों को अलविदाई डिनर दिया गया तो फिर आई.टी. कॉलेज की रिवायत के मुताबिक खूब रंग जमा, बहुत ही भावपूर्ण रस्म अदा की गई। हॉल का सारा फर्नीचर दीवारों से लगा दिया गया। बीच में विदा होने वाली लड़कियां गोल में खड़ी होतीं।

अगली कतार की लड़कियों के हाथ में मिट्टी की रंगबिरंगी हाडियां थीं जिसमें दीप जले थे। कॉलेज के गानों के बाद आखिरी रस्म में सीनियर लड़कियों ने दीप जूनियर लड़कियों को सौंप दी। यह ज्ञान का दीप जो हमें हमारी सीनियर बहनों ने थमाई थी, हम तुम्हें सौंपते हैं, यह बुझने न पाये, अनायास लड़कियां फूट-फूटकर रो पड़ीं। प्रोफेसर की आखें भी नम हो गईं। उन दीपों की रौशनी आज तक दिमाग में सुरक्षित है।

□□□

सोने का उगलदान

मुन्ने भाई जावरे में खानदान से दूर पहली बार गये थे। मेरे पास कई खत आ चुके थे कि फौरन आओ। मैं छुट्टियां हमेशा उनके यहां गुजारा करती थीं। जब अब्बा मियां सांभर में जज थे। तब भी मैं सांभर थोड़े दिन रहकर जोधपुर चली जाया करती थी। इस बार मुन्ने भाई ने इतना आग्रह किया कि मैं सीधी उनके यहां पहुंची। उन्होंने कोशिश करके आगरा से नन्हें भाई को राजस्व सचिव के पद पर बुलवाया था। जावरा के नवाब अजीम भाई को बहुत मानते थे। न जाने क्या जोड़-तोड़कर ये साबित कर दिया गया था कि नवाब साहब से हमारा कुछ ननिहाल से रिश्ता निकलता है।

मेरे पहुंचते ही मुन्ने भाई ने शिकायत की नन्हे भाई को इतना अच्छा पद मिला है, मगर सब पटरा किये दे रहे हैं। सबसे पहले तो तीन बार झुक कर सलाम करने पर अड़ गये। बहुत समझाया कि भई दरबार के कुछ कायदे हैं। वह तुम्हारे लिए कैसे बदले जा सकते हैं। बहुत ही समझाया और शौकत आपा भी जान को आ गई तो आधी स्वीकृति दे कर चुप्पी में टाल गये। सब समझे शायद आगे की सोच के रवैया बदल देंगे मगर जब दरबार में हाज़िर हुए तो ऊंची आवाज से सलाम अलैकुम किया और इससे पहले कि नवाब साहब बैठने की इजाजत देते बैठ गए। मजबूरन नवाब साहब को वालेकुम अस्सलाम कहना पड़ा और बैठने का हुक्म भी बाद में ही दे पाये क्योंकि वह बैठ चुके थे और वह भी टांग पर टांग रखकर बेतकल्लुफी से, आदतन घुटना हिला रहे थे। दरबार में तो सन्नाटा छाया हुआ था। मुन्ने भाई का खून सूख रहा था।

नवाब साहब थे तो छोटे-से नवाब, अट्ठारह लाख सालाना की रियासत थी। जिसमें से चौदह लाख उनका व्यक्तिगत खर्चा था। बाकी रियासत के विकास पर जो आखिर में शून्य के बराबर पड़ता था। सिवाय महल और शहजादों के बंगलों के सब मकान कच्चे खपरैल या छप्पर के थे। उनके बड़े भाई मुख्यमंत्री थे।

आमतौर पर नवाब साहब को शाह कहा जाता था। जिस हिस्से में महल था वह किसी दूसरे ही देश का टुकड़ा दिखाई देता था। पक्की सड़कें, बिज़ली के खंभे चमाचम

पांच स्वीमिंग पूल, उत्सव भवन आदि किसी भी चीज की कमी न थी। कुत्तों का बहुत शौक था और एक अंग्रेज डॉक्टर और ट्रेनर थे जो बहुत ठाठ से बंगले में रहते थे। परेड ग्राउंड में सालगिरह और दूसरे जश्न के मौकों पर फौज की परेड भी जमती थी। नवाब साहब के आने-जाने पर तोपों की सलामी दी जाती थी। रेल दो बार दिन और रात में ठहरती थी, एक जर्जर प्लेटफार्म था। अंधेरा घुप्प, एक टूटी-सी अंधी लालटेन अकेली रौशनी को स्रोत थी। नवाब साहब की अपनी स्पेशल ट्रेन महल तक आती थी जिसके लिए अलग लाइन बनी थी। यह ट्रेन रियासत के अजूबों में से एक था और मेहमानों को हसन टैकरी और पुरानी इमारतों के साथ दिखाई जाती थी। बेहद खूबसूरत सफेद स्पेशल, जिसपर सुनहरे बेलबूट बने थे। लगता था सीधी बकिंघम पैलेस से चली आ रही है। अंदर महल के सुन्दर सोफे और कुर्सियां थीं।

इधर दो साल से लखनऊ में रशीदा आपा ने कुछ अपने रंग में रंग लिया था। कम्युनिज़्म से नया-नया शौक हुआ था। जबकि शानोशौकत देखकर सब वाह-वाह करने लगते। मैं अंदर ही सुलगती। सारा मज़ा किरकिरा हो चुका था। नवाबों और राजाओं का अंग्रेज हाकिमों से गठजोड़, नवाब साहब के सब बेटे ज्यादातर विदेश में पढ़ते थे। पढ़ते क्या खाक, गुलछर्रे उड़ाया करते थे। सिर्फ दो जुड़वां साहबजादे अलीगढ़ भेजे गए थे। जब मैंने मैट्रिक का इम्तेहान दिया था। तो शमीम जो मैट्रिक का तीसरी बार इम्तेहान दे रहे थे। उन लड़कों की संगत में नाच-गाने की पार्टियों में बड़ी उत्साह से शरीक होते थे। पढ़ने-लिखने का कोई प्रोग्राम न था। यह लड़के एक शानदार कोठे में अपने अंकलों के साथ बस हुल्लड़ मचाया करते। नवाब साहब ने बड़ी रकम दान में यूनिवर्सिटी को दिया था। इसलिए उनसे पूछताछ नहीं की जा सकती थी। उस वक्त यूनीफॉर्म जरूरी समझा जाता था। मगर यह साहबजादे जिनका नाम मुन्ने मियां और प्यारे मियां था। जार्जेट के जरी के काम किये, कुरते, रेशमी चुस्तपाजामे, कामदार जूते पहने क्लास में भी आ धमकते। उनके साथ साज़िंदे भी क्वाटरों में रहते थे। रोज नाच-गाने का प्रोग्राम जमता। यूनिवर्सिटी के निकम्मे और चापलूसी में माहिर उनके दरबारी तैनात रहते।

नवाब साहब के सबसे बड़े बेटे विदेश में थे। बाद में ये जुड़वां बेटे पैदा हुए। कायदे से उनसे जो चंद मिनट बड़ा था उसे युवराज माना गया था। जिसपर वह बड़े बेटे, जो विदेश में थे, बहुत रंज रहते थे। उन्होंने एक अंग्रेज औरत से शादी कर ली थी और दो बच्चे भी थे। जुड़वां साहबजादे कुछ फटकल किस्म के थे। औरतों से कतई दिलचस्पी नहीं थी। खूब सजते और मेकअप करते थे। नवाब साहब अजीब चक्कर में थे। इधर अंग्रेज बीवी ने तनाबें खींची और नवाब सरकार ने पिछले दरवाज़े से जोर डाला तो नवाब साहब पुराना गज़ट हटाकर नया जारी किया। जिसके हिसाब

से बड़े बेटे का युवराज बनना पक्का हो गया। जब युवराज की पोजीशन पक्की हो गई तो वह विदेश से अंग्रेज बीवी और बच्चों के साथ वापस आये। उनके छोटे भाई तो पहले ही आ गये थे। शादी के बाद दो बच्चे हो चुके थे और बड़े शरीफ इंसान माने जाते थे और अपनी बीवी पर जान छिड़कते थे। उन्हें कोठी, मोटर, अमले के अलावा कोई पद भी दे दिया गया था। शायद किसी फौजी का था। वह बड़ी शांति से अपने प्यारे खानदान के साथ रहते थे। मगर युवराज से लोग जरा भयभीत थे। उन्होंने आते ही पूरी रियासत की जांच-पड़ताल शुरू कर दी थी। और फौज के कमान्डर-इन-चीफ से काफी प्रभावित हुए थे।

मैं जैसे ही जावरा पहुंची एक धूम मच गई। बी.ए. पास और वो भी मुसलमान लड़की। ऐसा जानवर कभी रियासत में दिखाई नहीं पड़ा था। नवाब साहब ने फौरन सौ रूपया महीना पर गर्ल्स स्कूल की हेडमिस्ट्रेस का पद दे दिया। एक पुराने महलनुमा बंगले में लड़कों के स्कूल से कुछ बेंच और डेस्क मंगवाकर डलवा दिये गये। एक ब्लैक बोर्ड और भारत का एक पुराना-सा नक्शा उपलब्ध करा दिया गया। मैं पहले तो बिदकी और जोधपुर की धमकी दी, मगर मुन्ने भाई पीछे पड़ गये।

"नवाब साहब ने हुक्म जारी किया है, तुम्हारी वहाली हो चुकी है, बस आज कल में आर्डर भी तुम्हें मिल जाएगा। अब तुम इंकार करोगी तो तो ग़ज़ब हो जाएगा। नवाब साहब के हुक्म को टालना...!"

"अरे वाह भई मुझे ऐसी नौकरी नहीं करनी।"

" अब तो बहाली हो गई।" नन्हें भाई ने छेड़ा।

हमारे दूर के रिश्ते के नाना सरफराज अली खान दौड़े हुए आये। उनकी पोती की नवाब साहब के एक चहिते बेटे से मंगनी हुई थी। बल्कि निकाह हो चुका था। बस ऐसे ही किसी दावत में छह बरस की बच्ची को देखा और पंसद कर लिया। दूसरे दिन अपने बारह बरस के बेटे से निकाह कर दिया। बच्ची की तकदीर जाग उठी। क्या भारी जोड़े और जड़ाऊँ जेवर चढ़ावा। नवाब साहब अजीब फकीर किस्म के आदमी हैं। उनकी पहली शादी दिल्ली के एक ऊंचे खानदान में हुई थी। जो मुग़ल शहजादे सिकंदर बख्त से संबंध रखते थे। मुझे रिश्ता कई बार समझाया गया मगर दिमाग से उतर गया। यह पत्नी बेहद खूबसूरत और गोरी-चिट्टी थी। कोई चौदह-पंद्रह बरस की ब्याह कर आई। नवाब साहब ने उनका घूंघट पलटा और तुरंत ही छोड़ दिया। उन्हें गोरी रंगत से उबकाई आती थी। फिर उन्होंने कभी उनकी तरफ ध्यान नहीं दिया। कुंआरी आई थी, कुंवारी ही रहीं।

नाना ने समझाया। समझदारी इसी में है कि उस वक्त पद स्वीकार कर लो और मौका पाकर जाना तो कोई रूकावट न होगी। पच्चीस-तीस लड़कियां अलग-अलग

कदों और उम्रों की जमा कर दी गईं। अधिकतर शाही परिवार से ताल्लुक रखती थीं। और कुछ नहीं बस अंग्रेजी पढ़ना और बोलना सीखने का शौक था। सोचती हूं तो हंसी आती है। क्या मसखरी क्लास थी। सजी-बनी लड़कियां बड़ी सभ्य-प्यारी और बड़े अदब से बैठती। मैं कुछ उन्हें जुबानी कुछ ब्लैकबोर्ड की मदद से अंग्रेजी लिखना और बोलना सिखाती, बड़ी दिलचस्प हुआ करती थी। किसी लड़की को नाम से नहीं पुकारा जाता था बस नन्हीं-बी, प्यारी-बी, गोरी-बी, अच्छी-बी, सच्ची-बी, सब बीवियां (महिलाएं) थीं। एक बड़ी होशियार कोमलांगी, सुन्दर-सी लड़की थी। खूब पटापट बोला करती थी। उसका नाम शहजादी बेगम था। सबसे होशियार, सभ्य और शौकीन थी। बड़े मजे आते। मुख्यमंत्री की बेटियां बहुत शरारती, प्यारी थीं। मैं कभी उनके घर चली जाती तो बड़ा लुत्फ आता। पिकनिकों के प्रोग्राम बनते, गाने-बजाने होते। यानी ऐश ही ऐश। युवराज के छोटे भाई मन्तीमियां की दुल्हन को भी शौक चर्राया कि अंग्रेजी पढ़ेगी। रोज मोटर मुझे लेने आती और मैं रात को खाना उन्हीं के साथ खाकर लौटती। वहां भी पढ़ाई-वढ़ाई खाक नहीं बस गप्पें, लौंडियों के नाच-गाने, कुश्तियां, नक्ल, शरारतें। हां थोड़ी अंग्रेजी बोलने का अभ्यास। मन्तीमियां की बीवी से लगाव कहावत बनी हुई थी।

बहुत नाजुक मगर भरे जिस्म की बिल्कुल साफ-चिकनी त्वचा, बिल्कुद सफेद। सुर्खी नाम को नहीं। स्याह भवरा बाल और स्याह चमकती आखें। हल्के-फुलके रंगों के लिबास और सोबर गहने। दो-एक बार मन्तीमियां से भी मुलाकात हुई। बड़े हंसमुख और धीमी आवाज से बोलते थे। मैं बहुत सर्तक रहती थी। मगर कभी मुंह से कोई ऐसी बात निकल जाती जो नवाबों के रहन-सहन पर चोट साबित होती तो सब चुप सन्नाटे में रह जाते। बात आगे न बढ़ पाती। एक दिन मंतीमियां ने बहुत हसरत से कहा... "जी चाहता है, रियासत से बाहर जाऊं कोई नौकरी करूं!"

"फिर कौन-सी रुकावट है?" मैंने पूछा।

"कोई चीज नहीं। बाहर भी यही दुनियां है। ब्रिटिश सरकार कोई पद दे देगी, क्या फर्क पड़ेगा।"

"तो विदेश?"

"विदेश में भी कोई फर्क न पड़ा। वह बड़ी हसरत से बोले।"

"आपको किस चीज़ की कमी है?"

"खुदा के रहमोकरम से किसी चीज की नहीं।"

"फिर?"

"बस एकरसता उकताहट।"

"कभी आपने रियासत का दौरा किया है?"

"नहीं।"

"बस खोल में बंद।"

मंतीमियां कुछ रंज हो गये। और इतने में खाने का दस्तरख्वान लग गया और बात टल गई। इतने खाने एक दस्तरख्वान पर मैंने कभी नहीं देखे थे। एक-एक निवाला भी लिया ज़ाय तो बदहज़्मी (अपच) हो जाय और फिर इतना-इतना भर देते हैं प्लेटों में। छह-सात किस्म की तो रोटियां ही होती थीं। मेरी मौजूदगी में एक जश्न नवाब साहब के जन्मदिन पर किया गया।

"चढ़ावा भी देना होगा" मुन्ने भाई ने कहा।

"तो मैं नहीं जाने की।" मैंने कहा।

"क्यों?"

"अरे वाह इतने मालदार को माल दो। और महीने का आखिर है। मेरे पास तो पैसे बचते ही नहीं।"

मुन्ने भाई ने एक अशरफी और ग्यारह रूपये दुल्हन भाभी का चढ़ावे के लिए दिए कि ऐन वक्त पर दे दें।

नवाब साहब सफेद रेशमी चुस्त पाजामा और शरबती शिफॉन को रचोबी काम का कुर्ता और झिलमिलाते हार पहने जरबफ्त की चौकी पर बैठे थे। औरतें नजराने लेकर पहले सलाम करतीं। फिर रूमाल पर रुपया, अशर्फियां रख कर पेश करतीं। वह रुपयों को हाथ लगाते और पास खड़ा नौकर नज्र के पैसे को लपक लेता। मैंने दुल्हन भाभी के दिये हुए रूमाल को सामने बढ़ाया। नवाब साहब चुप। और मुझे गौर से घूरते रहे और मैं डरती रही कि उन्होंने अब डाला मुझे अपने हरम में। फिर उन्होंने हाथ लगाया तो वह मुसाहिब रूपये उचक ले गया। अशरफी पड़ी रह गई। मगर इससे पहले कि मैं अशरफी दबाकर सरक जाती। चील ने फिर झपट्टा मारा और मैं अपना-सा मुंह लेकर रह गई।

नवाब साहब की एक से एक बदसूरत बीवियां जवाहरात में डूबी झमझम साड़ियां पहने चांय-चांय बोल रही थीं। सिर्फ बड़ी बेगम खामोश बैठी थी। जरा भरे बदन की बेहद खूबसूरत दपदप गोरी या शायद इतने कोयलों में वह ज्यादा ही सफेद लग रही थी। मैं हर एक के गहने घूर-घूर कर देखे जा रही थी। न जाने कैसे पता चला और नौकर ने जल्दी से सोने का उगलदान नवाब साहब के सामने पेश कर दिया और उन्होंने उसमें पीक थूक दी। हर बीवी के साथ कुछ लौंडियां उगलदान-खासदान संभाले लगी थीं। और न जाने कैसे उन्हें थूक आने का पता चल जाता था, कि झट सामने कर देतीं। इतने में युवराज आए लंबे सांवले-नौजवान उनके साथ एक लाल-लकतर मेम—यानी उनकी पत्नी थी। लंबा रेशमी गाउन और गले में सच्चे मोतियों का हार।

कानों में हीरे जगमगा रहे थे। बाल भी एकदम लाल अंगारे और हरी आंखें, काफी भयानक और बूढ़ी-सी लग रही थीं। एकदम दर्शकों पर सकता छा गया। नवाब साहब भी उठ खड़े हुए और युवराज, उनकी पत्नी के साथ बातें करते हुए न जाने किधर चले गये क्योंकि उनकी ही महफिल उखड़ गई। सिर्फ बड़ी बेगम जैसे कहीं दूर सुनसान जगह खोई हुई थीं।

भारत पर शासन करने वालों के समजातीय भी किसी हाकिम से कम न थे। किसी जमाने में अंग्रेज भी हिन्दुस्तानी लड़कियों से शादी करते थे। और बड़े-बड़े नवाबों राजाओं तक ने जनरलों को बेटियां दी थीं। निचले तबके के अंग्रेज शादियां न भी करते तो संबंध तो बना ही लेते थे। मगर इंग्लैंड की कुंआरियों पर बुरी बीत रही थी। उपनिवेश कायम करने के चक्कर में देश का पुरुष-बच्चा परदेश सिधार रहा था। शादी के बाद भी पत्नी को छोड़कर कोई नैटो औरत से दिल लगा बैठता था। अंग्रेज औरत उस नैटो से टक्कर लेने पर तुल गई और कुंआरियां निकल पड़ीं साजन की तलाश में। उन्होंने नैटो औरतों के विरोध में अभियान शुरू किया। और हाकिमों को मजबूर किया कि इस तरह के मेलजोल पर पाबंदी लगाई जाय। दोग़ले बच्चों की दोनों ही देशों में मुसीबत आ गई। वह अपने को अंग्रेज बच्चा कहते तो उन्हें समाज पचा पाने को तैयार न था। नैटो से वह अपने को ऊंचा समझते थे। इसलिए जवाब में उन्होंने भी घृणा दी। ये यूरेशियन एंग्लोइंडियन दिमागी तौर पर एक विकलांग सा समूह बन गये थे। उन्हें काले ईसाइयों से जरा ऊपर मगर गोरों से नीचे जगह मिली। बिल्कुल गोरे या काले हमेशा उन्हें अजूबा ही समझते रहे। भारत काले-गोरे के विभाजन से बचा हुआ था। मगर उन लोगों का यहां भी पचना मुश्किल था। अंग्रेज पत्नी युवराज की शक्ति थी। और युवराज ने अपने कदम ज़माने के लिये संघर्ष शुरू कर दिया।

जन्मदिन के जश्न के सिलसिले में फौजी परेड हुई। पोलो का मैच हुआ। जिसमें नन्हें भाई जो इस खेल में निपुण थे, सिरदर्द बन गये। उन्होंने युवराज को गेंद नहीं लेने दी और खुद गोल पर गोल करते रहे। मुन्ने भाई के पसीने छूट रहे थे। दरबारी बौखला रहे थे। नवाब साहब अंदर ही अंदर मुस्कुरा रहे थे। और नन्हें भाई मैदान में जमें हुए थे। कई बार उन्हें साथ वालों ने समझाने की कोशिश की। मगर उनकी ये समझ ही में न आया कि बजाय तारीफ के लोग उन्हें सतर्क होने की सलाह क्यों दे रहे हैं। नन्हें भाई को कोई नहीं सराह रहा था। मैदान में सन्नाटा था युवराज का पारा चढ़ता जा रहा था, कई बार उन्होंने झल्लाकर नन्हें भाई पर हमला भी किया मगर उन्हें पता भी न चलता और वह बच निकलते। नवाब साहब ने खेल बंद करने का हुक्म दे दिया।

नन्हे भाई के लिये यह कामयाबी कोई मायने नहीं रखती थी और उन्हें तालियों की आवाज की कमी का जरा भी आभास न हुआ। अब दूसरा खेल शुरू हुआ। एक लंबे बांस के सिरे पर एक मिट्टी की हांडी लटका दी गई जिसमें पांच अशर्फियां थीं। और निशाना लगाने वाले एक कतार में खड़े हो गये। नन्हे भाई ने सारी उम्र अगर कोई तारीफ का काम किया था तो निशाने बाजी। दस बरस की उम्र से वह शिकार मार कर लाते थे।

युवराज का निशाना खाली गया। जानबूझ कर और लोगों ने निशाना खाली जाने दिया। भला नन्हें भाई ने कौन दरबार झेले थे। तड़ से गोली मार दी। हांडियां टूट गई, अशर्फियां बिखर गईं। कोई बात नहीं। किसी ने कुछ न कहा और फिर से मुकाबला शुरू हुआ। दूसरी हांडी टांगी गई। फिर नन्हे भाई ने उड़ा दी, क्योंकि युवराज मारे गुस्से के सिर से पैर तक कांप रहे थे। उनके फायर खाली जाने के बाद नन्हें भाई ने फिर हांडी तोड़ दी। फिर हांडी बदली गई। एक साहब ने आकर चुपके से कहा।

"आप क्या गज़ब कर रहे हैं चुग़ताई साहब"

"क्यों क्या किया हमने?"

"साहब क्या आप समझते हैं हमारे निशाने आप से कम है?"

"तो लगाते क्यों नहीं?"

"क्या बच्चों जैसी बातें कर रहे हैं। हर साल सिर्फ युवराज ही हांडी तोड़ते हैं।"

"तो इस साल भी तोड़े, कौन रोकता है?"

"ओफफोह, किबला आप तो... चः सुनिए। युवराज चार-पांच जितने फायर करें आप-चुप रहिए। गोली चलाईये भी तो ऐसी कि निशाने पर न लगे,"

"अरे वाह, क्यों?"

"देखिए चुग़ताई साहब, आपको यह क्यों बड़ी भारी पड़ेगी।" वह साहब गुराये। युवराज ने तीन फायर किये। हांडी टस से मस न हुई। नन्हें भाई ने जिंदगी में कभी परलोक सुधारने की सोची ही न थी। वह तो आगे-पीछे देखने के कायल ही न थे। और हांडी के पुर्जे उड़ गये। मुन्ने भाई चकराकर कुर्सी से नीचे गिरे। नन्हें भाई सारा मुकाबला भूलकर लपके। उन्हें बच्चे की तरह उठाया और किसी से पूछे-गछे बगैर घर ले आये। पीछे एक आदमी दौड़कर कह रहा था।

"नवाब साहब का हुक्म है जज साहब को फौरन घर ले जाइये"। नन्हें भाई ने कुछ सुना ही नहीं, वह उन्हें घर ले आये।

फिर जो 'चूरन' बंटा है तो खुदा ही पनाह।

रात के खाने के बाद मुन्ने भाई अमूमन कोई ऐसी बात छेड़ देते कि चकल्लस शुरू हो जाती। फिर वह ऐसे फुंदे मारते कि गरमा गरमी और फिर खासी बड़ी लड़ाई

छिड़ जाती। बड़े मामू इन लड़ाईयों को 'जंगे अज़ीम' कहते थे क्योंकि अज़ीम बेग ही इन लड़ाईयों को कंडक्ट करते थे। खुद इन्हें 'चूरन' कहते थे। क्योंकि बहस-मुबाहसे में इतना जोश पैदा होता था कि वाकई भूख लग जाती थी, कि खाना पच जाता था। जिस दिन 'चूरन' नहीं बटता, खाना छाती पर धरा रहता है, वह बड़ी गंभीरता से कहते थे। ये लड़ाईयां इतनी मज़ाक से भरपूर और दिलचस्प होती थीं कि वाकई जिस दिन किसी मेहमान की वजह से न हो पाती तो बड़ा बोझ-सा लगता। इन लड़ाईयों में बच्चों को भाषा की धार बनाने का मौका मिलता था। और कभी कोई बच्चा बड़ा जंचा हुआ वाक्य टिका देता तो उसे प्यार में चपतें और शाबासी भी मिलती। नई बहुएं और दामाद इस 'चूरन' से बदहवास होते थे और काफी दिन बाद उनके आदी हो पाते थे।

"नन्हे भाई तुम मेरी और चुन्नी की नौकरी भी खत्म करवा दोगे।" मुन्ने भाई ने शिकायत की।

"कहो तो हम वापस आगरे चले जायें।" नन्हें भाई बोले।

"हरगिज़ नहीं। मैं आगरा मर के भी नहीं जाऊंगी।" शौकत आपा ने फैसला किया।

"नन्हे भाई नवाब साहब हम लोगों का कितना ख्याल रखते हैं। वह तो कहते हैं जसीम जब विलायत से इंजीनियरिंग पास करके आयेंगे तो उसे रियासत का चीफ इंजीनियर बनाएंगे। हम सब का भविष्य काफी उज्जवल हो सकता है।" न जाने मुन्ने भाई एकदम क्यों नवाब साहब पर लट्टू हो गये थे। यह वहीं 'खुरपा बहादुर' के लेखक थे। उन्होंने इस किताब में नबाब रामपुर और नवाब जावरा की स्थितियां बताई थी। नवाब साहब उनसे फिर भी नाराज न थे, उन्हें 'खुरपा बहादुर' का क्या पता होगा। जावरा में उन्होंने जो नई किताब लिखी थी, याद नहीं क्या नाम था, वह नवाब साहब के नाम समर्पित किया था।

"भई मेरे भविष्य की फिक्र न की जाय," मैंने अकड़ दिखाई।"

"मैं छुट्टियों में जाऊंगी तो फिर नहीं वापस आऊंगी।"

"बेवकूफ हो, कितनी खातिरें होती हैं तुम्हारी, कुछ नहीं करना पड़ता, मुफ्त तनख्वाह मिलती है। आराम से मोटर में घूमती है। साहबजादियां तुम पर जान देती हैं। तुम कृतघ्न हो।

और मैंने सोचा मुफ्त बैठकर तनख्वाह लेनी थी तो किसी मोटे आसामी से शादी में ज्यादा मुनाफा रहता। फिर लोगों को मुझपर तरस भी आता कि बेचारी की शादी नहीं हुई, खुद नौकरी करती है। सब समझाते रहे और नन्हें भाई इस कान सुन कर उस कान उड़ाते रहे। आज तब सिवाय शौकत आपा भी बेबस नजर आ रही थीं।

युवराज वाला मामला ठंडा न पड़ा था कि नन्हें भाई ने हद कर दी। रियासत में

शेर और घड़ियाल मारने की मनाही थी, बहुत संगीन अपराध था। नन्हें भाई इतवार को गये और ये लंबा घड़ियाल मार लाये। मुन्ने भाई के होश उड़ गये। शौकत आपा मातम करने लगीं। दुल्हन भाभी को भी अब मियां की नौकरी के लाले नजर आये। बहुत समझाया..." अरे भाई घड़ियाल मारने का मिले तो क्या छोड़ देते और भागे-भागे नवाब साहब के पास जाते कि चलो घड़ियाल मारो।"

"खुदा के लिये नन्हें मियां।" शौकत आपा रोने लगीं। बवाल का कुछ असर हुआ। नन्हें भाई घड़ियाल लेकर नवाब साहब के पास गये। "मैंने अपनी जान बचाने के लिये मारा। मैं बुरी तरह घिर गया था। वर्ना हरगिज़ कानून न तोड़ता। आपकी खिदमत में पेश करने लाया हूं।" नवाब साहब उन्हें इतना नरम देखकर फूले न समाये और उनका कुसूर माफ कर दिया। मगर दूसरे दिन युवराज भी विभागों का मुआयना करने निकले तो सीधे नन्हें भाई के ऊपर वज्र टूटा। न जाने कब से घपले होते चले आ रहे थे।

"मैं तो अभी आया हूं। और फिर मैंने तो नवाब साहब से कह दिया था कि मैं राजस्व के बारे में कुछ नहीं जानता। वह माने ही नहीं, बहाल कर दिया और मैं जितना इस घपले को सुलझाने की कोशिश करता हूँ और उलझता जाता है। मेरे हाथ में कोई फैसला नहीं मुख्यमंत्री के आदेश चलते हैं।"

युवराज फुंफकारते चले गये। उसी वक्त एक हुक्मनामा आया कि चौबीस घंटे के अंदर रियासत की सरहदों से निकल जाएं वर्ना कानूनी कारवाई होगी।

शौकत आपा के हाथ-पांव का दम निकल गया। मगर नन्हें भाई ने दो घंटे में समान समेट डाला। सामान था भी कितना? मांगे की चीजों से काम चला रहे थे। शौकत आपा बहुत जान खाती रहीं, उन्होंने पलंग तक न बनवा दिए थे। नन्हें भाई के जाने के बाद नवाब साहब मुन्ने भाई पर और मेहरबान हो गए। उनके इलाज के लिए शाही हकीम की सेवा हाजिर थी। मुन्ने भाई सदमे से एकदम निढाल होकर बिलकुल बीमार हो गये। सारी-सारी रात खांसते गुजर जाती। एकदम कमजोरी। कमजोरी इतनी बढ़ गई थी कि बात मुंह से न निकलती हकीम की दवा उल्टा असर कर रही थी, पीते ही पसीने छूटकर बेहोश हो जाते। दुल्हन भाभी जागतीं, कभी मैं। मगर मुझे नींद बेतरह सताती। बैठे-बैठे सो जाती। मुन्ने भाई प्यास से बेदम होकर पुकारते मगर आवाज न निकलती और दम घुटने लगता। तब दुल्हन भाभी बेचैन होकर जाग उठतीं। दवा देतीं, तो वह हलाल किये मुर्गे की तरह तड़पते।

एक दिन रात के दो बजे दरवाजे पर हल्की-सी दस्तक हुई। खोला, तो बूढ़े नाना जल्दी से अंदर आये और कहा "लालटेन भेजवा दो।" थोड़ी देर अंधेरे में वह सहमी-सहमी सांस लेते रहे, फिर कांपती हुई आवाज़ में फुसफुसाकर बोले— "जो

कहता हूं सुनो और सवाल न पूछो, सुबह नवाब साहब से इजाजत लेकर दुल्हन तुम मुन्ने के साथ मिरज के सेनीटोरियम चली जाओ।

"बच्चे?" दुल्हन भाभी बोली।

"वह बेटी देख लेगी (यानी मैं) और फिर कोई खतरे की बात नहीं, बस। मुन्ने भाई आप चले जाइये, मैं बच्चे की देखभाल कर लूंगी, मैंने सहमकर कहा। "मगर नाना रात को छुपकर यह बात क्यों कहने आए" दुल्हन भाभी ने पूछा।

नाना ने कहा था "कुछ सवाल न करो बस चले जाओ" मैं चक्कर में पड़ गई। हम बड़ी देर तक परेशान रहे। मैं रोज की तरह स्कूल गई। रात को मंतीमियां के यहां जाने के लिए इंतजार करती रही। मगर उनकी मोटर न आई। न जाने क्यों घबराहट हो रही थी। मुन्ने भाई ने नवाब साहब को आवेदन पत्र दिया था कि मुझे मिरज जाने दीजिए, अपनी बहन और बच्चे को आपकी छत्रछाया में छोड़े जा रहा हूं।

नवाब साहब ने आज्ञा दे दी और वह उसी शाम मिरज रवाना हो गये। नवाब साहब का एक सिफारिशी खत भी ले गये। मैं रोज की तरह दूसरे दिन स्कूल गई। वहीं मंतीमियां की बेगम की गाड़ी आ गई। वह बड़े प्यार से मिली। कुछ चुप-चुप सी थी। लौंडियां मेरी तरफ देखकर मुस्करा रही थीं। क्यों? मुझे वापसी में बहुत डर लग रहा था। मैं कभी इसी तरह अकेली नहीं रही थी। नौकर भी नया और अजब उल्लू था। न जाने क्यों मैं सब बच्चों को एक कमरे में जमा करके बड़ी देर तक जागती रहीं।

वहीं नाना खैरियत पूछने आये। मुझसे कहने लगे। "बच्चे सो रहे हैं। मुझे तुम से कुछ कहना है।" मैं उनके साथ बड़े कमरे में आई। जहां मुन्ने भाई का खाली पलंग अभी तक बिछा था और दवाओं की बू आ रही थी।

"तुम बड़ी खुशनसीब हो बेटी। मैं तुम्हारे लिए एक खुशखबरी लाया हूं।" न जाने क्यों मेरा दिल जोर-जोर से धड़कने लगा। मगर मैंने बड़ी सादगी से पूछा। कैसी खुशखबरी नाना?

"तुम्हें नवाब साहब अपनी बहू बनाना चाहते हैं। मैं पहले ही समझ गई थी कि ऐसा ही कुछ मामला होगा। मगर चुप रही।" उनके साहबजादे विलायत में पढ़ते हैं। नवाब साहब शादी के बाद तुम्हें भी ऊंचे तालीम के लिए विलायत भेज देंगे।"

मैं फिर भी चुप रही। क्योंकि बोलती तो नाना का मुंह सूख जाता।

"परसों जुमा का मुबारक दिन तय फरमाया है हुजूर ने।"

"मेरी अम्मा और भाईयों..."

"उन्हें तो इस रिश्ते पर गर्व होगा। नवाब साहब कहते हैं, वह तार से खबर कर देंगे। तुम फिक्र न करो हम मौजूद हैं। साहबजादे आए हुए हैं, निकाह के बाद..."

मैं दांत भीचे खामोश बैठी रही। "एक पंथ दो काज का ख्याल है। नुजहत बेटा का निकाह भी अगर छोटे साहबजादे अब्बूमियां के साथ हो जाय तो?"

"मगर उसके मां-बाप?"

"हुजूर हमारे माई-बाप हैं। उन्हें प्रजा का निकाह पढ़ाने का हक़ है। जरा सोचो बेटी तुम्हारे अब्बा की मौत के बाद अगर तुम चाहो तो अपने खानदान के लिये बहुत कुछ कर सकती हो। नवाब साहब बड़े दरिया दिल हैं। तुम फूफी-भतीजी राज करोगी। और ऊंची तालीम हांसिल करने के लिए, तुम जावरा की बेहतरी के लिये बहुत कुछ कर सकोगी। तुम्हें मालूम है मेरी पोती शाहबानो का भी हुजूर ने मेहरबान होकर बाले साहब से निकाह पढ़वा दिया था। तुमने उसके चढ़ावे के जेवर तो देखे ही होंगे। जावरा रियासत के हीरे-जवाहरों का बड़ी-बड़ी रियासतें मुकाबला नहीं कर सकतीं। एक-एक मोती कबूतर के अंडे के बराबर है। निकाह के बाद तुम्हारे बड़े भाई की गलती माफ करके वापस बुला लिया जाएगा। मुन्ने भाई की तनख्वाह भी बढ़ा दी जाएगी। और महल में रहने का बंदोबस्त कर दिया जाएगा। नवाब साहब ज्यादा खुश नहीं उनकी अंग्रेजी बेगम ने बहुत पैर फैलाना शुरू कर दिया है। तुम्हारे अब्बू सरकारी आदमी थे। और तुम जैसी पढ़ी-लिखी बहू से हुजूर की पोजीशन मजबूत होगी। तुम्हारे खानदान को जागीरें मिलेंगी। तुम खुश हो न बेटी?"

मैंने आज्ञाकारी बेटी की तरह सिर झुका लिया। नाना चले गए। मैं पत्थर का बुत बनी दवाओं की बदबू में बसे हुए उजाड़ कमरे में न जाने कब तक बैठी रही। शाही-महल, सोने-चांदी के उगलदान-खासदान, कबूतर के अंडे के बराबर सच्चे मोती। फर्श पर एक-दूसरे के पीछे भाग रहे थे। इंग्लैंड में ऊंची-तालीम का सुनहरा मौका। मगर इसके साथ एक अदद अजनबी जवाबजादा। उफ! अज़ीम भाई के कमरे से ऐसा डर लग रहा था कि दो पलंगों पर हम सब कच-बच सो गए।

हर बच्चा मेरे पास लेटने पर ज़िद कर रहा था। मां-बाप के जाने के बाद वह मेरे वजूद में पनाह ले रहे थे। अगर मैं बाथरूम भी जाती तो रोते-पीटते दौड़ते। गुस्सा भी आता और आंसू भी। गुस्सा हालात पर और आंसू अपनी और बच्चों की बेबसी पर। परसों यानी शुक्रवार के पवित्र दिन यह खंड़हरनुमा बंगला छोड़कर हम महल में चले जाएंगे वहां रेशमी पर्दों में छिपी गंगा-जमुनी मसहरियों (पलंग) के नर्म-नर्म गद्दों पर कैसी मीठी नींद आएगी। मैंने कभी सोने के उगलदान में नहीं थूका। जाते ही पहला काम करूंगी कि दासियों को हुक्म दूंगी।

"सोने का उगलदान हाजिर किया जाय!" और जब उगलदान हाजिर किया जाएगा तो बड़ी शान से पटाक से थूक दूंगी।

"फिर? फिर क्या करूंगी?"

'फिर' हजारों गद्दों के नीचे दबे हुए मटर के दाने की तरह चुभने लगी फिर धूमधाम से बरात आएगी। दुल्हन बनूंगी, दुल्हा के कदमों की चाप सुन कर दिल धड़केगा। फिर जब दूल्हा घूंघट उठाएगा। उफ! मेरे हवास की घिग्घी बंध गई। मैंने सेक्स पर कोई तर्कपूर्ण किताब नहीं पढ़ी थी। राजनीतिशास्त्र, अर्थशास्त्र, इतिहास, भूगोल, उपन्यास, नाटक, कविता सब कुछ ही चबाया था। मगर हमारे कॉलेज में व्यवहारिक कामशास्त्र पर न कोई किताब थी और आस-पास की बातचीत में न कोई खूबसूरत नक्शा खींचता था।

मुझे कोचवान की लड़की मुंगिया ने बताया था कि बहुत ही बुरी चीज है शादी। दूल्हा बहुत हरामीपन करता है और फिर सारी उम्र करता है। एकबार अज़ीम भाई बंबई नौकरी की तलाश में गये थे। वहां से जो खत लिखते थे। वह दुल्हन भाभी मुझसे पढ़वाती थीं या नय्यर से, क्योंकि छोटी आपा जो उनकी राज़दार थीं, ब्याह करके चली गई थीं। उसमें कुछ पंक्तियां ऐसी होती थीं जिसका मतलब समझ कर भाभी लाल हो जाती थीं। हम पूछते तो कहतीं, बस आगे पढ़ो। कभी-कभी औरतों की खुसरफुसर में सुनाई दे जाता बस उन्हें तो गंदी बातों के सिवा किसी बात से दिलचस्पी नहीं। हरदम जान को लगे रहते हैं। या वह अपने पति-परमेश्वर के बारे में कह रही थीं।

एकदम शाही महल की दीवारें मेरा दम घोंटने लगीं। यह नवाब लोग तलाक के समर्थक नहीं होते, बस ज़हर दिलवा देते हैं। अगर औरत चीं-चपड़ करे। और मेरी तो किसी से एक घड़ी नहीं बनी। मैं किसी को अपना दुनियावी ईश्वर कैसे मानूंगी। बरसों हुए नमाज़ भी पढ़नी छोड़ दी। अलीगढ़ तक नमाज़-रोज़े का दस्तूर चला। आई.टी. कॉलेज में तो ईसाई धर्म पर जोर दिया जाता था और चैपल पाबंदी से जाना होता था। हाय दुनियावी ईश्वर और वह भी नवाबजादा कैसे निगला जाएगा। और नुज़हत, भोली-भाली सहमी हुई-सी रहती है। झिंगुर तक से डर जाती है और फिर सोने का उगलदान। ऐसा लगा मैं खुद बड़ा-सुनहरा उलगलदान हूं और इसमें थूका मेरे मुंह में आ रहा है।

मैंने नौकर को जगाया कि जाकर मुन्ने भाई के तांगे वाले से कह दे कि सुबह पांच बजे तांगा लेकर आ जाए दो गुना किराया दूंगी। फिर जल्दी-जल्दी दो ट्रंकों में सामान ठूंसा। मेरा ट्रंक तो तैयार ही था। वहां अल्मारियों में कपड़े सजाने का फैशन तो था नहीं। नुज़हत, मीनू और मक्खन के कपड़ें जितने मिले भर लिए। शुक्र है धोबी कपड़े दे गया था और कल मैले कपड़े लेने आएगा। मेरे पास रूपये भी कम थे। अपना किराया, नुज़हत का आधा टिकट मक्खू चार बरस का था। घपला चल जाएगा, उम्र से छोटा लगता है और मीनू तो ग्यारह महीने की है, ठीक से खड़ी भी नहीं हो पाती।

उन दोनों को नहीं छोड़ सकती मुझसे बहुत हिले-मिले हैं।

तज्जू-छब्बा बेखबर सो रहे थे। नुज़हत को चुपके-चुपके जगाया। उसे कुछ नहीं बताया कहां जा रहे हैं। पांच बजे स्टेशन पहुंचकर टिकट लिया। मैंने मक्खन को और नुज़हत ने मीनू को संभाला और सवार हो गये। दिल धक्कड़ पक्कड़ कर रहा था। जब रतलाम स्टेशन आया तो जान में जान आई। नुज़हत मुझे अजीब नज़रों से देख रही थी। मैं उससे आंखें मिलाने से कतरा रही थी। उसे क्या बताऊं? कैसे बताऊं?

"फूफी जान तज्जू और छब्बा?" उसने डरते-डरते पूछ ही लिया।"

"दादा से कह दिया है, वह उन्हें ले जाएंगे।" मैंने झूठ बोला। वह चुप हो गई। ऐसा लगता था बिना पतवार के नाव पर सवार हो गई हूं और पेंदे में छेद है। अजीब दम घोंटू अहसास था।

बाद में पता चला दादा से किसी ने जाकर कहा, घर खाली पड़ा है। दो बच्चे चौखट पर बैठे रो रहे हैं। नौकर घर का सफाया करके तड़ी हो गया। दादा बच्चों को घर ले गये और अम्मा को जोधपुर तार दिया। मैंने चुप साध ली। आज तक तय नहीं कर पाई कि मेरे लिये इसके सिवा कोई दूसरा रास्ता भी था। और आगे उन तीन बच्चों के साथ कौन-सा रास्ता खोल पाऊंगी। मगर न जाने जिद्दी दिल क्यों हर-बार कहता था, अरे सब ठीक हो जाएगा। दुनिया में ऐसी कोई मुसीबत नहीं जिसका हल न हो।

□□□

जहन्नुम

बाजी के बारात को सुस्वागतम कहने बहराइच के रईस और अफसरान हार-फूल लेकर स्टेशन पहुंचे किसी ने दूल्हा को नहीं देखा था। रात को निकाह हुआ था। सब बच्चे वाले सो रहे थे। नन्हें भाई जरा पीछे रह गये। एक वही पहचानते थे। डिब्बे में से सबसे पहले एक लंबे चौड़े खूबसूरत पैंतीस साल के जवान उतरे। हरी कमख्वाब की शेरवानी, चुस्त पाजामा, हरी रामपुरी टोपी, बाकी सब, कुछ सिर झुकाएं मलगिजे! लोगों ने जल्दी-जल्दी उन्हें दूल्हा समझकर हार पहना दिए। उन्होंने एक गरजदार कहकहा लगाया और बोले, "साहबों मैं दुल्हे का चाचा हूँ... सोहराबखान, वह रहे सफदर मियां।" सफदर मियां को देखकर अब्बा मियां को पसीना आ गया। जैसे टी. बी. का मरीज, लम्बे बांस, कच्ची दाढ़ी, माथे पर सिलवटें, आंखों में थकान।"

इतना याद है झम-झम करती गोरी-गोरी ढेर सारी औरतें जब डयोढ़ी से उतरी तो दड़ी मारी गई। मैंने एक नीम की सूंटी से समधिनी की पिंडलियां उधेड़ना शुरू की कि यह चुडैल मेरी बाजी को लेने आई हैं। मुझे कोई घसीट कर ले गया और मैं बाजी के पास चिपक कर बैठ गई। बाजी जोर-जोर से खांस रही थी। दूर-दूर आवाज जा रही थी।

बहुत दिन बाद एक दिन छोटी आपा ने बताया कि बाजी की पहले भी एक जगह से बात आई थी। बिल्कुल लफंगा रंडीबाज जमींदार का लड़का था। कोई खान था। दो-एक खून भी कर चुका था। उनके पास एक छोटी-सी जागीर थी, पढ़ा-लिखा खाक नहीं था। मगर उनके खानदानी हीरे-जवाहर और सोने की पाजेबों की बड़ी साख थी। खान की अम्मा बेगम जब कुछ रिश्तेदार औरतों के साथ, लौडियों, बांदियों की जमघट लिए आई तो, साथ में चांदी की पंदनियां और खासदान भी था। और वह लड़के का का कम सोने और मोतियों की चर्चा ज्यादा कर रही थीं। अल्लाह झूठ न बुलावे कान पकड़ के कहती हूँ बुआ, पूरा पान सेर का चढ़ावा पचास हजार मेहर (निकाह के पहले एक रकम बांधी जाती है, दूल्हे को वह दुल्हन को अदा करना पड़ता है) और छोटी हवेली साहबजादे के नाम है ही, अल्लाह आमीन का एक ही बेटा है।" जब वह चली

गई तो बाजी भुन-भुन करती फिरीं।

"हम नहीं करेंगे उस कुत्ते से शादी," बाजी बड़ी मुंहफट थीं।

" है है चुप निगोड़ी खबरदार जो मेरे सामने जबान खोली मुंह झुलस दूंगी" अम्मा ने डांटा।

"मुंह झुलसो तो जरा, सरकार से कह दूंगी।"

"गजब खुदा का, मुन्नी, तुझ पर अल्लाह को संवार किसी ने सुन लिया तो? फिर एक दिन अम्मा गई हुई थीं हकीमों गली, सफी नाना के यहां। वह उनके खालू (मौसा) थे, जहूर नाना के दामाद, खान की अम्मा एक बांदी के साथ आन धमकी।

"ऐ भई हमाई समधन कहां है, ऐ समधन, बी समधन"

"क्या है?" बाजी अन्दर से निकलीं।

"ऐ बेटी तेरी अम्मा कहां है, लड़की सास से रत्ती भर शर्म लिहाज नहीं करती कलेजे पर चढ़ी चली आती हो।"

"तुम खान की अम्मा हो?"

"उई दीदा तो देखो" वह चौकी पर बैठ गई।

"हम तुम्हारे पाजी लड़के से शादी हरगिज़ नहीं करेंगे।"

समधन की घिग्घी बंध गई, उन्होंने ख्वाब में भी ऐसी दीदा फटी नहीं देखी थी।

"अरी तेरा चीता तो नहीं पिघल गया।"

"चीता तो तुम्हारा पिघला है बड़ी बी।"

"तौबा बच्ची... ।"

"तुम्हारा इतना तो बेहूदा लड़का है, लफंगा... ।"

"बस, बस इलाही तौबा... अरे चल हरामजादी!" उन्होंने बांदी को धौल जमाकर कहा और सरपट भागी, बड़बड़ाती।

"ऐ गजब खुदा का, लड़की है या कि ततैया मिर्च।

"अरे मेरे चांद को हजारों लड़कियां लोग थाल में सजा कर देंगे। थू है, क्या लड़की उठाई है नच्छू बी ने। उनके जाने के बाद जब अम्मा आई तो उन्होंने सिर पीट लिया। मगर बाजी हंसती रहीं। "अबके आएंगी तो अल्लाह कसम उनकी पिटाई करेंगे।" बाजी धमधम करती कोठे पर चढ़कर पतंगों के पेंच देखने लगीं वह छुपकर कोठे पर खुद भी पंतगे उड़ाती थीं और लूटती थीं। तभी तो अम्मा को उसकी शादी की इतनी जल्दी थी। लड़कियां वैसे ही मां-बाप की छाती का बोझ होती है फिर बाजी जैसी धुंआधार लड़की अल्लाह किसी दुश्मन को भी न दे। और अब्बा के कानों में भी उड़ती-उड़ती खबर पहुंची उन्होंने चुप साध ली भला क्या कहते उन्हें भी खान से चिढ़ थी। जमींदारों, तालुकदारों से दोस्ती थी और लेन-देन था। कोई बच्चा पैदा होता, तो

दूर-दूर से मेहमान आते, तवायफें आतीं। दो तीन दिन खूब ऊधम मचती। नाच गाने की महफिलें जमा करतीं।

मगर उन्हें रंडियों से संबंध रखने वाले रिवाज से बड़ी नफरत थी। एक से ज्यादा पत्नी रखने के भी सिरे से खिलाफ थे। बहुत पहले जब सिर्फ सात बच्चे थे। शमीम, मैं और चुन्नी नहीं पैदा हुए थे। अब्बा मियां छुट्टी लेकर आगरे में मकान बनवा रहे थे। एक हिस्सा बिल्कुल तैयार था, वहीं रहना होता था। अम्मा और बच्चे नहीं आये थे।

न जाने क्यों एकदम अम्मा छोटे मामू और मुन्ने भाई को लेकर आ गईं। मुन्ने भाई की खांसी जान का जंजाल हो गई थी। कई महीने से चल रही थी। कुछ आबोहवा का बदलाव और कुछ सफी नाना का ईलाज धीरे-धीरे फायदा होने लगा। अम्मा ज्यादातर हकीमों की गली रहतीं। कभी पंजाशाही भी आ जातीं। मुहल्ले में दावतें होतीं! रोज कहीं न कहीं जाना हो जाता।

एक दिन भैंस वाली बड़ी अम्मा के यहां चमेली के मुंडवे के नीचे खटोली डाले पड़ी थीं कुछ पतियों के प्रेम और बेवफाई के किस्से चल रहे थे।

"भाई हमारे मियां तो बस गोंद हैं, क्या मजाल जो किसी से आंख लड़ाएं। आए दिन के बच्चों से तो जरा सांस लेने की मोहलत मिले।

"ऐ है खुदा न करे।"

"सच्ची मैं तो कहती हूँ एक आध और कर लो।"

"नच्छू बी, बाज मुंह से निकली बात फल जाती है।"

"खाक फलती है।"

"कुछ आस-पास की भी खबर है, मैं सोच रही थी तुम से कैसे कहूँ, मेरे तो हवास गुम हो गए जब सुना तो?"

"क्या सुना? अम्मा कुछ बुझ गईं।"

"सब तुम्हारी चहेती ननद बादशाही खानम का किया धरा है।"

"न जाने कहां की हांक रही हैं, बड़ी अम्मा!"

फिर बड़ी अम्मा को न बताना, मकान बनवाने का तो बहाना है मलवा डला रह गया है मगर मिर्जा कसीम बेग आगरा में विराजमान हैं। कभी सोचा कि क्यों,? बड़ी अम्मा बोली।

"इसमें सोचने की क्या बात है?"

फिर बड़ी अम्मा ने बताया।

राहत खाला (मौसी) बड़े अब्बा यानी इब्राहीम बेग चुगताई की छोटी साली कमसिनी में विधवा हो गई थीं। मियां अच्छी खासी जायदाद छोड़ गये थे, और फारसी

की अच्छी खासी तालीम पाई थी, कुछ शेरो-शायरी से भी दिलचस्पी थी, अम्मा से दो-चार साल बड़ी होगीं। अम्मा तेईस-चौबीस की होंगी। गोल-मटोल प्यारी रंगत, सुनहरे घुंघराले बाल, शरबती आंखें फैला हुआ नाक नक्श। और राहत खाला के लंबे काले रेशमी बाल, लंबा कद, दुबली-पतली काया।

"तुरन्नुम से जब शेर पढ़तीं तो सुनने वाले झूम उठते। कभी कोठी में महफिल जमती थी। अब्बा मिंया भी कुछ फारसी और उर्दू के शेर कह लेते थे। किसी को सुनाते नहीं थे या शायद उनके साथ शायरी जाग उठी थी। बच्चों की चिल्लपों," पद की जिम्मेदारी, कुत्ते-मुर्गियां, घोड़े, भैंस, बकरियां एक हंगामा, एक धुआंधार जिंदगी। और फिर आगरा की सुहानी शामें, गुलाबी जाड़ों की बहारें। शांति से भरा नया-नया बना घर। खुशगवार और रूमानी समां और चहकते हुए शेर।

अब्बा मियां गबरू मर्द थे, सरपट घोड़ा दौड़ाते, टेनिस खेलते, बागवानी करते, यार-दोस्तों की महफिलें, कहकहे, हंगामें फिर खाला का हुस्न, सोग में डूबी जिंदगी। उन्हें दौलत का लालच नहीं सिर्फ दो मीठे बोल, महकते हुए शेर, उमर खय्याम की रूबाइयां, अनवरी, फानी हाफिज शिराजी, मीर गालिब, जौक, अशुफता।

अम्मा सन्नटे में सांस रोक लेटी रहीं, जैसे उन्हें हिलते-डुलते डर लग रहा हो कि कहीं बिखर न जाएं, फिर टुकड़ा-टुकड़ा कौन चुन पायेगा। वापस आईं तो मेज पर खाना लगा था। अब्बा मियां अखबार पढ़ रहे थे।

"कहां जाके बैठी रहीं, भूख के मारे दम निकल रहा है।" अम्मा ने हाथ से मारकर खाने की प्लेटें उछाल दी।

"अब बस मेरी भती खाना।"

"बेगम।" अब्बा मियां ने अम्मा का यह रूप कभी ने देखा था। सहम के रह गये। दिल में चोर जो था।

आज ये शब्द लिख रही हूँ तो मेरी कलम डगमगा रही है। वह हस्ती जिसको हम खुदा और रसूल के बाद सबसे पाक और विश्वासी मानते थे। आज मेरे कलम की यह मजाल कि मिर्जा कसीम बेग चुगताई की इकलौती भूल, कमजोरी और सिद्धांत भंग करने वाली एक हरकत पर आलोचना कर सके। वह हस्ती जिसकी जिंदगी का कोई पहलू विकृत न था। मुझे उनकी कोई ज्यादती कोई नाइंसाफी कोई गलत कदम याद नहीं। मैंने उन्हें हर पहलू से एक दृढ़ और मुकम्मल इंसान की हैसियत से देखा। राहत खाला का जिक्र अमूमन मजाक में हुआ करता था। वह बहुत मजबूर, बेहद दुखी और अकेली दुनिया से रूखसत हुईं। शायद मेरे आने से पहले ही वह चली गई थीं। बात यूं निकली कि एक दिन शमीम ने अम्मा के पानदान से पैसे झपट लिये। यह उस वक्त की बात है जब मेरा बी.ए. का रिजल्ट आ गया था। और अब्बा जो फालिज के बाद

बिल्कुल तंदुरूस्त हो गये थे। आराम कुर्सी पर बैठे थे।

"हूँ तो तुम पास हो गई, वह बोले

"जी"

"हूँ, बेगम दावत करोगी?"

"ऐ हटओ, दावत इस गर्मी में! ओ कमीने, इधर ला मेरे दो रुपये मगर शमीम से रुपये जेब में डाले और दूर टहल गये।

"देख सूअर रुपये वापस रख दे नहीं तो खाना नहीं दूंगी।"

"कोफ्ते पके हैं और शक्करकंद की खीर।" मैंने इत्तला दी और बड़े मामू के यहां से खुश्का और माही कलिया आया है। "मामी ने तख्त पर से खरबूजे के बीज छिलके झाड़ते हुए कहा" कैसी कंजूस मां है, अरे अब्बा मियां ने राहत खला से ख्वाहमख्वाह कट्टी कर ली। यह अम्मा तो ऐसी जालिम हैं कि बात-बात पर खाना नहीं दूंगी, पानी नहीं दूंगी, क्या हजरत उस्मान की कुछ जालिमों से रिश्तेदारी थी।" हजरत उस्मान से हमारी ननिहाल का शुरू होता है।

"अच्छा, ज्यादा बक-बक न कर, बेहया कहीं की, गजब खुदा का, छोटी बहन बी.ए. पास हो गई और निगोड़ा दसवीं में सड़ गया।"

"देखिए, हर वक्त जली कटी सुनाती रहती हैं, राहत खाला होतीं तो"

"अरे तो क्या है, अब ब्याह लाओ नई-नवेली अम्मा।"

"अच्छा, तो यह बात है" शमीम ने जरा दूर खम्बे की आड़ लेते हुए कहा। मैं भी सौत न लाके बैठा दूं तो मेरा नाम शमीम बेग चुगताई नहीं।" शमीम ऐसे भोंडे मजाक करता था, पर न जाने क्यों हंसी नहीं लगती थी। उसने ऐसी गंभीर सूरत बनाकर धमकी दी कि अम्मा और अब्बा दोनों को हंसी दबानी मुश्किल हो गई। शमीम ने आकर चुपके से कहा। "देख बड़े मियां का चेहरा गुलनार हो गया। दुल्हा बनने के जिक्र से खिल उठे।"

"चल बदतमीज।"

"अरे तो क्या मैं मजाक कर रहा हूँ, कसम खुदा की, थोड़ा खिजाब लगा लें तो अब भी जवान धरे हैं। न चेहरे पर झुर्री, न हाथों पर बुढ़ापा।" फिर ऊंची आवाज में बोला।

"शुरू में तो चार का हुक्म है, सच्ची। नई अम्मा कुछ तो ख्याल करेंगी।" इतने में मामू आ गये और खाना लगने लगा। खाने के बाद मैंने अम्मा से पूछा "बी यह राहत खाला का क्या किस्सा था।" "तब उन्होंने शुरू से लेकर आखिर तक सारा किस्सा सुनाया। खाना उलट कर अम्मा रोने बैठ गई। अब्बा खामोश सिर झुकाए बैठे रहे। फिर बोले। "बेगम हम तुम्हारे मुजरिम हैं। हमसे गलती हो गई। हमने निकाह कर लिया। तुम जो सजा दो हमें मंजूर है।"

"मेरे बच्चे बुलवा दो, मैं आगरा में रहूंगी।"

"यह क्या कह रही हो बेगम हम तुम्हारे और बच्चों के बैगर कैसे जिएगें।"

"तुम्हारी लाडली।"

"तुम हो हमारी लाडली, हमारी जिंदगी, हमारा अतीत और भविष्य।"

"मगर निकाह करते वक्त..." अम्मा का गला बंद होने लगा।"

"सात बच्चों के बाप..."

"हमें खबर नहीं, हम उस वक्त कहां थे। जब हमें होश आया और निकाह नामा पर हमने दस्तखत देखे तो हमारे होश उड़ गये। हम उसी वक्त वहां से उठकर चले आये।"

"फूफी बादशाही के यहां हुआ निकाह।"

"हां।"

"हां, तो उनके दिल की तमन्नापूरी हो ही गई। मेरी मांग उजाड़कर चैन आ गया।"

"अभी तो हम जिंदा हैं बेगम। काश, मर जाते, नहीं हमें मरने का कोई हक नहीं हम जीना चाहते हैं।"

"मैं जानती हूँ, बादशाही खानम ने तुम्हें कुछ खिला दिया होगा।"

"नहीं बादशाही ने कुछ नहीं खिलाया।"

"तो फिर इतने नन्हें तो नहीं।"

अम्मा नहीं जानती। इंसान कभी कितना नन्हा हो जाता है बिल्कुल शून्य हो जाता है, मगर अब्बा मियां झूठ नहीं कह रहे थे। इंसान अपने बचाव के लिए दिमाग में दीवार खड़ी कर लेता है। जिन इच्छाओं के आर-पार नहीं देखना चाहता। उनपर आत्म विस्मृति के भारी पर्दे डाल लेता है, और खुद अंदर गुम हो जाता है और ढूंढकर हार जाता है। एक उसूल पसंद आदमी के लिए कोई उसूल तोड़ना बड़े जोखिम का काम है। जागते में सपने जैसी स्थिति हो जाती है। रेशम के कीड़े की तरह एक खोल बुन लेता।

"मुझे तलाक तो नहीं दोगे, "अम्मा ने मिमयाहट भरी आवाज में पूछा "तलाक बेगम!"

"मेरे बच्चे तलाकन के बच्चे कहलाएंगे, कोई मेरी बेटियों को कबूलेगा नहीं कि जैसी मां वैसी बेटी, कोई तो खोट होगा कि कसीम बेग चुगताई को तलाक देना पड़ा। अच्छा मेरे सिर पर हाथ रखकर कसम खाओ कि मुझे तलाक नहीं दोगे।" उन्होंने अब्बा मियां का हाथ उठाकर सिर पर रख लिया।

"हमने उसे हाथ नहीं लगाया है। और हम कसम खाते हैं कि हम उसे हाथ लगाएंगे तो हम करीम बेग बुग्गताई के वीर्य से नहीं।

"है, है नहीं, यह... यह तो गुनाह है।"

"अल्लाह के वास्ते यह दुहरापन गारत करो। अल्लाह का कहर..."

"हम सह लेंगे।"

"यह तो कुफ्र है, इसका अज़ाब बच्चे भुगतेंगे।"

"खुदा के यहां बिल्कुल ऐसी अंधाधुंध नहीं होगी। यकीनन हर इंसान अपने पाप-पुण्य की सजा और जज़ा पायेगा।

"सरकार।" थोड़ी देर चुप रहने के बाद बोलीं।"

"हां, बेगम!"

"अब तुम हजार शादियां भी कर लो मुझे परवाह नहीं।"

"क्यों क्या अब तुम्हें हमसे मुहब्बत नहीं रही।"

"यह बात नहीं।"

"शरीफ औरतें मुहब्बत नहीं करतीं अपने दुनियावी ईश्वर की पूजा करती हैं।"

"बेगम पूजा पत्थरों की जाती है, हम इंसान हैं, तुम्हारे अपने"

"तो बस आज ही चलो, खाक डालो इस कोठी को बनना होगी, बन जायेगी।" उस दिन अम्मा-अब्बा मियां को लेकर कानपुर रवाना हो गईं। कानपुर में सांप्रदायिक तनाव बढ़ रहा था। अब्बा मियां की अजीब पॉलिसी थी। वैसे तो अफसरों और रईसों से बड़े गहरे संबंध रखते थे। साथ-साथ हर जुमा को नमाज़ पढ़ने शहर की अलग-अलग मस्जिदों में जरूर जाते—बेटों के साथ और वहां के मौलवियों और मुल्लाओं से मजहब, फिका और हदीस पर बातचीत करते। कट्टरपंथी थे फिर भी अलग-अलग धर्मों से संबंधित चीजें भी पढ़ते रहते थे। उनके विरोधी, उनके कट्टरपंथी होने का प्रचार करके उनका विरोध करते, मगर उनकी पॉलिसी से आगे मात खा जाते।

हिन्दुओं से उनसे बहुत जल्दी रिश्ते पैदा हो जाते कि वह समझते थे, यह तो नास्तिक है। अब्बा मियां की दोस्ती की जड़ें बड़ी मजबूत और गहरी होती थीं और खानदानी दोस्ती कायम हो जाती। औरतें, लड़के-लड़कियां घुल-मिल जाते। अम्मा अब अपनी हिंदू सहेलियों की दावत करतीं तो महाराज को बुलाकर, बिल्कुल कोरे बर्तन, मंगवातीं। किसी बच्चे तक को इस तरफ फटकने की इजाजत न थी। औरतें खुद पूरियां बेलतीं। पत्तलें धो कर लगातीं। अमूमन बरामदा धोकर खाना परोसा जाता। हमें छूत-छात से उल्झन होने के बजाय मजा आता। बड़े सहमें हुए से सभ्य तरीके से अलग-अलग रहते। कुछ ऐसा लगता कि हमने उन्हें छू लिया तो यह लोग भस्म हो जाएंगे।

"यह लोग काफिर हैं।" जुगनू हमारे बूझ-बुझक्कड़ फरमाते— "अगर हम लोग आयतलकुर्सी पढ़े दें तो तो अभी जलकर खाक हो जाएंगे।"

"नई जुगनू मत पढ़ना। शीला मेरी दोस्त भस्म हो गई तो मैं मर जाऊँगी, पिछली पूजा पर उसने मुझे सबसे छुपाकर एक उंगली चंदन दिया था। जो शाम तक मेरी मुट्ठी में महकता रहा। सुबह भी खुश्बू आ रही थी।" और जुगनू जो बिल्कुल पक्के मुसलमान थे। हमने सबसे पहले कुरआन पढ़ लिया था। मुझे तो पूरी नमाज़ भी नहीं आती थी सिर्फ एक दाढ़ का रोजा रखती थी।

हमें यह छूत-छात रहस्यमय और रूमानी-सी लगती थी। बेचारे डरते हैं कोई आफत न टूट पड़े। जबतक यह अहसास नहीं पैदा हुआ था कि हमें गंदा समझते हैं। यह तो बड़े होकर पता चला और बहुत गुस्सा आया। यही वजह थी कि अब्बा मियां को पता चल गया कि मुहर्रम में बड़े जोर के दंगे की दोनों तरफ तैयारियां हो रही हैं। उन्होंने कलक्टर से कहा हमें बंदी लागू करना चाहिए। मगर उसने कहा तुम्हारा वहम है। इस किस्म के विचार मत फैलाओ कि इसी रवैये से फसाद उभरते हैं। कलक्टर ने सारी पेशबंदियां रद्द कर दीं। मगर अब्बा मियां दोनों पक्षों से जुड़े रहने के कारण बहुत परेशान थे। योजना यह बनी थी कि अब के ताजिया इतना ऊँचा बनाया जाय कि जब सड़क पर से गुजरे तो किनारे उगे पुराने पीपल के पेड़ की डालियां आड़े आ जायं।

"बात राज की है सरकार मगर आप तो हमारे अपने हैं। "सिरकी वाला जिसने कबूतरों का काबुक और मुर्गियों के पिंजड़े बनाये थे, मुहर्रम में ताजियों के ढांचे तैयार करता था। उसने अपना समझकर राज की बात कह दी" पूरा डेढ़ फुट ताजिया ऊँचा रहेगा।

"डेढ़ फुट नहीं गुजर पायेगा?"

"अच्छी तरह पेड़ की ऊँचाई नापली गई है सरकार। डाली क्या पूरा कुंदा काटना पड़ेगा।

अब्बा मियां घोड़ी पर उस सड़क तक निकल गये। पेड़ बहुत पुराना, शानदार और घना था। उसकी जड़ में एक चौका-सा बना था। हाल पर गेरू से रंग चढ़ाकर एक पत्थर नीचे रख दिया गया था जिसपर गुलाल और पन्नी से सजावट की गई थी। एक किस्म का शिवलिंग लगता था, फूल-पत्ते खीलें-बताशे और अक्सर एक दीया भी कोई चढ़ा जाता था। राहगीर पेड़ के नीचे आराम करते और नमस्कार कर लेते। न जाने कितने साल से कोई अल्लाह का बंदा फूल भी चढ़ाया करता था। खुद हमारी नौकरानी पठानी बी की आस्था थी कि पेटवाली जुमेरात को फूल चढ़ावे तो यकीनन बेटा होने की गारंटी है। कुछ दिनों से लोगों का ध्यान इस पेड़ पर जरूरत से ज्यादा बढ़ गया था। कलावे भी बंधने लगे थे। मिठाई के दाने भी चढ़ने लगे थे, जो सड़क पर बैठा फकीर फौरन झपट लेता। कभी कोई दूसरा भी अपना हक जुटाने लगता, तो

मारपीट शुरू हो जाती और मिठाई कुत्ते के हिस्से में आती। इस साल मुहर्रम पर बड़ा जोशोखरोश था। लखनऊ के बांके बिना टिकट आ रहे थे। काकोरी मलीहाबाद से ढोल-ताशे पीटने वाले, पट्टाबाज, मशालची आ रहे थे, माने बड़ी धूम थी। अब्बा मियां की नींद हराम हो रही थी। उन्होंने अपने कुछ दोस्तों से जो दोनों तरफ के धर्मों के सुलह पसंद थे, यूं ही चर्चा की और बातों-बातों में यह तय पाया कि सरकार इस दंगे की अहमियत को नजरअंदाज करना चाह रही है। अब्बा मियां सरकार के बड़े भक्त माने जाते थे। दिलों में उनकी इज्जत भी थी और ब्रिटिश राज के विरोधियों को उनसे नफरत भी थी। कुछ भी हो अब्बा मियां हिन्दुस्तानी ही थे। नौकरी भी महत्वपूर्ण थी और खून-खराबा से भी भयभीत थे।

बड़े सोचविचार के बाद तय हुआ कि जितने लोग दोनों तरफ से शरीक हो सकते हों, हों दुख न करें। क्योंकि जिस सड़क से जुलूस ताजियों का गुजरने वाला था, सड़क के किनारे भीड़ जमा होगी। अगर इस भीड़ में खुद न जा सकें तो कम से कम तगड़े तंदुरूस्त जवानों को तो भेज ही दें, नौकरों को ही भेज दें। कुछ जमींदारों से अब्बा मियां ने बात की। उन्होंने बड़े गर्व से अपने लठैत भेज दिए, जो जूलूस वाले दिन से पहले अब्बा मियां से दो-दो तीन-तीन की टुकड़ियों में मिले। अम्मा को कुछ खबर न थी। नन्हें भाई, इसहाक भाई, मामू, इसहाक भाई के दो बड़े भाई, शफकत और मकबूल और अब्बा के दोस्त के लड़के और अदम उस्मान और अदम सुलेमान जिन्हें उन्होंने छोटी सी उम्र से पाला था। उनके अलावा बावर्ची, मिस्त्री, दरबान और दो-तीन चौकीदार जो मुसलमान थे, मुकर्रर किये कि जब मुहल्ले से ताज़िया गश्त के लिए उठे तो साथ ताज़िया के आस-पास ही रहें, मौका मिले तो कंधा भी दें।

फिर माली, धोबी, मेहतर, कोचवान, ग्रासकट घूसी, उसका मददगार, ऊपर के काम के नौकर हिंदुओं के साथ पेड़ के आस-पास घूमते रहे।

"क्या गोली चलेगी साब," उन्होंने पूछा।

"नहीं गोली नहीं चलेगी। मगर हमारे साथ सिपाही, इंस्पेक्टर और सुपरिटेंडेट होगें। हम जूलूस के आस-पास ही रहेंगे। सिपाहियों में ज्यादा मुसलमान हैं और उनसे हमारी बात न हो सकी। हमने किसी सरकारी मुलाज़िम से बात नहीं की है। हमारा मकसद फसाद की रोकथाम है।"

"मगर सरकार वहां तो दूर-दूर से गुंडे बुलाये गये हैं।"

"दस-बारह गुंडे बुलाए गये होंगें, बस इतने ही फसाद शुरू करने के लिए काफी समझे जाते हैं और हमने गिनती करीब-करीब मालूम कर ली है। एक दफा झगड़ा शुरू हो जाए फिर गुंडे तो जानबचाकर सरक लेंगे। बेवकूफ जोशीले नौजवान घमासान में कूद पड़ेंगे। नन्हें भाई कमसिन थे मगर खूब तगड़े थे। बाकी लड़के भी काफी छोटे

थे, मगर उम्र के उस दौर से गुजर रहे थे, जब मारपीट में मजा आता है कुछ लोगों ने चाकू ले जाने की राय दी। अब्बा ने सख्ती से मना कर दिया।

"बेंत भी नहीं।"

"तिनका भी नहीं, वर्ना जाने की कोई जरूरत नहीं, जान प्यारी है तो घर में बैठो।"

"अम्मा बड़ी धूमधाम से मुहर्रम मनाती थीं। चूड़ियां उतार देती थीं। सफेद दुपट्टा घुटना तक ओढ़ती थीं। पहली, पाँचवीं, सातवीं, नवीं, दसवीं को शर्बत, शीरमाल, कबाब, तर-हलवे बांटे जाते थे।

अब्बा ने नवीं की रात को अम्मा को बता दिया कि फसाद की रोकथाम के लिए उनकी ड्यूटी लगी है। अम्मा ने मातम शुरू कर दिया। गरेबां में झूल गई।

"अब तो रात हो गई हम अपनी नौकरी से इस्तीफा भी नहीं दे सकते। हमने गलती की जो तुम्हें बता दिया।"

"हम कहते हैं कुछ नहीं होगा। हमने कभी तुमसे झूठ बोला है?"

"अम्मा मान गईं। मगर सुबह जब जाने लगे तो सदके का बकरा नीम से बंधा था। अम्मा बार-बार शौच जा रही थीं। सब लड़कियां, मुगलानियां और मुहल्ला की औरतें जमा होकर कुरआन ख्वानी (कुरआन का पाठ) करके उस मीलों दूर सड़क की तरफ फूंक रही थीं। जिधर से जूलूस गुजरने वाला था और मौत का फरिश्ता मंडला रहा था।

अम्मा दरवाजे तक दौड़ती साथ चलीं। चौखटा फलांगने से पहले पकड़ लिया। और वापस लाकर दादी अम्मा को सलाम करवाया। बूढ़ी-बी यानी अब्बा की फूफी और अम्मा की दादी से दुआएं दिलवाई फिर किबला (पश्चिम) की तरफ बैठाकर कहा आयतलकुर्सी पढ़ो।

"भई याद नहीं। देर हो रही है, तुम पढ़ दो बेगम।"

अम्मा को तो कुछ याद नहीं रहता था। मगर खूब सी दुआएं पढ़कर फूकी। और बच्चियों को कुरआन पढ़ने बैठा दिया।

दर्जनों ढोल बज रहे थे। झांझ कानों के पर्दे फाड़े दे रहे थे। पैक कमर में घंटियां ठनकाते बल्लम ऊँचा किये भागते निकल जाते। उफ! इस मौके पर बच्चे कहां से कुलबुला कर निकल पड़ते हैं। सुपरीटेंडेंट अंग्रेज था। उसका मुंह चुकन्दर की तरह लाल हो रहा थी। सिपाहियों की कतारें पैदल चल रही थीं। इतने बड़े जूलूस की निगरानी में सिर्फ लाठीबंद बारह सिपाही थे। इंस्पेक्टर हिंदू और सब इंस्पेक्टर मुसलमान थे। पूरी पुलिसफोर्स में सिर्फ तीन-चार हिंदू बाकी मुसलमान। और एक अंग्रेज था। वही हुआ जिसकी योजना बनाई गई थी। ताज़िया सिर्फ कुछ इंच बड़ा

था। कंधा देने वाले पंजों के बल पल रहे थे और काफी लंबे थे। फिर भी छह-सात इंच का सवाल था। सिवाय कुंदा काटने के और कोई चारा नहीं। और दो चार मनचले लड़के पेड़ पर चढ़े। हाथापाई शुरू हो गई।

अब्बा मियां ने कहा "ठहरो" उनकी आवाज में हाथी की चिंघाड़ थी। अब्बा मियां ठीक कुंदे के नीचे खड़े होकर ऊपर देखने लगे।

"कुंदा न काटा जाय।"

"अगर..."

"ताज़िया नहीं निकल सकता।"

"अगर..."

"ताजिया झुकेगा नहीं, अनादर होगा।"

"नहीं ताज़िया झुकेगा नहीं, मगर निकल जाएगा।"

"वह कैसे?"

"एकदम तीन-चार आदमी फावड़ा लिये भीड़ से निकले।"

"हम सड़क खोद डालेंगे।"

"मगर सड़क... नई सड़क।"

"फिर बन जायेगी, कंकर ही तो कुटे हैं।" अब फावड़ा चलाने लगे जल्दी से। खानसामा ने फावड़ा छीन लिया और जुट गया। अब्बा मियां ने देखा आस-पास बहुत से अपने प्यारे दोस्त खिदमतगार मौजूद थे।

"व्हाट इज दिस नॉनसेंस, स्पॉइलिंग द न्यू रोड" सुपरिटेंडेंट बोला। उसे सख्त गुस्सा आ रहा था।

मगर दमभर में डेढ़ गज लंबी-चौड़ी, फुटभर गहरी कब्र-सी खुद गई और दंगा दफ़्न हो गया। अब्बा ने लपक कर ताज़िया को कंधा दिया। उनका कद छोटा था। दूसरी तरफ से मिश्ती ने लपक लिया। दो-चार और बढ़े। बाकी के लोगों को ताज़िया को संभालने के लिए घुटनों में शौल डालना पड़ा। अब्बा मियां की इस पॉलिसी का शहर भर में गलगला मच गया। दंगे कराने वाले तो गिनती के ही होते हैं। बहुसंख्यक तो अम्न पसंद होते हैं। न खून खराबा हुआ न गोली चली।

थोड़ी देर तो अंग्रेज अफसर कदम से कदम मिलाए चला रहा। उसके चेहरे से गुस्से की लाली उतरने लगी। और वहीं अगले इतवार शिकार का प्रोग्राम बन गया। अब्बा मियां चुटकियों में घनिष्ट मित्र बना लेते थे। लोगों का ख्याल था कि इतनी कामयाब तरकीब पर अब्बा मियां को तरक्की मिलेगी। उन्हें हिसाब से कलक्टर बनना चाहिए था। खान बहादुर का खिताब तो सन् ग्यारह में मिल गया था। मगर जब उन पर कमिटी बैठी और सस्पेंड कर दिये गये तो, तब बड़े हतप्रभ हो गये।

"आप को मालूम था कि दंगा होगा।"

"जी हां" अब्बा मियां ने जवाब दिया।

"क्या इस में शरीक थे।"

"नहीं"

"तो फिर इतनी पक्की खबर कैसी मिली?"

"मेरी पहुंच है। शहर के दोनों तरफ के लोगों से मेरा गहरा ताल्लूक है, मैं कान खोले रखता हूँ और दिमाग हाजिर।"

मगर कमिटी के मेम्बर जो अंग्रेज थे और सिर्फ दो हिन्दू और एक मुसलमान थे, बिल्कुल गुम बैठे थे और हर बात पर हामी भरते। "मैंने जो कुछ भी किया उसके नतीजे में दंगा टल गया और तमाम वह दंगे जो दूसरे शहरों में यहां की खबर से होने वाले थे, मंद पड़ गये। हुए ही नहीं और हुए भी तो बहुत कमजोर।" "यह तो ठीक है, मगर तुम, तुमने सड़क खोदने की इजाजत नहीं ली। इससे तुम्हारे विद्रोही तेवर का अंदाज होता है जो हुकूमत के लिए बहुत बड़ा खतरा बन सकती है।" फिर अब्बा मियां के वकील बोले "एक शहरी की हैसियत से मेरे मुव्वकिल ने जो कदम अपनी जिम्मेदारी पर उठाया वह दुरूस्त साबित हुआ। सिर्फ सड़क खोदने पर म्युनिसिपैलिटी शो-कॉज कर सकती है और जुर्माना हो सकता है।"

"सरकारी अफसर को शहरीयत के सवाल को बाद में लाना होगा। पहला सवाल ड्यूटी और प्रोटोकॉल का है। हर बात कायदे से होनी चाहिए? कानून तोड़ना विद्रोह की तरफ उंगली उठाता है। और अब्बा को वह अंग्रेजी कविता याद आ गई।

चार्ज ऑफ द लाइट ब्रिगेड दे आर नॉट टू रिज़न वाई?

दे आर बट टू डू एंड डाई। जब वकील ने जो बड़े कट्टर हिन्दू थे। यह कविता धमकी भरी आवाज में दुहराई तो कमिटी के मेम्बर बेहद बिगड़े। मगर अब्बा मियां संतुष्ट थे। उनकी तरक्की तो नहीं हुई, सस्पेंशन का आदेश रद्द हुआ और उनका तबादला हो गया। क्योंकि मिश्र जी ने लंदन जाने की धमकी दी थी। बात रफा-दफा हो गई और अब्बा कानपुर के दोस्तों को छोड़कर लखनऊ चले गये। जहां उनका पहले भी ट्रांसफर हुआ था, जब छोटी आपा पैदा हुई थीं।

मेरी याददाशत मुझे फिर वापस लौटकर बहराइच ले जा रही है। हमारा पहला मकान मामूली सा था, आस-पास जो मकान थे उनसे अम्मा तो खुश थीं अब्बा को डर लगा रहता था। इस घर का मुझे इमली का पेड़ याद है जो दीवार के पीछे सुगरा, बतूल के घर में था। मगर आधा हमारे आंगन में झुक आता था। करीब न खेत थे न जंगल, फाटक के आगे सड़क थी इसलिए पहरेदार किसी बच्चे को बाहर नहीं निकलने देता था। घोड़े सिर्फ दो रह गये थे। दो भैंसे भी थीं और मुर्गियां भी झांबों

में भरके रेल से आ गई थीं। अहाता बहुत बड़ा न था मगर दीवार फांद कर कूद जाते तो एक पुरानी कोठी थी। गुरू का कहना था, वहां भूत रहते हैं। हमारी ननिहाल के लोग बड़े बातूनी थे और जुगनी भी बड़ी लंबी-चौड़ी बातें बघारा करते थे। वह जयगढ़ के भूतों, चुडैलों और जिन्नों के किस्से सुनाकर हमें आतंकित किया करते थे। बंदरों को हनुमान जी का रिश्तेदार कहकर हमें उन्हें सलाम करने की राय देते थे। और हम हनुमान जी से बेहद प्रभावित थे। कोचवान झंगरी राम के पीछे पड़कर हम उनसे रामायण की कहानियां सुना करते थे। हनुमान जी की पूंछ में आग लगी तो सारी लंका फूंक दी। बचपन से मेरी आदत है कि जो भी कहानी सुनती थी कल्पना में वह सारा ड्रामा आंखों के सामने नाचने लगता था। अब तो फिल्मों में देखा, मगर उससे पहले जब बहुत छोटी थी तभी से मैंने कोचवान से सुनकर हनुमान जी को लंका फूंकते देख लिया था। बंदर जो बेवकूफी की हरकतें करते हैं, मुझे बेहद होशियार नजर आते थे, जैसे अभी बोल पड़ेंगे और फिर अंगुली पर पहाड़ उठा लाना कमाल था। लक्ष्मण जी घायल हो गये, तब संजीवनी बूटी लाने हनुमान जी चले, बूटी बहुत ढूंढी, न मिली तो पूरा पहाड़ उठा लाए, मुझे यह बहुत अक्लमंदी का काम लगता था। मुझसे जब कोई खासकर सूई या धागा मंगवाया जाता तो मैं बार-बार के चक्कर और डांटों से बचने के लिए पूरी संदूकची उठा लाती थी। इस पर मुझे डांट पड़ती थी कि आलसी मट्ठस हूं और संदूकची वापस रखते हुए मैं बहुत चिंतित हो जाती। हनुमान जी ने भी पहाड़ वापस लौटाया होगा कि नहीं। कोचवान से पूछना कभी याद ही न रहा। जब भी बड़े सुर में झूमकर कोचवान से पूछना कभी याद ही न रहा। जब भी बड़े सुर में झूमकर कोचवान रामायण की कथा सुनाते। आखिर में कहते— बोलो श्रीरामचंद्र की जय। और हम बड़े जोर से जय-जयकार करते। कहानी का बेहतरीन हिस्सा गला फाड़कर जय-जयकार करना ही लगता था और कोचवान का कहना था, जो एकबार भी राम नाम ले ले तो उसका कल्याण हो जाता है। लेकिन जुगनू ने बताया कि जय जयकार नहीं करना चाहिए। मरने के बाद मेरी जुबान दोजख (नरक) में जलेगी। मुझे दोजख से बहुत डर लगता था। मेरी सिट्टी गुम हो गई। दोजख की इतनी भयानक तस्वीर जुगनू ने खींची थी और मैंने कल्पना में खून-पीव के प्याले पीते, आरों से चीरते, अंगारों पर कबाब होते सांप मुंह में घुसते देख कर सोते में चीख मारी थी। मैं किसी शर्त पर दोजख में जाने को तैयार न थी उधर कोचवान कहता था श्रीरामचन्द्र जी की जय न बोलो तो नरक में जाओगी। नरक कमबख्त भी बेहद खौफनाक जगह है वहां भी सांप, बिच्छू, अंगारे और जिस्म को चीरने के औजार हैं। जिनके ख्याल ही से रूह कांप जाती है। इंदिरा कहती है अगर मैंने जीसस क्राइस्ट के सामने घुटने टेक कर गुनाहों से तौबा नहीं की तो हेल में जाऊंगी। मैं उन खौफनाक जगहों पर जाने पर राजी नहीं मगर

जुगनू कहते हैं— मार-मार कर मुझे ले जाया जाएगा। "मैं कहीं भाग जाऊंगी।"

"अरे फरिश्तों से कहां बच कर जाओगी!

जब बाजी थीं तो कोई मारने की धमकी देता तो बाजी की गोद में छिप जाती थी। मगर बाजी कहां होंगी, वह तो अपने लंबे बांस दूल्हा के साथ ससुराल गई और मैं दुनिया भर की ससुरालों का मातम करने लगी। उफ! नफरत थी मुझे इन नामाकूल ससुरालों से। यह भी कोई चौथी जगह होगी, दोजख, नरक, और हेल की रिश्तेदार, ससुराल! मामू के यहां बड़ी जोरदार मजलिसें हुआ करती थीं। सोगरा और बतूल जोर का मातम करती थीं। मैं और बच्चों के साथ मजलिस तबरूक (प्रसाद) की ताक में जाती थीं और मरसिये सुनकर बेहद बोर होती थी। फिर मैं कुछ बड़ी हुई और गौर से सुनने लगी। तब भी कुछ ज्यादा समझ में नहीं आया। मगर एक दिन अली असगर की शहादत का बयान मेरे पल्ले पड़ गया। छह माह के मासूम बच्चे को गले में तीर लगा और वह खून में लथपथ हो गया।

सब औरतें ऊँची आवाज से रो रही थीं। मुझे भी बहुत जोर से रोना आ गया। औरतें तो बिल्कुल सभ्य तरीके से लय-सुर में रो रही थीं। मैं बेहिसाब चिंघाड़ने लगी। मेरी आवाज हमेशा रोने वालों से ऊँची जाती थी। साथ में मैंने वहीं चांदनी पर मचलना शुरू कर दिया। रोने का यह तरीका हमेशा कामयाब साबित हुआ करता था मगर उल्टा असर हुआ। मुझे डिठाई से मचलने पर घसीट कर मजलिस से बाहर कर दिया गया। और दूसरे भी मेरे साथ ही निकाल दिये गये। घर पहुंचकर भाईयों ने मेरी शिकायत की। "भूतनी वहां मचलने लगी। हम सब को निकलवा दिया। मिठाई भी नहीं मिली।"

"क्यों मचल रही थी।"

"तो क्यों मारा?"

"किसे..."।

"छह महीने के बच्चे को, जरा-सा था बेचारा।"

"ऐ हे किस का बच्चा मर गया" खाला अम्मा खरांटे रोक कर चौंकी।

"ऐ दीवानी है कमबख्त।"

"तो मारा ही क्यों?" मैं अड़ गई।

"ऐ न जाने क्या बक रही है खुराफात, चल दूर हो।" मैं रोती हुई लिहाफों वाली कोठरी में मैले गावतकियों से लगकर खूब रोई। रात को मुझे अकेले सोते डर लग रहा था।

"शेखानी बुआ, तुम्हारे पास आ जाऊँ।"

"आए जाओ" उन्होंने सरक कर मुझे पास लिटा लिया। बाजी के बाद, जब शेखानी बुआ को फुरसत मिलती तो मेरी जुएं निकालतीं पांच फूल में तुलने वाली

शहजादी की कहानी सुनातीं।

"फिर भी एक रोज छह फूल चढ़ गये पर पल्ला न झुका।"

"क्यों क्या बहुत मोटी हो गई थी शहजादी। बहुत खाती थी।" मैं खुद भी तो बहुत खाती थी।

"अरे नाहीं, ऊ का सपने में सहजादा दिखाई दे गवा।"

"शहजादे ने उसे भारी कर दिया।"

"न हीं भाई तुम भेजा खाये जात हो भागो हम न सुनावेंगे कहानी।"

"उफ, यह मेरी "क्यों" बड़ी जंजाल थीं मैंने शेखानी बुआ से पूछा, अली असगर को क्यों मारा?"

"का मालूम।"

"किसने मारा।"

"आजीद मारिस रहे।"

"क्यों?"

"अरे भाई हम का जानी ऊ खराब रहे, बच्चे का मार डारिस, अब सोई जाव" और मैं सो गई थी, मगर रात को कई बार चौंक कर चीख मारती रही। वह तो कुछ साल हुए एक मजलिस में असगर मासूम की शहादत का जिक्र सुना तो मुझे याद आया कि वह हजरत अनीस थे जिन्होंने मुझे बचपन में झिंझोड़ डाला था।

जब रन में हुसैन असगरे बे पीर को लाये
लखते-जिगर बानो-ए-दिलगीर को लाये।
जल्लादों में इस साहबे-तौक़ीर को लाए
हाथों में धरे चाँद-सी तस्वीर को लाए।
शब्बीर ने इस चांद को हाथों पे उठाया
और फिर चिल्ले से कमांबाजों ने वां तीर मिलाया
खुम हो के इसे मिस्ले-कमांशह ने बचाया
मानिंदे अजल नावके-जुल्मों-सितम आया।
तब शब्बीर छुपाते रहे नाजों के पलों को
बाजू पे लगा तोड़के नन्हें से गले को
दिल सहम गया चौंक पड़े असगरे महरूम
गर्दन से लहू बहने लगा आंख से आंसू
फव्वारा छुटा हलक से बच्चे के लहू का
खूं मूं से उगलने लगा वह दूध का भूका
सब खून में तर हो गया नन्हा सा शलूका

दम आके रुका हल्क़ पे उस तिश्ना गुलूका

"अब्बा मियां—यह सूअरिया मातम करती है।" शमीम बहुत बदमाश है। हरदम लगाई-बुझाई से काम करते।

"तुम मातम करती हो।" अब्बा मियां ने मुझे पास बुलाकर पूछा मैंने मुंडिया हिला दी।

"कैसे करती हो?" मैंने नमूना पेश किया।

"ऐसे नहीं।" अब्बा मियां ने मेरा हाथ पकड़ कर जोर-जोर से सीने पर मारा।

"जितनी जोर से मातम करो उतना ही ज्यादा सवाब (पुण्य) मिलता है।"

"उई, यह क्या कमबख्त को शह दे रहे हैं, ऐसे ही दीवानी है। मातम करना हराम है, गुनाह होता है।" अम्मा बोलीं। याद है तुम्हारी मीना को बिल्ली खा गई थी तो कितना मातम किया था।

"ऐ वाह मैंने छाती तो नहीं कूटी थी।"

"माथा तो कूटा था।"

"ऐ, जब तो नादान थी।"

तो यह बेचारी कौन सी बूढ़ी हो गई है, बेगम भयानक जुल्मों के जिक्र से बच्चे सहम ही जाते हैं, तो क्या गुनाहगार होते हैं। खैर, तुम अपनी नज्र-व-नियाज (चढ़ाव) से अच्छा-खासा सवाब कमा लेती हो। हम लोगों की माफी हो जाएगी। और सुना है तुमने हमारे गुर्दे के ऑपरेशन के वक्त अजमेर में चादर चढ़ाई और फिर भी इत्मीनान न हुआ तो सत्यनारायण की कथा भी करवाई। पंडित जी को धोती और दुशाला दिया—हमने तुमसे पूछा भी नहीं, तुमने हमारे लिये जो कुछ भी किया वह गुनाह था या सवाब, हराम था या हलाल, हमने तुमसे कभी कुछ नहीं पूछा।" मेरी बड़ी मुसीबत में जान थी। कोचवान कहानी नहीं सुनाता।" "शबरी ने श्रीरामचन्द्र को जूठे बेर खिलाये थे, वह कहानी सुनाओ कोचवान।" मैं खुशामद करती हूँ।

"फिर सियाराम चन्द्र की जय बोलोगी?" वह शर्त लगाता है, मैं राजी हो जाती हूँ।

"शबरी ने श्री रामचन्द्र जी को बेर खिलाये तो आधे काट-काट कर"

"क्यों?"

"कि बेर में कोई कीड़ा-वीड़ा न हो, अच्छे-अच्छे बेर खिलाये, कीड़े लगे बेर फेंक दें।" बोलो श्री सियारामचन्द्र की जय, मैं इधर-उधर देखकर जै बोल देती हूँ। वर्ना फिर वह सूपर्नखा की नाक-कान काटने का किस्सा हरगिज नहीं सुनाएगा। इधर-उधर इसलिए देख लेती हूँ कि जुगनू कहते हैं जय बोलने से सख्त गुनाह होता है। मेरी जुबान में फरिश्ते कांटे चुभायेंगे, और दहकती आग में मेरी जुबान जलाई जाएगी।

मैं रात से बहुत डरती हूँ, डरावने ख्वाब बहुत सताते हैं, ख्वाब में देखती हूँ कि मेरा जुबान दहकते कोयलों पर मेढक की तरह फुदक रही है। इसलिए सिर्फ नमक से जुबान घिस कर पाक कर लेती हूँ। मुझे दोजख से बहुत डर लगता है ओर कोचवान के नरक से और शैला टामत के हेल से भी, क्योंकि तीनों डरावने हैं। अब मैं इन तीनों जगहों से किसी में भी नहीं जाऊँगी, मैंने फैसला कर लिया है कि मैं तो बस जन्नत ही में जाऊँगी।

"देख लेना फरिश्ते तुम्हें दोजख की आग में झोंक देंगे" जुगनू डराते हैं।

"मैं ऐसी सरपट भागूंगी की बस।"

"कहां भागोगी लल्ली।"

लिहाफों वाली कोठरी में छिप जाऊँगी मगर मैं जुगनू को नहीं बताती। वह इतने उत्साह से हुक्मे इलाही (खुदा का हुक्म) फरमाते हैं कि, लगता है उनकी काफी सोर्स है। उन्होंने कुरआन-शरीफ जो खत्म कर लिया है और मैं पहले सिपारे (पाठ) में फंसी हूँ। नहीं मेरी धार्मिक शिक्षा मुहाल है। मगर खत आया है कि बाजी आ रही हैं। मेरा वजूद जाग पड़ता है।

□□□

बचपन और खानदानी माहौल

मुझे व्यक्तिगत तौर पर माहौल से कोई शिकायत नहीं जहां मेरी तराश-खराश हुई। कचर-पचर, बच्चों के बीच एक बे-प्यादा सिपाही की तरह शिक्षा-दीक्षा पाई। न लाड हुए न नखरे, न कभी तावीज़—गंड़े बंधे न नज़र उतारी गई। न कभी खुद को किसी का अहम हिस्सा महसूस किया।

बहनें चूंकि बड़ी निकल गईं, इसलिए भाईयों की लाइन में जगह मिली। खेलकूद के दिन उन्हीं के साथ गुल्ली-डंडा, फुटबॉल और हॉकी खेलकर गुज़रा, पढ़ाई भी उनके साथ ही हुई। सच पूछिए तो असल मुजरिम मेरे भाई ही थे जिनकी सोहबत ने मुझे उनकी ही तरह आज़ादी से सोचने पर मजबूर किया। वह शर्म और हया जो आमतौर पर मध्यम वर्ग की लड़कियों में जरूरी गुण समझा जाता है, पनप न सका। छोटी-सी उम्र से दुपट्टा ओढ़ना, झुक कर सलाम करना, शादी-ब्याह के जिक्र पर शरमाने की आदत, भाईयों ने छेड़-छेड़ कर बढ़ने ही न दी। सिवा अज़ीम भाई के सब ही घर में जोशीले और जीवंत थे। पूरा का पूरा परिवार मजा किया और बातूनी...। नये-नये जुमले तराशे जाते। एक दूसरे की धज्जियां उड़ाई जातीं। बच्चे-बच्चे की जुबान पर सान रख जाती।

अब्बा पेंशन लेकर आगरा के मौरूसी घर में रहने लगे। खुली हवा में रहने के बाद एकदम से निहायत पुराने माहौल की घुटन से वास्ता पड़ा। कहां फुटबाल और गुल्ली-डंडा और कहाँ आगरा मुहल्ला। पंजाशाही की पुरानी गलियां और उनकी घुटी हई गलियों में पलने वाली झुकी-झुकी-सी अधमरी लड़कियां जो अपने दिल के धड़कने से डर जाया करतीं। मेरी उन लड़कियों से बिल्कुल न बनी और उन बुढ़ियों से भी ठन गई जो मुझे छज्जों पर कुलांचें भरता देखकर डर जातीं। नछूछ की लौंडिया है कि आफत तौबा-तौबा! और मेरी अम्माजान नुसरत खानम जिन्हें लोग प्यार से नछूछ कहते थे, शर्म के मारे पानी-पानी हो जातीं।

और आगरा की उन मुर्दा गलियों में पहली बार मुझे लड़की होने का सदमा हुआ। औरत खुदा ने क्यों पैदा की। मेरे मजबूर और निरीह अस्तित्व की क्या जरूरत थी।

धोबन रोज रात को पिटती थी। मेहतरानी को आये दिन जूते पड़ा करते थे। पास-पड़ोस की तमाम औरतें आये दिन अपने पतियों से जूते खाया करती थीं। और मैं खुदा से गिड़गिड़ा कर दुआ मांगती..." ए अल्लाह पाक, मुझे लड़का बना दे कि मैं भी पतंग-उड़ाने पर न पिटूं। गलियों में कब्बड्डी खेल सकूं। और आजादी से बंदरों के पीछे भगाती फिरूं। नगर आगरा में गंदी गलियां ही न थीं उन गलियों में सारे दूर और करीब के रिश्तेदार भी रहते थे जिनसे अम्मा कांपती रहती थीं। जब तक दूसरे शहरों में रहे आजाद रहे। अपने खानदान में आकर जैसे बेड़ियां पड़ गईं।

मगर मुझे आगरा की उन शर्मीली दबी-दबाई लड़कियों से बहनापा जोड़ना पड़ा और मुझे मालूम हुआ कि भोली नजर आने वाली लड़कियां बड़ी चलता-पुर्जा हैं। छुपकर वह गुल खिलाये जाते हैं कि अल्ला तौबा! बुढ्ढों को चुटकियों में उल्लू बनाकर गली के लौंडों से खूब पेंगें बढ़ाती हैं मुझे उस दोगली जिंदगी से बड़ी नफरत हुई। आगरा की मुर्दा माहौल से जल्द ही पीछा छूट गया और हम लोग अलीगढ़ आ गये। अम्मा को भी खानदान वालों से खौफ-सा था। अलीगढ़ की खुली हवा में फिर हमारी पुरानी जिंदगी लौट आई। वही फूस के बंगले, डंगी का किनारा और हरे-भरे खेत! और उन खेतों में ककड़ियां-खीरे चुराना। पेड़ों पर चढ़ना और फिर मुझे अपने लड़की होने का गम न रहा। बल्कि लड़की होने के कुछ फायदे नजर आने लगे। अब्बा का हुक्म था कि लड़कियों की चोटी न खींची जाये और उनकी बालियों में उंगली डालकर झटके दिये जायें। लड़कियां अगर मारें तो सरकार से शिकायत की जायें, मुनासिब सजा दी जायेगी लड़कियां कहां बस खाकसार ही एक लड़की थी जिसकी शिकायतें अब्बा हुजूर के दरबार में आये दिन पेश की जातीं। लेकिन भाई इतने बदनाम हो चुके थे कि अक्सर सजा नहीं मिलतीं। उल्टे वो ही डांट खा जाते।

अलीगढ़ आकर अज़ीम भाई के असतित्व का अहसास दिन ब दिन बढ़ने लगा। खुदा जाने उन्हें मुझसे क्यों एकदम दुश्मनी पैदा हो गई। मुझे तो बड़े भाई नसीम हमेशा से अच्छे लगते थे। उनसे मार खाने में भी मजा आता था क्योंकि वह पैसे और मिठाईयां भी तो बड़े देते थे। अजीम भाई न पैसे देते, पीटते थे, सिर्फ बड़ी गंभीरता से बात करते। उन्होंने फिर इतिहास और अंग्रेजी पढ़ाना शुरू किया। इसकी याद नहीं कि इसकी शुरूआत कैसे हुई मगर इतना याद है कि शाम को जब वह काम से थके हारे आते थे तो अपने बरामदे में पलंग पर लेट जाते थे और मुझसे कहते जोर-जोर से पढ़ो। फिर अनुवाद की जांच करते। सुलेख लिखाते। उसके बाद बातें करते। याद नहीं क्या बातें थीं। जिनसे शुरूआत हुई थी, बाद में तो हदीस और कुरआन के बारे में बताया करते थे। उनके पढ़ाने का तरीका अजीब था। कोई उपन्यास देते कि इसका अनुवाद करो। अंग्रेजी से उर्दू में, उर्दू से अंग्रेजी में दस-दस पृष्ठ अनुवाद करवा

डालते। उपन्यास के अनुवाद में कई फायदे होते थे। एक तो यह कि पूरा उपन्यास अनुवाद करने से पहले उपन्यास खत्म करना पड़ता था और उन्हीं दिनों से मुझे उपन्यास पढ़ने का चक्कर पड़ गया। सारी-सारी रात उपन्यास कहानियां पढ़ा करती। मगर उन दिनों मैंने जितने उपन्यास पढ़े कुछ भी पल्ले नहीं पड़ा, इसलिए फिर पढ़ना पड़ा। हार्डी का वह पहला नावलेट था जिसे मैंने अज़ीम भाई के कथनानुसार घोल कर पी लिया। उस जमाने में अज़ीम भाई ने मुझे इतना प्रभावित किया कि मैं बिल्कुल उनकी फैन बन गई।

"मंसूर के पर्दे में खुदा बोल रहा है। जब मैं बोलती तो सब चिढ़ाते कि यह मैं नहीं अजीम भाई बोल रहे हैं। और अजीम भाई भी मेरी नासमझी से फायदा उठाते। यह बात जो वह खुद न कह पाते बड़ी होशियारी से मेरे कान में डाल देते और मैं फट से कह देती। इस दौर में परिवार वालों के कथनानुसार उन्होंने मुझे खूब भड़काया। मेरी प्रवृति जो पहले से ही जिद्दी थी। उनकी शह पाकर और भी काबू से बाहर हो गई। वह उन दिनों लॉ पढ़ रहे थे और साथ एक कारखाने में नौकरी भी करते थे। लेख भी लिखा करते थे। इस कदर मेहनत करने के बाद रात को मुझे घंटों पढ़ाया करते। कभी उन्हें थकावट होती। कभी सीने में दर्द होता, हाथ पैर ऐंठते। उनकी पत्नी बैठी उनकी छाती सेंका करती। और वह मुझे पढ़ाया करते। उन्होंने कभी मुझसे सिर या पैर दबाने को नहीं कहा। और मैंने भी कभी उनका कोई काम करने की जरूरत नहीं महसूस की। बड़े भाई जो थे इसलिए मुझे पढ़ाना तो उनका फर्ज था। एक बार उन्हें बड़ी तेज खांसी का दौरा पड़ा। दो घंटे हो गये और कुछ पृष्ठों का अनुवाद न हो पाया। मुझे झल्लाहट होने लगी।

"हम नहीं पढ़ेंगे आपसे, आप इतना खांसते हैं, मैंने जल कर कहा।"

"बेवकूफ कहीं की, क्या हम जानबूझकर खांस रहे हैं" उन्होंने हंसकर कहा और वादा किया कि अब नहीं खांसेंगे।"

पता नहीं उन्हें मेरे भविष्य से क्यों दिलचस्पी हो गई थी। मैट्रिक करने पर तो इस कदर खुश हुए कि अपने बेटे के पैदा होने पर भी नहीं हुए होंगे। छुट्टियों में उन्होंने मुझे अपने घर बुला लिया। चूंकि अब वह जोधपुर में वकालत करने लगे थे। उन दिनों उन्होंने कुरआन का अनुवाद और हदीस पढ़ने में मदद की। और शेर क्या बल्कि मैंने उनकी कहानियां पढ़-पढ़कर खुद भी छपाकर लिखना शुरू कर दिया। हिजाब इस्माइल, मजनूं गोरखपुरी और नियाज फतहपुरी की कहानियां पढ़कर ऐसा मालूम होता कि सबकुछ मेरे ही ऊपर बीत रही है और फिर मैंने खुद को अफसाने की हीरोइन समझकर एकदम चटपटी किस्म की घटनाएं लिखना शुरू किये।

माशाअल्लाह मैं बहुत खूबसूरत हूं बिल्कुल हिजाब इस्माइल की हीरोइन की

तरह। सुनहरे बाल, नीली आंखें, किरमिज़ी रंग का लबादा ओढ़े, हीरो आता है। मेरा पहला हीरो हमेशा डाक्टर होता था। शायद इसलिए कि उस जमाने में डाक्टर ही ऐसा ग़ैर मर्द होता था जो घर में आकर नब्ज टटोल सकता था। यह डॉक्टर जरूरी तौर पर हसीन होता था। रात भर मेरे सिरहाने बैठा रहता। मेरी हालत खराब होने पर लगातार रोता रहता। मुझे चूमता, मेरी हसीन मौत पर दहाड़े मार कर रो पड़ता और अक्सर आत्महत्या कर लेता। क्या मजेदार हुआ करती थीं ये कहानियां। इन्हें लिखने में इतना ही लुत्फ आता था जैसा चटपटी कहानियां पढ़ने में आता है जैसे रोमांटिक उपन्यासों में जब हीरो, हीरोइन के होंठों को चुंबन लेता है तो पढ़ने वाले के पसीने छूट जाते हैं। आमतौर पर ऐसी कहानियां लिखकर मैं फौरन फाड़ डाला करती। क्योंकि मुझे मालूम था वह 'गंदी' हैं और अगर किसी ने पढ़ लिया तो वह जूत्तम-पैजार होगी कि बस।

मगर न जाने क्यों लिखकर दोबारा-तिबारा पढ़ने में लुत्फ आता। ऐसा मालूम होता कि जैसे मैंने नहीं किसी और ने लिखी है और वाकई वह मेरी न थी, न ही उसमें मेरी दिनचर्या थी बल्कि वह उन कहानियों का निचोड़ थी, जो मुझे बहा चुकी थीं, ऐसी कहानियों का मेरे सिरहाने अंबार जमा हो गया और वही हुआ जिसका मुझे खौफ था। एक दिन शमीम, जो उम्र में मुझसे साल डेढ़ साल बड़े थे मेरे पलंग पर लेट गये। सिराहानें कागज सरसराए तो निकालकर पढ़ने लगे।

"अहा, अहा... भूतनी ने क्या गंदी-गंदी बातें लिखी हैं तौबा-तौबा।"

शमीम ने सुर में जोर-जोर से पढ़ना शुरू किया "डॉक्टर जमील ने अपना सफेद बुर्राक हाथ मेरे सीने पर रखा और मेरे गुलाबी होंठ..." मैं पास ही गुसलखाने (स्नानघर) में नहा रही थी, सिर में बेसन डाल चुकी थी, बता नहीं सकती क्या हालत हुई... या खुदा अगर एक लाइन आगे पढ़ लिया तो डूब मरने के सिवा कहीं ठिकाना न रहेगा।

आतंकित होकर मैंने गुसलखाने से ही ऐसे जोर-जोर की चीख मारी कि सारा घर हिल गया। लोग समझे, शायद नाली से सांप निकल आया और उसने मुझ डंस लिया। शमीम बेचारा कागज फेंक-फांक कर मेरी खैरियत पूछने लगा। मैंने उल्टे-सीधे कपड़े पहने और बाहर निकलकर शमीम का मुंह नोच डाला। वह बेचारा मुंह फाड़े रह गया। आगे उसे पढ़ने का होश ही न रहा। वह खुद मेरी जिंदगी से हाथ धो बैठा था। मैंने उसी वक्त सारा पुलिंदा जलाकर खाक कर दिया। शमीम ने बहुत कहने की कोशिश की कि मैंने निहायत गंदी कहानियां लिखी थीं, मगर मैंने झुठला दिया कि अनुवाद था, वह बेचारा एक नंबर का झूठा मशहूर था इसलिए किसी ने भी ध्यान न दिया। अब उस ख्याल से कुढ़न होती है। कि अगर बजाय शमीम के कोई दूसरा भाई पढ़ लेता तो वाकई प्रलय आ जाता। बस उस दिन से मैंने तौबा की कि पहला तो ऐसी बेहूदा

कहानियां लिखूंगी ही नहीं। अगर लिखी भी तो फौरन फाड़ डालूंगी। हालांकि अब अगर गौर करती हूं तो हंसी आती है उन कहानियों में तो कुछ भी न था। सिवाय ऊपरी चूमा-चाटी के जो मुझे निहायत फिसफिसी लगने लगी थी।

फिर कई साल कुछ नहीं लिखा। बी.ए. के बाद दुनिया ही बदल जाती है। चार ही साल मैं आदमी कितना बड़ा हो जाता है। मैट्रिक के बाद चार साल मैंने कोर्स की किताबें मजबूरन पढ़ीं। यूनानी ड्रामा पैशनप्ले और शेक्सपीयर से लेकर बर्नाड शॉ तक बहुत कुछ पढ़ डाला। बर्नाड शॉ ने मेरा दिल मुट्ठी में ले लिया। मैंने अपना पहला लेख या नाटक 'फसादी' बर्नाड शॉ से प्रभावित होकर लिखा। जिसका सार अपने इर्द-गिर्द से लिया। शैली बर्नाड शॉ से सीखी। बी.टी. क्लास में मेरी क्लासफेलो अज़रा हैदर मुझे बर्नाड शॉ कहकर खूब चिढ़ाती थी। इसलिए मैंने एकदम से बर्नाड शॉ के शिकंजे से निकलकर कहानियां लिखनी शुरू कर दीं। जिंदगी के इस दौर में मुझे एक तूफान हस्ती से मिलने का मौका मिला। जिसके वजूद ने मुझे हिलाकर रख दिया। रौशन आंखों और मुस्कराते चेहरे वाली रशीदा आपा से कौन ऐसा था जो एक दफा मिलकर भन्ना न जाय।

पहली बार मैंने उन्हें न जाने कौन-से ज़लसे में देखा था। बेगम भोपाल अध्यक्ष की कुर्सी पर बैठी हुई थीं। कड़कड़ाते जाड़े में औरतें मोटे-मोटे दोशाले और कोट पहने पंडाल के अंदर सूं-सूं कर रही थीं। और रशीदा आपा बगैर आस्तीन का ब्लाउज पहने धुंआधार कुछ कह रहीं थीं। उनके काले और घुंघराले बाल हवा में उड़ रहे थे। क्योंकि भाषण शुरू करने से पहले उन्होंने सामने की खिड़की खोल दी थी। औरतें बड़बड़ा रही थीं। उनके कटे हुए बालों पर बगैर आस्तीन की ब्लाउज पर और खुली हुई खिड़की में से आती हुई बर्फीली हवा। मगर उनकी तकदीर भी शायद कुछ कम खराब नहीं थी। क्योंकि भाषण के बाद बेगम भोपाल ने खूब डांटा। उस दिन उनकी बेहयाई और बेबाकी का तहलका मच गया था और मैंने बेसमझे-बूझे उनके हर शब्द को माती समझकर पहल किया था।

1938 ई. में रशीदा आपा अंगारों वाली रशीदा आपा बन गई थी। अब उनकी सुलगती हुई बातें पल्ले भी पड़ने लगी थीं। और फिर वह मेरा हसीन डॉक्टर हीरो... उंगलियां नारंगी के फांक और किरमिजी लाबदे छू हो गये। मिट्टी से बनी हुई रशीदा आपा ने संगमरमर के सारे बुत धराशायी कर दिये।

जिंदगी नंगी-बुच्ची सामने आकर खड़ी हो गई। उनसे घंटों बातें करके भी जी भरता न था। जी चाहता उन्हें खा जाऊं, क्या करूं। जो रशीदा आपा से मिल चुके हैं। उन्हें अच्छी तरह जानते हैं। अगर वह मेरी कहानियों के हीरो से मिलती तो दोनों जुडवां बहनें नजर आतीं। क्योंकि अन्ज़ाने तौर पर मैंने रशीदा आपा ही को उठाकर

अपनी कहानियों के ढांचे में सुरक्षित कर दिया था कि मेरी कल्पना की दुनियां की हीरोइन सिर्फ वही हो सकती थीं। मगर जब गौर से अपनी कहानियों के बारे में सोचती हूं तो मालूम होता है कि सिर्फ उनकी बेबाकी और स्पष्टवादिता को कलमबंद किया और उनका भरपूर व्यक्तित्व तो मेरे हाथों में न आया। मुझे रोती-धोती हराम के बच्चे जनती, मातम करती औरत से हमेशा नफरत रही है। ख्वाहमख्वाह की वफा और समर्पण जो पूर्वी औरत का आभूषण समझा जाता है। मुझे बेकार मालूम होती। भावुकता से मुझे बहुत चिढ़ होती है।

प्रेम कतई वह आग नहीं जो लगाए न लगे और बुझाए न बुझे। इश्क में प्रेमी का जीना दूभर हो जाना, खुदकुशी करना, मेरे मजहब में जायज नहीं। प्रेम... दिल व दिमाग है कि जी का रोग। और मुझे यकीन हो गया कि आपा जैसी लड़की सौ लड़कियों पर भारी पड़ सकती है। देश के विभाजन के बाद सिवा दंगों के और कुछ दिमाग में बाकी न रहा। मुल्क बिखरा, दुनियां बिखरी और उसके साथ कितनी ही हसीन व कोमल संवेदनाएं मर गईं।

प्रगतिशील साहित्य के नारे ने और ज्यादा गड़बड़ा दिया। क्यों लिखें और क्या लिखें, के चक्कर में पड़कर और भी रास्ता गुम हो गया। 'अंजुमन तरक्की पसंद' ने बहुत कुछ दिया और बहुत कुछ मिटा दिया। कितने नये साथी मिले और पुराने बिछड़ गये। फिर बने।

वह शाख ही न रही जिस पे आशियाना था। अंजुमन के चीथड़े उड़ गये। बंबई ग्रुप जिसकी तरफ लोगों की नज़र उठा करती थी। फिल्मों में ग़र्क हो गया। जाहिर है सिर्फ पत्रिकाओं के लिए लिखकर रोज़ी नहीं कमाई जा सकती। न उपन्यासों और कहानियों के संग्रह से बंबई का खर्चा चल सकता है। फिल्में ही ऐसी लाइन है जहां अगर हाथ लग जाय तो कलम चलाकर रोटी का सहारा हो सकता है। फिल्मों के लिए लिखते वक्त मालूम हुआ कि यहां न बेबाकी की धौंस चलती है न साफ-गोई काम आती है। यहां तो हर वह चीज चाहिए जो छप्पर फाड़कर दौलत लाए। यहां एक खास बंधी हुई लकीर के मुताबिक चलना होगा। इसलिए चलने वाले चले और नाक के बल चले।

दंगों के बारे में अनुभव सुनी-सुनाई से आगे न बढ़ पाया। और उससे ज्यादा न महसूस कर पाई और न लिख पाई। मगर उन दो लेखों को लिखते वक्त मेरे दिल ने जोर की छलांग मारी। उस वक्त तक जितनी कहानियां मैंने लिखी थीं। उनमें मां-बाप या तो थे ही नहीं, अगर थे तो एकदम बकार-सी चीज। उन्हें नजरअंदाज करके ही मैंने चेतन रूप से उनपर विजय पाई है। मां-बाप सड़क का रोड़ा ही तो हैं जो बच्चों के रास्ते में रूकावट के सिवा कुछ नहीं पैदा करते। 'ये न करो, वो न करो' अब तक

मेरे दिमाग में यही कुछ बसा हुआ था। लेकिन ये दूसरा लेख लिखते वक्त मैंने अपनी मां को देखा। सब उन्हें अकेली छोड़ कर पाकिस्तान जा चुके थे। मैं उनसे मिलने जोधपुर गई। अम्मा हमारे निजी मकान के सामने एक छोटे से कमरे में ठहर गईं। हमारा अपना बड़ा मकान शरणार्थियों के कब्जे में था।

मैं पहुंची तो... उजड़े हुए कमरे में अम्मा बैठी थीं। अम्मा को हम लोगों को चूमने-चाटने की कभी फुरसत न मिली। मुझे नहीं याद इससे पहले ऐसे प्यार दिखाया था। मगर उस वक्त मुझे देखकर वह बच्चों की तरह फूट-फूट कर रोने लगीं। अपने प्रवास के दौरान मैंने बार-बार देखा कि वह खामोश खिड़की से अपने घर को देखा करती हैं। भरे-पूरे खानदान के साथ हम सब हंसी-खुशी से रहते थे। बच्चे कुलांचे भरते थे लड़ाईयां होती थीं, मिलाप होते थे। मैंने उनकी उम्र की तरफ देखा, उस अकेलेपन को देखा। मोटे-ताजे दस बच्चे पैदा करके भी वह अकेली थी मेरे दिल में प्यार का तूफान उबल आया। ममता जाग उठी। मैंने अपनी मां की तरफ देखा फिर अपनी बच्ची की तरफ देखा। और इन दो हस्तियों के बीच में खुद को जकड़ा हुआ पाया। अपनी मां को देखकर मुझे पहली बार सारी दुनियां की बुढ़ियों पर प्यार आने लगा। जो दुनियां को बसाती है, मर-मर कर जन्म देती है, उन्हें पालती-पोसती हैं जो कुछ उन पर न्योछावर करती हैं। न उनसे स्टाम्प लिखवाती हैं। न पक्के कागज पर रसीद। अब अगर औलाद उनके बुढापे का ख्याल कर ले तो मातृभक्त है जो अपने बाल-बच्चों के खर्चे से कुछ न बचे। तो मजबूर हैं।

पुराने जमाने में बड़े बूढ़ों को लोग बेकार समझकर जिंदा दफ्न कर दिया करते थे। यह सुनसान बुढापा किस तरह डरावनी चीज़ है और ये भी इत्तेफाक था जो मेरी अपनी अम्मा से मुलाकात हो गई और सोये हुए तार जाग उठे। अभी कितने तार हैं जो मुर्दा खामोश सोये पड़े हैं। कौन जाने, कौन-से नये और पैदा होंगे। जिनकी चोट से बहुत-सी नींदे टूटेंगी। सड़े हुए पानी पर काई जम जाती है। एक नन्हा-सा पत्थर सतह पर गिरता है। काई छूट जाती है। जगमगाती दुनियां का अक्स पानी की सतह पर लौ देने लगता है। आदमी एक कदम आगे बढ़ जाता है।

□□□

दोज़खी

जब तक कॉलेज सिर पर सवार रहा, पढ़ने-लिखने से फुरसत ही न मिली कि साहित्य की तरफ ध्यान देते। कॉलेज से निकल कर बस दिल में यही बात बैठ गयी कि हर वह कुछ, जो दो साल पहले लिखा गया है पुराना बदमजा और झूठा है। नया साहित्य सिर्फ आज और कल में मिलेगा। इस नये साहित्य ने इतना गड़बड़ाया कि जाने कितनी किताबें सिर्फ नाम देखकर ही वाहियात समझ कर फेंक दीं और सबसे ज्यादा तो भाई अजीम बेग चुगताई की किताबें बेकार लगीं। घर की मुर्गी दाल बराबर वाली कहावत। घर के हर कोने में उनकी किताबें बिखरी होतीं। मगर सिवा अम्मा और दो-एक पुराने फैशन की भाभियों के, किसी ने भी उठा कर नहीं देखी। यही ख्याल होता, भला उनमें होगा ही क्या? यह साहित्य नहीं फक्कड़ मज़ाक, पुराने इश्क के सड़ियल किस्से और जी जलाने वाली बातें होंगी यानी बे-पढ़े राय कायम। मुझे यकीन नहीं आता कि मैंने अजीम भाई की किताबें क्यों नहीं पढ़ीं। शायद उनमें थोड़ा अहंकार भी शामिल था और आत्मप्रशंसा भी यह ख्याल आता—ये पुराने हैं, हम नये।

एक दिन यूं ही लेटे-लेटे उनका एक लेख "इक्का" दिखाई दिया। मैं और असीम पढ़ने लगे। न जाने किस धुन में थे कि हंसी आने लगी और इस तरह से आयी कि पढ़ना मुहाल हो गया। हम पढ़ ही रहे थे कि अजीम भाई आ गये और अपनी किताब पढ़ते देख कर खिल गये। मगर हम जैसे चिढ़ गये और मुंह बनाने लगे। वह होशियार थे। बोले— लाओ मैं तुम्हें सुनाऊं और यह कहकर उन्होंने दो-एक लेख जो हमें सुनाये तो हम सही मानों मैं जमीन पर लौटने लगे। सारा बनावटीपन गायब हो गया। एक तो उनका लेख और उन्हीं की जुबानी। जब वो खूब मूर्ख बना चुके तो बोले—तुम लोग तो कहते हो कि मेरे लेखों में कुछ नहीं, उन्होंने छेड़ा। हमारे मुंह उतर गये। हम बेतरह चिढ़ गये। झुंझला कर उल्टी-सीधी बातें करने लगे। जी जल गया। उसके बाद और भी उनकी किताबों से नफरत हो गयी।

मैंने उनके लेखों की उनकी जिंदगी में कभी तारीफ नहीं की। हालांकि वह मेरी रचनाएं देख कर ऐसे खुश होते कि बता नहीं सकती। इतने प्यार से तारीफ करते मगर

यहां तो उनकी हर बात से चिढ़ने की आदत थी। मैं समझती कि वे मेरा मजाक उड़ाते हैं। और बखुदा, जब वो आदमी किसी का मजाक उड़ता था तो जी चाहता था, बच्चों की तरह जमीन पर मचल जायें, रोयें। इस तरह के व्यंग्य करते कड़वी मुस्कुराहट और चुभते हुए वाक्य! मैं तो हर वक्त डरती थी कि मेरा मजाक उड़ाया और मैंने बदजुबानी की। कभी कहते थे मुझे डर लगता है कि कहीं तुम मुझसे अच्छा न लिखने लगो। उस वक्त मैंने सिर्फ कुछ लेख लिखे थे। इसलिए जी जलता था कि वे मेरा मजाक उड़ा रहे हैं।

उनके मरने के बाद न जाने क्यों मरने वाले की चीजें प्यारी हो गयीं। उनका एक-एक शब्द चुभने लगा और मैंने जिन्दगी में पहली बार दिल लगा कर उनकी किताबें पढ़ीं। दिल लगाने की भी खूब रही, जैसे दिल लगाने की भी जरूरत थी। दिल तो जैसे खुद-ब-खुद खिंचने लगा। उफफोह! तो यह कुछ लिखा है उन फेकीं हुई किताबें में। एक-एक शब्द पर उनकी तस्वीर आंखों में खिंच जाती और पल भर में पीड़ा और दुख में डूबी मुस्कुराने की कोशिश करती आंखें, गमनाक घटनाओं की तरह मुरझाये चेहरे पर पड़े घने बाल, पीली नीलाहट लिये हुए ऊंचा ललाट, मुर्दनी लिये उदे होंठ जिसके अंदर वक्त से पहले टूटे, उबड़खाबड़ दांत, पतले सूखे-सूखे हाथ और औरतों जैसी लंबी उंगलियां, हाथों में सूजन आ गयी थी। पतली-पतली खपच्ची जैसे लंबी टांगे जिनके सिरे पर सूजे हुए। बेढ़गें पैर जिनको देखने के डर की वजह से हम लोग उनके सिरहाने ही बैठा करते थे। सूखे हुए पिंजर जैसे सीने पर धौंकनी का गुमां होता था। कलेजे और बनियान की तहों में हजारों कीड़े और इस सीने में ऐसा फड़कता हुआ चुलबुला दिल! या अल्लाह ये शख्स कैसे हंसता था, मालूम होता था कि कोई भूत है या जिन्न जो हर खुदाई ताकत से कुश्ती लड़ रहा है। नहीं मानता, मुस्कुराता जाता है। खुदा चिढ़-चिढ़ कर खांसी और दमा देकर अजाब (नारकीय दंड) बरपा कर रहे हैं और ये दिल है कि कहकहे नहीं छोड़ता। कौन-सा लोक-परलोक का दुख था जो कुदरत ने बचा रखा था। मगर फिर भी रूला न सका। इस दुख में भी सिर्फ हंसते ही नहीं, हंसाते भी थे जो कि इंसान से मुमकिन नहीं। मामू कहते "जिन्दा लाश," खुदाया, अगर लाशें भी इस कदर जानदार, बेचैन और फड़कती होतीं तो दुनियां एक लाश ही क्यों न बन जाती।

मैं एक बहन की हैसियत से नहीं, एक औरत बन कर उनकी तरफ देखती तो दिल कांप उठता। किस कदर ढीठ था उनका दिल, उसमें कितनी जान थी। मुंह पर गोश्त नाम भर का था। मगर कुछ दिन पहले चेहरे पर सूजन आने से चेहरा खूबसूरत हो गया था। कनपट्टियां भर गयी थीं। पिचके हुए गाल मांसल हो गये थे। एक मौत की सी जीवंतता चेहरे पर आ गयी थी और रंगत में भी कुछ तिलिस्मी हरियाली-सी

आ गयी थी, जैसे लेप चढ़ायी हुई ममी। मगर आंखें, मालूम होता था, किसी बच्चे की चंचल आंखें हैं और जरा-सी बात पर नाच उठती थीं। कभी उनमें नौजवान लड़कों सी शोखी जाग उठती थी और यही आंखें कभी दौरे की तीव्रता से घबरा कर चीख पड़तीं। उनकी साफ शफ़्फाक नीली सतह मंद हो जाती। बेबस हाथ कांपने लगते, सीना फटने पर आ जाता। दौरा खत्म हुआ, फिर वही रोशनी, फिर वही भंगिमाएं, फिर वही चमक।

अभी कुछ दिन हुए, मैंने पहली बार "खानम" पढ़ा। हीरो वह खुद नहीं थे। उनमें इतनी जान ही कब थी। मगर वह उनकी काल्पनिक दुनिया का हीरो है वह उनकी सुप्त भावनाओं का संयोजन है। जैसे एक लंगड़ा खवाबों में खुद को नाचता, कूदता, दौड़ता हुआ देखता है, ऐसे ही वे रोगों के चंगुल में फंसे, निढ़ाल पड़े अपनी प्रतिछाया को नटखटी करते देखते। काश! एक बार, सिर्फ एक बार उनकी "खानम" उस हीरो को देख लेती! शायद औरों के लिए खानम कुछ भी नहीं, सिवा लिखने वाले के और बाकी के सारे चरित्र दुरूस्त और जिंदा हैं। भाई साहब, भाई जान, नानी, अम्मा, शेखानी, वालिद साहेब, भतीजे, पनिहार सब के सब हैं और रहेंगे।

यही होता था, बिल्कुल यही और अब भी सभी घरों में ऐसा ही होता है। कम-से-कम मेरे घर में तो था और एक-एक शब्द घर की सच्ची तस्वीर हैं जब अजीम बेग लिखते, सारा घर और हम सब उनके लिए एक्टिंग किया करते थे। हम हिलते-चलते खिलौने थे और वो एक काशीदाकार, जिसने असल की नकल कर दी। जितनी बार "खानम" पढ़ती, यही लगता खानदान का ग्रुपिंग फोटोग्राफ देख रही हूँ। वो भाभी जान और खानम झगड़ रही हैं। वह भाई साहब नयी-नयी चुहलबाजियां कर रहे हैं और लेखक खुद? सिर झुकाये खामोश तस्वीरें बनाने में व्यस्त हैं। "खुरपा बहादुर", जिसका पहला खंड "रूहे लताफत" में छपा है, सब काल्पनिक है। लाचार और मजबूर आदमी आनी प्रतिच्छाया से दुनियां-जहान की चुहल करवा लेता है। वह खुद तो दो कदम चल नहीं सकता, लेकिन उसकी प्रतिच्छाया चोरी, नटखटी करती है। खुद तो एक उंगली का बोझ नहीं सह सकते लेकिन प्रतिच्छाया जी-भर के मार खाती है और टस-से-मस नहीं होती। लेखक का ये अरमान था, काश! वो भी ऐसा मजबूत होता, दूसरे भाईयों की तरह। डेढ़-डेढ़ सौ जूते खाकर कमर झाड़ता उठ खड़ा होता। तुन्दुरूस्त लोग क्या जानें, एक बीमार के दिल में क्या-क्या अरमान होते हैं। परकटा परिन्दा ऐसे नहीं, ख्वाबों में तो दुनियां भर की सैर कर आता है। यही हाल उनका था। वो जो कुछ न थे, कहानी में वही बन कर दिल की आग बुझा लिया करते थे। कुछ तो चाहिए जीने के लिए।

शुरू से ही रोते-धोते पैदा हुए। रूई के गालों पर रखकर पाले गये। कमजोर देखकर हर कोई माफ कर देता। लंबे-तगड़े भी सिर झुका कर पट लेटे मार खा लेते। अब्बा कमजोर जान कर माफ कर देते। हरेक दिल बहलाने में लगा रहता। मगर बीमार को बीमार कहो तो उसे खुशी कब होती है। इन मेहरबानियों से हीन भावना और बढ़ती, विद्रोह और बढ़ता, गुस्सा खूब आता, मगर बेबस। सब ने उनके साथ गांधी जी वाली अहिंसा शुरू कर दी थी। वह चाहते थे कोई तो उन्हें भी आदमी समझे, उन्हें कोई डांटे, उन्हें भी कोई जीवित लोगों में गिने। इसके लिए उन्होंने एक तरकीब निकाली। वो ऐसे कि वे घोर फसादी बन गये। जहां चाहा दो आदमियों को लड़ा दिया। अल्लाह ने दिमाग दिया था और फिर उसके साथ दी थी गजब की कल्पनाशक्ति और तेज जुबान। चटखारे ले-लेकर कुछ ऐसी तरकीबें चलाते कि झगड़ा जरूर हो जाता। बहन, भाई, मां, बाप सबको नफरत हो गयी। अच्छा-खासा घर युद्धभूमि बन गया और सब मुसीबतों के जिम्मेदार खुद। बस सारी आत्म-प्रशंसा की भावनाएं तुष्ट हो गयीं, और कमजोर, लाचार, हरदम का रोगी, थियेटर का विलेन हीरो बन गया। और क्या चाहिए। सारी कमजोरियां हथियार बन गयीं। जुबान बद से बदतर हो गयी। दुनियां में हर कोई नफरत करने लगा। सूरत से ही जी मतलाने लगा। हंसते-बोलते लोगों को पल भर में दुश्मन बना देना बायें हाथ का काम हो गया।

लेकिन उद्देश्य ये नहीं था कि सचमुच दुनियां उन्हें छोड़ दे। घरवालों ने जितना उनसे खिंचना शुरू किया, उतने ही वे लिपटे। आखिर में तो, खुदा माफ करे, उनकी सूरत देखकर नफरत आती थी। वो लाख कहते मगर दुश्मन नजर आते थे। बीवी शौहर न समझती। बच्चे बाप न समझते। बहनों ने कह दिया तुम मेरे भाई नहीं और भाई आवाज सुन कर मुंह मोड़ लेते। मां कहती सांप जना था मैंने। मरने से पहले दयनीय हालत थी। बहन होकर नहीं, इंसान होकर कहती हूँ, जी चाहता था जल्दी मर जाते। आंखों में रूह अटकी है मगर दिल दुखाने से नहीं चूकते। नरक का अज़ाब बन गये हैं। हजारों कहानियों, अफसानों का हीरो एक विलेन बनकर संतुष्ट हो चुका था। वह चाहता था अब भी कोई प्यार करे, बीवी पूजे, बच्चे मुहब्बत से देखे, बहनें न्यौछावर हो जायें। मां ने कलेजे से लगा लिया। भूला भटका रास्ता पा गया। आखिर वो मां थीं, लेकिन दूसरों के दिल से नफरत नहीं निकली। यहां तक कि फेफड़े खत्म हो गये। सूजन बढ़ गयी। आंखें चुंधियां गयीं और अंधों की तरह टटोलने पर भी रास्ता न मिलता। हीरो बन कर भी हार उनकी ही रही। जो चाहा न मिला। उसके बदले नफरत, वितृष्णा फराह मिली। आदमी किसी तरह महत्वाकांक्षी होता है। इतनी शोहरत और नाम होने के बाद भी वितृष्णा की ठोकरें खाकर जान दी। आज से 42 साल पहले सुबह चार बजे जो नन्हा-सा कमजोर बच्चा पैदा हुआ था, वह जिंदगी का

नाटक खेल चुका था बीस अगस्त को सुबह छह बजे। शमीम ने आकर कहा, मुन्ने भाई खत्म हो रहे हैं, उठो। "वह कभी खत्म न होंगे। बेकार मुझे जगा रहे हो।" मैंने बिगड़ कर सुबह की ठंडी हवा में फिर सो जाने का इरादा किया। "अरे कमबख्त, तुझे याद कर रहें– शमीम भाई ने कुछ परेशान होकर हिलाया। "उनसे कह दो अब हश्र के दिन मिलेंगे। अरे शमीम, वो कभी नहीं मर सकते हैं" मैंने कड़वेपन से कहा। मगर जब मैं नीचे आयी तो उनकी जुबान बंद हो चुकी थी, कमरा सामान से खाली कर दिया गया था। सारा कूड़ा-करकट, किताबें हटा दी गयी थीं। दवा की बोतलें लाचारी की तस्वीर बनी लुढ़क रही थीं। दो नन्हें बच्चे परेशान होकर दरवाजे की तरफ ताक रहे थे। भाभी उन्हें जबदस्ती चाय पिला रही थीं। आंसू बंद थे। "मुन्ने भाई" मैंने उन पर झुकते हुए कहा, एक पल के लिए आंखें अपनी धुरी पर रूकीं, होंठ सिंकुड़े, और फिर अंतिम संघर्ष शुरू हुआ। हम सब बाहर बैठ कर चार घंटे तक सूखे बेजान हाथों का मल्ल युद्ध देखते रहे। लगता था, यमदूत भी पस्त हो रहा है और युद्ध था कि खत्म ही न हो रहा था। "खत्म हो गये मुन्ने भाई" न जाने किसने कहा।

"वह कभी खत्म नहीं हो सकते, "मुझे ख्याल आया। और, आज मैं उनकी किताबें देखकर कहती हूँ, असंभव है। वो कभी नहीं मर सकते। उनकी लड़ाई अब भी जारी है। मरने से क्या होता है। मेरे लिए वह मरकर ही जीवित हुए हैं और न जाने कितनों के लिए वह मरने के बाद पैदा होंगे और बराबर पैदा होते रहेंगे। उनका पैगाम "दुख से लड़ो, नफरत से लड़ो और मरकर भी लड़ते रहो", कभी न मर सकेगा। उनकी विद्रोही आत्मा को कोई नहीं मार सकता। वह नेक नहीं थे, पाकबाज नहीं होते अगर उनकी सेहत अच्छी होती। वह झूठे थे, उनकी जिंदगी झूठी थी। वह खुद सबसे बड़े झूठ थे। उनका रोना झूठा, हंसाना झूठा। लोग कहते हैं मां-बाप को दुख दिया, बीवी को दुख दिया और सारे जग को दुख दिया। वह एक प्रेतात्मा थे जो संसार पर दुखदायी पाप बनकर उतरे और अब उनका नरक़ के सिवा कहीं ठिकाना नहीं। अगर नरक में ऐसे ही लोगों का ठिकाना है तब एक बार तो जरूर उस नरक में जाना पड़ेगा सिर्फ यह देखने कि जिस आदमी ने दुनियां के नरक में यूं हंस-हंस कर तीर खाये और तीरंदाजों को कड़वे तेल में तला, वह नारकीय दंड देने वालों को क्या कुछ न चिढ़ा-चिढ़ा कर हंस रहा होगा। बस मैं वह तीखी कड़वी व्यंग्य से भरी हंसी देखना चाहती हूँ। जिसे देखकर नरक का दारोगा भी जल उठता होगा। मुझे यकीन है वह अब भी हंस रहे होंगे। कीड़े उसकी खाल को खा रहे होंगे, हड्डियां मिट्टी में मिल रही होंगी। मुल्लाओं के फतवे से उसकी गर्दन दब रही होगी। आरों से उसका शरीर चीरा जा रहा होगा। मगर वह हंस रहा होगा। आंखें नाच रही होंगी। नीले मुर्दा होंठ कटाक्ष

से हिल रहे होंगे। मगर कोई उसे रूला नहीं सकता। वह इंसान जिसके फेफड़ों में नासूर, आंखें काफी समय से बेकार अंकड़ी हुई, बाहें इंजेक्शनों से गुदी हुई, कुल्हों में अमरूद बराबर फोड़ा आखिरी वक्त तो चीटियां लगनी शुरू हो गयीं। कितना हंसकर कहते थे। ये चींटी साहिबा भी कितनी बेसब्र हैं वक्त से पहले अपना हिस्सा लेने आ पहुंची। यह मरने से दो दिन पहले की बात है। दिल चाहिए, पत्थर का कलेजा हो फाब्तियां कसने के लिए।

उनका एक वाक्या हो तो लिखा जाये। एक शब्द हो, जो याद आये। पूरी की पूरी किताब ऐसे चुटकुलों से भरी पड़ी हैं। दिमाग था कि इंजन, बिना आग-पानी के हर वक्त चलता रहता और जुबान थी कि कैंची की तरह नपे-तुले वाक्य निकालती। सब दंग रह जाते। नये लिखने वालों के आगे इनकी गाड़ी नहीं चलती। दुनियां बदल गयी है। विचार बदल गये हैं। हम लोग बदजुबान हैं और मुंहफट। हमारा दिल दुखता है तो रोते हैं। पूंजीवादी व्यवस्था, साम्यवाद और बेकारी ने हम लोगों को झुलसा है।

हम जो कुछ लिखते हैं। दांत पीस-पीस कर लिखते हैं। अपनी अचेतन भावनाओं को जहर बनाकर उगलते हैं। वो भी दुखी थे। बीमार और मुफसिल थे। पूंजीवाद से तंग। मगर इतनी हिम्मत थी कि जिंदगी को मुंह चिढ़ा देते थे। दुख में ठट्टा लगा लेते थे। वे कहानियों में ही नहीं हंसते थे, जिंदगी के हर मामले में हंसकर दुख को नीचा कर देते थे। बातों के इस हद तक शौकीन थे कि दुनिया का कोई इंसान हो, उससे दोस्ती कर लेते। "खुरपा बहादुर" में जो लिंकरान बादशाह के हालात मिलते हैं, वह एक मीरासिन से उन्हें मालूम हुए। उससे ऐसी दोस्ती थी कि बस बैठे हुए हैं और घंटों बकवास हो रही है। लोग हैरत में हैं कि या अल्लाह बुढ़िया मीरासिन से क्या बातें हो रही हैं। मगर जो कुछ उन्होंने लिखा, वह उस बुढ़िया मीरासिन का बताया हुआ है। और तो और भंगिनों, पनिहारों, राह चलते लोगों से रोककर बातें करते थे। यहां तक कि कुछ दिन अस्पताल में रहे, वहां रात को जब खामोशी हो जाती, आप चुपके से सारे मरीजों को समेटकर गप्पें उड़ाया करते। हजारों किस्से सुनते और सुनाते। वही किस्से "सावाना की रूहें" महारानी का ख्वाब, "चुमकी" "बरेदे" बन गये। वो हर चीज जिंदगी से लेते थे और जिंदगी में कितना झूठ है! यही बात उनकी कहानियों में है। बहुत-सी बातें मनगढ़ंत मालूम होतीं। उनकी कल्पनाशीलता हर बात को वास्तविक बना देती है।

उनके उपन्यास बहुत जगहों पर बेहद वाहियात हैं, बिल्कुल बेकार। जैसे "कोलतार" तो एकदम रद्‌दी हैं, मगर उसमें भी वास्तविकता को असल सूरत में

गड्डमड्ड करके लिख दिया है। "शरीर बीवी" तो फिजूल उपन्यास है लेकिन अपने जमाने की चलती हुई चीज थी। "चुमकी" एक दहकता हुआ शोला है। यकीन नहीं आता कि इस कदर सूखा मरा इंसान जिसने अपनी बीवी के अलावा किसी की तरफ आंखें उठाकर न देखा, कल्पना में किस हद तक अय्याश बन जाता है। ओह, वह चुमकी की खामोश निगाहों के बुलावे, वह हीरो का उसकी अदाओं पर सम्मोहित हो जाना और फिर लेखक की जिंदगी किस तरह एक पूरा झूठ थी। अजीम भाई नहीं, उनकी प्रतिच्छाया होती थी कि जो उनके जिस्म से दूर होकर सौन्दर्य और प्रेम की अयूयाशियां करती थीं।

अजीम भाई की प्रसिद्धि यूं भी वर्तमान साहित्य में यानी बिल्कुल नये साहित्य में नहीं थी कि वह खुली बातों को न लिखते। जिस्म की बनावट की दास्तानें पुरानी मसनवियो—"गुलबकावली", "जहरेइश्क" आदि में बहुत प्रगट थी। बाद में उन्हें पुरानी कह दिया गया था। लेकिन अब फिर यह फैशन निकला है कि वही सीने का उतार-चढ़ाव, पिंडलियों को गठीलापन, रानों की मांसलता नया साहित्य बन गया है। वह इसे अश्लील समझते थे और अश्लीलता से डरते थे। जबकि भावनाओं की नग्नता उनके यहां खूब है। बहुत भद्दी बातें भी लिखने में नहीं झिझकते। वो औरत की भावनाओं को तो नग्न देखते थे। मगर खुद उसे कपड़े पहने देखते थे। वह मुझसे बहुत बेतकल्लुफी से बात नहीं करते थे। बहुत छोटा समझते थे। कभी किसी सेक्स संबंधी मसले पर किसी से भी बहस करते ही न थे। एक दोस्त से सिर्फ इतना कहा कि नये साहित्याकार बड़े जोशीले हैं, लेकिन भूखे हैं और ऊपर से उन पर सेक्स का असर बहुत है। जो भी लिखते हैं— "अमांखाजा" मालूम होता है। वो ये भी कहा करते कि हिन्दुस्तानी साहित्य में हर समय में सेक्स बहुत प्रगट रहा है। यहां के लोग सेक्स से बहुत प्रभावित हैं। हमारी शायरी, चित्रकला, वस्तुकला आदि में भी सेक्स की भूख का पता चलता है। अगर थोड़ी देर इश्क और मुहब्बत को भूल जायें तो सर्वमान्य में स्वीकृत नहीं रह सकते। यही वजह है कि बहुत जल्दी साहित्य में उनका रंग गायब होकर वही "अलीफ लैला" का रंग प्रभावी हो गया।

उन्हें हिजाब इम्तेयाज अली से खास लगाव था। मोहतरमा से माफी मांग कर कहूंगी कि मरने वाले का राज है, कहा करते थे। "यह औरत बहुत उल्टे-सीधे प्यारे झूठ बोलती है" उन्हें शिकायत थी कि मैं बहुत झूठ बोलती हूं। मेरे झूठ भूखे की पुकार है और उनके झूठे भूखे की मुस्कुराहटें। अल्लाह जाने इनका क्या मतलब होता था। हम उनकी कहानियों को आमतौर पर झूठ कहा करते थे। जहां उन्होंने कोई बात शुरू

की और अब्बा हुज़ूर हंसे– "फिर हवाई किले?" वे उनकी गप्पों को "हवाई किले" कहा करते थे। अजीम भाई कहते सरकार, दुनियां में झूठ बिना कोई रंगीनी नहीं। बात दिलचस्प बनाना चाहते हो तो झूठ उसमें मिला दो।" वह यह भी कहते थे कि "स्वर्ग और नरक का वर्णन भी तो कोई हवाई किला है।" इस पर मामू कहते "अरे इस जिंदा लाश को मना करो कि वह कुफ्र है। इस पर वह मामू के रूढ़िवादी ससुराल वालों का मजाक उड़ाया करते थे। उन्हें पीरी-मुरीदी ढोंग मालूम होती थी, लेकिन कहते थे कि दुनियां का हर ढोंग एक मजेदार झूठ है और झूठ ही मजेदार है। कहते "मेरी सेहत इजाजत देती तो मैं अपने बाप की कब्र पुजवा देता। बस दो साल कव्वाली करा देता और चादर चढ़ाता। मजे से आमदनी होती।

उन्हें धोखेबाज और मक्कार आदमी से मिलकर बड़ी खुशी होती थी। कहते थे– धोखा और मक्कारी मजाक नहीं, दिमाग चाहिए इन चीजों के लिए।" उन्हें नाच गाने से बड़ा शौक था। मगर किस नाच से? भिखारी बच्चों के नाच से। धूल में नाचते हुए भिखारियों को इस शौक से देखा करते थे कि उनकी तन्मयता देखकर ईर्ष्या होती थी। न जाने उन्हें इन नंगे-भूखों के नाच में क्या नजर आता था। मैंने उन्हें कभी नमाज पढ़ते न देखा था। कुरआन शरीफ लेट कर पढ़ते थे और बअदबी से उसके साथ-साथ सो जाते थे। लोगों ने मलामत की तो उस पर जिल्द लगाकर कह दिया करते थे, कुछ नहीं, कानूनी किताब है। झूठ तो खूब निभाते थे। हदीस बहुत पढ़ते थे और लोगों से बहस करने के लिए अजीब-अजीब हदीसें ढूंढ कर याद कर लेते और सुना कर लड़ा करते थे। उन हदीसों से लोग बड़े परेशान रहते थे। कुरआन की आयतें भी उन्हें याद थीं। उन्हें उद्धृत किया करते थे। संदेह करो तो सिरहाने से कुरआन निकाल कर दिखा देते थे।

यजीद के बड़े प्रशंसक थे और इमाम हुसैन की शान में बकवास किया करते थे। लोगों से घंटों बहस होती थी। कहते थे। "मैंने ख्वाब में देखा था कि हजरत इमाम हुसैन खड़े हैं। उधर से घृर्णित यजीद आया। उसने आपके पैर पकड़ लिये, गिड़गिड़ाया, हाथ जोड़े तो आपका खून जोश मारने लगा और उसे उठाकर सीने से लगा लिया। बस मैंने भी उस दिन से यजीद की इज्जत शुरू कर दीं। स्वर्ग में तो उनका मिलाप भी हो गया होगा फिर हम क्यों लड़ें?

सियासत में उनकी कम दिलचस्पी थी। कहते थे, बाबा हम लीडर बन नहीं सकते तो फिर क्या कहें– लोग कहेंगे तुम ही कुछ करके दिखाओ और यहां कमबख्त खांसी और दमा नहीं छोड़ता। बहुत साल हुए कुछ लेख "रियासत" में सियासत और

अर्थशास्त्र पर लिखे थे। वो न जाने क्या हुए। धर्म का जुनून-सा था। मगर आखिर में आकर बहस कम दी थी। कहते थे—भाई, तुम लोग तो हट्टे-कट्ठे हो और मैं मरने वाला हूँ और जो दोजख (नरक), जन्नत (स्वर्ग) सब निकल आये तो क्या करूंगा। इसलिए चुप ही रहो, परदा के खिलाफ तो कभी न थे, मगर आखिरी दिनों में यह कहते थे– "ये पुरानी बात हो गयी, अब परदा रोके से नहीं रुक सकता।" इस मामले में हम चूक गये, अब तो नई परेशानियां हैं। लोग कहते थे दोजख में जाओगे तो कहते। "यहां कौन सी अल्लाह मियां ने जन्नत दे दी है जो वहां दोजख की धमकियां हैं।" कुछ परवाह नहीं, हम तो आदी हैं। अल्लाहमियां अगर हमें दोजख में जलायेंगे तो उनकी लकड़ी और कोयला बेकार जायेगा क्योंकि हम तो हर अजाब के आदी हैं। कभी कहते—अगर दोजख में रहे तो हमारे कीटाणु तो मर जायेंगे। स्वर्ग में तो हम सारे मुल्लाओं को तपेदिक में लपेट लेंगे।

यही वजह है कि सब उन्हें विद्रोही और दोजखी (नरक भोगने वाला) कहते हैं। वो कहीं पर भी जाएं, मैं देखना चाहती हूँ, वहां भी उनकी कैंची जैसी जुबान चल रही है? क्या वहां तो स्वर्ग की अप्सराओं से इश्क लड़ा रहे हैं, या नरक के फरिश्तों को जलाकर मुस्कुरा रहे हैं। मुल्लाओं से उलझ रहे हैं, या दोजख के भड़कते शोलों में उनकी खांसी गूंज रही है। फेफड़े फूल रहे हैं और फरिश्ते उन्हें इंजेक्शन घोंप रहे हैं? फर्क ही क्या है? एक दोजख से दूसरे दोजख में। दोजखी का क्या ठिकाना?

□□□